根據日本國際交流基金考試相關概要

精修版

新制日檢 絕對合格

N3 N4 N5

必背 聽力大全

山田社

前言 preface

聽力是日檢大門的合格金鑰！
只要找對方法，就能改變結果！
即使聽力成績老是差強人意，也能一舉過關斬將，得高分！

★ 日籍金牌教師編著，百萬考生推薦，應考秘訣一本達陣！！
★ 被國內多所學校列為指定教材！
★ N3,N4,N5 聽力考題 × 日檢制勝關鍵句 × 精準突破解題攻略！
★ 魔法般的三合一學習法，讓您制霸考場！
★ 提昇國際競爭力、百萬年薪跳板必備書！
★ 目標！升格達人級日文！成為魔人級考證大師！

為什麼每次考試總是因為聽力而失敗告終？
為什麼做了那麼多練習，考試還是鴨子聽雷？
為什麼總是找不到一本適合自己的聽力書？
您有以上的疑問嗎？

其實，考生最容易陷入著重單字、文法之迷失，而忘記分數比重最高的可是「聽力」！日檢志得高分，聽力是勝出利器！一本「完美的」日檢聽力教材，教您用鷹眼般的技巧找對方向，馬上聽到最關鍵的那一句！一本適合自己的聽力書可以少走很多冤枉路，從崩潰到高分。

本書【四大必背】不管聽力考題怎麼出，都能見招拆招！

★ 聽力內容無論是考查重點、出題方式、設問方式，完全符合新制考試要求。為的是讓考生培養「透視題意的能力」，透過做遍各種「經過包裝」的題目，就能找出公式、定理和脈絡並直接背起來應用，就是抄捷徑的方式之一！
★ 本書幫您整理出 N3,N4,N5 聽力最常出現的單字，只要記住這些關鍵單字，考試不驚慌失措，答題輕鬆自在！
★ 精闢解析助您迅速掌握對話的重點，句句精華，所有盲點一掃而空！答案準確又有效率！
★ 本書將對話中的解題關鍵句都標出來了！配合中譯和精闢解析，秒速解題不再只是空想！

本書四大特色，內容精修，全新編排，讓您讀得方便，學得更有效率！聽力成績拿高標，就能縮短日檢合格距離，成為日檢聽力高手！

1. 掌握考試題型，日檢實力秒速發揮！

本書設計完全符合 N3,N4,N5 日檢的聽力題型，為的是讓您熟悉答題時間及字數，幫您找出最佳的解題方法。只要反覆練習就能像親臨考場，實戰演練，日檢聽力實力就可以在幾分幾秒間完全發揮！

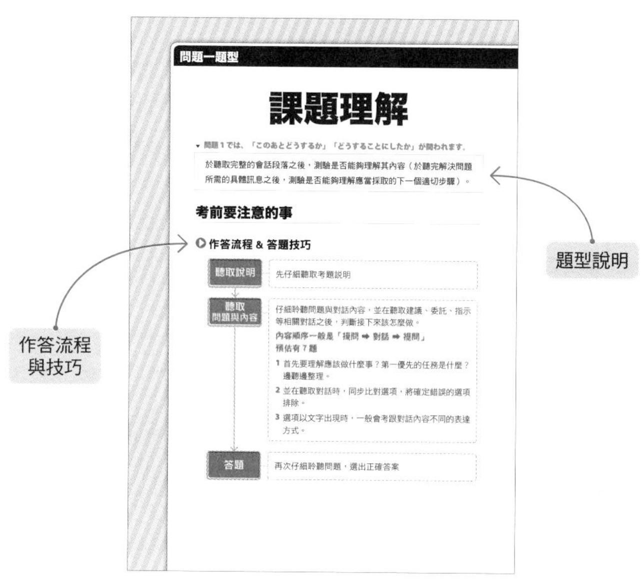

2. 日籍老師標準發音光碟，反覆聆聽，打造強而有力的「日語耳」！

同一個句子，語調不同，意思就不同了。本書附上符合 N3,N4,N5 考試朗讀速度的高音質光碟，發音標準純正，幫助您習慣日本人的發音、語調及語氣。希望您不斷地聆聽、跟讀和朗讀，拉近「聽覺」與「記憶」間的距離，加快「聽覺 ‧ 圖像」與「思考」間的反應。此外，更貼心設計以「一題一個音軌」的方式，讓您不再一下快轉、一下倒轉，面臨找不到音檔的窘境，任您隨心所欲要聽哪段，就聽哪段！

3. 關鍵破題，逐項解析，百分百完勝日檢！

每題一句攻略要點，都是重點中的重點，時間緊迫看這裡就對了！抓住關鍵句，才是破解考題的捷徑！本書將每一題的關鍵句都整理出來了！解題之前先訓練您的搜索力，只要聽到最關鍵的那一句，就能不費吹灰之力破解題目！

解題攻略言簡意賅，句句精華！包含同級單字、同級文法、日本文化、生活小常識，內容豐富多元，聽力敏感度大幅提升！

4. 聽覺、視覺、大腦連線！加深記憶軌跡！

本書採用左右頁對照的學習方式，藉由閱讀左頁翻譯，對照右頁解題、[單字 ・ 文法] 註解，「聽」、「讀」、「思」同步連線，加深記憶軌跡，加快思考力、反應力，全面提高答題率！

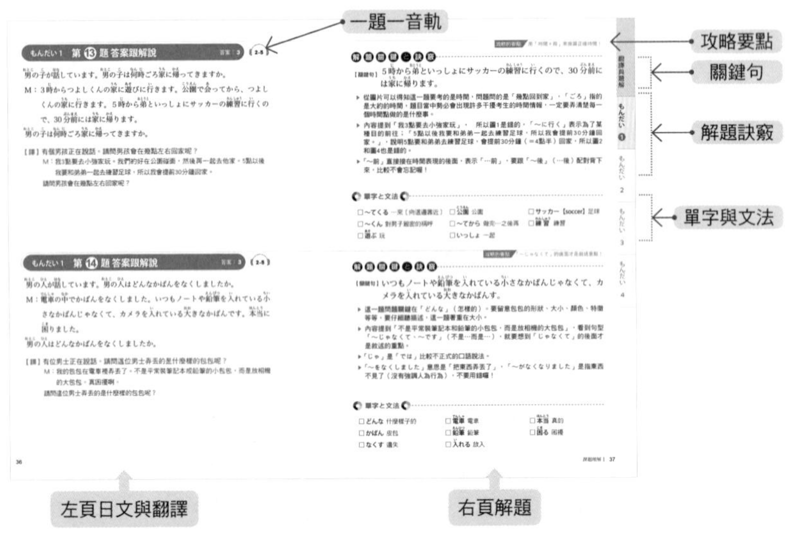

目錄
contents

N5 題型分析

測驗科目（測驗時間）		試題內容				
			題型		小題題數＊	分析
語言知識（25分）	文字、語彙	1	漢字讀音	◇	12	測驗漢字語彙的讀音。
		2	假名漢字寫法	◇	8	測驗平假名語彙的漢字及片假名的寫法。
		3	選擇文脈語彙	◇	10	測驗根據文脈選擇適切語彙。
		4	替換類義詞	○	5	測驗根據試題的語彙或說法，選擇類義詞或類義說法。
語言知識、讀解（50分）	文法	1	文句的文法 1（文法形式判斷）	○	16	測驗辨別哪種文法形式符合文句內容。
		2	文句的文法 2（文句組構）	◆	5	測驗是否能夠組織文法正確且文義通順的句子。
		3	文章段落的文法	◆	5	測驗辨別該文句有無符合文脈。
	讀解＊	4	理解內容（短文）	○	3	於讀完包含學習、生活、工作相關話題或情境等，約 80 字左右的撰寫平易的文章段落之後，測驗是否能夠理解其內容。
		5	理解內容（中文）	○	2	於讀完包含以日常話題或情境為題材等，約 250 字左右的撰寫平易的文章段落之後，測驗是否能夠理解其內容。
		6	釐整資訊	◆	1	測驗是否能夠從介紹或通知等，約 250 字左右的撰寫資訊題材中，找出所需的訊息。
聽解（30分）		1	理解問題	◇	7	於聽取完整的會話段落之後，測驗是否能夠理解其內容（於聽完解決問題所需的具體訊息之後，測驗是否能夠理解應當採取的下一個適切步驟）。
		2	理解重點	◇	6	於聽取完整的會話段落之後，測驗是否能夠理解其內容（依據剛才已聽過的提示，測驗是否能夠抓住應當聽取的重點）。
		3	適切話語	◆	5	測驗一面看圖示，一面聽取情境說明時，是否能夠選擇適切的話語。
		4	即時應答	◆	6	測驗於聽完簡短的詢問之後，是否能夠選擇適切的應答。

＊「小題題數」為每次測驗的約略題數，與實際測驗時的題數可能未盡相同。此外，亦有可能會變更小題題數。

＊有時在「讀解」科目中，同一段文章可能會有數道小題。

＊符號標示：「◆」舊制測驗沒有出現過的嶄新題型；「◇」沿襲舊制測驗的題型，但是更動部分形式；「○」與舊制測驗一樣的題型。

資料來源：《日本語能力試驗 JLPT 官方網站：分項成績・合格判定・合否結果通知》。2016年1月11日，取自：http://www.jlpt.jp/tw/guideline/results.html

N4 題型分析

測驗科目（測驗時間）		試題內容				
		題型			小題題數＊	分析
語言知識（30分）	文字、語彙	1	漢字讀音	◇	9	測驗漢字語彙的讀音。
		2	假名漢字寫法	◇	6	測驗平假名語彙的漢字寫法。
		3	選擇文脈語彙	○	10	測驗根據文脈選擇適切語彙。
		4	替換類義詞	○	5	測驗根據試題的語彙或說法，選擇類義詞或類義說法。
		5	語彙用法	○	5	測驗試題的語彙在文句裡的用法。
語言知識、讀解（60分）	文法	1	文句的文法1（文法形式判斷）	○	15	測驗辨別哪種文法形式符合文句內容。
		2	文句的文法2（文句組構）	◆	5	測驗是否能夠組織文法正確且文義通順的句子。
		3	文章段落的文法	◆	5	測驗辨別該文句有無符合文脈。
	讀解＊	4	理解內容（短文）	○	4	於讀完包含學習、生活、工作相關話題或情境等，約100~200字左右的撰寫平易的文章段落之後，測驗是否能夠理解其內容。
		5	理解內容（中文）	○	4	於讀完包含以日常話題或情境為題材等，約450字左右的簡易撰寫文章段落之後，測驗是否能夠理解其內容。
		6	釐整資訊	◆	2	測驗是否能夠從介紹或通知等，約400字左右的撰寫資訊題材中，找出所需的訊息。
聽解（35分）		1	理解問題	◇	8	於聽取完整的會話段落之後，測驗是否能夠理解其內容（於聽完解決問題所需的具體訊息之後，測驗是否能夠理解應當採取的下一個適切步驟）。
		2	理解重點	◇	7	於聽取完整的會話段落之後，測驗是否能夠理解其內容（依據剛才已聽過的提示，測驗是否能夠抓住應當聽取的重點）。
		3	適切話語	◆	5	於一面看圖示，一面聽取情境說明時，測驗是否能夠選擇適切的話語。
		4	即時應答	◆	8	於聽完簡短的詢問之後，測驗是否能夠選擇適切的應答。

＊「小題題數」為每次測驗的約略題數，與實際測驗時的題數可能未盡相同。此外，亦有可能會變更小題題數。

＊ 有時在「讀解」科目中，同一段文章可能會有數道小題。

＊ 符號標示：「◆」舊制測驗沒有出現過的嶄新題型；「◇」沿襲舊制測驗的題型，但是更動部分形式；「○」與舊制測驗一樣的題型。

資料來源：《日本語能力試驗JLPT官方網站：分項成績・合格判定・合否結果通知》。2016年1月11日，取自：http://www.jlpt.jp/tw/guideline/results.html

N3 題型分析

測驗科目（測驗時間）		試題內容				
		題型			小題題數＊	分析
語言知識（30分）	文字、語彙	1	漢字讀音	◇	8	測驗漢字語彙的讀音。
		2	假名漢字寫法	◇	6	測驗平假名語彙的漢字寫法。
		3	選擇文脈語彙	○	11	測驗根據文脈選擇適切語彙。
		4	替換類義詞	○	5	測驗根據試題的語彙或說法，選擇類義詞或類義說法。
		5	語彙用法	○	5	測驗試題的語彙在文句裡的用法。
語言知識、讀解（70分）	文法	1	文句的文法1（文法形式判斷）	○	13	測驗辨別哪種文法形式符合文句內容。
		2	文句的文法2（文句組構）	◆	5	測驗是否能夠組織文法正確且文義通順的句子。
		3	文章段落的文法	◆	5	測驗辨別該文句有無符合文脈。
	讀解＊	4	理解內容（短文）	○	4	於讀完包含生活與工作等各種題材的撰寫說明文或指示文等，約150～200字左右的文章段落之後，測驗是否能夠理解其內容。
		5	理解內容（中文）	○	6	於讀完包含撰寫的解說與散文等，約350字左右的文章段落之後，測驗是否能夠理解其關鍵詞或因果關係等等。
		6	理解內容（長文）	○	4	於讀完解說、散文、信函等，約550字左右的文章段落之後，測驗是否能夠理解其概要或論述等等。
		7	釐整資訊	◆	2	測驗是否能夠從廣告、傳單、提供各類訊息的雜誌、商業文書等資訊題材（600字左右）中，找出所需的訊息。
聽解（40分）		1	理解問題	◇	6	於聽取完整的會話段落之後，測驗是否能夠理解其內容（於聽完解決問題所需的具體訊息之後，測驗是否能夠理解應當採取的下一個適切步驟）。
		2	理解重點	◇	6	於聽取完整的會話段落之後，測驗是否能夠理解其內容（依據剛才已聽過的提示，測驗是否能夠抓住應當聽取的重點）。
		3	理解概要	◇	3	於聽取完整的會話段落之後，測驗是否能夠理解其內容（測驗是否能夠從整段會話中理解說話者的用意與想法）。
		4	適切話語	◆	4	於一面看圖示，一面聽取情境說明時，測驗是否能夠選擇適切的話語。
		5	即時應答	◆	9	於聽完簡短的詢問之後，測驗是否能夠選擇適切的應答。

資料來源：《日本語能力試驗JLPT官方網站：分項成績・合格判定・合否結果通知》。2016年1月11日，取自：http://www.jlpt.jp/tw/guideline/results.html

課題理解

於聽取完整的會話段落之後，測驗是否能夠理解其內容（於聽完解決問題所需的具體訊息之後，測驗是否能夠理解應當採取的下一個適切步驟）。

考前要注意的事

作答流程 & 答題技巧

聽取說明

先仔細聽取考題說明

聽取問題與內容

仔細聆聽問題與對話內容，並在聽取建議、委託、指示等相關對話之後，判斷接下來該怎麼做。

內容順序一般是「提問 ➡ 對話 ➡ 提問」
預估有 7 題

1 首先要理解應該做什麼事？第一優先的任務是什麼？邊聽邊整理。

2 並在聽取對話時，同步比對選項，將確定錯誤的選項排除。

3 選項以文字出現時，一般會考跟對話內容不同的表達方式。

答題

再次仔細聆聽問題，選出正確答案

N5 聽力模擬考題 もんだい１

もんだい１では　はじめに、しつもんを　きいて　ください。それから　はなしを　きいて、もんだいようしの　１から４の　なかから、いちばん　いいものを　ひとつ　えらんで　ください。

1-1　１ばん　【答案跟解說：012 頁】　答え：①②③④

1-2　２ばん　【答案跟解說：012 頁】　答え：①②③④

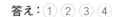

1-3 3ばん 【答案跟解說：014 頁】

答え：① ② ③ ④

1

2

3

4

1-4 4ばん 【答案跟解說：014 頁】

答え：① ② ③ ④

1

2

3

4

第 1 部分請先聽提問，在聆聽敘述與對話之後，於作答紙上，自 1 至 4 的選項中，選出一個最適當的答案。

もんだい 1　第 1 題 答案跟解說　答案：4　1-1

男(おとこ)の人(ひと)が話(はな)しています。男(おとこ)の人(ひと)はこのあと初(はじ)めに何(なに)をしますか。

M：明日(あした)から、日本(にほん)へ旅行(りょこう)に行(い)きます。日本(にほん)に持(も)って行(い)く大(おお)きなかばんがありませんので、今(いま)からデパートへ買(か)いに行(い)きます。それから本屋(ほんや)に行って、日本(にほん)の地図(ちず)を買(か)います。

男(おとこ)の人(ひと)はこのあと初(はじ)めに何(なに)をしますか。

【譯】有位男士正在說話。請問這位男士接下來首先要做什麼呢？

M：我明天要去日本旅行。我沒有可以帶去日本的大包包，所以現在要去百貨公司買。接著要去書店買日本地圖。

請問這位男士接下來首先要做什麼呢？

もんだい 1　第 2 題 答案跟解說　答案：2　1-2

バスの前(まえ)で、男(おとこ)の人(ひと)が大勢(おおぜい)の人(ひと)に話(はな)しています。この人(ひと)たちはこのあと初(はじ)めに何(なに)をしますか。

M：今(いま)からバスに乗(の)って大阪(おおさか)へ行(い)きます。バスにはトイレがありませんので、バスに乗(の)る前(まえ)に、皆(みな)さんトイレに行(い)ってください。お弁当(べんとう)はバスの中(なか)で食(た)べますよ。大阪(おおさか)では、きれいな花(はな)を見(み)に行(い)きますので、カメラを忘(わす)れないでくださいね。

この人(ひと)たちはこのあと初(はじ)めに何(なに)をしますか。

【譯】有位男士正在巴士前對眾人說話。請問這些人接下來首先要做什麼呢？

M：我們現在準備要搭巴士去大阪。巴士上面沒有廁所，所以請大家在上車前先去洗手間。我們會在巴士裡享用便當唷。到了大阪以後，要去欣賞美麗的櫻花，所以也別忘記帶相機喔。

請問這些人接下來首先要做什麼呢？

攻略的要點 要注意事情的先後順序！

【關鍵句】今からデパートへ買いに行きます。

- 這題問的是接下來首先要做什麼，這類題型常會出現好幾件事情來混淆考生，這時就要留意表示事情先後順序的連接詞，這些連接詞後面的內容通常就是解題關鍵。
- 首先，快速預覽這四個選項，並立即在腦中反應日語怎麼說。這一題的重點在「今からデパートへ買いに行きます」，關鍵的連接詞「今から」（現在就）要去百貨公司買什麼呢？必須還要聽懂前面的「因為我沒有可以帶去日本的大包包」，才能知道答案是 4，要去買大包包。
- 後面的「接著要去書店買日本地圖」，表示去書店買地圖這件事情，是在去百貨公司之後才做的，所以圖 2、圖 3 都是不正確的。
- 表示事情先後順序的連接詞還有：「これから」（從現在起）、「その前に」（在這之前）、「あとで」（待會兒）、「今から」（現在就…）、「まず」（首先）等等。

單字と文法

- □ **このあと** 之後
- □ **今** 現在
- □ **本屋** 書店
- □ **旅行** 旅行
- □ **に行く** 去…〔地方〕
- □ **地図** 地圖
- □ **ので** 因為…
- □ **それから** 接下來

攻略的要點 注意「後項推前項」的題型！

解題關鍵と訣竅

【關鍵句】バスに乗る前に、皆さんトイレに行ってください。

- 一看到這四張圖馬上反應相對應的動作有「バスに乗る、トイレに行く、お弁当を食べる、写真を撮る」。這道題要問「這些人接下來首先要做什麼」。對話一開始，知道大家準備要「バスに乗って」去大阪。不過接下來一句，請大家在上車前「トイレに行って」，讓「上廁所」的順序排在「搭巴士」前面。知道答案是 2。
- 至於，「お弁当」是在巴士裡享用，暗示「吃便當」是排在「搭巴士」之後，所以圖 3 不正確；而使用到「カメラ」，必須是到了大阪以後才做的動作。所以四個動作的排序應該是「2 → 1 → 3 → 4」。
- 由於動作順序的考題，常會來個前後大翻盤，把某一個動作插入前面的動作，也就是「用後項推翻前項」的手法。因此，一定要集中精神往下聽，不到最後不妄下判斷。
- 生活小知識：為了飛航安全，出國時美工刀、打火機等不能隨身攜帶上飛機。上飛機坐定之後，也要關掉手機及所有個人電子用品的電源！

單字と文法

- □ **バス【bus】** 公車
- □ **皆さん** 各位
- □ **忘れる** 忘記
- □ **乗る** 乘坐
- □ **きれい** 美麗的
- □ **ないでください** 請不要…
- □ **トイレ【toilet】** 廁所
- □ **カメラ【camera】** 照相機

もんだい 1　第 3 題 答案跟解說

答案：3　1-3

男の人が話しています。きょうの天気はどうですか。

M：きのうは一日中雨でしたが、きょうは午後からいいお天気になるでしょう。午前中は少し雨が降りますので、洗濯は午後からしたほうがいいでしょう。きょうの午後から日曜日までは、雲がないいいお天気になるでしょう。

きょうの天気はどうですか。

【譯】有位男士正在說話。請問今天的天氣如何呢？

M：雖然昨天下了一整天的雨，但是今天從下午開始天氣就會轉好。上午仍有短暫陣雨，建議到下午以後再洗曬衣物。從今天下午直到星期天，應該都是萬里無雲的好天氣。

請問今天的天氣如何呢？

もんだい 1　第 4 題 答案跟解說

答案：1　1-4

女の人が話しています。散歩のとき、女の人はいつもどうしますか。

F：わたしは毎日散歩をします。いつも音楽を聴きながら、家の近くを 30 分ぐらい歩きます。公園では犬といっしょに散歩している人によく会います。

散歩のとき、女の人はいつもどうしますか。

【譯】有位女士正在說話。請問平常散步時，這位女士會做什麼呢？

F：我每天都會散步。我總是聽著音樂，在自家附近散步大約30分鐘。我經常在公園遇見和狗一起散步的人。

請問平常散步時，這位女士會做什麼呢？

攻略的要點 聽清楚時間副詞！

解題關鍵と訣竅

【關鍵句】きょうは午後からいいお天気になるでしょう。午前中は少し雨が降りますので…。

- 這一題問題關鍵在「きょう」（今天），如果提問出現「きょう」，題目通常會有「きのう」（昨天）、「あした」（明天）等單字來混淆考生，要小心。
- 這道題要問的是「今天的天氣如何」。一開始男士說「一日中雨でした」這是昨天的天氣，是干擾項。接下來才是關鍵「きょうは午後からいいお天気になるでしょう」（今天從下午開始天氣就會轉好）後面再加上一句「午前中は少し雨が降ります」（上午仍有短暫陣雨），暗示了今天的天氣是由雨轉晴。正確答案是 3。
- 「Aは～（が）、Bは～」（A 是…，B 則是…）是前後對比關係的句型，常出現在考題，很重要的。
- 天氣常見用語，如:「晴れ」(晴朗)、「曇り」(陰天)、「台風」(颱風)及「雪」(雪)等。

單字と文法

- □ 天気 天氣
- □ 一日中 一整天
- □ 午前 上午
- □ 少し 一些
- □ 洗濯 洗衣物
- □ ほうがいい …比較合適
- □ 日曜日 星期天
- □ 雲 雲

攻略的要點 對話中的「歩きます」＝提問中的「散步」！

解題關鍵と訣竅

【關鍵句】いつも音楽を聴きながら、家の近くを 30 分ぐらい歩きます。

- 「どうしますか」用來詢問某人採取行動的內容、方法或狀態。會話中一定會談論幾種行動，讓考生從當中選擇一項，迷惑性高，需仔細分析及良好的短期記憶。
- 這一題首先要注意到「いつも音楽を聴きながら、家の近くを30分ぐらい歩きます」，知道她喜歡邊聽音樂邊散步，可別選「只在走路」的圖 4。正確答案是 1。
- 題目另一個陷阱在，女士說我經常在公園遇見「犬といっしょに散歩している人」（和狗一起散步的人）表示女士只是常常遇到遛狗的人，可別以為遛狗的是這名女士。
- 「動詞＋ながら」表示一個主體同事進行兩個動作，注意此時後面的動作才是主要動作喔！
- 「ぐらい」表示大約的時間；「家の近くを」的「を」後面接有移動性質的自動詞，如「歩く」、「散歩する」及「飛ぶ」，表示移動的路徑或範圍。

單字と文法

- □ 散歩 散步
- □ いつも 總是
- □ 毎日 每天
- □ 聴く 聽〔音樂〕
- □ ながら 一邊做…一邊…
- □ 近く 附近
- □ ぐらい 大約
- □ 会う 遇見

1-5 5ばん 【答案跟解說：018 頁】

答え：①②③④

1

2

3

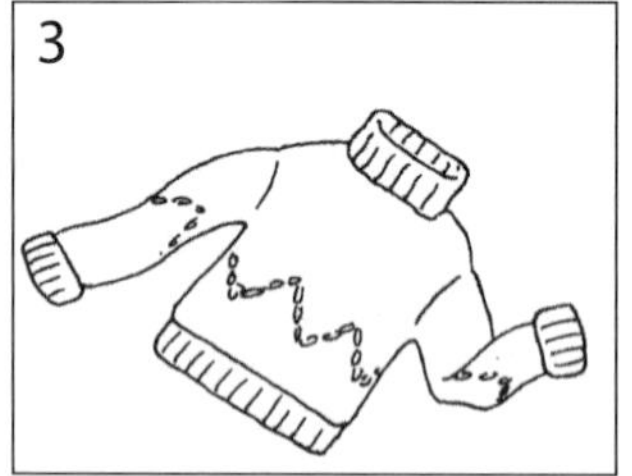

4

1-6 6ばん 【答案跟解說：018 頁】

答え：

1

2

3

4

1-7 7ばん 【答案跟解說：020 頁】

答え：①②③④

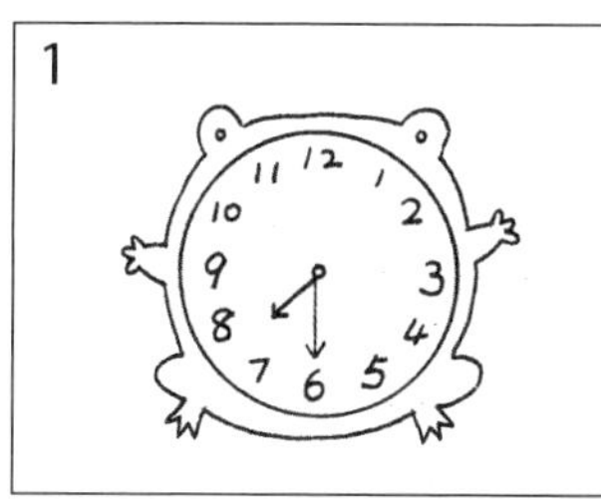
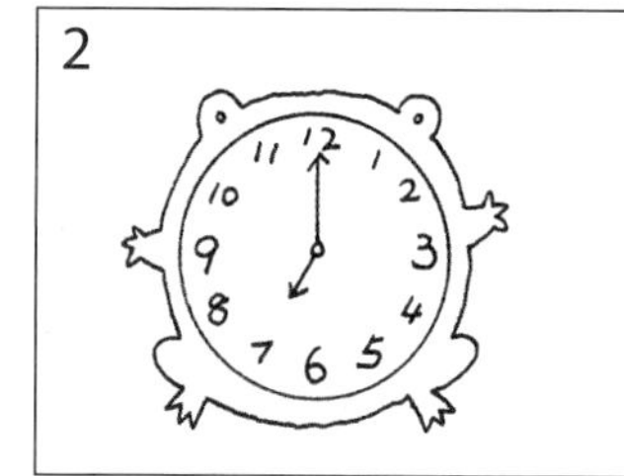
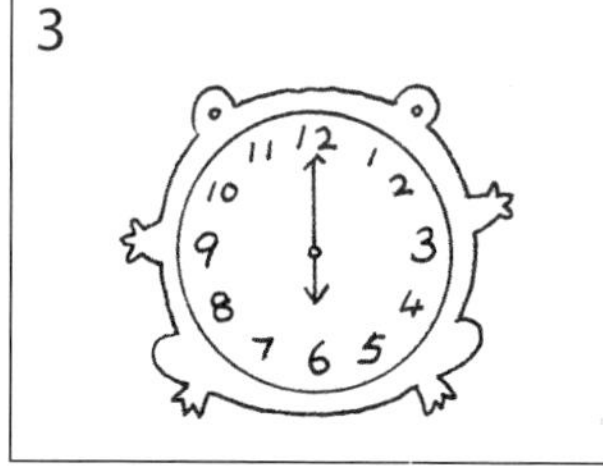

1-8 8ばん 【答案跟解說：020 頁】

答え：

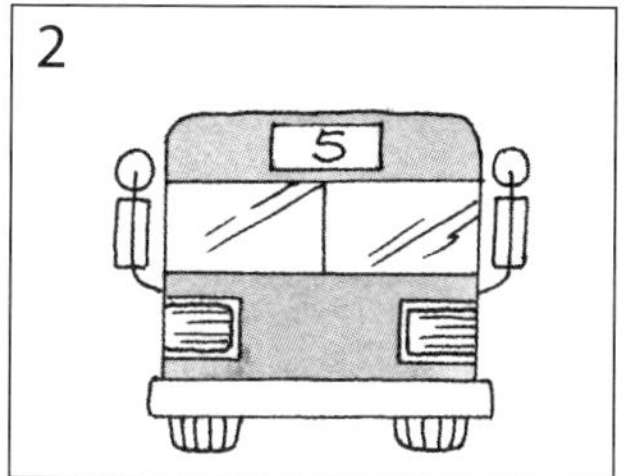

もんだい 1　第 5 題 答案跟解說

答案：2　1-5

女の子が話しています。女の子は両親から何をもらいましたか。

F：ことしの誕生日には、みんなからいろいろなプレゼントをもらいました。妹はかわいいコップをくれました。お父さんとお母さんからはカメラをもらいました。遠くに住んでいるおばあちゃんは電話で「セーターを送った」と言っていました。

女の子は両親から何をもらいましたか。

【譯】有個女孩正在說話。請問女孩從父母那邊得到什麼禮物呢？

F：我今年的生日收到了各種禮物：妹妹送我一只可愛的杯子，爸爸和媽媽送我一台相機，還有住在很遠的奶奶打電話來說她寄了一件毛衣給我。

請問女孩從父母那邊得到什麼禮物呢？

もんだい 1　第 6 題 答案跟解說

答案：3　1-6

教室で、先生が話しています。テストが終わった生徒はどうしますか。

M：9時から英語のテストをします。時間は2時間で11時までです。テストが早く終わった人は、図書館に行って、本を読んでください。でも10時までは教室を出ないでください。いいですか。それでは始めてください。

テストが終わった生徒はどうしますか。

【譯】有位老師正在教室裡說話。請問寫完考卷的學生該做什麼呢？

M：從9點開始考英文。考試時間共2小時，考到11點。先寫完考卷的人，請到圖書館去看書；不過，在10點以前請別離開教室。大家都聽清楚了嗎？那麼，現在開始作答。

請問寫完考卷的學生該做什麼呢？

攻略的要點 「両親」＝「お父さんとお母さん」！

解題關鍵と訣竅

【關鍵句】お父（とう）さんとお母（かあ）さんからはカメラをもらいました。

▶ 這道題要問的是「女孩從父母那邊得到什麼禮物」。首先，預覽這四張圖，判斷這段話中出現的東西應該會有「コップ、カメラ、セーター」，而且立即想出這四樣東西相的日文。這段話一開始女孩說「コップ」是妹妹送的，馬上消去１，接下來女孩說的「お父さんとお母さんからはカメラをもらいました」就是答案了。解題關鍵在聽懂「お父さんとお母さん」（爸爸和媽媽）就是「両親」（雙親）的意思。正確的答案是２。至於「セーター」是奶奶打電話來說要送的。

▶「と」前面接說話的內容， 表示直接引述。表示「轉述」時不能說「Aは～と言いました」， 必須說「Aは～と言っていました」。

▶「AはBをくれる」（A把B送給我）中的「くれる」帶有感謝的意思，如果用「もらう」就有自己主動向對方要東西的語感。

▶ 在別人面前稱呼自己的父母一般用「父」或「母」。

單字と文法

□ 両親（りょうしん） 父母　□ 誕生日（たんじょうび） 生日　□ かわいい 可愛的
□ 何（なに） 什麼　□ プレゼント【present】禮物　□ コップ【荷 kop】杯子
□ ことし 今年　□ もらう 得到

攻略的要點 要小心追加的限定條件！

解題關鍵と訣竅

【關鍵句】テストが早（はや）く終（お）わった人（ひと）は、図書館（としょかん）に行（い）って、本（ほん）を読（よ）んでください。でも 10 時（じ）までは教室（きょうしつ）を出（で）ないでください。

▶ 這一題雖然是問「該做什麼」，不過四張圖片各有一個時鐘，所以除了行動之外，也要特別留意行動的時間。

▶ 預覽這四張圖，瞬間區別它們的差異，腦中並馬上閃現相關單字：「帰る、本を読む」、「9時、10時、11時」。

▶「テストが早く終わった人は、図書館に行って、本を読んでください」，表示先考完試的人要去圖書館看書，所以圖１、４的「回家」就不正確了，馬上刪去。接下來老師又加了前提：「在10點以前請別離開教室」所以圖２「9點看書」是不正確的。答案是３。

▶「動詞ない形＋ないでください」表示請求對方不要做某事；「動詞て形＋ください」表示請求、指示或命令某人做某事。一般常用在老師對學生、上司對部屬、醫生對病人等指示、命令的時候。

單字と文法

□ テスト【test】考試　□ 英語（えいご） 英文　□ 出（で）る 離開
□ 終（お）わる 結束　□ 早（はや）い 迅速　□ 始（はじ）める 開始
□ 生徒（せいと） 學生　□ 図書館（としょかん） 圖書館

もんだい１　第 7 題 答案跟解說

答案：4　1-7

女の人が話しています。女の人は何時にコンサートの会場に入りましたか。

F：きのうのコンサートは７時半から始まりました。わたしは６時に会場に着きました。コンサートが始まる１時間前に入り口のドアが開きました。でも、大勢の人が見に来ていましたので、中に入ったときは、もう７時過ぎでした。とてもいいコンサートでした。また行きたいです。

女の人は何時にコンサートの会場に入りましたか。

【譯】有位女士正在說話。請問這位女士是在幾點進入音樂會會場的呢？

F：昨天的音樂會從７點半開始演出。我在６點時抵達會場。開演前１個小時開放入場，可是到場的聽眾很多，所以等到我入場時，已經過了７點。這場音樂會實在很棒，下次我還想再去聽。

請問這位女士是在幾點進入音樂會會場的呢？

もんだい１　第 8 題 答案跟解說

答案：2　1-8

女の人がバスの運転手と話しています。女の人は何番のバスに乗ってさくら病院に行きますか。

F：すみません、このバスはさくら病院まで行きますか。

M：いいえ、行きません。３番か５番のバスに乗ってください。３番のバスはさくら病院まで30分ぐらいかかりますが、５番のバスは10分ぐらいで着きます。５番のバスのほうがいいですね。

F：わかりました。ありがとうございます。

女の人は何番のバスに乗ってさくら病院に行きますか。

【譯】有位女士正在和公車司機說話。請問這位女士應該搭乘幾號公車前往櫻醫院呢？

F：不好意思，請問這台公車會到櫻醫院嗎？

M：不會喔。請搭乘３號或５號公車。３號公車到櫻醫院大概要花上30分鐘，不過５號公車10分鐘左右就到了，搭５號公車比較好喔。

F：我知道了，謝謝。

請問這位女士應該搭乘幾號公車前往櫻醫院呢？

攻略的要點 注意「時間＋過ぎ」的用法！

解題關鍵と訣竅

【關鍵句】中に入ったときは、もう７時過ぎでした。

▶ 先預覽這４個選項，腦中馬上反應出「7:30（半）、7:00、6:00、7:05（すぎ）」的時間詞唸法。記得！聽懂問題才能精準挑出提問要的答案！這道題要問的是「女士是在幾點進入音樂會會場」，緊記這個大方向，然後集中精神聽準進入「会場」的時間。

▶ 女士說的這段話中出現了４個時間詞，首先「７時半」是音樂會開演時間，是干擾項，可以消去圖１。「６時」是女士抵達會場會場時間，也是陷阱，刪去圖３。開演「１時間前」是開放入場時間，跟答案無關。接下來說的，入場時「もう７時過ぎでした」（已經過了７點），圖１和圖４雖然都是「過了７點」，不過「時間＋過ぎ」表示只超過一些時間。因此，圖１的「7:30」就不正確了，正確答案是４。

▶ 接尾詞「すぎ」，接在時間名詞後面，表示比那時間稍後；接尾詞「まえ」，接在時間名詞後面，表示那段時間之前。

單字と文法

□ コンサート【concert】音樂會
□ 会場 會場
□ 入る 進入
□ 始まる 開始
□ 大勢 許多
□ もう 已經
□ また 再一次
□ たい 想要…

攻略的要點 「～ほうがいい」就是重點所在！

解題關鍵と訣竅

【關鍵句】３番か５番のバスに乗ってください。
５番のバスのほうがいいですね。

▶ 看到四輛公車有四個號碼，知道這一題是要選號碼了。這類題型在對話中，一定會出現好幾個數字來混淆考生，要認真、集中注意力往下聽。

▶ 先預覽這４個選項，腦中馬上反應出「10、5、3、30」的唸法。這題要問的是「女士應該搭乘幾號公車前往櫻醫院」。

▶ 首先是司機回答說請搭「3號或5號」公車，可以馬上除去圖１「10番」跟圖４「30番」。接下來司機又建議３號公車要 30 多分鐘，5 號公車只要 10 分鐘左右就到了，並總結說「５番のバスのほうがいいですね」（搭５號公車比較好喔），知道答案是２了。

▶ 「か」表示在幾個當中選出其中一個；「～ほうがいい」（…比較好）用來比較判斷兩件事物的好壞，並做出建議；「～で着きます」的「で」（花費），表示需要的時間。

▶ 在東京沒有電車經過或停靠的地方，幾乎都有公車行駛。因此搭公車遊遍日本大街小巷是另一種觀察日本庶民生活的好方法喔！

單字と文法

□ 運転手 司機
□ 何番 幾號
□ 病院 醫院
□ まで 到…為止
□ てください 請…
□ かかる 花…
□ 着く 到達
□ 分かる 知道

1-9 9ばん 【答案跟解說：024 頁】 答え：①②③④

1-10 10ばん 【答案跟解說：024 頁】 答え：①②③④

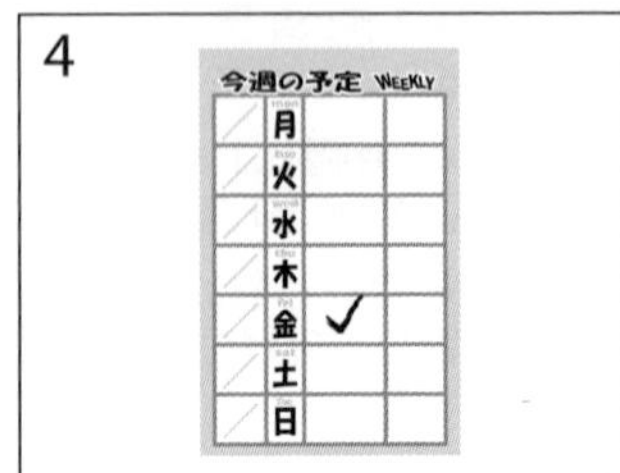

1-11 11 ばん 【答案跟解說：026 頁】

答え：①②③④

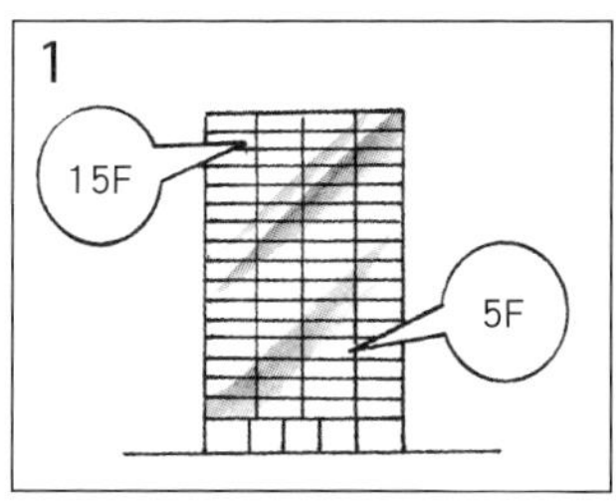

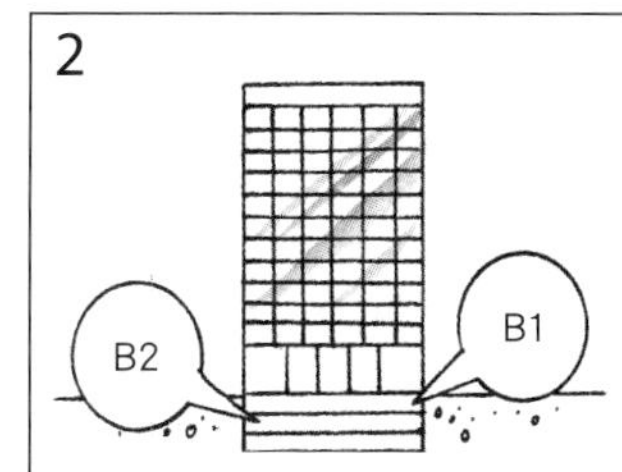

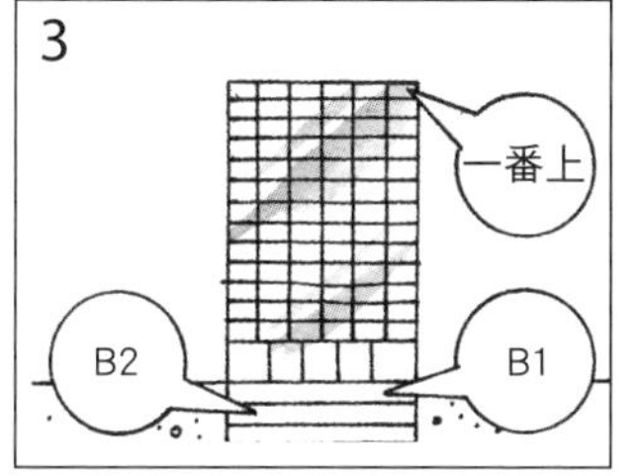

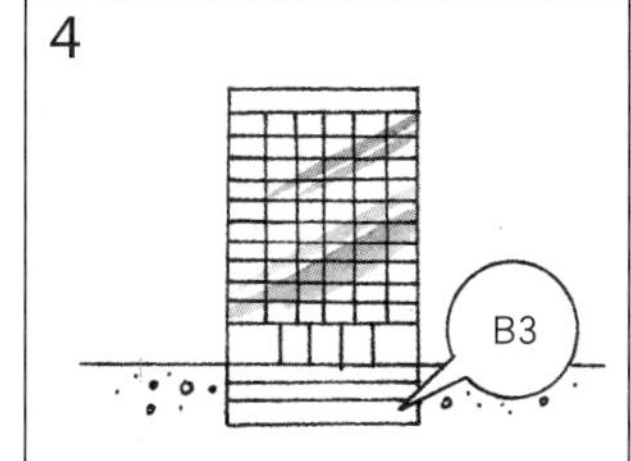

1-12 12 ばん 【答案跟解說：026 頁】

答え：①②③④

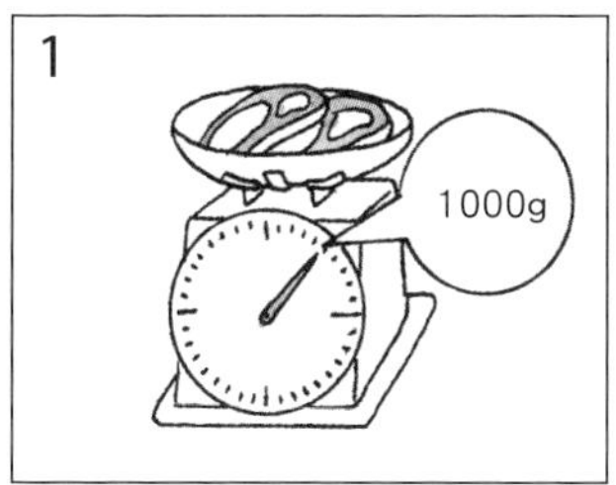

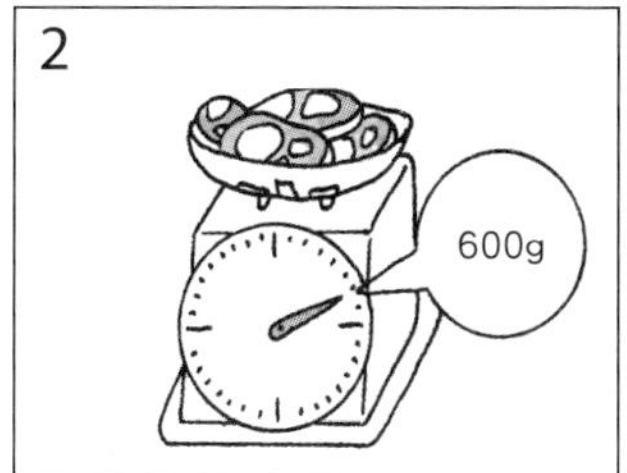

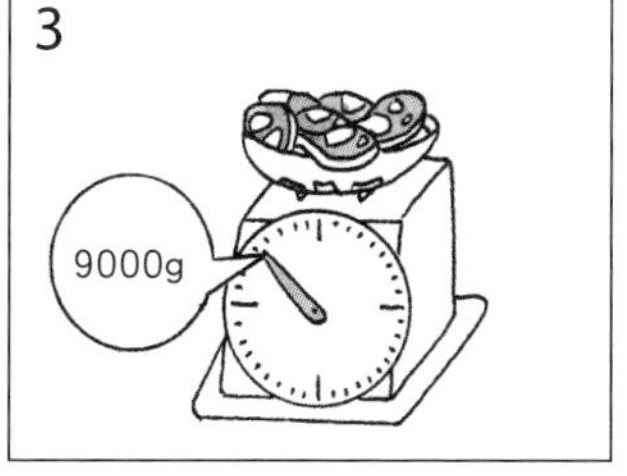

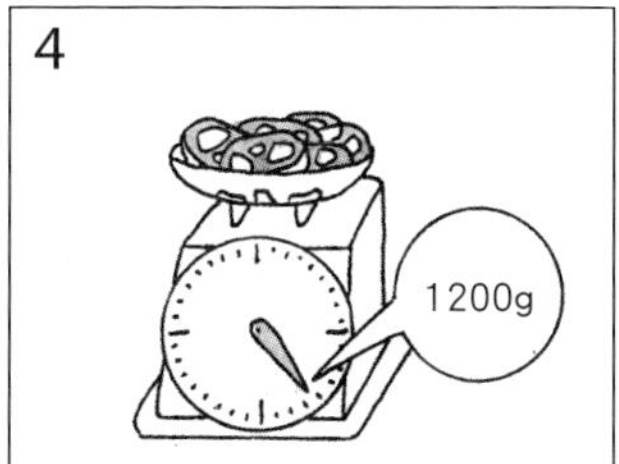

もんだい１　第⑨題 答案跟解說　答案：3　1-9

男の人が話しています。きょう、男の人は何ページから本を読みますか。

M：きのう、新しい本を買いました。きのうは一日で 80 ページまで読みました。でも、とても疲れていて、読みながら寝ましたので、最後の５ページぐらいは、あまり覚えていません。きょうは５ページ前からもう一度読みます。200 ページまで読みたいです。

きょう、男の人は何ページから本を読みますか。

【譯】有位男士正在說話。請問今天這位男士會從第幾頁開始讀起呢？

M：我昨天買了新書。昨天一整天下來讀到第80頁；不過因為很累，讀著讀著就睡著了，所以最後大約有５頁左右的內容幾乎都不太記得了。今天打算再從前５頁讀起，希望能讀到第200頁。

請問今天這位男士會從第幾頁開始讀起呢？

もんだい１　第⑩題 答案跟解說　答案：1　1-10

女の人が話しています。ことし、女の人は何曜日にお弁当を作っていますか。

F：娘が幼稚園に行っていますので、一週間に２回お弁当を作っています。今は水曜日と金曜日ですが、来年からは金曜日だけ作ります。ちょっとうれしいです。

ことし、女の人は何曜日にお弁当を作っていますか。

【譯】有位女士正在說話。請問今年這位女士在星期幾做便當呢？

F：我的女兒在上幼稚園，所以我一個禮拜為她準備兩次便當。目前是每週三和週五需要帶便當，但從明年起只有週五才要準備便當，我還滿開心的。

請問今年這位女士在星期幾做便當呢？

攻略的要點 小心頁數和頁碼的陷阱！

解題關鍵と訣竅

【關鍵句】きのうは一日（いちにち）で 80 ページまで読（よ）みました。
きょうは 5 ページ前（まえ）からもう一度（いちど）読（よ）みます。

▶ 看到翻開的書本，先預覽這 4 個選項，腦中馬上反應出「4，5、74，75、76，77、80，81」的唸法，然後立即充分調動手、腦、邊聽邊刪除干擾項。

▶ 這道題要問的是「今天男士會從第幾頁開始讀起」。這道題數字多，而且說話中，沒有直接說出考試點的數字，必須經過加減乘除的計算及判斷力。另外，問題中的「きょう」（今天）也很重要，可別被「きのう」（昨天）這些不相干的時間詞給混淆了。

▶ 首先是男士說的「80 ページ」（80 頁）是昨天一整天看的總頁數。又接著說因為讀累了，最後約有 5 頁幾乎不記得了，今天打算再從「5ページ前」（前 5 頁）讀起。這樣算法就是，看到第 80 頁，回到前 5 頁，那就是從 76 頁讀起，可別以為是「80-5=75」了。正確答案是 3 。

▶「一日で」的「で」表示總計；「～たいです」（我想…）表示說話者的心願、希望；「覚えていません」是「不記得」，「覚えません」是「我不要記住」的意思。

單字と文法

☐ ページ【page】頁　☐ でも 但是　☐ 寝（ね）る 睡覺　☐ あまり～ない 幾乎不…
☐ 読（よ）む 閱讀　☐ 疲（つか）れる 疲累　☐ 最後（さいご） 最後　☐ 覚（おぼ）える 記得

攻略的要點 敘述中的「今」對應到提問中的「ことし」！

解題關鍵と訣竅

【關鍵句】今（いま）は水曜日（すいようび）と金曜日（きんようび）ですが、…。

▶ 看到週曆，先預覽這 4 個選項，腦中馬上反應出「（月、火、水、木、金）曜日」的唸法，然後充分調動手、腦、邊聽邊刪除干擾項。

▶ 首先這一道題要問的是「今年這位女士在星期幾做便當」，要掌握「ことし」跟「何曜日」這兩大方向。這題由女士一個人講完，一開始先說出一禮拜準備兩次，又補充「今は水曜日と金曜日」（目前是每週三和週五）要帶便當，這時要快速轉動腦筋反應「今」（現在）就是「ことし」（今年）了，正確答案是 1 。至於後面說的「金曜日だけ」（只有週五），是從「来年」開始，是一個大陷阱，要聽清楚。

▶ 日本媽媽的便當不管是色、香、味可以打滿分，花樣更是百百種。其中，有一種叫「キャラ弁」（卡通便當），「キャラ弁」是日本媽媽花盡巧思以各種食材製作成動植物、卡通及漫畫人物等模樣的便當，目的是為了讓小孩克服偏食或是吃得更開心。

單字と文法

☐ 弁当（べんとう） 便當　☐ 娘（むすめ） 女兒　☐ 水曜日（すいようび） 星期三　☐ 来年（らいねん） 明年
☐ 作（つく）る 製作　☐ 幼稚園（ようちえん） 幼稚園　☐ 金曜日（きんようび） 星期五　☐ うれしい 開心

もんだい１ 第⑪題 答案跟解說 答案：3 1-11

デパートの人が話しています。レストランはどこにありますか。

F：ここは、日本で一番大きいデパートです。中にはたくさんのお店があります。女の人の服は５階から 15 階にあります。地下１階、地下２階と一番上の階には有名なレストランが入っています。いろいろな国の料理がありますよ。食料品は地下３階です。

レストランはどこにありますか。

【譯】有位百貨公司的員工正在說話。請問餐廳位於哪裡呢？

F：這裡是全日本規模最大的百貨公司，有非常多店鋪進駐。仕女服飾位在５樓至15樓；地下２樓、地下２樓和最頂樓都是知名餐廳，有各國料理喔；食材則是在地下３樓。

請問餐廳位於哪裡呢？

もんだい１ 第⑫題 答案跟解說 答案：4 1-12

お客さんと肉屋の人が話しています。お客さんは全部で何グラムの肉を買いましたか。

F：すみません、牛肉はいくらですか。

M：いらっしゃい。きょうは牛肉は安いですよ。100 グラム 1000 円です。

F：ぶた肉は？

M：ぶた肉は 100 グラム 500 円です。

F：じゃあ、牛肉を 600 グラムとぶた肉を 600 グラムください。

M：はい、ありがとうございます。全部で 9000 円です。

お客さんは全部で何グラムの肉を買いましたか。

【譯】有位顧客和肉販老闆正在對話。請問這位顧客總共買了多少公克的肉呢？

F：請問牛肉怎麼賣？

M：歡迎光臨！今天牛肉大特價喔。100公克1000圓。

F：豬肉呢？

M：豬肉是100公克500圓。

F：那請給我牛肉600公克和豬肉600公克。

M：好的，謝謝惠顧。一共是9000圓。

請問這位顧客總共買了多少公克的肉呢？

攻略的要點 別被眾多數字給搞混了！

解題關鍵と訣竅

【關鍵句】地下1階、地下2階と一番上の階には有名なレストランが入っています。

▶ 看到這道題的圖，馬上反應可能出現的場所詞「5階,15階、地下1階,地下2階、一番上、地下3階」。

▶ 緊抓「餐廳位於哪裡」這個大方向，集中精神、冷靜往下聽，用刪去法。首先聽出「5階から15階」是仕女服飾的位置，馬上就可以刪去圖1。繼續往下聽知道「地下1階、地下2階と一番上の階」就是答案要的餐廳位置了。至於，接下來的「地下3階」是賣食材的位置，也不正確，可以刪去圖4。正確答案是3。

▶ 表示位置的句型還有「AはBにあります」、「BにAがあります」及「AはBです」等等，平時就要熟記這些句型的用法，作答時就能迅速反應喔！

單字と文法

□ デパート【department store 的略稱】百貨公司
□ レストラン【法 restaurant】餐廳
□ たくさん 許多
□ 店 店面
□ 地下 地下
□ 有名 有名
□ 料理 料理
□ 食料品 食材

攻略的要點 要注意題目問的是重量，不是價錢！

解題關鍵と訣竅

【關鍵句】牛肉を600グラムとぶた肉を600グラムください。

▶ 先預覽這4個選項，知道要考的是公克數，腦中馬上反應出「1000g、600g、9000g、1200g」的唸法。這一道題要問的是「顧客總共買了多少公克的肉」，緊記「共買多少公克」這個大方向，邊聽邊判斷。

▶ 首先是男士說「100グラム1000円」，是牛肉的價錢，接下來的「100グラム500円」是豬肉的價錢，都是陷阱處，不要受到干擾。對話接著往下聽，女士說「牛肉を600グラムとぶた肉を600グラムください」是間接說出了答案要的公克數，這時必須經過加減乘除的計算「600g＋600g＝1200g」，所以顧客總共買了1200公克的肉。正確答案是4。

▶ 至於，最後一句的「全部で9000円です」，不僅出現了跟設問一樣的「全部で」，「9000円」也跟選項3的「9000g」容易混淆，是一個大陷阱，要聽清楚問題問的是「公克」不是價錢。

▶ 疑問句「ぶた肉は？」後面省略了「いくらですか」，像這種語調上揚的「～は？」是常見的省略說法。

單字と文法

□ お客さん 顧客
□ 全部 全部
□ グラム【法 gramme／英 gram】公克
□ 買う 買
□ 牛肉 牛肉
□ いらっしゃい 歡迎光臨
□ 安い 便宜的
□ 豚肉 豬肉

1-13 13 ばん 【答案跟解說：030 頁】 答え：①②③④

1

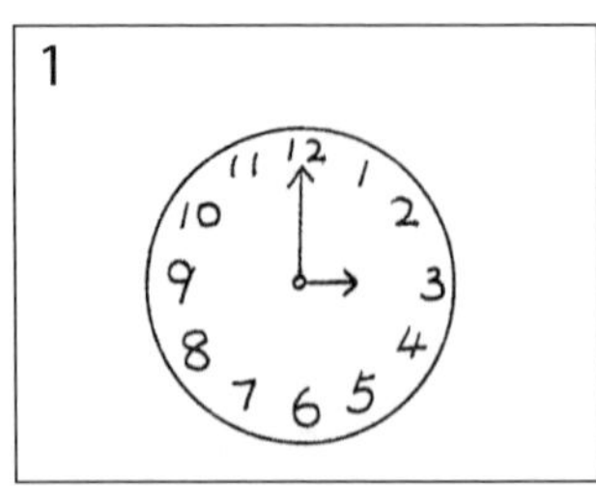

2

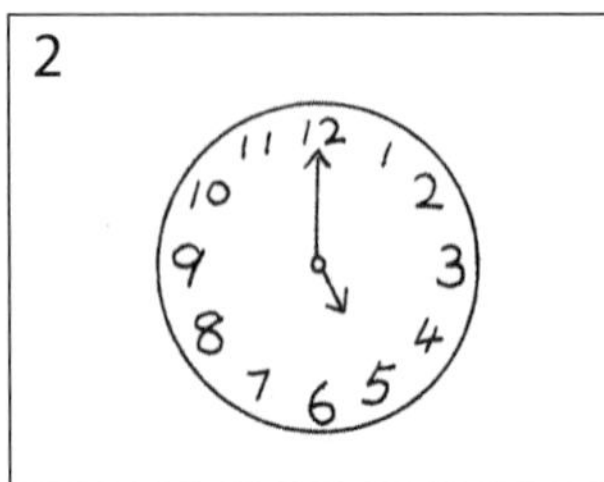

3

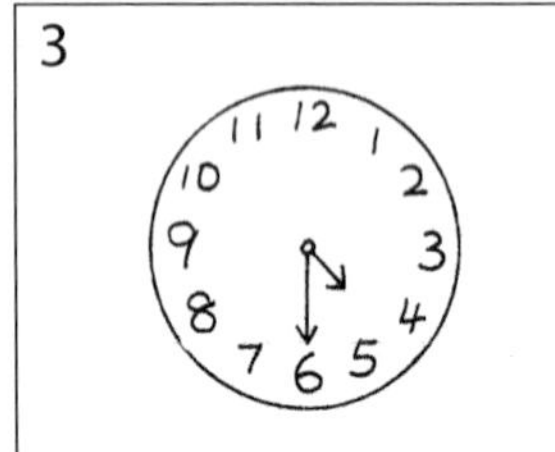

4

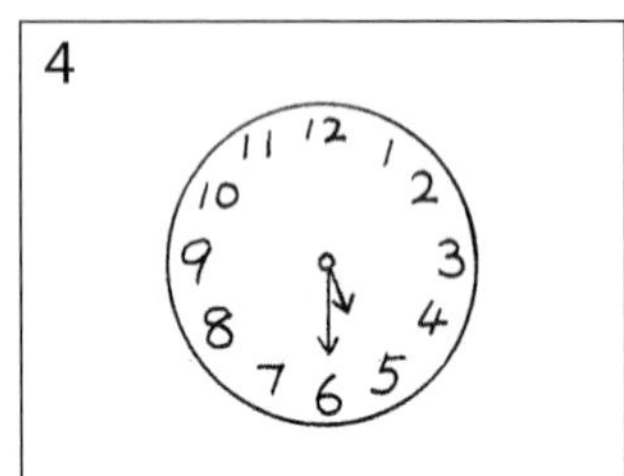

1-14 14 ばん 【答案跟解說：030 頁】

1

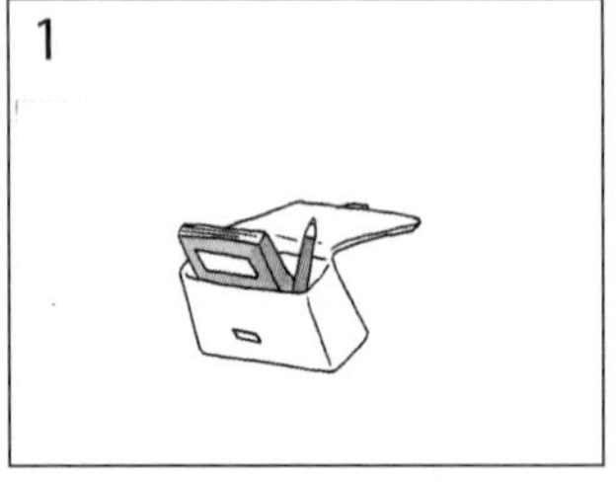

2

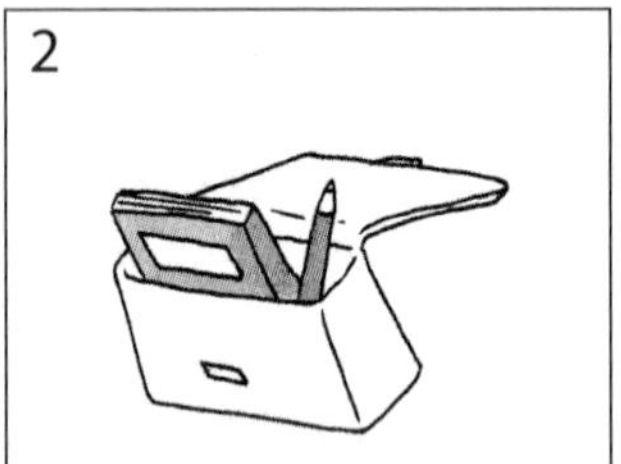

3

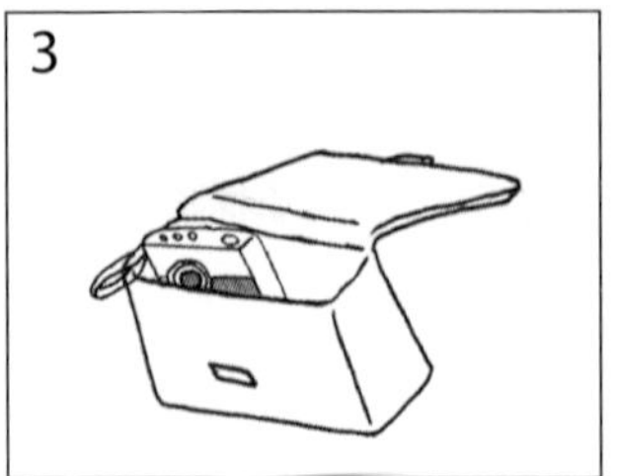

4

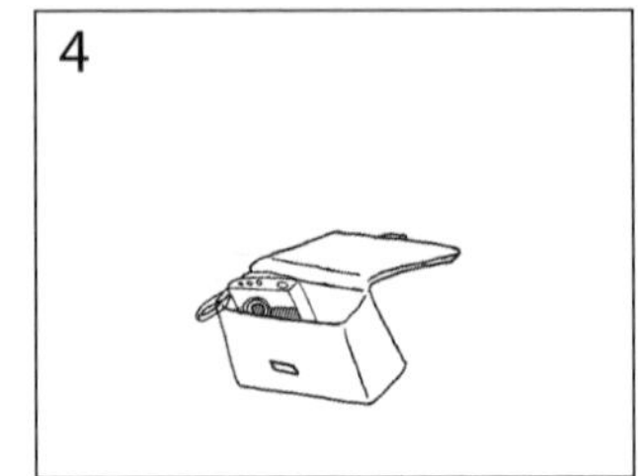

1-15 15 ばん 【答案跟解說：032 頁】

答え：1 2 3 4

1

2

3

4

1-16 16 ばん 【答案跟解說：032 頁】

答え：

1

2

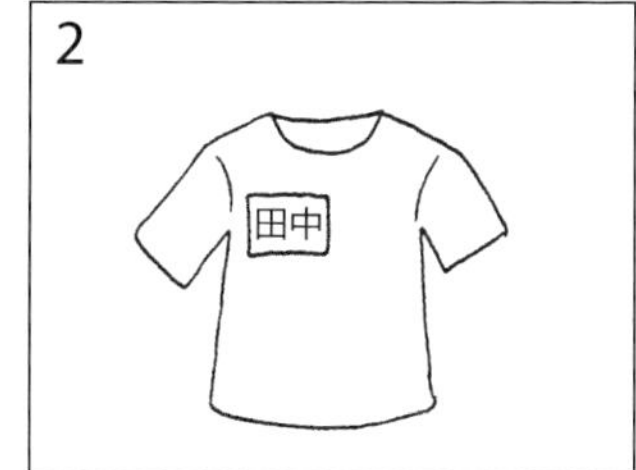

3

4

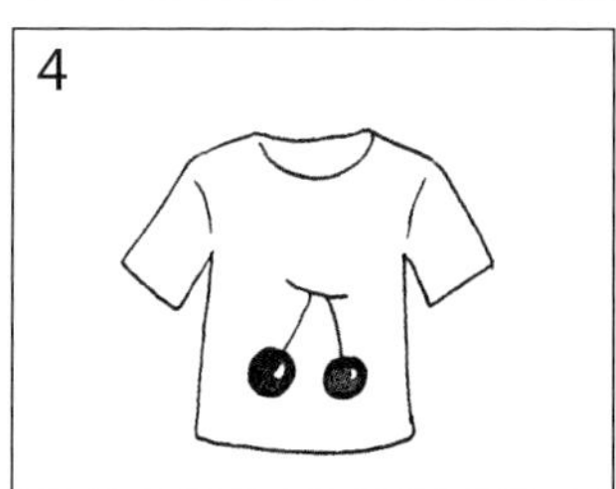

もんだい 1　第 ⑬ 題 答案跟解說　答案：3　1-13

男の子が話しています。男の子は何時ごろ家に帰ってきますか。

M：3時からつよしくんの家に遊びに行きます。公園で会ってから、つよしくんの家に行きます。5時から弟といっしょにサッカーの練習に行くので、30分前には家に帰ります。

男の子は何時ごろ家に帰ってきますか。

【譯】有個男孩正在說話。請問男孩會在幾點左右回家呢？

M：我3點要去小強家玩。我們約好在公園碰面，然後再一起去他家。5點以後我要和弟弟一起去練習足球，所以我會提前30分鐘回家。

請問男孩會在幾點左右回家呢？

もんだい 1　第 ⑭ 題 答案跟解說　答案：3　1-14

男の人が話しています。男の人はどんなかばんをなくしましたか。

M：電車の中でかばんをなくしました。いつもノートや鉛筆を入れている小さなかばんじゃなくて、カメラを入れている大きなかばんです。本当に困りました。

男の人はどんなかばんをなくしましたか。

【譯】有位男士正在說話。請問這位男士弄丟的是什麼樣的包包呢？

M：我的包包在電車裡弄丟了。不是平常裝筆記本或鉛筆的小包包，而是放相機的大包包。真困擾啊。

請問這位男士弄丟的是什麼樣的包包呢？

攻略的要點 用「時間＋前」來推算正確時間！

解題關鍵と訣竅

【關鍵句】5時から弟といっしょにサッカーの練習に行くので、30分前には家に帰ります。

▶ 看到這一題的四個時間，馬上反應圖中「3:00、5:00、4:30（半）、5:30（半）」四個時間詞的唸法。這道題要問的是「男孩會在幾點左右回家」，為了緊記住這個大方向，可以在紙張的空白處，用假名簡單寫下「なんじ」（幾點）跟「かえる」（回家）字，然後集中精神聽準「家に帰る」的時間。要聽清楚每一個時間點做的是什麼事。

▶ 男孩這一段話中出現了3個時間詞，有「3時」、「5時」、「30分前」。其中「3時」跟「5時」是干擾項，不是回家的時間，可以邊聽邊把圖1、2打叉。而最後的「30分前」是間接說出了答案要的時間，也就是「5時」的「30分前」，加以計算一下，就是圖3的「4:30」了。

▶「ごろ」指的是大約的時間；「～に行く」表示為了某種目的前往；「～前」（…前）接在時間詞後面，表示在該時間之前。相對地「～後」（…後）表示在該時間之後，可以配對背下來，就能事半功倍喔！

單字と文法

□ てくる …來〔向這邊靠近〕
□ くん 對男子親密的稱呼
□ 遊ぶ 玩
□ 公園 公園
□ ～てから 做完…之後再
□ いっしょ 一起
□ サッカー【soccer】足球
□ 練習 練習

攻略的要點 「～じゃなくて」的後面才是敘述重點！

解題關鍵と訣竅

【關鍵句】カメラを入れている大きなかばんす。

▶ 這一題問題關鍵在「どんな」（怎樣的）。要仔細聆聽包包的形狀、大小、特徵等等，這一題著重在大小。

▶ 聽完整段話的內容，判斷考生理解內容的能力，是課題理解題型的特色。首先快速預覽這四張圖，知道對話內容的主角是「かばん」（包包），立即比較它們的差異，有「小さい」跟「大きい」，裡面有「ノート、鉛筆」跟「カメラ」。首先掌握設問「男士弄丟的是什麼樣的包包」這一大方向。一開始知道男士丟的不是「裝筆記本或鉛筆的小包包」，馬上消去1跟4。接下來男士說的就是答案了「カメラを入れている大きなかばん」，2也不正確，答案是3。

▶ 聽到句型「～じゃなくて、～です」（不是…而是…），就要提高警覺，因為「じゃなくて」的後面通常就是話題的重點。

▶「～をなくしました」意思是「把東西弄丟了」，「～がなくなりました」是指東西不見了（沒有強調人為行為），不要用錯囉！

單字と文法

□ どんな 什麼樣子的
□ かばん 皮包
□ なくす 遺失
□ 電車 電車
□ 鉛筆 鉛筆
□ 入れる 放入
□ 本当 真的
□ 困る 困擾

もんだい 1　第 15 題 答案跟解說

答案：2　1-15

女の人が話しています。女の人はどんな服を着て出かけますか。

F：きのうは暖かかったですが、きょうはとても寒いです。きのうはスカートをはいて出かけましたが、きょうはズボンをはいて行きます。テレビで、きょうは風が強いと言っていましたので、コートも着て行きます。

女の人はどんな服を着て出かけますか。

【譯】有位女士正在說話。請問這位女士要穿什麼樣的服裝出門呢？

F：昨天天氣雖然很溫暖，可是今天卻很冷。昨天我穿裙子出門，不過今天我要穿長褲。電視上說今天風會很大，所以還要加件大衣。

請問這位女士要穿什麼樣的服裝出門呢？

もんだい 1　第 16 題 答案跟解說

答案：1　1-16

学校で、先生が話しています。あした学生はどんなTシャツを持ってきますか。

M：あしたは授業でスポーツをしますので、Tシャツを持ってきてください。白いTシャツの左の上に名前を書いてくださいね。絵が書いてあるTシャツはいけませんよ。いいですか。

あした学生はどんなTシャツを持ってきますか。

【譯】有位老師正在學校裡說話。請問明天學生們該帶什麼樣的T恤來呢？

M：明天要上體育課，所以請各位帶T恤來。請在白色T恤的左上方寫上姓名，不可以帶印有圖案的T恤喔，大家都聽清楚了嗎？

請問明天學生們該帶什麼樣的T恤來呢？

攻略的要點 最後的「も」也要聽準！

解題關鍵と訣竅

【關鍵句】きょうはズボンをはいて行きます。
コートも着て行きます。

▶ 看到這四張圖，馬上反應是跟人物穿著什麼服飾有關的，然後腦中馬上大膽假設可能出現的「スカート、ズボン、上着、コート」等單字，甚至其它可以看到的外表描述等等，然後瞬間區別他們穿戴上的不同。

▶ 這道題要問的是「女士要穿什麼樣的服裝出門」，抓住這個大方向，集中精神、冷靜往下聽。一聽到昨天穿「スカート」出門，知道是昨天的事，馬上刪去圖１，一開始也透露出今天很冷，判斷圖３也不是答案。最後剩下圖２跟４，要馬上區別出她們的不同就在有無穿外套了。最後，女士說出關鍵處，因為風會很大，所以「コートも着て行きます」（加件大衣出門）。正確答案是２。

▶ 句型「～は～が、～は～」表示前後內容是對比的，經常是解題的關鍵處，要多注意喔。

單字と文法

□着る 穿上
□寒い 寒冷
□ズボン【法 jupon】褲子
□出かける 出門
□スカート【skirt】裙子
□コート【coat】大衣
□暖かい 溫暖的
□はく 穿〔下半身的衣物〕

攻略的要點 「～てください」是解題關鍵！

解題關鍵と訣竅

【關鍵句】白いＴシャツの左の上に名前を書いてくださいね。

▶ 這一題問題關鍵在「どんな」（怎樣的），問的是Ｔ恤的圖案。

▶ 首先快速預覽這四張圖，知道對話內容的主題在「Ｔシャツ」（Ｔ恤）的圖案上，快速比較它們的差異，有「右の上」跟「左の上」，「絵、果物」跟「名前」，馬上反應日文的說法。首先掌握設問「明天學生們該帶什麼樣的Ｔ恤來」這一大方向。談話的中間，知道老師要的是左上方寫姓名的白Ｔ恤「白いＴシャツの左の上に名前を…」，馬上消去２，接下來老師說「不可以帶印有圖案的Ｔ恤」，圖３、４也不對。答案是１了。

▶ 注意！這裡的左上角，是站在學生的角度說的。

▶ 如果說話的人是老師，通常會出現許多指令、說明、規定，要求學生做某件事或禁止學生做某件事，所以要特別留意相關句型！

▶ 表示指令、說明、規定，要求的句型有：「～てください」（請…）、「～ていいです」（可以…）、「～はいけません」（不可以…）等等。

單字と文法

□Ｔシャツ【T-shirt】Ｔ恤
□持つ 帶著
□名前 姓名
□授業 上課
□左 左邊
□いけない 不能
□スポーツ【sports】運動
□絵 圖案

1-17 17 ばん 【答案跟解說：036 頁】

答え：①②③④

1-18 18 ばん 【答案跟解說：036 頁】

答え：①②③④

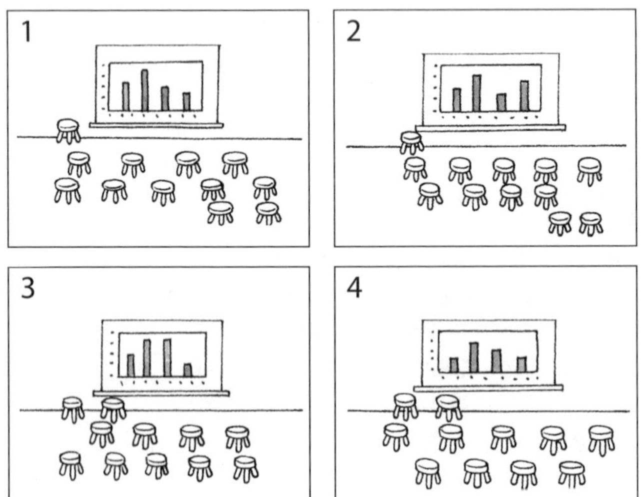

1-19 19 ばん 【答案跟解說：038 頁】 答え：① ② ③ ④

1-20 20 ばん 【答案跟解說：038 頁】 答え：

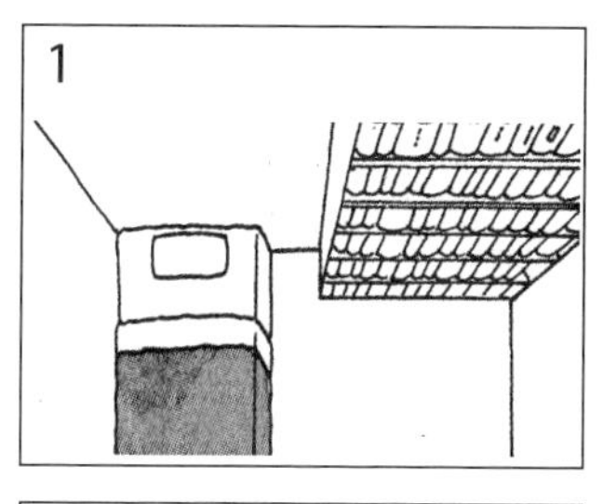

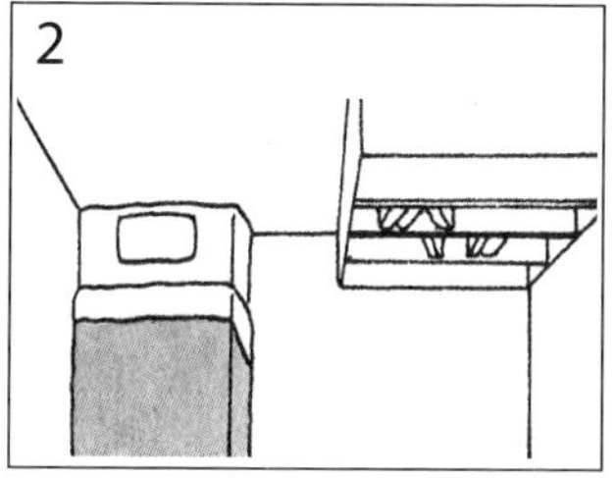

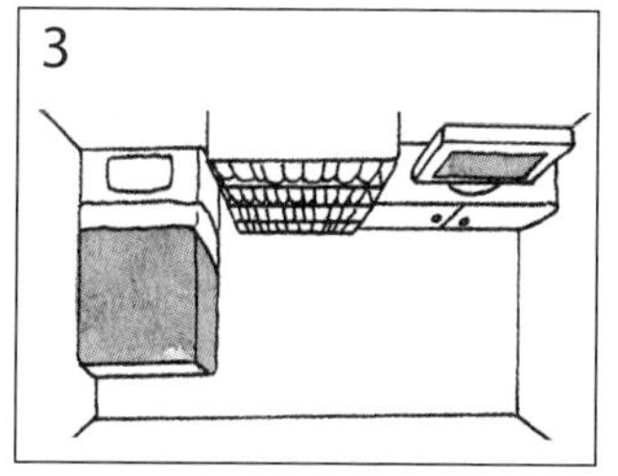

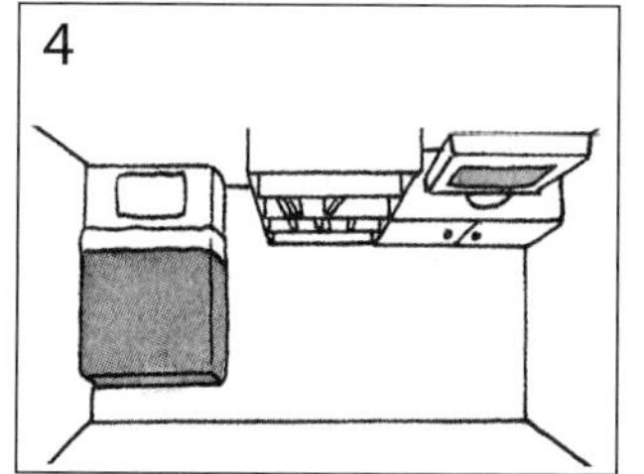

もんだい１　第 17 題 答案跟解說　答案：3　1-17

女の人が話しています。女の人は何をお願いしましたか。

Ｆ：すみません、飲み物がほしいです。１杯は冷たいお水で、２杯は温かいお茶をお願いします。あ、お水はコップに半分だけでいいです。

女の人は何をお願いしましたか。

【譯】有位女士正在說話。請問這位女士點了哪些東西呢？

F：不好意思，我想要喝點東西。麻煩給我一杯冷水、兩杯熱茶。對了，水只要半杯就可以了。

請問這位女士點了哪些東西呢？

もんだい１　第 18 題 答案跟解說　答案：4　1-18

会社で、男の人が話しています。いすはどうなりましたか。

Ｍ：きょうはお客さんが９人来ます。お客さんが来る前にいすを並べましょう。前に５つ、後ろに４つでいいでしょうね。わたしたち二人は前に立って話をしますので、前にもいすを２つ置きましょう。

いすはどうなりましたか。

【譯】有位男士正在公司裡說話。請問椅子是如何排列的呢？

M：今天會有 9 位來賓來訪，在來賓來之前我們來排椅子吧。前面排 5 張，後面排 4 張，這樣應該可以吧。我們兩個會站在前面報告，所以在前面也放 2 張椅子吧。

請問椅子是如何排列的呢？

攻略的要點 平時就要熟悉數量詞的唸法！

解題關鍵と訣竅

【關鍵句】1杯(ぱい)は冷(つめ)たいお水(みず)で、2杯(はい)は温(あたた)かいお茶(ちゃ)をお願(ねが)いします。お水(みず)はコップに半分(はんぶん)だけでいいです。

▶ 先預覽這 4 個選項，腦中馬上反應出「コップ、温かい、冷たい、お茶、お水」的唸法。這道問題要問的是「女士點了哪些東西」，這道題有數量又有冷熱飲料稍有難度。

▶ 首先，女士直接說出了答案要的數量跟冷熱飲料「1杯は冷たいお水で、2杯は温かいお茶」（一杯冷水、兩杯熱茶），但不要急著選圖 2，因為後面馬上有補上一句「お水はコップに半分だけでいいです」（水只要半杯就好）。正確答案是 3。

▶「だけ」是「只…」的意思；「～でいいです」表示「…就可以了」。

▶ 日本的助數詞由於配上不同的數字，就會有不同的唸法。比如說：「杯」唸作「はい」，但是「1杯」卻唸作「いっぱい」，「3杯」唸成「さんばい」，這種特殊唸法一定要多加練習。

單字と文法

□お願(ねが)いする 麻煩我要	□飲(の)み物(もの) 飲料	□水(みず) 水	□半分(はんぶん) 一半
□すみません 不好意思	□冷(つめ)たい 冰涼的	□温(あたた)かい 溫的	□だけ 只要

攻略的要點 平時就要熟悉數量詞的唸法！

解題關鍵と訣竅

【關鍵句】前(まえ)に5つ、後(うし)ろに4つでいいでしょうね。…、前(まえ)にもいすを2つ置(お)きましょう。

▶ 看到這道題的圖，馬上反應可能出現的場所詞「前、後ろ」，跟相關名詞「いす」（椅子）。緊抓「椅子是如何排列的」這個大方向，集中精神、冷靜往下聽。

▶ 用刪去法，首先聽出「前に5つ、後ろに4つ」（前面排 5 張，後面排 4 張），馬上就可以刪去圖 1 和圖 3。繼續往下聽知道「前にもいすを2つ」（前面也放 2 張椅子），刪去圖 2，正確答案是 4。

▶「お客さんが来る前に…」中的「～前に」（在…前），前面要接動詞原形；「～ましょう」（…吧）表示邀請對方一起做某個行為。

▶「いす」跟「席」的不同在：「いす」一般指有靠背、有的還有扶手的坐具；「席」指為了讓人坐而設置的位子或椅子，特別是特定的人坐的位子或椅子。

單字と文法

□会社(かいしゃ) 公司	□並(なら)べる 排列	□5(いつ)つ 五張	□立(た)つ 站立
□いす 椅子	□ましょう …吧	□後(うし)ろ 後方	□置(お)く 放置

もんだい 1　第 19 題 答案跟解說　答案：1　1-19

女の人が話しています。今朝、女の人はどんなコーヒーを飲みましたか。

F：わたしは毎朝、コーヒーに砂糖と牛乳を入れて飲みます。いつもは砂糖はスプーン１杯だけ入れますが、今朝は牛乳がありませんでしたので、砂糖をスプーン２杯入れました。

今朝、女の人はどんなコーヒーを飲みましたか。

【譯】有位女士正在說話。請問這位女士今天早上喝了什麼樣的咖啡呢？

F：我每天早上都會在咖啡裡加入砂糖和牛奶飲用。平時都是只加一匙砂糖，不過今天早上沒有牛奶，所以加了兩匙砂糖。

請問這位女士今天早上喝了什麼樣的咖啡呢？

もんだい 1　第 20 題 答案跟解說　答案：2　1-20

男の人が話しています。男の人の部屋はどれですか。

M：ことしから一人でアパートに住んでいます。部屋にはベッドと本棚はありますが、テレビはありません。まだ本棚には本があまり入っていませんが、毎週２冊ぐらい本を買うので、もっと大きい本棚がほしいです。

男の人の部屋はどれですか。

【譯】有位男士正在說話。請問這位男士的房間是哪一個呢？

M：從今年起，我一個人住在公寓裡。我的房間裡有床鋪和書櫃，但是沒有電視機。書架上雖然沒有幾本書，但是我計畫每星期買 2 本左右，所以想要一個更大的書櫃。

請問這位男士的房間是哪一個呢？

攻略的要點 聽清楚時間副詞！

解題關鍵と訣竅

【關鍵句】今朝は牛乳がありませんでしたので、砂糖をスプーン２杯入れました。

- ▶ 首先，預覽這四張圖，判斷對話中出現的應該會有「コーヒー、砂糖、牛乳、スプーン」。同樣地，要立即想出相對應的日文。
- ▶ 這道題要問的是「女士今天早上喝了什麼樣的咖啡」，既然提到「今朝」（今天早上），那麼勢必會出現其他的時間點來進行干擾。
- ▶ 果然，這一段話中女士先提到「毎朝」（每天早上），「咖啡裡加入砂糖和牛奶飲用」，並補充說「只加一匙砂糖」這是「いつも」（平常）的習慣，都是陷阱，要集中精神聽準「今朝」喝的。接下來就說出答案了，由於「今朝」沒有牛奶，所以喝的咖啡是「砂糖をスプーン２杯入れました」（加了兩匙砂糖）。正確答案是１。

單字と文法

- □ コーヒー【coffee ／荷 koffee】咖啡
- □ 毎朝 每天早上
- □ に（到達點＋に）表示動作移動的到達點
- □ 砂糖 砂糖
- □ 牛乳 牛奶
- □ スプーン【spoon】湯匙
- □ １杯 一匙
- □ が 但是

攻略的要點 可別以為對話中的物品全都是正確答案！

解題關鍵と訣竅

【關鍵句】部屋にはベッドと本棚はありますが、テレビはありません。まだ本棚には本があまり入っていません。

- ▶ 預覽這四張圖，馬上反應可能出現的名詞「ベッド、本棚、テレビ、本」。緊抓「部屋はどれですか」（房間是哪一個呢）這個大方向，集中精神往下聽。聽到無法確定三個以上的事物中是哪一個的「どれ」（哪個），知道選項當中一定會有其他類似的項目來干擾考生。
- ▶ 這一題也是一樣用刪去法，首先聽出「ベッドと本棚はありますが、テレビはありません」（有床鋪和書櫃，但是沒有電視機），馬上就可以刪去有電視的圖３和圖４。繼續往下聽知道「本棚には本があまり入っていません」（書架上沒有幾本書），刪去圖１，正確答案是２。
- ▶「あまり～ません」表示數量不是很多或程度不是很高。

單字と文法

- □ 部屋 房間
- □ どれ 哪一個
- □ アパート【apartment house 的略稱】公寓
- □ ベッド【bed】床鋪
- □ 本棚 書架
- □ テレビ【television 的略稱】電視
- □ 入る 放入
- □ がほしい 想要…

1-21 21 ばん 【答案跟解説：042 頁】

答え：①②③④

1

2

3

4

1-22 22 ばん 【答案跟解説：042 頁】

答え：①②③④

1-23 23 ばん 【答案跟解說：044 頁】

答え：① ② ③ ④

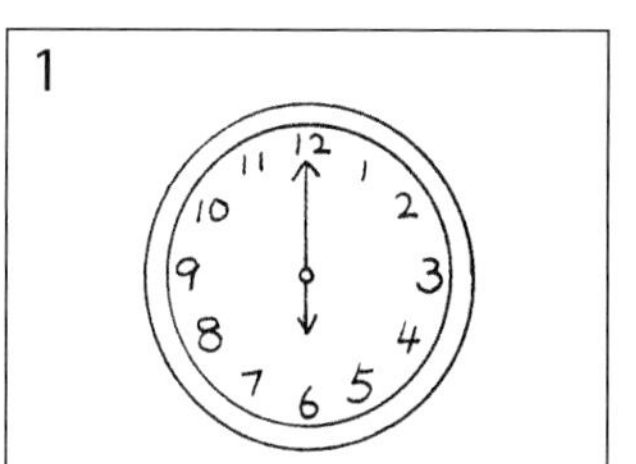

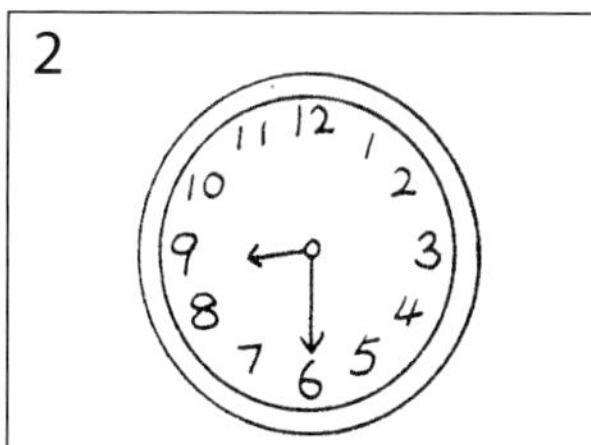

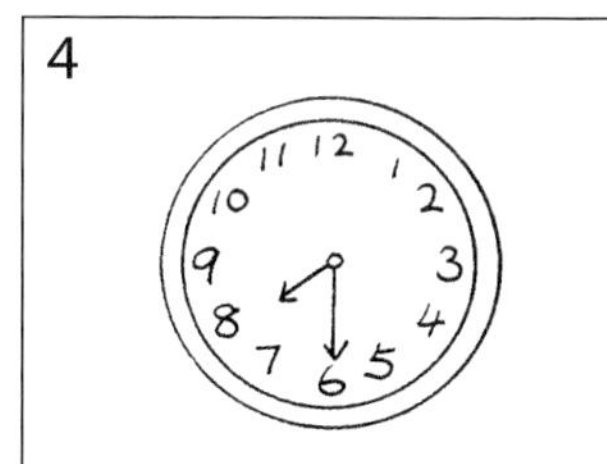

1-24 24 ばん 【答案跟解說：044 頁】

答え：

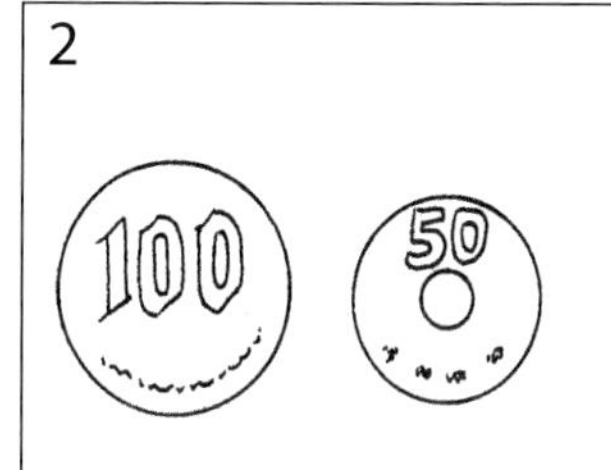

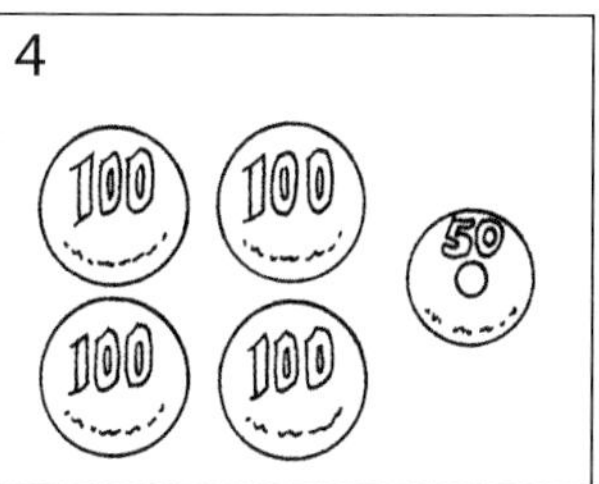

もんだい 1　第 21 題 答案跟解說

答案：2　1-21

女の人が話しています。きのう、女の人が会った先生はどの人ですか。

F：きのうのパーティーには、中学校のときの先生も来ました。先生はことし 70 歳ですが、とても元気でした。学校で教えていたときは、いつもズボンとTシャツでしたが、きのうは背広を着ていました。

きのう、女の人が会った先生はどの人ですか。

【譯】有位女士正在說話。請問昨天這位女士遇到的老師是哪一位呢？

F：我中學時代的老師，昨天也出席了派對。老師今年70歲，但仍然精神奕奕。老師當年在學校教書時，總是身穿長褲和T恤，不過他昨天穿的是西裝。

請問昨天這位女士遇到的老師是哪一位呢？

もんだい 1　第 22 題 答案跟解說

答案：4　1-22

学校で女の子と男の子が話しています。いちばん速く走る人はだれですか。

F：雄太くんと一郎くんは、どちらが速く走りますか。

M：雄太くんのほうが速いです。でも、太郎くんは雄太くんよりもっと速く走りますよ。

F：そうですか。

いちばん速く走る人はだれですか。

【譯】有個女孩正和男孩正在學校裡說話。請問跑得最快的是誰呢？

F：雄太和一郎誰跑得比較快呢？

M：雄太跑得比較快。不過，太郎又比雄太跑得更快。

F：真的喔？

請問跑得最快的是誰呢？

攻略的要點 對比句型「は～が、は～」的第二個「は」才是重點！

解題關鍵と訣竅

【關鍵句】きのうは背広(せびろ)を着(き)ていました。

- 看到這張四圖，馬上反應是跟人物有關的，然後瞬間區別他們年齡、性別、穿戴上的不同。
- 這道題要問的是「昨天這位女士遇到的老師是哪一位呢」。一聽到老師今年「70歳」，馬上刪去年輕的圖 3。最後剩下 1 、 2 跟 4 的選項，請馬上區別出他們的不同就在性別跟穿著了，最後的關鍵在老師因為穿「背広」（西裝）所以知道是男性，正確答案是 2 。至於「ズボン」跟「Tシャツ」是老師當年教書時的穿著，是答案前面預設的陷阱，要小心！
- 在這裡表示對比關係的「Aは～が、Bは～」又出現了，看到這種句型，要記住「が」後面的內容通常就是重點。
- 「背広」指的是男性穿的西裝，一般用相同衣料做的上衣和褲子。正規的還帶背心。

單字と文法

- □先生(せんせい) 老師
- □歳(さい) …歳
- □教える(おしえる) 教書
- □どの 哪一〔位〕
- □元気(げんき) 很有精神
- □背広(せびろ) 西裝
- □パーティー【party】派對
- □学校(がっこう) 學校

攻略的要點 注意表示比較的句型！

解題關鍵と訣竅

【關鍵句】雄太(ゆうた)くんのほうが速(はや)いです。でも、太郎(たろう)くんは雄太(ゆうた)くんよりもっと速(はや)く走(はし)りますよ。

- 這道題要問的是「跑得最快的是誰呢」。很明顯地，這是要考比較的問題了，解題訣竅在聽清比較相關的句型。
- 從一開始得知雄太跑得比一郎快之後，再加上「太郎くんは雄太くんよりもっと速く走りますよ」（太郎又比雄太跑得更快），判斷三人的跑步速度是「太郎＞雄太＞一郎」。跑得最快的是太郎了，正確答案是 4 。
- 表示比較或程度的句型還有「～より」（比起…）、「いちばん～」（最…）等。

單字と文法

- □女の子(おんなのこ) 女孩
- □走る(はしる) 跑步
- □より 比〔某人〕更…
- □いちばん 最…
- □誰(だれ) 誰
- □もっと 更加地
- □速い(はやい) 快速的
- □どちら 哪一位

もんだい 1　第 23 題 答案跟解說　答案：4　1-23

女の人と男の人が話しています。きょうの夜、二人は何時ごろ会いますか。

F：きょうの夜、いっしょに映画を見に行きませんか。

M：いいですね。何時からですか。

F：8時からです。でも、先に晩ごはんを食べたいので、30分前に駅で会いませんか。

M：じゃ、そうしましょう。

きょうの夜、二人は何時ごろ会いますか。

【譯】有位女士正和男士在說話。請問這兩人今晚大概幾點碰面呢？

F：今天晚上要不要一起去看電影呢？

M：好啊。電影幾點開始？

F：8點開始。不過我想先吃晚餐，所以要不要提前30分鐘在車站碰面呢？

M：就這麼辦。

請問這兩人今晚大概幾點碰面呢？

もんだい 1　第 24 題 答案跟解說　答案：4　1-24

スーパーでお客さんとお店の人が話しています。お客さんが買ったりんごは全部でいくらですか。

F：きょうは果物が安いですね。きのうまではりんご一つ 120 円でしたよ。

M：はい、いらっしゃい。きょうはいつもより 30 円安いですよ。安いですが、甘くておいしいですよ。いかがですか。

F：じゃ、5つください。

お客さんが買ったりんごは全部でいくらですか。

【譯】有位顧客正在超市和店員說話。請問這位顧客總共付了多少錢買蘋果呢？

F：今天的水果真便宜呢，昨天一顆蘋果就要120圓了。

M：歡迎光臨。今天比平常還要便宜30圓唷。便宜雖便宜，但是又甜又好吃喔。您要不要買一些呢？

F：那麼，請給我5顆。

請問這位顧客總共付了多少錢買蘋果呢？

攻略的要點 用「時間＋前」來推算正確時間！

解題關鍵と訣竅

【關鍵句】8時からです。…、30分前に駅で会いませんか。

- 看到這一題的四個時間，馬上反應圖中「6:00、8:30（半）、8:00、7:30（半）」四個時間詞的唸法。這道題要問的是「兩人今晚大概幾點碰面」，緊記住這個大方向，然後馬上充分調動手、腦、邊聽邊刪除干擾項。
- 女士回答中只出現了2個時間詞，有「8時」、「30分前」。其中「8時」是電影開始時間，是干擾項，不是碰面的時間，可以邊聽邊把圖3打叉。而後面的「30分前」是間接說出了答案要的時間，也就是「8時」的「30分前」，加以計算一下，就是「7:30」了。最後，男士也同意說「じゃ、そうしましょう」（就這麼辦）。知道答案是4了。
- 「～に行きませんか」用來邀約對方一起去某個地方。

單字と文法

- □ 今日 今天
- □ ごろ 大約…左右
- □ から（時間點＋から）從…開始
- □ 夜 晚上
- □ 映画 電影
- □ 晩ご飯 晚餐
- □ 何時 幾點
- □ 見に行く 去看…

攻略的要點 先運用比較句型算出單價，再用乘法算出總價！

【關鍵句】きょうはいつもより30円安いですよ。…。5つください。

- 問價格的題型，有時候對話中幾乎沒有直接說出考試點的金額，所以要仔細聽清楚對話中的每個價錢，再經過加減乘除的運算，才能得出答案。
- 先預覽這4個選項，腦中馬上反應出「30円、150円、200円、450円」的唸法。
- 這一道題要問的是「顧客總共付了多少錢買蘋果」。關鍵詞「全部で」問的是「總共」的價錢；「いくら」這裡是指「多少錢」。這道題有價錢又有時間，稍有難度。
- 首先是女士確認的一個蘋果「120円」，這是昨天之前的價錢，不要掉入陷阱了。接下來馬上被男士的今天「いつもより30円安い」（比平常還要便宜30圓）給修正了，馬上計算一下「120-30=90」。接下來女士決定「5つください」（請給我5顆），再進一步計算結果是「90 × 5=450」，知道答案是4了。
- 日本各大超市一到晚上七、八點左右，為了促進生鮮類食品能快速更換，會對當天賣不完的生鮮產品進行打折優惠，有機會不妨去撿個便宜喔！

單字と文法

- □ スーパー【supermarket的略稱】超市
- □ 果物 水果
- □ おいしい 美味的
- □ いらっしゃい 歡迎光臨
- □ いかが 如何
- □ が 前接主語
- □ 甘い 香甜的
- □ ください …請給我

1-25 25 ばん 【答案跟解說：048 頁】

答え：①②③④

1

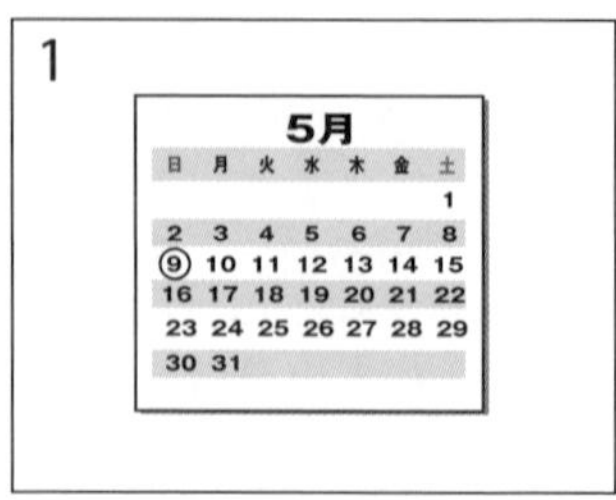

2

3

4

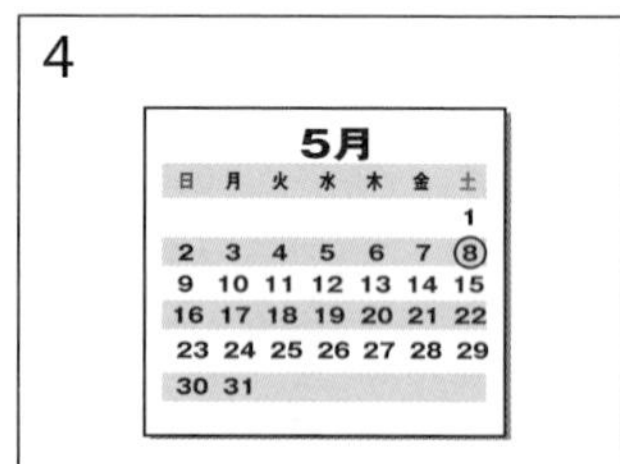

1-26 26 ばん 【答案跟解說：048 頁】

答え：①②③④

1

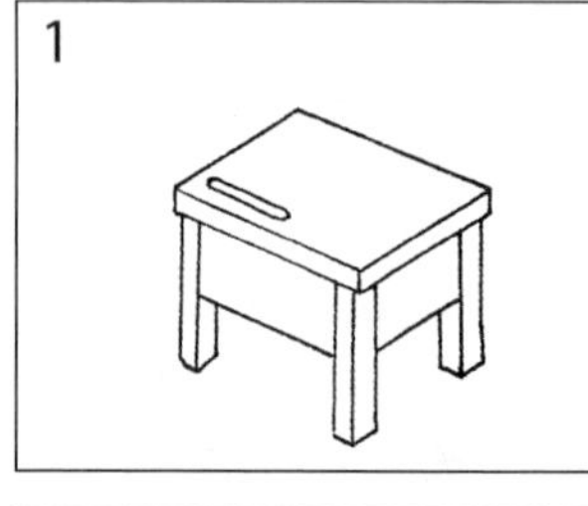

2

3

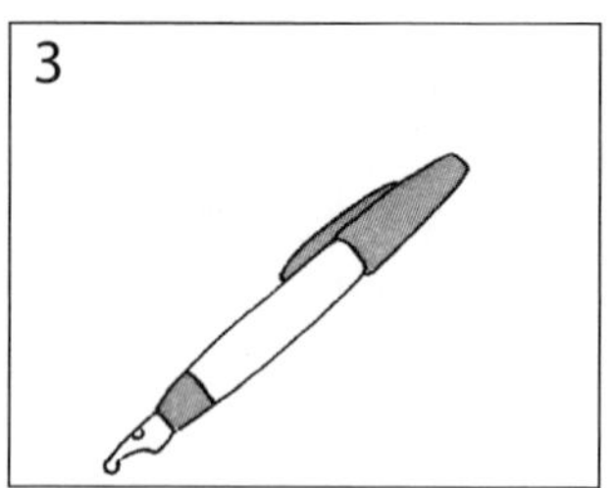

4

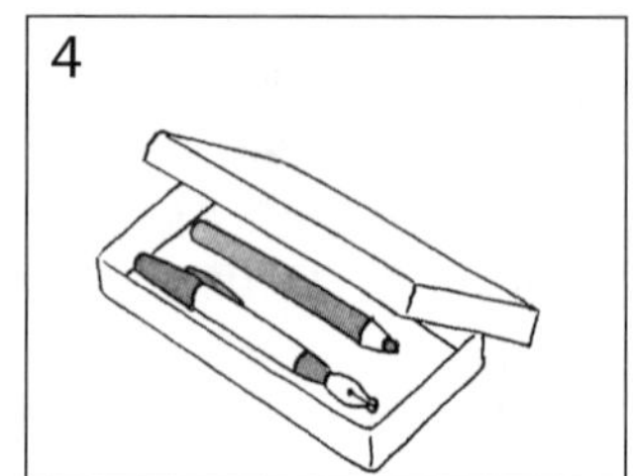

1-27 27 ばん 【答案跟解說：050 頁】

答え：①②③④

1-28 28 ばん 【答案跟解說：050 頁】

もんだい１　第 25 題 答案跟解說

答案：1　1-25

女の人と男の人が話しています。ゆきさんの誕生日はいつですか。

F：今月の９日は、ゆきさんの誕生日ですよ。

M：９日は土曜日ですか。

F：日曜日ですよ。お友だちみんなで、ゆきさんの家に遊びに行きます。いっしょに行きませんか。

ゆきさんの誕生日はいつですか。

【譯】有位女士正和男士在說話。請問由紀的生日是在哪一天呢？

F：這個月的 9 號是由紀的生日唷。

M：9 號是星期六嗎？

F：是星期天喔。朋友們全都要去由紀家玩。你要不要也一起去呢？

請問由紀的生日是在哪一天呢？

もんだい１　第 26 題 答案跟解說

答案：4　1-26

会社で女の人と男の人が話しています。二人は何の話をしていますか。

F：これ、机の上に置いてありましたが、伊藤さんのですか。中には、万年筆や鉛筆などが入っています。

M：いいえ、違います。わたしは万年筆は使いません。

F：そうですか。じゃ、他の人のですね。

二人は何の話をしていますか。

【譯】有位女士正和男士在公司裡說話。請問他們正在討論什麼呢？

F：這東西放在桌上，是伊藤先生你的嗎？裡面放了些鋼筆和鉛筆之類的。

M：不，不是我的。我不用鋼筆的。

F：這樣啊。那這是其他人的吧？

請問他們正在討論什麼呢？

攻略的要點 要熟記星期、日期的唸法！

解題關鍵と訣竅

【關鍵句】今月の９日は、ゆきさんの誕生日ですよ。…。日曜日ですよ。

- 看到月曆，先預覽這４個選項，腦中馬上反應出「９日、８日、土曜日、日曜日」的唸法，如果不放心，也可以快速在月曆的「９日（ここのか）、８日（ようか）」上面標出唸法。然後馬上充分調動手、腦，區別４張圖的差異，並邊聽邊刪除干擾項。
- 這一道題要問的是「由紀的生日是在哪一天」，一聽到「いつ」（什麼時候），再配合選項的四張圖，知道這一題要考的是「幾號」和「星期幾」了。
- 首先是女士提出的「今月の９日」是由紀的生日，馬上除去圖２、４的「８日」。接下來男士問９號是「土曜日」嗎？馬上被女士的「日曜日ですよ」（是星期天喔）給否定了，知道由紀的生日是９號的星期天，正確答案是１。

單字と文法

- □ いつ 哪一天
- □ 今月 這個月
- □ ９日 九號〔日期〕
- □ 土曜日 星期六
- □ 友だち 朋友
- □ みんな 大家

攻略的要點 用常識判斷出正確答案！

解題關鍵と訣竅

【關鍵句】中には、万年筆や鉛筆などが入っています。

- 這道題要問的是「他們正在討論什麼」。首先，預覽這四張圖，判斷對話中出現的東西應該會有「机、辞書、万年筆、鉛筆を入れる箱」。同樣地，對話還沒開始前，要立即想出這四樣東西相的日文。從一開始的對話中女士提到「中には、万年筆や鉛筆などが入っています」（裡面放了些鋼筆和鉛筆之類的），這句話，沒有直接說出考點的物品，必須經過判斷放鋼筆和鉛筆的東西是鉛筆盒。才能得出答案是４。至於其它的都是干擾項，要能隨著對話，一一消去。
- 「万年筆は使いません」裡的「は」是對比用法，暗示自己雖然不用鋼筆，但會使用原子筆等其他的書寫道具。
- 句型「～てありました」前接他動詞，表示人為動作結束後，動作的結果還存在著。語意是「我雖然沒親眼看見，但是這個東西之所以出現，是因為有人擺放， 我看到的時候它已經放在這裡了」。

單字と文法

- □ 机 書桌、辦公桌
- □ てある …著〔動作結果的存在〕
- □ 万年筆 鋼筆
- □ 鉛筆 鉛筆
- □ など …等等
- □ 違う 不是
- □ 使う 使用
- □ 他 其他

もんだい 1　第 27 題 答案跟解說

答案：2　1-27

ホテルの前で、男の人が大勢の人に話しています。この人たちは何時に食堂の前に来ますか。

M：皆さん、ホテルに着きましたよ。今、6 時 30 分です。今から、部屋で少し休んでください。晩ごはんは 7 時からですので、10 分前に 1 階の食堂の前に来てください。

この人たちは何時に食堂の前に来ますか。

【譯】有位男士正在飯店前向眾人說話。請問這些人幾點要到食堂前呢？

M：各位，我們抵達飯店囉。現在是 6 點30分，現在請先到房間稍作休息。晚餐 7 點開飯，請提前10分鐘到 1 樓的食堂前面集合。

請問這些人幾點要到食堂前呢？

もんだい 1　第 28 題 答案跟解說

答案：3　1-28

レストランで男の人と店の人が話しています。男の人は何を頼みましたか。

M：サンドイッチを 1 つください。

F：卵のサンドイッチと野菜のサンドイッチがあります。どちらがいいですか。

M：卵のサンドイッチをお願いします。

F：飲み物は紅茶とコーヒーのどちらがいいですか。

M：コーヒーをお願いします。

男の人は何を頼みましたか。

【譯】有位男士正和餐廳的員工在說話。請問這位男士點了什麼呢？

M：請給我1個三明治。

F：有雞蛋三明治和蔬菜三明治，請問要哪一種呢？

M：麻煩給我雞蛋三明治。

F：飲料的話要喝紅茶還是咖啡呢？

M：我要咖啡。

請問這位男士點了什麼呢？

攻略的要點 用「時間＋前」來推算正確時間！

解題關鍵と訣竅

【關鍵句】晩ごはんは7時からですので、10分前に…来てください。

- 看到這一題的四個時間，馬上反應圖中「6:30（半）、6:50、7:00、7:10」四個時間詞的唸法。這道題要問的是「這些人幾點要到食堂前」，緊記住這個大方向，然後馬上充分調動手、腦、邊聽邊刪除干擾項。
- 男士這段話出現了3個時間詞，有「6時30分」、「7時」跟「10分前」。其中「6時30分」是現在的時間，「7時」是晚餐開飯時間，都是干擾項，不是到食堂前的時間，可以邊聽邊把圖1、3打叉。而後面的「10分前」是間接說出了答案要的時間，也就是「7時」的「10分前」，加以計算一下，7點提早10分鐘就是6點50分了。答案是2。
- 「～から」前接時間相關詞，就表示「從…開始」。
- 日本飯店總有各式各樣讓人印象深刻的服務，像是每間房派一位懂外語的專門服務女招待、一流的窗景讓大自然宛如房間的一景等，有些飯店甚至設有藝廊供客人免費參觀。

單字と文法

- □ ホテル【hotel】飯店
- □ 来る 來
- □ 休む 休息
- □ に（對象＋に）對…做某事
- □ 今から 從現在開始
- □ 階 …樓
- □ 食堂 附設餐廳
- □ で（場所＋で）在…

攻略的要點 注意點菜用語「～をお願いします」！

解題關鍵と訣竅

【關鍵句】卵のサンドイッチをお願いします。
コーヒーをお願いします。

- 先預覽這4個選項，腦中迅速比較它們的差異，有「卵のサンドイッチ」跟「野菜のサンドイッチ」，「紅茶」跟「コーヒー」。
- 首先掌握設問「男士點了什麼」這一大方向。「何を頼みましたか」、「何を注文しましたか」等點菜相關的題型，要仔細聽清楚料理的名稱及數量，甚至是其他的特殊要求。
- 一開始知道男士要的是「サンドイッチ」再補充是「卵」的，可以馬上消去圖2、4。接下來女士問飲料要喝紅茶還是咖啡呢？男士，選擇了「コーヒー」。知道答案是3了。
- 「どちらがいいですか」（請問要哪一個）用來請對方在兩件事物當中選出一個。
- 點菜時顧客常用的句型還有：「～をください」（給我…）、「～がいいです」（我要…）、「～でいいです」（…就好）等，這些都要熟記清楚喔！

單字と文法

- □ 頼む 點餐
- □ 卵 雞蛋
- □ どちら 哪個
- □ サンドイッチ【sandwich】三明治
- □ 野菜 蔬菜
- □ 紅茶 紅茶
- □ 一つ 一個
- □ がある 有…

Memo

ポイント理解

於聽取完整的會話段落之後，測驗是否能夠理解其內容（依據剛才已聽過的提示，測驗是否能夠抓住應當聽取的重點）。

考前要注意的事

作答流程 & 答題技巧

聽取說明

先仔細聽取考題說明

聽取問題與內容

聽取兩人對話之後，抓住對話的重點。

內容順序一般是「提問 ➡ 對話（或單人講述）➡ 提問」預估有 6 題

1 提問時常用疑問詞，特別是「～、何をしましたか」（～、做了什麼事呢？）、「～は、どれですか」（～、是哪一個呢？）。

2 首要任務是理解要問什麼內容，接下來集中精神聽取提問要的重點，排除多項不需要的干擾訊息。

3 注意選項跟對話內容，常用意思相同但說法不同的表達方式。

答題

再次仔細聆聽問題，選出正確答案

N5 聽力模擬考題 もんだい 2

もんだい２では　はじめに、しつもんを　きいて　ください。それから　はなしを　きいて、もんだいようしの　１から４のなかから、いちばん　いい　ものを　ひとつ　えらんで　ください。

2-1 1ばん 【答案跟解說：056 頁】

【答案跟解說：056 頁】

答え：①②③④

2-2 2ばん

【答案跟解說：056 頁】

答え：①②③④

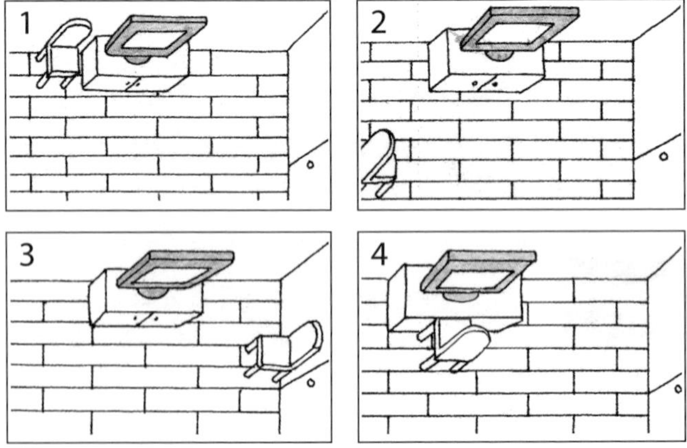

2-3 3ばん 【答案跟解說：058 頁】

答え：①②③④

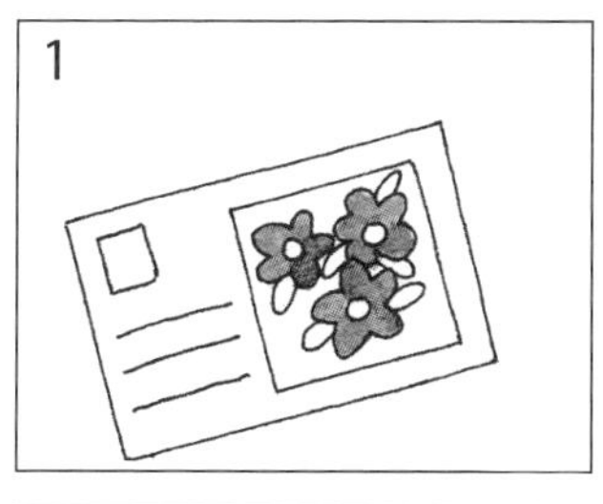

2-4 4ばん 【答案跟解說：058 頁】

答え：

もんだい 2 第 1 題 答案跟解說

答案：4　2-1

男の人と女の人が話しています。女の人はことしの夏、何をしますか。

M：山田さん、ことしの夏も外国へ旅行に行きますか。

F：行きたいですが、ことしはちょっと時間がありません。

M：そうですか。うちは家族で北海道へ行きます。

F：いいですね。わたしは子どもたちと近くのプールに行くだけですね。

M：となりの町にいいプールがありますよ。

F：そうですか。知りませんでした。よく行きますか。

M：ええ。駅から近くて、便利ですよ。

女の人はことしの夏、何をしますか。

【譯】有位男士正和女士在說話。請問這位女士今年夏天要做什麼呢？

M：山田小姐，妳今年還是會去國外旅遊嗎？

F：雖然很想去，不過今年沒什麼時間。

M：這樣啊。我們全家要去北海道玩。

F：真好。我只能和孩子們去附近的游泳池而已。

M：隔壁鎮上有個很棒的游泳池唷。

F：是喔，我都不曉得。你很常去嗎？

M：嗯，離車站不遠，很方便呢。

請問這位女士今年夏天要做什麼呢？

もんだい 2 第 2 題 答案跟解說

答案：1　2-2

男の人と女の人が話しています。いすはどうなりましたか。

M：部屋の入り口にあるいす、使いますか。

F：それですか。きょうは使いませんよ。

M：じゃ、どこに置きますか。

F：そうですね。部屋の奥のテレビのところに置いてください。

M：ここでいいですか。

F：あ、テレビの前じゃなくて、となりにお願いします。はい、そこでいいです。

いすはどうなりましたか。

【譯】有位男士正和女士在說話。請問椅子是怎麼擺放的呢？

M：那把放在房間進門處的椅子，妳要用嗎？

F：你是說那一把嗎？今天沒有要用。

M：那該放到哪裡呢？

F：這個嘛…請放到房間的最裡面、電視機那邊。

M：放這裡可以嗎？

F：啊，不是電視機前面，請放到電視機旁邊。好，那邊就可以了。

請問椅子是怎麼擺放的呢？

攻略的要點 要注意表示逆接的「が」！

解題關鍵と訣竅

【關鍵句】わたしは子どもたちと近くのプールに行くだけですね。

- 「ポイント理解」的題型要考的是能否抓住整段對話的要點。這類題型談論的事情多，干擾性強，屬於略聽，所以可以不必拘泥於聽懂每一個字，重點在抓住談話的主題，或是整體的談話方向。這道題要問的是「女士今年夏天要做什麼呢」。
- 首先是「外国へ旅行に」，被下一句給否定了。聽到「が」（雖然…但是…）表示與前面說的內容相反，就知道沒去成了。接下來「北海道へ行きます」，是男士的行程，不正確。女士又接著說：「わたしは子どもたちと近くのプールに行くだけですね」（我只能和孩子們去附近的游泳池而已），指出她今年夏天的行程。「だけ」（只…）表示限定。答案是 4 。記住，要邊聽（全神貫注）！邊記（簡單記下）！邊刪（用圈叉法）！
- 日本夏季最重要的節日就是「お盆」（盂蘭盆節）了。「お盆」是日本七、八月舉辦的傳統節日，原本是追祭祖先、祈禱冥福的節日，現在已經是家庭團聚、合村歡樂的節日了。這期間一般公司、企業都會放將近一個禮拜的假，好讓員工們回家團聚。

單字と文法

□ことし 今年
□夏 夏天
□ちょっと ＜下接否定＞不太容易…
□外国 國外
□家族 家人
□子ども 小孩
□プール【pool】游泳池
□知る 知道
□便利 方便

攻略的要點 平時要熟記表示位置的單字！

解題關鍵と訣竅

【關鍵句】部屋の奥のテレビのところに置いてください。
テレビの前じゃなくて、となりにお願いします。

- 看到這道題的圖，馬上反應可能出現的場所詞「奥、前、となり」，跟相關名詞「いす、テレビ、部屋、入り口」。緊抓「椅子是怎麼擺放的呢」這個大方向，集中精神、冷靜往下聽。
- 用刪去法，首先聽出「部屋の奥のテレビのところに」（放到房間的最裡面，電視機那邊），馬上就可以刪去圖 2 及圖 3，繼續往下聽知道「テレビの前じゃなくて、となりに…」（不是電視機前面，請放到電視機旁邊），正確答案是 1 。
- 「～てください」和「～お願いします」都是用在請別人做事的時候，不過前者帶有命令的語氣，後者較為客氣；一聽到句型「～じゃなくて、～です」（不是…而是…），就要提高警覺，因為「じゃなくて」的後面往往就是話題的重點！

單字と文法

□部屋 房間
□入り口 入口
□使う 使用
□置く 放
□奥 裡面
□テレビ【television 的略稱】電視
□前 前面
□隣 旁邊

もんだい2　第 3 題 答案跟解說　答案：4　2-3

女の人と男の人が話しています。二人はどんなはがきを買いましたか。

F：これ、きれいなはがきですね。お花がいっぱいで。

M：そうですね。1枚ほしいですね。

F：ゆみちゃんにはがきを出しましょうよ。

M：そうしましょう。あ、この犬のもかわいいですね。

F：そうですね。でも、ゆみちゃんは猫が好きだと言っていましたよ。

M：じゃあ、この大きい猫の写真があるはがきを買いましょう。

F：そうしましょう。

二人はどんなはがきを買いましたか。

【譯】有位女士正和一位男士在說話。請問這兩人買了什麼樣的明信片呢？

F：這張明信片好漂亮喔！上面畫了好多花。

M：真的耶，好想買一張喔。

F：要不要寄明信片給由美呢？

M：就這麼辦！啊，這張小狗的也好可愛喔！

F：真的耶！不過，由美曾說過她喜歡貓咪喔。

M：那我們買這張印有大貓咪照片的明信片吧。

F：好啊。

請問這兩人買了什麼樣的明信片呢？

もんだい2　第 4 題 答案跟解說　答案：3　2-4

男の人と女の人が話しています。男の人はどのバスに乗りますか。

M：すみません、8番のバスは駅まで行きますか。

F：8番のバスは駅の後ろにあるデパートの近くに止まりますが、駅まではちょっと遠いですね。

M：そうですか。じゃ、何番のバスがいいですか。

F：そうですね。6番が駅の前に止まりますから、いちばん便利ですね。5番と7番もデパートのほうには行きますが、駅には行きませんよ。

M：そうですか。ありがとうございます。

F：いいえ、どういたしまして。

男の人はどのバスに乗りますか。

【譯】有位男士正和女士在說話。請問這位男士會搭哪一號公車呢？

M：不好意思，請問8號公車會到車站嗎？

F：8號公車會停靠位於後站的百貨公司附近，不過離車站有點遠喔。

M：這樣啊。那我要搭哪一號公車比較好呢？

F：讓我想想，6號公車會停在車站前面，是最方便的。5號和7號公車也會開往百貨公司那邊，不過不會到車站喔。

M：我曉得了，謝謝。

F：不客氣。

請問這位男士會搭哪一號公車呢？

攻略的要點　「じゃあ、」的後面表示說話者接下來的打算！

解題關鍵と訣竅

【關鍵句】じゃあ、この大きい猫の写真があるはがきを買いましょう。

- 這一題問題關鍵在「どんな」（怎樣的），這裡要問的是明信片上的圖案、大小。
- 首先快速預覽這四張圖，知道對話內容的主題在「はがき」（明信片）上，立即比較它們的差異，有「花」、「犬」跟「猫」，「一匹」跟「三匹」。
- 首先掌握設問「兩人買了什麼樣的明信片」這一大方向。一開始知道女士跟男士喜歡「お花がいっぱい」的明信片，先保留圖 1 ，在掀開牌底之前，都不能掉以輕心的，也就是絕不能妄下判斷。接下來男士說「這張小狗的也好可愛」的，但女士說要「由美說過她喜歡貓咪」，可以消去 2 跟兩人個人喜歡的圖 1 。男士又建議買「大きい猫の写真」（大貓咪照片），女士馬上「そうしましょう」（好啊）。知道答案是 4 了。
- 「～ましょう」表示邀請對方一起做某件事情；「この犬のも」的「の」用來取代「はがき」。
- 日本人會在12月寫賀年卡，以感謝今年一整年關照自己的上司、同事、老師、同學及朋友。同時也期許大家能在新的一年持續對自己多加關照。

單字と文法

- □ **はがき** 名信片
- □ **花** 花
- □ **ほしい** 想要…
- □ **犬** 狗
- □ **猫** 貓咪
- □ **きれい** 漂亮的
- □ **いっぱい** 許多
- □ **出す** 寄出
- □ **かわいい** 可愛的
- □ **写真** 照片

攻略的要點　「一番」是「最…」的意思！

解題關鍵と訣竅

【關鍵句】6 番が駅の前に止まりますから、いちばん便利ですね。

- 先預覽這 4 個選項，腦中馬上反應出「5番、6番、7番、8番、バス」的唸法，並推測考點在搭乘哪一輛公車。
- 這一道題要問的是「男士會搭哪一號公車」。首先從男士的「～は駅まで行きますか」，知道男士前往的目的地是「駅」（車站）。女士一開始說明「 8 番」公車離車站有點遠，馬上除去圖 4 。接下來女士建議，因為「 6 番」公車會停在車站前面，是最方便的。女士接著又說「 5 番」跟「 7 番」也會開往百貨公司，但不到男士要前往的車站。這時更確定男士應該要搭乘 6 號公車，正確答案是 3 。
- 「Aは～が、Bは～」表示A和B的內容是對比的；「～がいいです」用來比較一些東西，並從當中挑出一個最好的；「いちばん～」後接形容詞或形容動詞，表示最高級。

單字と文法

- □ **乗る** 搭乘
- □ **番** …號
- □ **駅** 車站
- □ **後ろ** 後面
- □ **デパート【department store 的略稱】** 百貨公司
- □ **止まる** 停止
- □ **何番** 幾號
- □ **いちばん** 最…
- □ **ほう** 往…的方向

2-5 5ばん 【答案跟解說：062 頁】 答え：①②③④

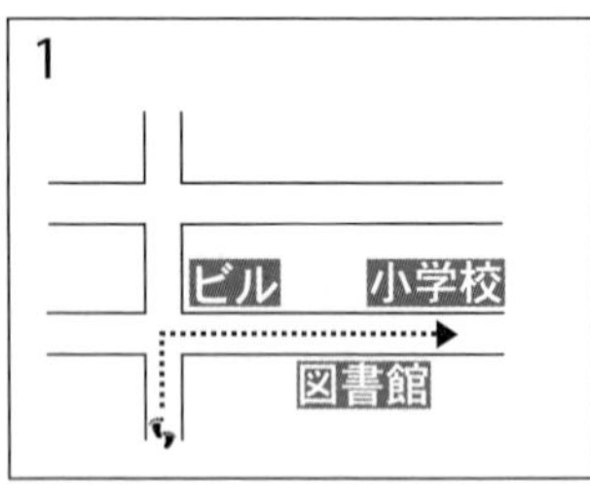

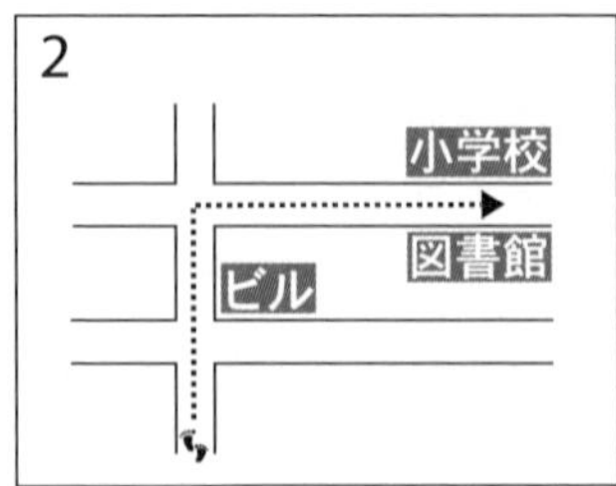

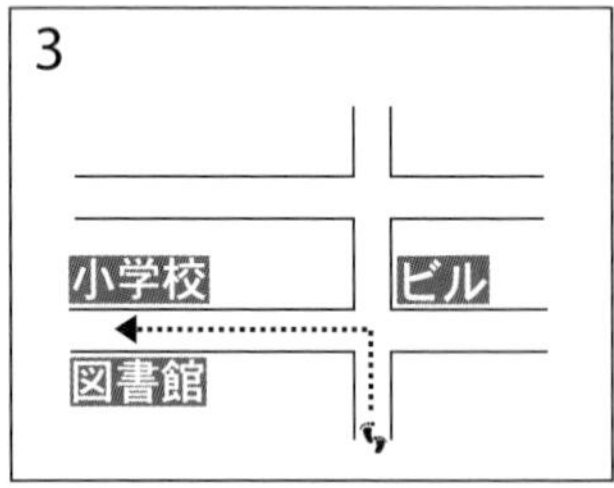

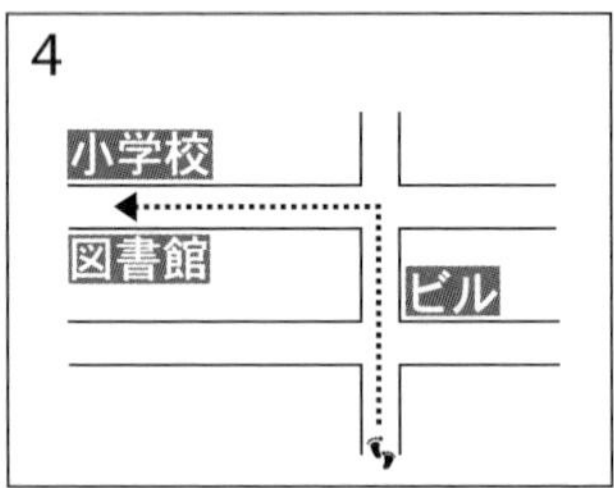

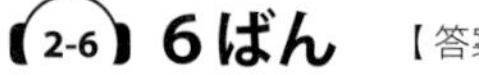

2-6 6ばん 【答案跟解說：062 頁】

答え：①②③④

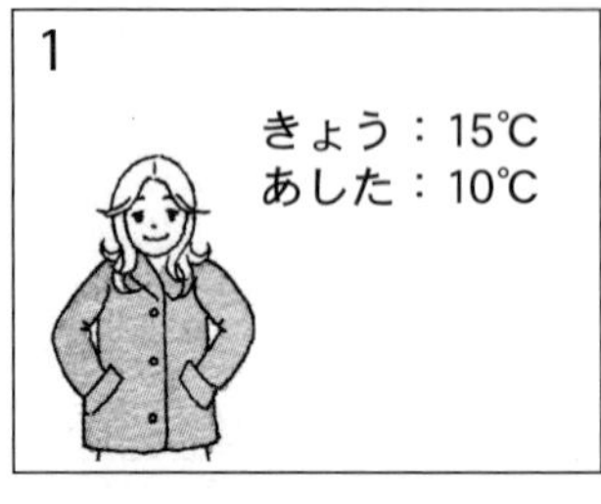

7ばん 【答案跟解說：064 頁】

答え：①②③④

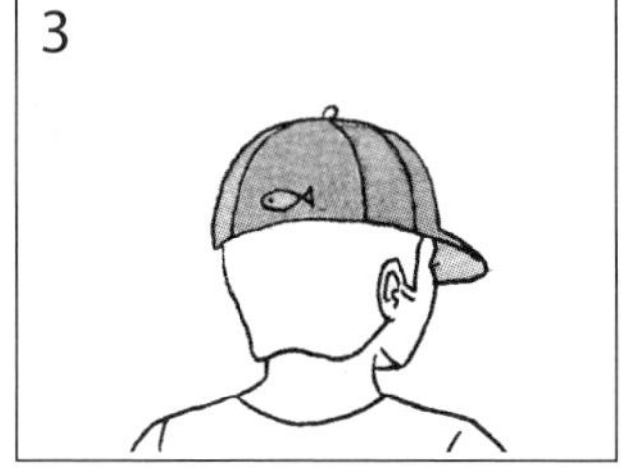

2-8 8ばん 【答案跟解說：064 頁】

答え：

もんだい 2　第 5 題 答案跟解說

答案：2　2-5

女の人と男の人が話しています。小学校はどこにありますか。

F：すみません、さくら小学校に行きたいのですが、この道でいいですか。

M：ええ、いいですよ。あそこに大きいビルがありますね。

F：はい。

M：まっすぐ行って、あのビルの向こうの道を右に曲がってください。

F：はい。

M：道の右側に図書館があります。小学校は図書館の前ですよ。

F：ありがとうございます。

M：どういたしまして。

小学校はどこにありますか。

【譯】有位女士正在問路。請問小學位於哪裡呢？

F：不好意思，我想去櫻小學，請問走這條路對嗎？

M：嗯，沒有錯。有看到那邊有一棟很高的大樓嗎？

F：看到了。

M：請往前直走，過那棟大樓後，再往右轉。

F：好。

M：馬路右側有座圖書館，小學就在圖書館的對面。

F：謝謝。

M：不客氣。

請問小學位於哪裡呢？

もんだい 2　第 6 題 答案跟解說

答案：1　2-6

男の人と女の人が話しています。あしたの天気はどうなりますか。

M：ことしの冬は本当に寒かったですね。

F：そうでしたね。

M：うちは家族みんな、一度は風邪を引きましたよ。

F：それはたいへんでしたね。でもきょうはちょっと暖かくて、よかったですね。

M：あっ、でもあしたはきょうより５度ぐらい寒くなると聞きましたよ。

F：そうですか。じゃあ、まだコートがいりますね。

あしたの天気はどうなりますか。

【譯】有位男士正和女士在說話。請問明天的天氣將會如何呢？

M：今年的冬天真的很冷耶。

F：是呀。

M：我們全家人都感冒過一次了。

F：那真糟糕呀。不過今天還滿暖和的，真是太好了呢。

M：啊，可是聽說明天會比今天再降 5 度左右喔。

F：是哦。看來大衣還不能收起來呢。

請問明天的天氣將會如何呢？

攻略的要點　注意路線及方位！

解題關鍵と訣竅

【關鍵句】あのビルの向こうの道を右に曲がってください。
道の右側に図書館があります。小学校は図書館の前ですよ。

- 這是道測試位置的試題。看到這道題的圖，馬上反應可能出現的方向指示詞「まっすぐ、向こう、右、左、前」，跟相關動詞「行って、曲がって」。
- 這道題要問的是「小學位於哪裡呢」。知道方向了，集中精神往下聽，注意引導目標。首先是眼前可以看到的「大きいビル」（很高的大樓），接下來「まっすぐ行って」（直走）到達「ビル」（大樓）的位置。接下來，關鍵在「あのビルの向こうの道を右に曲がって」（過那棟大樓後，再往右轉），正確答案是2。
- 「向こう」（那邊），在這裡是「過了（大樓）的那一條…」的意思。
- 方向位置的說法還有：「東」（東邊）、「西」（西邊）、「南」（南邊）、「北」（北邊）、「前」（前面）、「後ろ」（後面）。

單字と文法

□ 小学校 小學
□ まっすぐ 直直地
□ 右側 右側
□ 道 道路
□ 向こう 對面
□ 図書館 圖書館
□ ビル【building 的略稱】大樓
□ 曲がる 轉彎

攻略的要點　聽出比較和表示變化的句型！

解題關鍵と訣竅

【關鍵句】でもあしたはきょうより5度ぐらい寒くなると聞きましたよ。

- 看到這四張圖，馬上反應是跟氣溫、時間及人物穿著有關的內容，腦中馬上出現相關單字。
- 設問是「明天的天氣將會如何」。從對話中女士說「きょうはちょっと暖かくて」（今天還滿暖和的）及男士的「あしたはきょうより5度ぐらい寒くなる」（明天會比今天再降5度左右），要能聽出「5度ぐらい寒くなる」馬上把今天的溫度減去5度，這樣圖2、圖3都要刪去。最後剩下圖1跟圖4、要馬上區別出他們的不同就在有無穿大衣，最後的關鍵在女士說「まだコートがいりますね」（大衣還不能收起來呢），正確答案是1了。
- 「Aより～」（比起A…）表示比較；「～と聞きました」（聽說…）可以用來直接引述別人的話；「まだ」（還…）表示某種狀態仍然持續著。

單字と文法

□ 冬 冬天
□ 一度 一次
□ でも 可是
□ 本当に 真的是
□ 風邪 感冒
□ くなる 變得…
□ 寒い 寒冷的
□ 引く 得了〔感冒〕

もんだい 2　第 7 題 答案跟解說　答案：3　2-7

女の子と男の子が話しています。男の子の帽子はどれですか。

F：この帽子、机の上にありましたよ。山田くんのですか。

M：これですか。ぼくのじゃありません。

F：そうですか。でも、山田くんも黒色の帽子、持っていますよね。

M：はい。持っています。でも、ぼくの帽子は後ろに魚の絵があります。

F：そうですか。じゃあ、これはだれのでしょうね。

男の子の帽子はどれですか。

【譯】有個女孩正和男孩在說話。請問這個男孩的帽子是哪一頂呢？

F：這頂放在桌上的帽子，是山田你的嗎？

M：妳說這頂嗎？不是我的。

F：是喔？可是，你也有頂同樣是黑色的帽子吧？

M：嗯，有啊。不過，我的帽子在後腦杓的地方有個魚的圖案。

F：這樣呀。那麼，這會是誰的帽子呢？

請問這個男孩的帽子是哪一頂呢？

もんだい 2　第 8 題 答案跟解說　答案：4　2-8

男の人と女の人が話しています。生まれた犬はどれですか。

M：健太くんの家、犬が生まれましたよ。

F：健太くんのところの犬は黒でしたよね。

M：ええ。でも生まれたのは、黒の犬じゃありませんよ。

F：どんな色ですか。

M：背中は黒で、おなかは白ですよ。

F：足も白ですか。

M：前の足は白で、後ろは黒です。

生まれた犬はどれですか。

【譯】有位男士正和女士在說話。請問生出來的小狗是哪一隻呢？

M：健太家裡養的狗生小狗了耶。

F：健太他家的小狗是黑色的吧。

M：嗯，不過生出來的小狗，不是黑色的唷。

F：是什麼顏色的呢？

M：背是黑色的，肚子是白色的唷。

F：腳也是白色的嗎？

M：前腳是白色的，但是後腳是黑色的。

請問生出來的小狗是哪一隻呢？

攻略的要點 平時要熟記有關位置的單字！

解題關鍵と訣竅

【關鍵句】でも、ぼくの帽子（ぼうし）は後（うし）ろに魚（さかな）の絵（え）があります。

- 首先快速預覽這四張圖，知道主題在「帽子」（帽子）上，立即比較它們的差異，有方位詞相關的「前」、「後ろ」、「横」跟「魚の絵」，判斷這一題要考的是圖案的位置以及圖案的有無。聽對話，一開始掌握設問「男孩的帽子是哪一頂」這一大方向。從對話中得知男孩叫山田， 他有頂黑色的帽子，帽子「後ろに魚の絵があります」（帽子後方有魚的圖案）。正確答案是 3 。
- 放在句尾的「よね」有確認的作用；如果想表達自己擁有某東西，可以用「～を持っています」，請注意不是「～を持ちます」，這是「拿…」的意思。

單字と文法

□帽子（ぼうし） 帽子	□も 也…	□絵（え） 圖案
□机（つくえ） 書桌，辦公桌	□持つ（も） 擁有	□じゃあ「では 那麼」的口語說法
□上（うえ） 上面	□魚（さかな） 魚	

攻略的要點 平時要熟記身體部位的唸法！

解題關鍵と訣竅

【關鍵句】背中（せなか）は黒（くろ）で、おなかは白（しろ）ですよ。
前（まえ）の足（あし）は白（しろ）で、後（うし）ろは黒（くろ）です。

- 「要點理解」的題型，都是通過對話的提示，測驗考生能不能抓住核心資訊。首先快速預覽這四張圖，知道對話內容的主題在「犬」（狗）上，立即比較它們的差異，有「白い」跟「黒い」，「背中」跟「おなか」，「前の足」跟「後ろの足」。
- 首先掌握設問的「出生的小狗是哪一隻」這一大方向。一開始女士說「健太家的小狗是黑色的吧」，被男士給否定掉，馬上消去 2 。接下來男士說「背中は黒で、おなかは白」，可以消去 1 ，至於腳的顏色，男士又說「前の足は白で、後ろは黒」。知道答案是 4 了。
- 「…犬は黒でしたよね」的「でした」是以過去式た形來表示「確認」，不是指狗以前是黑色的。
- 常聽到流行用語「猫派vs犬派」，「猫派」是喜歡貓的人，「犬派」是喜歡狗的人。

單字と文法

□生まれる（う） 出生	□黒（くろ） 黑色	□背中（せなか） 背上，背後	□白（しろ） 白色
□犬（いぬ） 狗	□どんな 什麼樣的	□お腹（なか） 腹部	□足（あし） 腳

2-9 9ばん 【答案跟解說：068 頁】

答え：①②③④

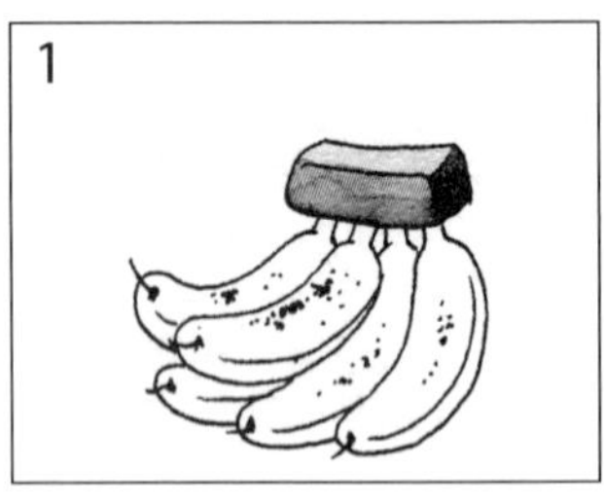

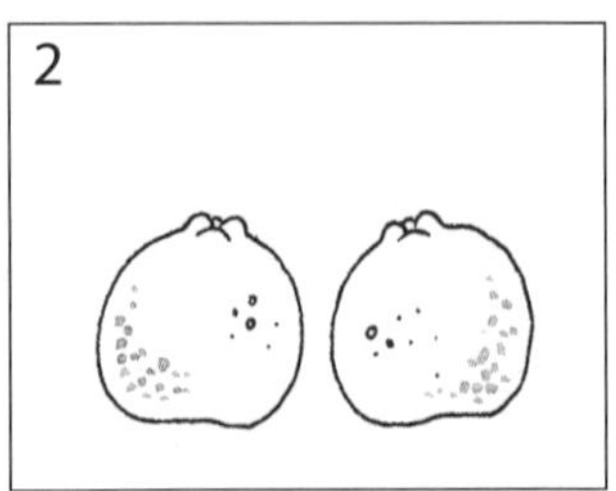

2-10 10ばん 【答案跟解說：068 頁】

2-11 11 ばん 【答案跟解說：070 頁】

答え：① ② ③ ④

1

2

3

4
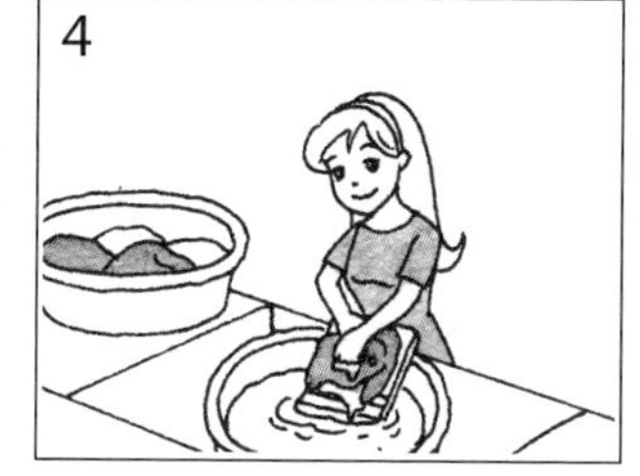

2-12 12 ばん 【答案跟解說：070 頁】

答え：

① ② ③ ④

1
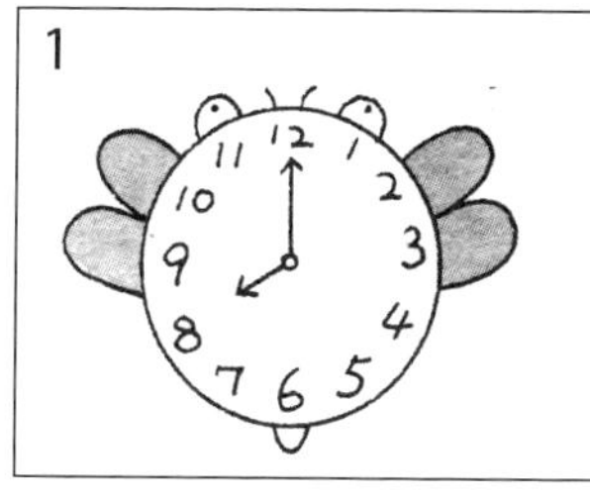

2
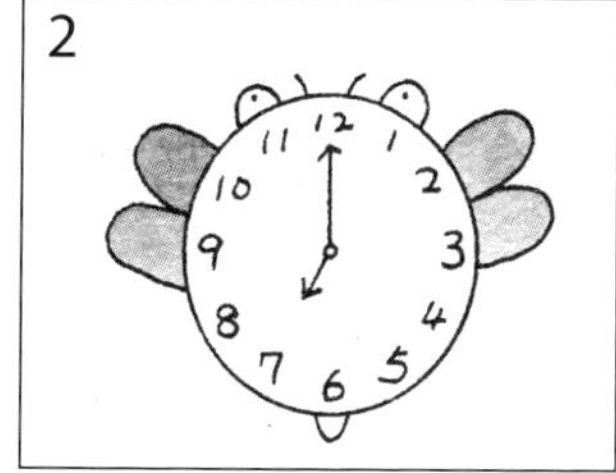

3
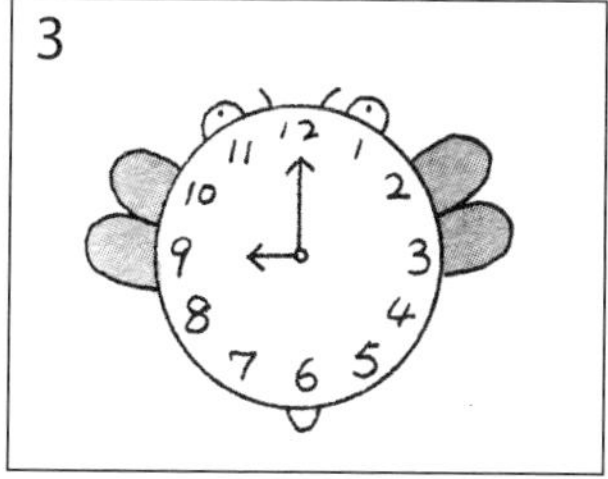

4

もんだい 2　第 9 題 答案跟解說

答案：3　2-9

男の人と女の人が話しています。男の人は何を買いますか。

M：今から買い物に行きますよ。何かほしいものがありますか。

F：そうですね。あしたの朝食べる果物を買ってきてください。

M：いいですよ。じゃ、バナナはどうですか。

F：バナナは先週買いました。りんごかみかんはどうですか。

M：わたしはりんごがいいですね。

F：じゃあ、りんごを２つ、お願いします。

M：わかりました。

男の人は何を買いますか。

【譯】有位男士正和女士在說話。請問這位男士要買什麼呢？

M：我現在要去買東西，妳有沒有什麼想要買的？

F：讓我想想…請幫我買明天早上要吃的水果。

M：可以啊。那麼，買香蕉好嗎？

F：我上個禮拜已經買過香蕉了。蘋果或是橘子如何？

M：我比較想要吃蘋果。

F：那麼，麻煩買兩顆蘋果吧。

M：我曉得了。

請問這位男士要買什麼呢？

もんだい 2　第 10 題 答案跟解說

答案：3　2-10

女の子と男の子が話しています。きのう、女の子は初めにどこに行きましたか。

F：きのうはとても楽しかったですよ。

M：何をしたんですか。

F：美香ちゃんの家でパーティーがありました。ケーキをたくさん食べましたよ。

M：そうですか。

F：美香ちゃんの家に行く前には、公園に行って、友だちみんなで遊びました。

M：それはよかったですね。

きのう、女の子は初めにどこに行きましたか。

【譯】有個女孩正和一個男孩在說話。請問這個女孩昨天最先去了哪裡呢？

F：昨天玩得真開心呀！

M：妳做了什麼呢？

F：美香家裡開了派對，我吃了好多蛋糕喔。

M：是喔。

F：我在去美香她家之前，先去了公園，和朋友們一起玩。

M：那真是太好了呢。

請問這個女孩昨天最先去了哪裡呢？

攻略的要點 常見的水果名稱都熟記了嗎？

解題關鍵と訣竅

【關鍵句】じゃあ、りんごを２つ、お願(ねが)いします。

- ▶「要點理解」的題型，一般談論的事物多，屬於略聽，可以不必拘泥於聽懂每一個字，重點在抓住談話的主題。
- ▶ 首先，預覽這四張圖，在對話還沒開始前，立即想出這三種水果的日文「バナナ、みかん、りんご」，判斷要考的是水果的種類及數量。
- ▶ 這道題要問的是「男士要買什麼」。對話一開始男士問女士，要不要「バナナ」，立即被女士說上禮拜買了給否定掉，馬上消去１跟４，接下來女士問買「りんご」跟「みかん」如何呢？男士用「～がいい」（我選…）選擇「りんご」，正確的答案是３。
- ▶「～がいいです」（我選…）是做出選擇的句型，表示說話者覺得某個東西比較好，後面加個「ね」讓語氣稍微緩和。
- ▶「お願いします」表示拜託對方做某事，這裡的意思是「買ってきてください」；男士回答「わかりました」表示他答應女士的請求，也可以說「いいですよ」（可以啊）。

單字と文法

□買(か)い物(もの) 買東西　□バナナ【banana】香蕉　□りんご 蘋果
□ほしい 想要的　□どう 如何　□みかん 橘子
□果物(くだもの) 水果　□先週(せんしゅう) 上週

攻略的要點 要注意事情的先後順序！

解題關鍵と訣竅

【關鍵句】美香(みか)ちゃんの家(うち)に行(い)く前(まえ)には、公園(こうえん)に行(い)って、友(とも)だちみんなで遊(あそ)びました。

- ▶ 這一題解題關鍵在聽懂事情先後順序的句型「前に」（…之前…）。提問是「女孩昨天最先去了哪裡呢」，掌握女孩最先去的地方這個方向，抓住要點來聽。
- ▶ 對話中女孩先說昨天「美香家裡開了派對」、「吃了好多蛋糕」。在這裡可別大意，以為答案是圖１，只能「暫時」保留。由於這類題型常在最後來個動作大翻盤，記住不到最後不妄下判斷。果然，女孩說「美香ちゃんの家に行く前には、公園に行って、友だちみんなで遊びました」（去美香家前，先去了公園，和朋友一起玩），要聽懂句型「前に」（…之前…），就能聽出答案是３了。
- ▶「動詞辭書形＋前に」表示做前項動作之前，先做後項的動作；「動詞た形＋あとで」表示前項的動作做完後，做後項的動作。是一種按照時間順序，客觀敘述事情發生經過的表現，而前後兩項動作相隔一定的時間發生。
- ▶「動詞連體形＋前に」表示動作的順序，也就是做前項動作之前，先做後項的動作。

單字と文法

□きのう 昨天　□楽(たの)しい 開心　□ケーキ【cake】蛋糕　□公園(こうえん) 公園
□とても 非常　□うち 家　□食(た)べる 吃

もんだい 2　第 11 題 答案跟解說　答案：4　2-11

男の人と女の人が話しています。女の人は家に帰って、初めに何をしますか。

M：伊藤さんは毎日忙しいですね。

F：そうですね。テレビを見たり本を読んだりする時間もあまりありません。

M：そうですか。毎日、家に帰って、すぐ晩ごはんを作りますか。

F：いいえ。先に洗濯をします。朝は洗濯をする時間がありませんから。料理は洗濯のあとですね。

M：本当に、大変ですね。

女の人は家に帰って、初めに何をしますか。

【譯】有位男士正和女士在說話。請問這位女士在回到家裡時，會最先做什麼事呢？

M：伊藤小姐每天都很忙吧。

F：是呀。我連看看電視、看看書的時間都沒有。

M：是喔。妳每天回到家裡就立刻準備晚餐嗎？

F：沒有，我會先洗衣服，因為早上沒時間洗。洗完衣服才來煮菜。

M：真的忙得團團轉呢。

請問這位女士在回到家裡時，會最先做什麼事呢？

もんだい 2　第 12 題 答案跟解說　答案：4　2-12

女の人と男の人が話しています。男の人は何時ごろパーティーの会場に着きましたか。

F：土曜日のパーティー、山田さんはどうして来ませんでしたか。

M：わたしがパーティーの会場に着いたとき、パーティーはもう終わっていました。

F：パーティーは７時からでしたね。何時ごろ会場に着きましたか。

M：土曜日は妻が夕方から友たちと出かけて、８時半ごろに帰ってきました。妻が帰ってきてから、いっしょに行きましたので、９時半ごろですね。

F：そうですか。パーティーは９時まででしたからね。

男の人は何時ごろパーティーの会場に着きましたか。

【譯】有位女士正和男士在說話。請問這位男士大約在幾點抵達派對現場呢？

F：星期六的那場派對，山田先生你怎麼沒來呢？

M：我抵達現場時，派對早就結束了。

F：派對是從７點開始的。你大約幾點抵達現場呢？

M：星期六傍晚我太太和朋友一起出去，大約在８點半回來。我等太太回家之後才跟她一起前往，所以大概是９點半到吧。

F：是喔。畢竟派對９點就結束了。

請問這位男士會在大約幾點去派對呢？

攻略的要點 要注意事情的先後順序！

解題關鍵と訣竅

【關鍵句】先に洗濯をします。

- 這一題解題關鍵在接續副詞「先に」（先…）、「あと」（之後），只有聽準這些詞才能理順動作的順序。提問是回家後女士「首先要做什麼」。
- 這道題的對話共出現了四件事，首先是「テレビを見たり本を読んだりする」（看看電視、看看書），但被女士說沒時間給否定掉了，可以刪掉圖 1 和圖 2 。接下來是「晚ごはんを作ります」，這也被女士給否定掉了，馬上刪掉圖 3 。最後關鍵在「先に洗濯をします」（先洗衣服），答案是 4 了。
- 至於後面的對話「料理は洗濯のあとですね」（洗完衣服才來煮菜）都是為了想把考生殺個措手不及，而把動作順序弄複雜的，是干擾項要排除。
- 「～たり、～たりします」表示行為的列舉，從一堆動作當中挑出兩個具有代表性的；「あまり～ありません」（不怎麼…）表示程度不高、頻率不高或數量不多。

單字と文法

- □ 帰る 回去
- □ する 做…
- □ 毎日 每天
- □ 忙しい 忙碌
- □ テレビ【television 的略稱】電視
- □ すぐ 馬上
- □ 先に 先
- □ 洗濯 洗衣服
- □ 大変 辛苦、嚴重
- □ あまり ＜後接否定＞不太、不怎麼樣

攻略的要點 掌握每個時間點對應到的事件！

解題關鍵と訣竅

【關鍵句】妻が帰ってきてから、いっしょに行きましたので、9時半ごろですね。

- 聽完整段內容，能否理解內容，抓住要點是「要點理解」的特色。看到時鐘，先預覽這 4 個選項，腦中馬上反應出「8:00、7:00、9:00、9:30（半）」的唸法，這道題相關的時間詞多，出現的時間點也都靠得很近，所以要跟上速度，腦、耳、手並用，邊聽邊刪除干擾項。
- 這道題要問的是「男士大約在幾點抵達派對現場」緊記住這個大方向，然後集中精神往下聽。
- 首先女士說的「７時」是派對開始時間，馬上除去圖 2 。接下來男士先說的「８時半ごろ」是太太回家的時間，是干擾項。最後一句的「９時半ごろです」其實意思就是「９時半ごろに着きました」（大概是9點半到）。正確答案是 4 。
- 「パーティーは９時まででしたからね」中的「まで」（到…）表示時間截止的範圍。「から」（因為…）表示原因。

單字と文法

- □ 何時 什麼時候
- □ パーティー【party】派對
- □ 会場 會場
- □ 着く 到達
- □ とき …時候
- □ 終わる 結束
- □ 出かける 出門
- □ てから 做完…再…

2-13 13ばん 【答案跟解說：074 頁】

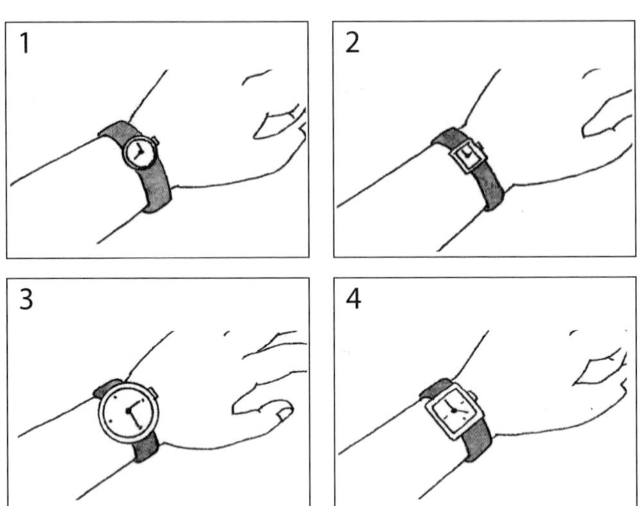

2-14 14ばん 【答案跟解說：074 頁】

答え：①②③④

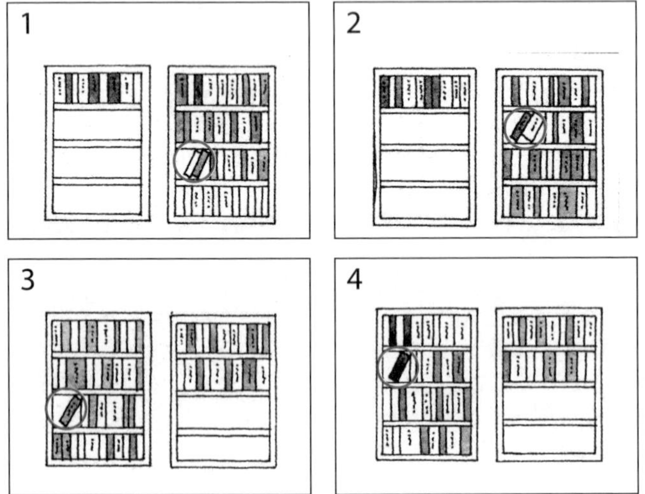

2-15 15 ばん 【答案跟解說：076 頁】

答え：1 2 3 4

2-16 16 ばん 【答案跟解說：076 頁】

答え：1 2 3 4

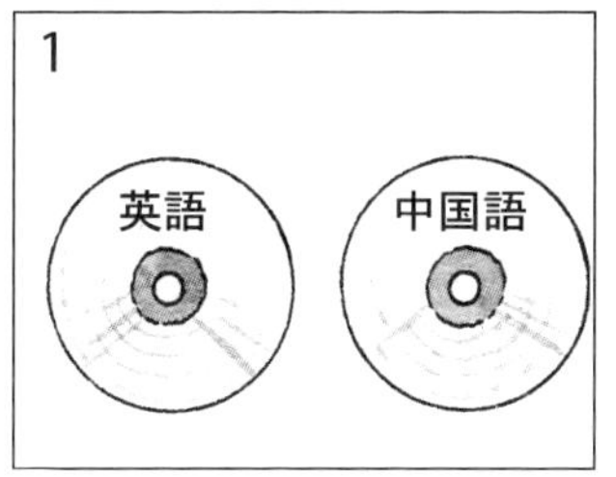

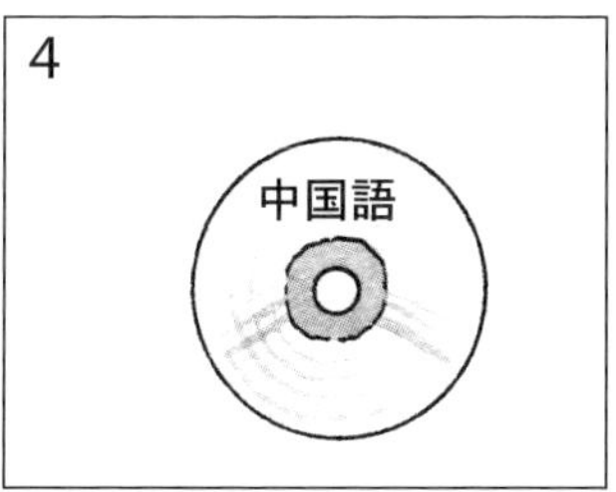

もんだい 2 第 13 題 答案跟解說

答案：1

2-13

男の人と女の人が話しています。女の人の腕時計はどれですか。

M：鈴木さん、それ新しい腕時計ですか。

F：ええ。誕生日に自分で買いました。

M：小さい腕時計ですね。

F：ええ。大きいのは腕が疲れますので、小さいのを買いました。

M：丸くて、かわいいですね。

女の人の腕時計はどれですか。

【譯】有位男士正和女士在說話。請問這位女士的手錶是哪一只呢？

M：鈴木小姐，手上戴的是新錶嗎？

F：嗯，我在生日時買給自己的。

M：好小巧的手錶喔。

F：是呀，戴大錶手很容易痠，所以我買小一點的。

M：圓圓的，很可愛呢。

請問這位女士的手錶是哪一只呢？

もんだい 2 第 14 題 答案跟解說

答案：1

2-14

男の人と女の人が話しています。男の人はどこに本を返しますか。

M：この前借りた本、ありがとうございました。とてもおもしろかったです。

F：どういたしまして。もう全部読みましたか。早いですね。

M：ええ、今週はひまでしたから。本はどこに置きましょうか。

F：右の本棚の下から２番目に入れてください。左には古い本を入れていますから。

M：わかりました。

男の人はどこに本を返しますか。

【譯】有位男士正和女士在說話。請問這位男士會把書歸位到哪裡呢？

M：這是之前向妳借閱的書，謝謝妳。真是好看極了！

F：不客氣。你全部讀完了嗎？看得好快喔。

M：嗯，因為這禮拜比較有空。書放哪裡好？

F：請放到右邊書架、從下往上數的第二格。左邊擺的是舊書。

M：我知道了。

請問這位男士會把書歸位到哪裡呢？

攻略的要點 描述物品外觀的形容詞都記熟了嗎？

解題關鍵と訣竅

【關鍵句】大きいのは腕が疲れますので、小さいのを買いました。
丸くて、かわいいですね。

- 首先快速預覽這四張圖，知道對話內容的主題在「腕時計」（手錶）上，立即比較它們的差異，有「小さい」跟「大きい」，「四角い」跟「丸い」，判斷這一題要考的是手錶的大小和錶面的形狀。
- 首先掌握設問「女士的手錶是哪一只」這一大方向。一開始從男士話中知道是「小さい」手錶，馬上消去 3 跟 4 。最後，男士說「丸くて、かわいいですね」（圓圓的，很可愛呢）。知道答案是 1 了。
- 「ええ」（是啊，嗯）表示肯定對方說的是正確的。

單字と文法

□腕時計 手錶　□自分 自己　□小さい 小巧的　□疲れる 疲憊
□新しい 新的　□買う 買　□ええ 用降調表示肯定是的　□丸い 圓的

攻略的要點 平時要熟記位置相關的單字！

解題關鍵と訣竅

【關鍵句】右の本棚の下から２番目に入れてください。

- 預覽這四張圖，要馬上知道是位置的題型，然後瞬間區別它們的差異：「左？右？」及「下から２番目？上から２番目？」要注意對話中出現的指示方位詞。
- 設問的是「男士會把書歸位到哪裡呢」。這道題在對話中就說出答案「右の本棚の下から２番目に」（右邊書架、從下往上數的第二格），對話中沒有干擾項，只要一一順著指示，就可以找到目標了。答案是 1 。
- 「とてもおもしろかったです」（真是好看極了），用過去式來說明心得感想。
- 日常生活中場所位置的話題占的比重很高，因此也是出題機率相當高的考題。場所題型考試重點在：事物存在的位置、人物活動的場所及動作的目的等。

單字と文法

□返す 返還　□どういたしまして 不客氣　□早い 迅速　□２番目 第二個
□借りる 借入　□読む 閱讀　□ひま 暇餘　□古い 舊的

もんだい 2 第 15 題 答案跟解說

答案：3　2-15

女の人と男の人が写真を見ながら話しています。この写真はどこでとりましたか。

F：山田さん。これ、いつの旅行の写真でしょうか。去年、みんなで温泉に行ったときのでしょうか。

M：これですか。どこかのホテルのレストランですね。みんなで晩ごはんを食べていますね。でも、去年じゃありませんよ。伊藤さんがいるから、3年ぐらい前ですね。

F：そうですね。3年前には、みんなで山に登りましたね。

M：あっ、わかりました。海が見えるホテルに泊まったときのですよ。もう5年前ですね。

この写真はどこでとりましたか。

【譯】有位女士正和男士邊看照片邊說話。請問這張照片是在哪裡拍攝的呢？

F：山田先生，這張照片是在哪一趟旅遊時拍的呢？會不會是去年大家一起到溫泉的時候拍的呢？

M：這張嗎？應該是在某間飯店的餐廳吧。照片中大家在吃晚餐。不過，這不是去年的照片喔。伊藤先生也在照片裡，所以大概是 3 年前拍的吧？

F：說得也是。3 年前，大家有一起去爬過山吧？

M：啊！我想起來了！就是住在那家看得到海景的飯店時拍的！已經是 5 年前的事了吧。

請問這張照片是在哪裡拍攝的呢？

もんだい 2 第 16 題 答案跟解說

答案：1　2-16

女の人と男の人が話しています。男の人はどんな音楽をよく聴きますか。

F：よく音楽を聴いていますね。

M：ええ。毎朝会社に来るとき、電車の中でも聴いていますよ。

F：どんな音楽をよく聴きますか。

M：そうですね。英語や中国語の歌をよく聴きます。音楽を聴きながら、勉強もできます。

F：日本の歌はどうですか。

M：あまり聴きませんね。

男の人はどんな音楽をよく聴きますか。

【譯】有位男士正和女士在說話。請問這位男士經常聆聽哪種音樂呢？

F：你好常在聽音樂喔。

M：是啊。我在搭電車來公司的途中，總是會聽著音樂。

F：你都聽哪種音樂呢？

M：這個嘛，我很常聽英文或中文的歌曲。可以一面聽音樂、一面學習語文。

F：那日本歌呢？

M：幾乎沒什麼聽耶。

請問這位男士經常聆聽哪種音樂呢？

攻略的要點 「あっ、わかりました」的後面是解題關鍵！

解題關鍵と訣竅

【關鍵句】あっ、わかりました。海が見えるホテルに泊まったときのですよ。もう5年前ですね。

▶ 這道題要問的是「這張照片是在哪裡拍攝的呢」，「どこ」（哪裡）問的是場所位置，注意提示抓住要點。這道題一開始先提示了話題在「旅行の写真」上。

▶ 首先聽到女士問是去年「温泉に行ったとき」（洗溫泉時）拍的嗎？但被男士的「這不是去年的照片喔」給否定了，可以把圖 4 打一個叉。女士接著又提到 3 年前，大家曾經一起去「山に登りました」（爬過山），但這是 3 年前大家的動作，不是拍攝位置， 圖 2 也打一個叉。最後，男士才想到「海が見えるホテルに泊まったとき」，點出了拍攝地點是看得到海景的飯店。正確答案是 3 。

▶「とき」（…的時候）表示在那段時間同時發生了其他事情；疑問句型「～ですか」語氣較為直接，而「～でしょうか」（是不是這樣的呢）語氣比較委婉，同時帶有推測的意思。

單字と文法

□写真 照片　□温泉 溫泉　□登る 攀登　□見える 看得見
□撮る 拍〔照〕　□ホテル【hotel】飯店　□海 海邊　□泊まる 住宿
□いつ 什麼時候　□山 山

攻略的要點 這一題的句型「あまり～ません」很重要！

解題關鍵と訣竅

【關鍵句】英語や中国語の歌をよく聴きます。

▶ 這道題要問的是「男士經常聆聽哪種音樂」。「どんな」問的是音樂的種類、性質或特徵，要仔細聆聽對話中的描述；「よく」（經常），表示程度、頻率高的意思。

▶ 對話中直接說出答案「英語や中国語の歌をよく聴きます」（很常聽英文或中文的歌曲）。但是，後面提到日本歌時，男士說「あまり聴きませんね」，要能聽懂表示頻率不高的「あまり～ません」（不怎麼…），就知道男士幾乎沒什麼聽日語歌了。正確答案是 1 。

▶「～に来るとき」的「とき」（…的時候）表示在那段時間同時發生了其他事情；「音楽を聴きながら、…」的「～ながら」（一邊…一邊…）是表示同時進行兩個動作。

單字と文法

□音楽 音樂　□来る 來　□歌 歌曲　□できる 能…
□よく 經常　□英語 英文　□勉強 讀書　□ながら 邊…邊…
□聴く 聽〔音樂〕　□中国語 中文

2-17 17ばん 【答案跟解說：080頁】

答え：① ② ③ ④

1

2

3

4

2-18 18ばん 【答案跟解說：080頁】

答え：① ② ③ ④

1

2

3

4

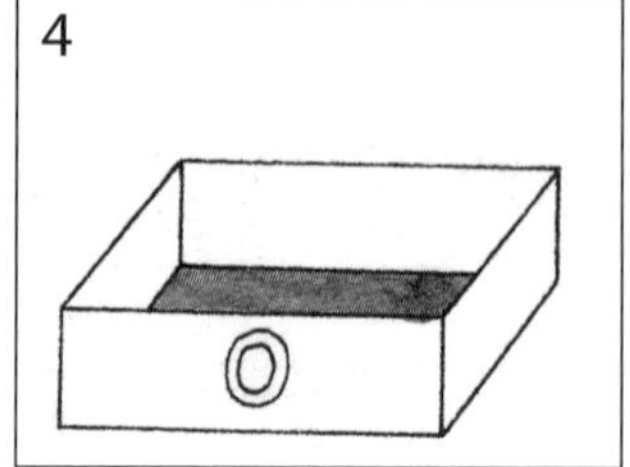

2-19 19ばん 【答案跟解說：082頁】

答え：① ② ③ ④

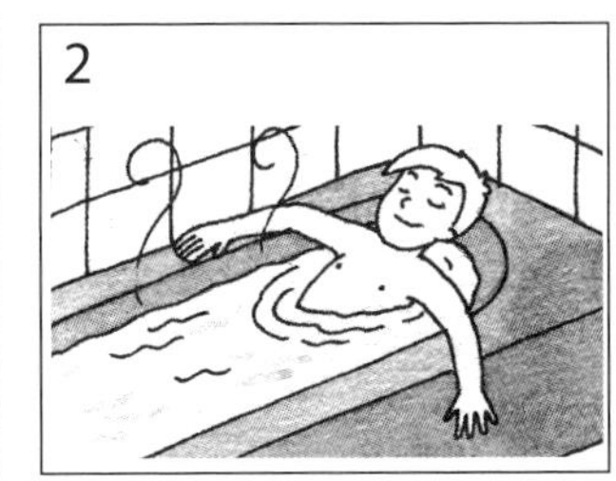

2-20 20ばん 【答案跟解說：082頁】

答え：① ② ③ ④

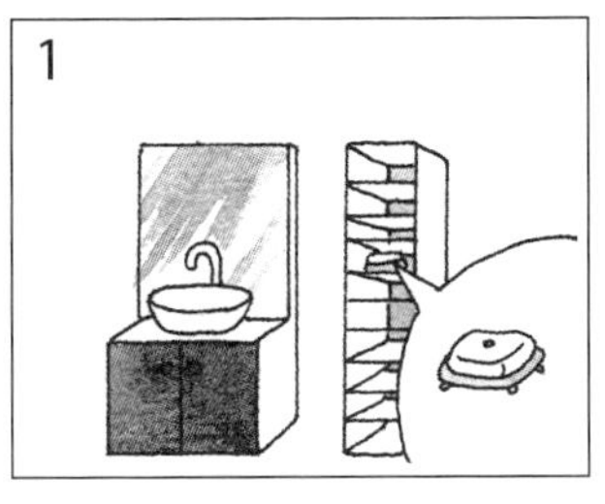

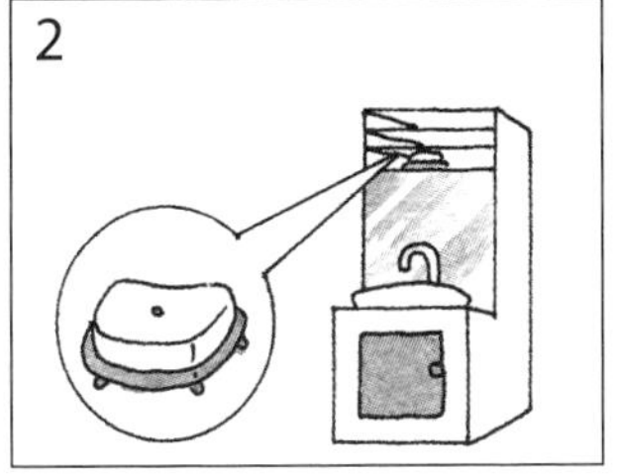

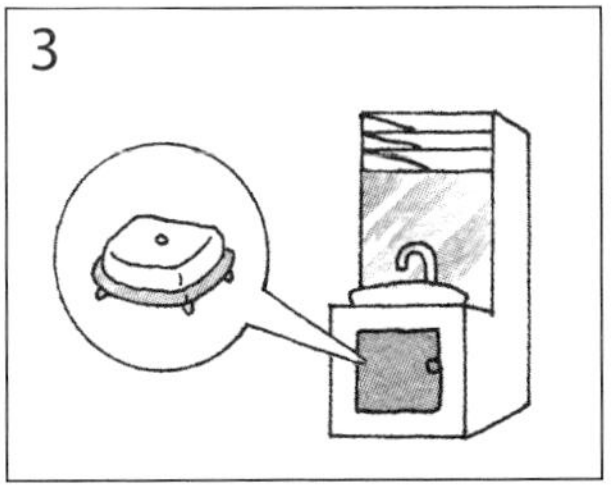

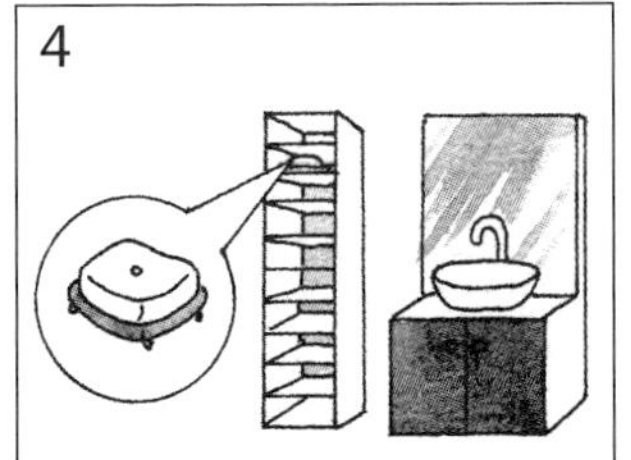

もんだい 2　第 17 題 答案跟解說

答案：4　2-17

男の人と女の人が話しています。男の人は休みに何をしますか。

M：あしたから休みですね。田中さんはどこかへ遊びに行きますか。

F：ええ、家族で主人の両親のところへ行きます。伊藤さんは？

M：旅行に行きたかったのですが、やめました。でも、コンサートを見に行きます。

F：それは、いいですね。

男の人は休みに何をしますか。

【譯】有位男士正和女士在說話。請問這位男士在休假時，要做什麼事呢？

M：明天開始就是休假了，田中小姐妳有要去哪裡玩嗎？

F：嗯，我們全家要回夫家。伊藤先生你呢？

M：我雖然很想去旅行，但還是算了吧。不過，我要去看演唱會。

F：那還真不錯呢。

請問這位男士在休假時，要做什麼事呢？

もんだい 2　第 18 題 答案跟解說

答案：4　2-18

男の人と女の人が話しています。りんごは今いくつありますか。

M：この前、山田さんからもらったりんご、まだありますか。

F：もうありません。全部で 30 個もあったので、2 階と 3 階の人にも二つずつあげました。

M：おいしかったでしょう。わたしも一つ食べましたが、とても甘かったです。

F：ええ、みんなとてもおいしかったと言っていましたよ。

りんごは今いくつありますか。

【譯】有位男士正和女士在說話。請問現在蘋果有幾顆呢？

M：之前從山田先生那邊拿到的蘋果，還有剩的嗎？

F：已經沒有了。總共有30顆，所以也分給了 2 樓和 3 樓的同事，一個人拿 2 顆。

M：很好吃吧？我也吃了 1 顆，非常甜呢。

F：是呀，大家都說很好吃呢。

請問現在蘋果有幾顆呢？

攻略的要點 要注意表示逆接的「が」！

解題關鍵と訣竅

【關鍵句】旅行(りょこう)に行(い)きたかったのですが、やめました。でも、コンサートを見(み)に行(い)きます。

- 這一題解題關鍵在聽出打消前面內容的終助詞「が」（雖然…但是…）。
- 這道題要抓住設問的主題在「男士在休假時要做什麼事」，重點在「男士」。由於一開始話題說的是女士，談話方向很容易被混淆了，要冷靜抓住方向。可以在試卷上，簡單寫上「男、休み、何を」，然後排除女士說的「我們全家要回夫家」。最後，男士先說出「旅行に行きたかったのですが」，只要聽出「が」就知道旅行是去不成了。接下來的「でも、コンサートを見に行きます」原來是去聽演唱會，答案是 4 。
- 「～たかった」表示說話者曾經有過的心願、希望。「がる」第三人稱，給人的感覺；「たい」第一人稱強烈的願望。
- 妻子對外人稱呼自己老公用「主人」（我先生），也可以說「夫」（我丈夫）。先生對外人稱呼自己妻子用「家內」（我太太），也可以說「妻」（我妻子）。

單字と文法

- □休(やす)み 休假
- □旅行(りょこう) 旅行
- □両親(りょうしん) 父母
- □から 從…
- □行(い)きたい 想去
- □へ 前往…
- □遊(あそ)び 遊玩
- □主人(しゅじん) 丈夫
- □コンサート【concert】演唱會、音樂會

攻略的要點 這一題的句型「もう～ません」是解題關鍵！

解題關鍵と訣竅

【關鍵句】もうありません。

- 首先快速預覽這四張圖，預測這一題要考的是蘋果的數量，針對對話中的數字，要全神貫注聆聽。
- 這一道題要問的是「現在蘋果有幾顆」。「今」（現在）問的是現在的狀態，記得腦中一定要緊記住這個大方向。這題對話雖比較長，但是一開始，針對男士問「之前山田先生給的蘋果，還有剩嗎」，女士就說出答案了「もうありません」（已經沒有了），知道答案是 4 。後面女士先說出原本全部共「30個」，後來又補充分給 2 樓和 3 樓「二つずつ」（各兩個）。男士也追加說自己吃了「一つ」，這些都是干擾內容。
- 「まだ」（還…）指某狀態不變；「もう～ません」（已經…沒…）指某狀態已經消失。
- 「全部で30個」中的「で」表示數量的總計；「ずつ」（每…）表示平均分攤為同樣數量的詞。

單字と文法

- □いくつ 幾個
- □全部(ぜんぶ) 全部
- □ので 因為
- □おいしい 好吃
- □もらう 得到
- □階(かい) …樓
- □あげる 給…
- □甘(あま)い 香甜的
- □今(いま) 現在

もんだい 2 第 19 題 答案跟解說

答案：3

2-19

女の生徒と男の生徒が話しています。きのう、男の生徒はお風呂に入ったあと、何をしましたか。

F：おはよう。きょうは早いですね。何をしているんですか。

M：おはよう。きのう宿題をしなかったので、今しています。

F：どうしてきのうしなかったんですか。

M：きのうはとても疲れていたので、晩ごはんを食べてお風呂に入ったあと、すぐに寝ました。

F：そうですか。じゃあ、きょうからは、晩ごはんの前に宿題をするほうがいいですね。

M：そうします。

きのう、男の生徒はお風呂に入ったあと、何をしましたか。

【譯】有個女學生正和一個男學生在說話。請問這個男學生昨天在洗澡後做了什麼事呢？

F：早安。你今天好早來學校啊。你在幹嘛啊？

M：早安。我昨天沒寫功課，現在在趕工。

F：為什麼昨天沒寫呢？

M：昨天累死了，吃完晚飯、洗完澡後就馬上去睡了。

F：這樣哦。那麼，今後得在吃飯前先寫功課才好喔。

M：嗯，我會的。

請問這個男孩昨天在吃過晚飯以後，做了什麼事呢？

もんだい 2 第 20 題 答案跟解說

答案：3

2-20

男の人と女の人が話しています。石けんはどこにありましたか。

M：お風呂の石けんがありませんよ。

F：そうですか。新しいのが鏡のとなりの棚に入っていますよ。

M：あそこはもう見ましたが、ありませんでしたよ。

F：そうですか。あ、違いました。手を洗うところの下でした。

M：じゃあ、そっちを見ますね。ああ、ありました。

石けんはどこにありましたか。

【譯】有位男士正和女士在說話。請問肥皂放在哪裡呢？

M：浴室裡的肥皂已經用光了。

F：是喔？新肥皂放在鏡子旁邊的架子上。

M：那邊我剛剛已經看過了，沒有肥皂耶。

F：真的嗎？啊，我搞錯了！我把它放到洗手台的下面了。

M：那我找找看那邊好了。啊，找到了。

請問肥皂放在哪裡呢？

攻略的要點　要注意事情的先後順序！

解題關鍵と訣竅

【關鍵句】晩ごはんを食べてお風呂に入ったあと、すぐに寝ました。

▶ 這一題解題關鍵在聽準「～てから」（…之後）、「～前に」（…之前）、「～あと」（…之後）、「先に」（先…）等表示順序的句型或副詞出現的地方，還有今天、明天的時間詞。設問是男學生昨天「洗澡後做了什麼事呢」。

▶ 預覽這四張圖，瞬間區別它們的差異，腦中並馬上閃現相關單字：「宿題をする、お風呂に入る、寝る、ご飯を食べる」。

▶ 相同地，這道題也談論了許多的事情。首先是做功課「宿題」，但這是今天做的事情，可以刪去圖 1 。接下來一口氣說出昨天的事情「晩ごはんを食べてお風呂に入ったあと、すぐに寝ました」，知道他昨天的行動順序是「吃飯→洗澡→睡覺」。至於後面的「今後得在吃飯前先寫功課才好喔」又再次為這道題設下了干擾，要排除。答案是 3 。記住，要全神貫注邊聽！邊用刪去法！

▶「～ほうがいい」用來建議對方這樣做比較妥當；「何をしているんですか」的「～んですか」是看到眼前的事實以後，用來詢問理由原因。

單字と文法

□ 生徒 學生　□ ている 正在…　□ とても 很…　□ すぐ 馬上
□ 風呂 澡盆；洗澡　□ 宿題 作業　□ 寝る 睡覺　□ ほうがいい 做比較好…

攻略的要點　找東西的題型就用「ありました」來解題！

解題關鍵と訣竅

【關鍵句】あ、違いました。手を洗うところの下でした。

▶ 這是道測試場所位置的考題，這類考題對話中常出現幾個指示方位詞，可以在預覽試卷上的圖時，馬上大膽假設可能出現的場所用詞「上、中、下、右、左、となり」等等。

▶ 首先掌握設問「肥皂放在哪裡呢」。一開始女士說新的肥皂放在「鏡のとなりの棚に」（鏡子旁邊的架子上），但被男士給否定了，馬上消去圖 1 和圖 4 。接下來女士想起應該是放到「手を洗うところの下でした」（洗手台的下面），男士找了一下回說「ああ、ありました」（啊，找到了），知道答案是 3 了。

▶「…ところの下でした」的「でした」含有說話者「想起來」的感覺，不是表示過去；「あそこはもう見ました」的「もう」是「已經」的意思；「そっちを見ますね」的「そっち」是「そちら」的口語說法。

單字と文法

□ 石けん 肥皂　□ 棚 架子　□ もう 已經　□ 洗う 清洗
□ 新しい 新的　□ 入る 放置　□ 見る 看、見　□ そっち 那邊
□ 鏡 鏡子

2-21 21ばん 【答案跟解說：086 頁】 答え：①②③④

1

2

3

4

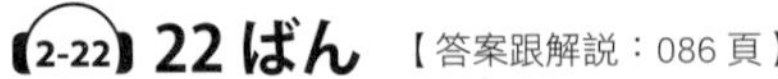

2-22 22ばん 【答案跟解說：086 頁】 答え：①②③④

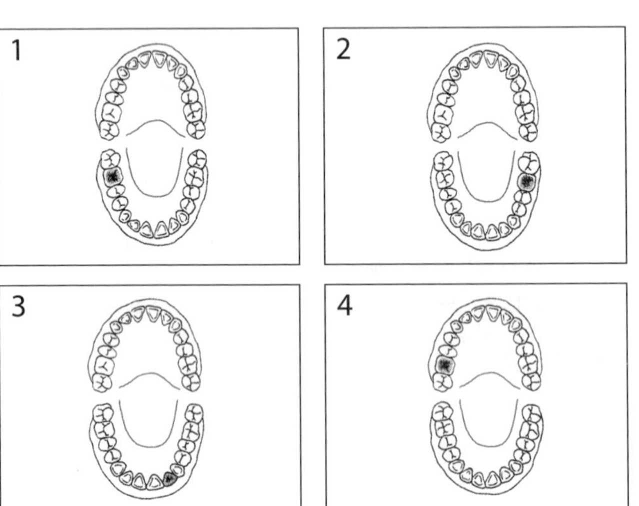

2-23 23 ばん 【答案跟解說：088 頁】

答え：①②③④

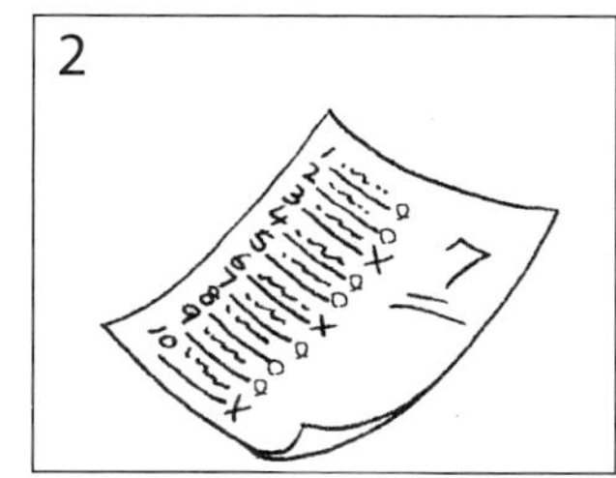

2-24 24 ばん 【答案跟解說：088 頁】

答え：

もんだい 2　第 21 題 答案跟解說

答案：2　2-21

男の人と女の人が話しています。二人はいつコンサートに行きますか。

M：土曜日にコンサートがありますよ。いっしょに行きませんか。

F：いいですね。土曜日は、5日ですよね。

M：あ、今週じゃなくて、来週です。

F：ちょっと待ってくださいね。じゃ、12日ですね。

M：13日じゃありませんか。

F：あ、本当ですね。来月のページを見ていました。

二人はいつコンサートに行きますか。

【譯】有位男士正和女士在說話。請問他們兩人什麼時候要去聽演唱會呢？

M：星期六有一場演唱會喔！要不要一起去聽呢？

F：好呀。星期六是 5 號吧。

M：啊，不是這個禮拜，是在下個禮拜。

F：請等一下喔…那就是12號囉？

M：不是13號嗎？

F：啊，真的耶。我錯看成下個月的月曆了。

請問他們兩人什麼時候要去聽演唱會呢？

もんだい 2　第 22 題 答案跟解說

答案：1　2-22

歯医者と女の人が話しています。痛い歯はどれですか。

M：こんにちは。きょうはどうしましたか。

F：奥の歯が痛いんです。

M：そうですか。では、口を大きく開いてください。上の歯ですか、下の歯ですか。

F：下の歯です。

M：右のほうの歯はきれいですね。あ、これですね。左側の後ろから２つ目の歯ですね。薬をあげましょう。すぐによくなりますよ。

F：そうですか。ありがとうございます。

痛い歯はどれですか。

【譯】牙醫正和一位女士在說話。請問是哪一顆牙齒在痛呢？

M：您好。今天是哪裡不舒服呢？

F：臼齒很痛。

M：這樣喔。那麼，請把嘴巴張大。是上排牙齒還是下排牙齒呢？

F：是下排牙齒。

M：右邊的牙齒很漂亮喔。啊，是這顆吧？左邊倒數第二顆牙齒吧？我開藥給妳吧，馬上就會好了。

F：這樣啊。那就麻煩醫生了。

請問是哪一顆牙齒在痛呢？

攻略的要點　平時要熟記日期和星期的唸法！

解題關鍵と訣竅

【關鍵句】土曜日（どようび）にコンサートがありますよ。
13日（にち）じゃありませんか。

- 看到日曆，先預覽這 4 個選項，腦中馬上反應出「5 日、13日、12日、土曜日、日曜日」的唸法。這一道題要問的是「兩人什麼時候要去聽演唱會」。
- 首先是男士指出「土曜日」有一場演唱會，確認演唱會是在星期六，馬上除去「日曜日」的圖 4 。接下來女士指出「土曜日は、 5 日ですよ」，被男士說不是「今週」（這個禮拜），是在「来週」（下個禮拜），這句話暗示「演唱會日期是5號」是不正確的，這時候圖 1 可以除去。接下來女士確認說「12日ですね」（是12號囉），但男士回答「13日じゃありませんか」（不是13號嗎），這句話間接否定女士，並說出答案來，表示演唱會是在13號，不是12號。正確答案是 2 。

單字と文法

□ コンサート【concert】演唱會
□ いっしょ 一起
□ 今週（こんしゅう） 本週
□ 来週（らいしゅう） 下週
□ 待つ（まつ） 等待
□ 本当（ほんとう） 真的
□ 来月（らいげつ） 下個月
□ ページ【page】頁

攻略的要點　平時要熟記位置相關單字的唸法！

解題關鍵と訣竅

【關鍵句】あ、これですね。左側（ひだりがわ）の後（うし）ろから２つ目（め）の歯（は）ですね。

- 這是道測試位置的試題。首先，快速瀏覽這四張圖，馬上大膽假設可能出現的位置指示詞「上、下、右、左、前、後ろ、奥」，甚至「１つ目」、「２つ目」…等等。
- 首先掌握設問「哪一顆牙齒在痛呢」這一大方向。一開始知道女士痛的是「奥の歯」（臼齒），馬上消去 3 。接下來牙醫問「是上排牙齒還是下排牙齒呢」的，女士回答「下の歯」，可以消去 4 。牙醫檢查說「右のほうの歯」很漂亮，這是陷阱可別被混淆了。接下來牙醫才說出答案「左側の後ろから２つ目の歯ですね」（左邊倒數第二顆牙齒吧）。知道答案是 1 了。
- 這裡的「薬をあげましょう」中的「ましょう」表示牙醫說明要做某事。也可以說「薬をあげます」（我開藥給妳），不過「ましょう」聽起來比較委婉客氣；「～くなります」中的「く」前接形容詞詞幹，表示變化。

單字と文法

□ 痛い（いたい） 疼痛
□ 歯（は） 牙齒
□ 奥（おく） 裡面的
□ 口（くち） 嘴巴
□ 開く（ひらく） 張開
□ 右（みぎ） 右邊
□ 左側（ひだりがわ） 左邊
□ 目（め） 第…個
□ 薬（くすり） 藥

もんだい 2　第 23 題 答案跟解說　答案：4　2-23

女の子と男の子が話しています。男の子はテストでいくつできましたか。

F：きょうのテスト、難しかったですね。10 個の問題全部できましたか。

M：全部はできませんでした。

F：いくつできましたか。

M：8つできました。

F：じゃあ、わたしよりいいですね。わたしは7つしかできませんでしたよ。

男の子はテストでいくつできましたか。

【譯】有個女孩正和一個男孩在說話。請問這個男孩在考試中有幾題會寫呢？

F：今天的考試好難喔。你10題全部都會寫嗎？

M：我沒有每題都寫。

F：你會寫幾題呢？

M：我寫了 8 題。

F：那就比我還厲害了。我只會寫7題而已。

請問這個男孩在考試中有幾題會寫呢？

もんだい 2　第 24 題 答案跟解說　答案：1　2-24

男の人と女の人が話しています。女の人の犬は、夜どこにいますか。

M：小さくて、かわいい犬ですね。

F：ありがとうございます。まだ 9 ヶ月ですよ。

M：そうですか。犬はいつも家の中にいるのですか。

F：いいえ。夜だけですね。外が好きなので、昼の間はいつも庭で遊んでいます。

M：うちの犬は、一日 中 家の中にいますよ。お散歩のときだけ外に出ます。

女の人の犬は、夜どこにいますか。

【譯】有位男士正和女士在說話。請問這位女士的小狗，晚上是待在哪裡呢？

M：這隻狗好小、好可愛喔。

F：謝謝稱讚。現在才 9 個月大。

M：這樣呀。妳都讓小狗一直待在家裡面嗎？

F：沒有，只有晚上才在家裡。牠喜歡戶外，白天總是在院子玩耍。

M：我家的狗，成天都待在屋子裡呢。只有帶去散步時才出門。

請問這位女士的小狗，晚上是待在哪裡呢？

解題關鍵と訣竅

【關鍵句】8つできました。

▶ 先預覽這 4 張圖，腦中馬上反應出「7つ、8つ、9つ、10個」的唸法，如果不放心，也可以快速在唸法特別的數字旁邊標出假名「7つ（ななつ）、8つ（やっつ）、9つ（ここのつ）」。

▶ 這一道題要問的是「男孩在考試中有幾題會寫」，記住這個大方向，然後馬上充分調動手、腦、邊聽邊刪除干擾項。

▶ 首先女孩問男孩「10個」問題全部都會寫嗎？馬上被男孩否定了，可以立即除去圖 1。女孩問會寫幾題呢？男孩直接說出答案，說「8つ」。接下來女孩說自己只會寫「7つ」，這是女孩會寫的題數，圖 2 也不正確。正確答案是「8つ」的圖 4。

單字と文法

□ テスト【test】考試　□ ～個（こ）…題　□ より 比起…　□ しか～ません 僅僅
□ いくつ 幾個　□ 問題（もんだい） 題目　□ いい 好　□ できる 能夠、可以
□ 難しい（むずかしい） 困難的　□ 全部（ぜんぶ） 全部

攻略的要點 不要被多餘的情報給混淆了！

解題關鍵と訣竅

【關鍵句】犬（いぬ）はいつも家（うち）の中（なか）にいるのですか。
いいえ。夜（よる）だけですね。

▶ 這道題要問的是「女士的小狗，晚上是待在哪裡呢」。聽到「夜」（晚上）和「どこ」（哪裡），知道除了要注意場所位置，也要仔細聽清楚時間點。

▶ 首先男士問女士「都讓小狗一直待在家裡面嗎」，女士的回答間接說出了答案「夜だけ」（只有晚上），也就是小狗晚上是待在家裡的。答案是 1。接下來對話中談及了幾個地方，有「昼の間はいつも庭で」（白天總是在院子）、「一日中家の中に」（成天都待在屋子裡），前者是小狗白天待的地方，後者說的是男士的小狗，都為這道題設下了干擾。

▶「だけ」（只…）表示只限於某範圍；句型「～しか～ません」強調「僅僅如此」，說話者通常帶有遺憾的心情， 語氣比「だけ」還強烈。

單字と文法

□ 犬（いぬ） 狗　□ まだ 才…　□ 外（そと） 戶外　□ 中（なか） …裡面
□ 夜（よる） 晚上　□ 庭（にわ） 庭院　□ いつも 總是　□ 散歩（さんぽ） 散步
□ 小さい（ちいさい） 小的

Memo

発話表現

測驗一面看圖示，一面聽取情境說明時，是否能夠選擇適切的話語。

考前要注意的事

作答流程 & 答題技巧

聽取說明

先仔細聽取考題說明

聽取問題與內容

學習目標是，一邊看圖，一邊聽取場景說明，測驗圖中箭頭指示的人物，在這樣的場景中，應該怎麼說呢？

預估有 5 題

1 提問句後面一般會用「何と言いますか」（要怎麼說呢？）的表達方式。

2 並提問及三個答案選項都在錄音中，而且句子都很不太長，因此要集中精神聽取狀況的說明，並確實掌握回答句的含義。

答題

作答時要當機立斷，馬上回答，答後立即進入下一題。

N5 聴力模擬考題 もんだい 3

もんだい３では、えを　みながら　しつもんを　きいて　ください。　やじるし（→）の　ひとは　なんといいますか。　１から３の　なかから、　いちばん　いいものを　ひとつ　えらんで　ください。

3-1 1ばん

【答案跟解說：094 頁】

答え：①②③

3-2 2ばん

【答案跟解說：094 頁】

答え：①②③

3-3 3ばん

【答案跟解說：094 頁】

答え：①②③

3-4 4ばん 【答案跟解説：096 頁】 答え：①②③

3-5 5ばん 【答案跟解説：096 頁】 答え：①②③

3-6 6ばん 【答案跟解説：096 頁】 答え：①②③

もんだい 3　第 1 題 答案跟解說　答案：1　3-1

ほかの人(ひと)より先(さき)に会社(かいしゃ)を出(で)ます。何(なん)と言(い)いますか。

M：1．お先(さき)に失礼(しつれい)します。

2．お先(さき)にどうぞ。

3．いってらっしゃい。

【譯】當你要比其他同事先下班時，該說什麼呢？

M：1. 我先走一步了。

2. 您先請。

3. 路上小心。

もんだい 3　第 2 題 答案跟解說　答案：3　3-2

「どの服(ふく)がほしいですか」と聞(き)きたいです。何(なん)と言(い)いますか。

F：1．どこで買(か)いますか。

2．だれが着(き)ますか。

3．どちらがいいですか。

【譯】想要詢問對方想要哪件衣服時，該說什麼呢？

F：1. 要去哪裡買呢？

2. 是誰要穿的呢？

3. 比較喜歡哪一件呢？

もんだい 3　第 3 題 答案跟解說　答案：2　3-3

もっと話(はなし)を聞(き)きたいです。何(なん)と言(い)いますか。

F：1．でも？

2．それから？

3．そんな？

【譯】還想要繼續往下聽的時候，該說什麼呢？

F：1. 可是？

2. 然後呢？

3. 怎麼會這樣呢？

攻略的要點 這一題要考的是職場的打招呼用語！

【關鍵句】先に会社を出ます。

- 這一題屬於寒暄語的問題，題目關鍵在「先に会社を出ます」。日本職場很注重規矩和禮儀，下班時的客套話「お先に失礼します」（我先走一步了）表示比同事還要早下班，真是不好意思，敬請原諒。這是正確答案。
- 選項２「お先にどうぞ」表示請對方不用等候，可以先開動或離去。
- 選項３「いってらっしゃい」是對應「行ってきます」（我出門了）的寒暄語，比較適合用在家裡，用來送家人等出門，含有「你去了之後要回來啊」的意思。

攻略的要點 注意指示詞和疑問詞！

【關鍵句】どの

- 這一題題目關鍵在連體詞「どの」，用來請對方做出選擇。這樣的問句中，應該要有詢問事物的疑問詞，例如二選一的「どちら」（哪一個）或從三個以上的事物中，選擇一個的「どれ」（哪個）。
- 選項１「どこで買いますか」的「どこ」是「哪裡」的意思，用來詢問場所、地點。
- 選項２「だれが着ますか」的「だれ」用來詢問人物是誰。
- 選項３「どちらがいいですか」的「どちら」（哪一個東西）是用在二選一的時候，取代「どの＋名詞」。圖片中店員手上拿著兩件衣服做比較，所以用「どちら」，不用「どれ」。正確答案是３。

攻略的要點 不能不知道「あいづち」！

【關鍵句】もっと話を聞きたい。

- 這一題屬於「あいづち」（隨聲附和）的問題。「あいづち」是為了讓對方知道自己正在聆聽，而以點頭、手勢等肢體語言，及一些字面上沒有意義的詞語來表示。使用時語調、時機都很重要。
- 選項１「でも」（可是）表示轉折語氣，一般不用在疑問句上。
- 選項２「それから？」表示催促對方繼續說下去，是「それからどうしたんですか」或「それからどうなったんですか」的意思。正確答案是２。
- 選項３「そんな？」如果是下降語調，表示強烈否定對方所說的話。
- 常用的「隨聲附和」還有：「ええ」（嗯）、「はい」（是）、「なるほど」（原來如此）等。

もんだい3　第 4 題 答案跟解說　答案：1　3-4

家（うち）に帰（かえ）ります。友（とも）だちに何（なん）と言（い）いますか。

F：1．それじゃ、また。

2．おじゃまします。

3．失礼（しつれい）しました。

【譯】要回家時，該向朋友說什麼呢？

F：1.那麼，下次見。

2.容我打擾了。

3.剛剛真是失禮了。

もんだい3　第 5 題 答案跟解說　答案：3　3-5

電話（でんわ）がかかってきました。初（はじ）めに何（なん）と言（い）いますか。

M：1．では、また。

2．どうも。

3．もしもし。

【譯】有人打電話來了，接起話筒時，第一句該說什麼呢？

M：1.那麼，再見。

2.謝謝。

3.喂？

もんだい3　第 6 題 答案跟解說　答案：2　3-6

山田（やまだ）さんは出（で）かけています。何（なん）と言（い）いますか。

M：1．山田（やまだ）さんは会社（かいしゃ）にいます。

2．山田（やまだ）さんは会社（かいしゃ）にいません。

3．山田（やまだ）さんはまだ会社（かいしゃ）に来（き）ません。

【譯】山田先生現在外出中，該說什麼呢？

M：1.山田先生在公司。

2.山田先生不在公司。

3.山田先生還沒有來公司。

攻略的要點 這一題要考的是道別的寒暄語！

解題關鍵と訣竅

【關鍵句】家(うち)に帰(かえ)ります。

- ▶ 這一題問的是道別的寒暄用語。
- ▶ 和平輩或晚輩道別的時候除了可以說「さようなら」（再會），還可以用語氣相對輕鬆的「それじゃ、また」（那麼，下回見）或是「それでは、また」；向長輩道別可以用「さようなら」或「失礼します」（告辭了）。正確答案是１。
- ▶ 選項２「おじゃまします」是登門拜訪時，進入屋內或房內說的寒暄語。
- ▶ 選項３「失礼しました」是從老師或上司的辦公室告退，對自己打擾對方表示歉意時的說法。

攻略的要點 電話用語都會了嗎？

【關鍵句】初(はじ)めに

- ▶ 這一題屬於電話用語問題。「もしもし」用在接起電話應答或打電話時候，相當於我們的「喂」。正確答案是３。
- ▶ 選項１「では、また」用在準備掛電話的時候，也可以說「それでは失礼します」（那麼請允許我掛電話了）。
- ▶ 選項２「どうも」是「どうもありがとう」（謝謝）或「どうもすみません」（真抱歉）的省略說法，語意會根據上下文而有所不同。

攻略的要點 換句話說的題型很常出現！

【關鍵句】出(で)かけています。

- ▶ 這題關鍵在知道「出かけています=いません」（現在外出中=不在）。正確答案是２。像這種換句話說的方式經常在這一大題出現。用不同的表達方式說出同樣的意思，讓說話內容更豐富，也更有彈性。
- ▶ 選項１「山田さんは会社にいます」，中的「Ａ（人物／動物）はＢ（場所）にいます」表示人或動物存在某場所。
- ▶ 選項３「山田さんはまだ会社に来ません」，中的「まだ～ません」（還沒…）表示事情或狀態還沒有開始進行或完成。

3-7 7ばん 【答案跟解說：100 頁】 答え：① ② ③

3-8 8ばん 【答案跟解說：100 頁】 答え：① ② ③

3-9 9ばん 【答案跟解說：100 頁】 答え：① ② ③

(3-10) 10 ばん 【答案跟解說：102 頁】 答え：①②③

(3-11) 11 ばん 【答案跟解說：102 頁】 答え：

(3-12) 12 ばん 【答案跟解說：102 頁】 答え：

もんだい3　第⑦題答案跟解說　答案：1　3-7

子供（こども）はきょう家（うち）に帰（かえ）ってから勉強（べんきょう）していません。何（なん）と言（い）いますか。

F：1．宿題（しゅくだい）をしましたか。

2．宿題（しゅくだい）がおりましたか。

3．宿題（しゅくだい）をしますか。

【譯】孩子今天回家後就一直沒在唸書，這時該說什麼呢？

F：1.功課做了嗎？

2.功課在嗎？

3.要寫功課嗎？

もんだい3　第⑧題答案跟解說　答案：1　3-8

レストランにお客（きゃく）さんが入（はい）ってきました。何（なん）と言（い）いますか。

M：1．いらっしゃいませ。

2．ありがとうございました。

3．いただきます。

【譯】顧客走進餐廳裡了，這時該說什麼呢？

M：1.歡迎光臨。

2.謝謝惠顧。

3.我要開動了。

もんだい3　第⑨題答案跟解說　答案：2　3-9

今（いま）から寝（ね）ます。何（なん）と言（い）いますか。

M：1．おはようございます。

2．お休（やす）みなさい。

3．行（い）ってきます。

【譯】現在要去睡覺了，這時該說什 麼呢？

M：1.早安。

2.晚安。

3.我要出門了。

攻略的要點　小心時態的陷阱！

【關鍵句】勉強（べんきょう）していません。

- ▶ 從這張圖知道家長看到小孩「勉強していません」（沒在唸書），一般而言會問小孩功課寫了沒有。
- ▶ 選項1「宿題をしましたか」，「しました」是「します」的過去式，表示做功課這件事情已經完成，句尾「か」表示詢問小孩是否已做功課。「しました」也可以用「やりました」來取代。正確答案是1。
- ▶ 選項2沒有「宿題がおりましたか」這種講法。「おりました」是「いました」的謙讓表現，藉由貶低自己來提高對方地位的用法。
- ▶ 選項3「宿題をしますか」是詢問小孩有沒有做功課的意願，「～ます」表示未來、還沒發生的事。

攻略的要點　這一題要考的是店家的招呼用語！

【關鍵句】入（はい）ってきました。

- ▶ 這是店家招呼客人的寒暄語問題，題目關鍵在「入ってきました」，表示客人正要前來消費。
- ▶ 選項1「いらっしゃいませ」用在客人上門時，表示歡迎的招呼用語。
- ▶ 選項2「ありがとうございました」如果用在餐廳等服務業時，那就是在客人結完帳正要離開，送客同時表達感謝之意。
- ▶ 選項3「いただきます」是日本人用餐前的致意語，可以用來對請客的人或煮飯的人表示謝意，並非店家的用語。
- ▶ 日本人用餐前，即使只有自己一個人吃飯，也會說「いただきます」。

攻略的要點　這一題要考的是寒暄語！

解題關鍵と訣竅

【關鍵句】今（いま）から寝（ね）ます。

- ▶ 這一題屬於睡前的寒暄語問題，題目關鍵除了在「寝ます」（睡覺），也要能聽懂「今から」（現在正要去）的意思。
- ▶ 選項1「おはようございます」用在起床後或早上的問候語。
- ▶ 選項2「お休みなさい」用在睡前互道晚安時，有「我要睡了」的意思。
- ▶ 選項3「行ってきます」用在出門前跟家人，或在公司外出時跟同事說的問候語，有「我還會再回來」的意思，鄭重一點的說法是「行ってまいります」。

もんだい 3　第 10 題 答案跟解說　　答案：3　3-10

友だちの顔が赤いです。何と言いますか。

M：1．お休みなさい。

　　2．お元気で。

　　3．大丈夫ですか。

【譯】朋友的臉部發紅，這時該說什麼呢？

M：1. 晚安。

　　2. 珍重再見。

　　3. 你沒事吧？

もんだい 3　第 11 題 答案跟解說　　答案：3　3-11

お客さんに飲み物を出します。何と言いますか。

F：1．どうも。

　　2．いただきます。

　　3．どうぞ。

【譯】端出飲料招待客人時，該說什麼呢？

F：1. 謝謝。

　　2. 那我就不客氣了。

　　3. 請用。

もんだい 3　第 12 題 答案跟解說　　答案：1　3-12

友だちの家に着きました。何と言いますか。

M：1．ごめんください。

　　2．ごめんなさい。

　　3．さようなら。

【譯】抵達朋友家時，該說什麼呢？

M：1. 不好意思，打擾了。

　　2. 對不起。

　　3. 再見。

攻略的要點 關心對方該怎麼說？

【關鍵句】顔(かお)が赤(あか)いです。

- 題目關鍵在「顔が赤いです」，當別人生病或看起來不太對勁時，要用選項３「大丈夫ですか」來表示關心。
- 選項１「お休みなさい」用在睡前互道晚安時，有「我要睡了」的意思。也用在晚上見面後要離開的道別語。
- 選項２「お元気で」是向遠行或回遠方的人說的道別語，有與對方將有很長的一段時間見不到面的含意。

攻略的要點 這一題要考的是待客用的寒暄語！

【關鍵句】お客(きゃく)さんに飲(の)み物(もの)を出(だ)します。

- 這一題關鍵在說話者是招呼客人的主人。
- 選項１「どうも」是「どうもありがとうございます」（多謝）或「どうもすみません」（真抱歉）的省略說法，語意會根據上下而有所不同。
- 選項２「いただきます」是日本人用餐前習慣說的致意語，表示對請客者或煮飯者的謝意。
- 選項３「どうぞ」用在請對方不要客氣，「請用，請吃，請喝」的意思。更客氣的說法是「どうぞお召し上がりください」。

攻略的要點 拜託別人時該說什麼？

【關鍵句】友(とも)だちの家(いえ)に着(つ)きました。

- 選項１「ごめんください」是在拜訪時，客人在門口詢問「有人嗎？打擾了」，希望有人出來應門的時候。正確答案是１。
- 選項２「ごめんなさい」用在對關係比較親密的人，做錯事請求對方原諒的時候。
- 選項３「さようなら」是道別的寒暄語。
- 到日本人家裡作客，可不要擇日不如撞日喔！一定要事先約好時間，去的時候最好帶些點心之類的伴手禮，更顯得禮貌周到喔！

3-13 13 ばん 【答案跟解說：106 頁】

答え：①②③

3-14 14 ばん 【答案跟解說：106 頁】

答え：

3-15 15 ばん 【答案跟解說：106 頁】

答え：

3-16 16 ばん 【答案跟解說：108 頁】

答え：① ② ③

3-17 17 ばん 【答案跟解說：108 頁】

答え：

3-18 18 ばん 【答案跟解說：108 頁】

答え：① ② ③

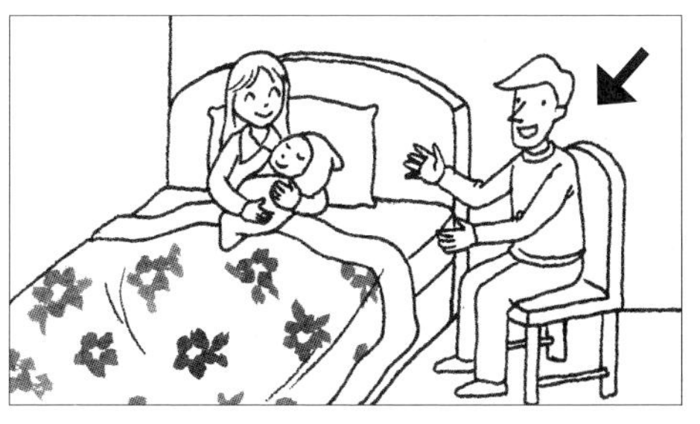

もんだい 3　第 13 題 答案跟解說　答案：3　3-13

向こうから車が来ています。何と言いますか。

F：1．大変ですよ。

2．おもしろいですよ。

3．危ないですよ。

【譯】前面有車子駛近時，該說什麼呢？

F：1．真糟糕啊！

2．很有趣呢！

3．危險啊！

もんだい 3　第 14 題 答案跟解說　答案：2　3-14

鈴木さんはきょう 20 歳になりました。何と言いますか。

M：1．今年もよろしくお願いします。

2．お誕生日おめでとうございます。

3．今までありがとうございました。

【譯】鈴木小姐今天滿二十歲，這時該說什麼呢？

M：1．今年仍請繼續指教。

2．祝妳生日快樂。

3．感謝妳長久以來的照顧。

もんだい 3　第 15 題 答案跟解說　答案：2　3-15

きのう食べたものが悪かったです。気持ちが悪いです。お医者さんは何と言いますか。

F：1．それはすみませんね。

2．それは大変ですね。

3．それは悪いですね。

【譯】昨天吃壞了肚子，覺得反胃，醫生聽了該說什麼呢？

F：1．那真是不好意思耶。

2．那真是糟糕呢。

3．那真是很壞呢。

攻略的要點 常出現的イ形容詞和ナ形容詞的要背熟！

【關鍵句】向(む)こうから車(くるま)が来(き)ています。

- ▶ 前面有來車，在緊急情況下提醒對方注意安全，可以說「危ないですよ」。
- ▶ 選項1「大変ですよ」表示程度很大，如「大変暑い」（很熱）；十分辛苦；大事件等意思。用於本題不恰當。
- ▶ 選項2「おもしろいですよ」表示事物新奇有趣、非常吸引人。

攻略的要點 要從「20 歳になりました」聯想到過生日！

【關鍵句】きょう 20歳(はたち)になりました。

- ▶「きょう20歳になりました＝きょうはお誕生日（今天是生日）」那麼就應該用祝福對方的「お誕生日おめでとうございます」。「おめでとうございます」是常用的祝賀語，相當於「恭喜！恭喜！」。
- ▶ 選項1「今年もよろしくお願いします」是新年期間祝賀對方新年好，有「今年也請多多關照」之意的祝賀詞。
- ▶ 選項3「今までありがとうございました」用來感謝對方一直以來的照顧，經常用在搬家等情況，有「再碰面的機會不多」的含意。

攻略的要點 別被「悪い」給騙了！

解題關鍵と訣竅

【關鍵句】気持(きも)ちが悪(わる)いです。

- ▶ 面對吃壞肚子的病患，醫生該怎麼表示關心呢？通常對有病痛或遭遇到厄運、困難的人，可以用「それは大変ですね」表示關心，這句話也含有感同身受的意思。
- ▶ 選項1「それはすみませんね」用在心裡覺得過意不去，向對方道歉的時候。和「それはすみません」相比，語尾多了一個「ね」就少了些正式的感覺。
- ▶ 選項3「それは悪いですね」是這題的陷阱。「悪い」是與善、美相對的。但我們可能把「それは悪いですね」直接用中文邏輯思考成「那真是不好了」，實際上「不好了」的意思比較接近日語的「大変」（不妙）。

もんだい 3　第 16 題 答案跟解說　答案：1　3-16

ほしいカメラがあります。お店の人に何と言いますか。

M：1．それください。

2．結構です。

3．こちらへどうぞ。

【譯】想買某台相機時，該對店員說什麼呢？

M：1.請給我那台。

2.不用了。

3.請往這邊走。

もんだい 3　第 17 題 答案跟解說　答案：3　3-17

トイレに行きたいです。何と言いますか。

M：1．ちょっと出かけてきます。

2．いってらっしゃい。

3．お手洗いはどこですか。

【譯】想要去廁所時，該說什麼呢？

M：1.我出門一下。

2.路上小心。

3.請問洗手間在哪裡呢？

もんだい 3　第 18 題 答案跟解說　答案：1　3-18

赤ちゃんが生まれました。何と言いますか。

M：1．おめでとうございます。

2．ありがとうございます。

3．これからもよろしくお願いします。

【譯】有人生小孩了，這時該說什麼呢？

M：1.恭喜。

2.謝謝。

3.往後還請繼續指教。

攻略的要點 常見的購物用語要記牢！

【關鍵句】ほしい

- 題目關鍵在聽懂「ほしい」（想要）的意思。跟店員表示想要（買）某某東西，可以說「それ（を）ください」。其中，格助詞「を」在口語中常被省略掉。
- 選項２「結構です」有許多意思，用在購物時面對店員的推銷，表示「不用了，謝謝」，語含「我已經有了，不需要更多了」是一種客氣的拒絕方式。
- 選項３「こちらへどうぞ」用在帶位或指引方向時。「こちらへ」（往這邊），加上「どうぞ」（請），讓整句話顯得更客氣了。

攻略的要點 同義詞是解題關鍵！

【關鍵句】トイレ

- 這一題關鍵在能聽懂「トイレ（廁所）=お手洗い（洗手間）」，後者說法較為文雅。表示想上廁所可以說「お手洗いはどこですか」，也可以說「お手洗いはどこにありますか」。
- 選項１「ちょっと出かけてきます」表示暫時外出，一會兒就回來。
- 選項２「いってらっしゃい」是在家人或公司同事要出門前，表示「路上小心、一路順風、慢走」的問候語。它是對「行ってきます」（我出門了）的回覆。
- どこ：指場所。どちら：指方向。

攻略的要點 道賀用「おめでとうございます」就對了！

【關鍵句】赤（あか）ちゃんが生（う）まれました。

- 這一題關鍵在聽懂「赤ちゃんが生まれました」，知道這是一件喜事。
- 選項１「おめでとうございます」用在道賀對方有喜事，比如結婚或考取學校，當然也包括小孩誕生。
- 選項２「ありがとうございます」用在道謝。
- 選項３「これからもよろしくお願いします」表示希望對方今後也多多關照、多多指導之意。

Memo

即時応答

測驗於聽完簡短的詢問之後，是否能夠選擇適切的應答。

考前要注意的事

作答流程 & 答題技巧

聽取說明

先仔細聽取考題説明

聽取問題與內容

這是全新的題型。學習目標是，聽取詢問、委託等短句後，立刻判斷出合適的答案。

預估有 6 題

- 提問及選項都在錄音中，而且都很簡短，因此要集中精神聽取會話中的表達方式及語調，確實掌握問句跟回答句的含義。

答題

作答時要當機立斷，馬上回答，答後立即進入下一題。

N5 聽力模擬考題 もんだい 4

もんだい 4 では、えなどが　ありません。ぶんを　きいて、1 から 3 の　なかから、いちばん　いいものを　ひとつ　えらんで　ください。

4-1 1ばん

【答案跟解說：114 頁】

答え：①②③

- メモ -

4-2 2ばん

【答案跟解說：114 頁】

答え：①②③

- メモ -

4-3 3ばん

【答案跟解說：114 頁】

答え：①②③

- メモ -

(4-4) **4ばん** 【答案跟解說：116 頁】 答え：①②③

- メモ -

(4-5) **5ばん** 【答案跟解說：116 頁】 答え：①②③

- メモ -

(4-6) **6ばん** 【答案跟解說：116 頁】 答え：①②③

- メモ -

もんだい 4　第 1 題 答案跟解說

答案：2　4-1

F：寒(さむ)いですね。

M：1．ストーブを消(け)しましょう。

2．ストーブをつけましょう。

3．窓(まど)を開(あ)けましょう。

【譯】F：真是冷呀。

M：1. 把暖爐關掉吧。

2. 把暖爐打開吧。

3. 把窗戶打開吧。

もんだい 4　第 2 題 答案跟解說

答案：1　4-2

F：映画(えいが)、どうでしたか。

M：1．つまらなかったです。

2．妻(つま)と行(い)きました。

3．駅(えき)の前(まえ)の映画館(えいがかん)です。

【譯】F：那部電影好看嗎？

M：1. 乏味極了。

2. 我是和太太一起去的。

3. 就是在車站前的那家電影院。

もんだい 4　第 3 題 答案跟解說

答案：1　4-3

F：1(ひと)つ、どうですか。

M：1．ありがとうございます。

2．どういたしまして。

3．どうぞ。

【譯】F：要不要嚐一個呢？

M：1. 謝謝。

2. 不客氣。

3. 請用。

攻略的要點　知道「ストーブ」這個單字嗎？

【關鍵句】寒い

- 本題首先要聽懂「寒い」（冷），當對方表示很冷，就是希望找到保暖的方法，這時我們可以回答：「ストーブをつけましょう」（把暖爐打開吧）。
- 「ストーブを消しましょう」或「窓を開けましょう」，目的都是讓溫度變低，與題意的主旨相反，不正確。「…ましょう」則是來探詢對方的意願，可以翻譯成「…吧」。

攻略的要點　用疑問詞「どう」詢問狀況或感想！

【關鍵句】どうでしたか。

- 這一題題目關鍵在聽懂「どうでした」的意思，「どう」用來詢問感想或狀況，所以回答應該是針對電影的感想。
- 選項１「つまらなかったです」形容電影很無聊。因為是表達自己看過之後的感想，所以要注意必須用過去式た形。
- 選項２「妻と行きました」，問題應該是「映画、だれと行きましたか」（電影是和誰去看的），其中「だれ」（誰）用來詢問對象。
- 選項３「駅の前にある映画館です」，問題應該是「映画、どこで見ましたか」（電影是在哪裡看的），其中「どこ」（哪裡）用來詢問場所位置。
- 幾個常見的電影種類有：「アクション映画」（動作片）、「SF映画」（科幻片）、「コメディ」（喜劇）、「サスペンス映画」（懸疑片）、「時代劇」（歷史劇）、「ホラー映画」（恐怖片）、「ドキュメント映画」（記錄片）

攻略的要點　「一つ、どうですか」用在請對方吃東西的時候！

解題關鍵と訣竅

【關鍵句】1つ、どうですか。

- 「1つ、どうですか」，也可以說成「1つ、いかがですか」，用來勸對方喝酒或吃東西。面對他人的好意，回答通常是選項１「ありがとうございます」。
- 選項２「どういたしまして」主要用在回應別人的謝意。當對方跟您道謝時可以用這句話來回答。「どういたしまして」含有我並沒有做什麼，所以不必道謝的意思。
- 選項３「どうぞ」是請對方不要客氣，允許對方做某件事。
- いかが：詢問對方的意願、意見及狀態。なぜ：詢問導致某狀態的原因。

もんだい 4　第 ❹ 題 答案跟解說　答案：2　4-4

M：この手紙（てがみ）、アメリカまでいくらですか。

F：1．10時間（じかん）ぐらいです。

2．300円（えん）です。

3．朝（あさ）8時（じ）ごろです。

【譯】M：請問這封信寄到美國需要多少郵資呢？

F：1．大約 10 個小時左右。

2．300 圓。

3．早上 8 點前後。

もんだい 4　第 ❺ 題 答案跟解說　答案：3　4-5

M：こちらへどうぞ。

F：1．お帰（かえ）りなさい。

2．またあした。

3．失礼（しつれい）します。

【譯】M：請往這邊走。

F：1．您回來啦。

2．明天見。

3．失禮了。

もんだい 4　第 ❻ 題 答案跟解說　答案：1　4-6

M：テスト、どうでしたか。

F：1．難（むずか）しかったです。

2．若（わか）かったです。

3．小（ち い）さかったです。

【譯】M：考試如何呢？

F：1．很難。

2．很年輕。

3．很小。

攻略的要點 「いくらですか」問的是價錢！

【關鍵句】いくらですか。

- 這一題題目關鍵在「いくらですか」，這句話專門詢問價格，也可以用「いくらかかりますか」詢問。回答應該是「300円です」（300日圓）或其他價格數字。
- 選項１「10時間ぐらいです」（大約10個小時左右），此選項的問題應該是「この手紙、アメリカまでどれぐらい時間がかかりますか」，詢問需要多少時間。
- 選項３「朝８時ごろです」，此選項的問題應該是「この手紙、いつアメリカに届きますか」，用來詢問抵達時間。
- 「ごろ」vs「ぐらい」，「ごろ」表示大概的時間點，一般接在年月日和時間點的後面。「ぐらい」用在無法預估正確數量或數量不明確的時候；也用於對某段時間長度的推估。

攻略的要點 「こちらへどうぞ」用在帶位或指引方向！

【關鍵句】こちらへどうぞ。

- 「こちらへどうぞ」用在帶位或指引方向，通常可以回答「おじゃまします」（打擾了）或「失礼します」（失禮了）。
- 選項１「お帰りなさい」是對「ただいま」（我回來了）的回應。「ただいま」（我回來了）是到家時的問候語，用在回家時對家裡的人說的話。也可以用在上班時間，外出後回到公司時，對自己公司同仁說的話。
- 選項２「またあした」用在和關係親近的人的道別，表示明天還會和對方見面。語氣較輕鬆，可以對平輩或朋友使用。「またあした」是跟隔天還會再見面的朋友道別時最常說的話。

攻略的要點 常出現的イ形容詞和ナ形容詞要背熟！

【關鍵句】テスト

- 這一題題目關鍵在詢問「テスト」的感想或結果。
- 選項１「難しかったです」用來形容考試很難，因為是表示自己考過之後的感想，所以用過去式た形。
- 選項２「若かったです」（以前很年輕）和選項３「小さかったです」（以前很小），形容詞「若い」和「小さい」都不適合形容考試之後的感想，所以不合題意。

4-7 7ばん 【答案跟解説：120 頁】 答え：① ② ③

- メモ -

4-8 8ばん 【答案跟解説：120 頁】 答え：① ② ③

- メモ -

4-9 9ばん 【答案跟解説：120 頁】 答え：① ② ③

- メモ -

4-10 10 ばん 【答案跟解說：122 頁】

答え：① ② ③

- メモ -

4-11 11 ばん 【答案跟解說：122 頁】

答え：① ② ③

- メモ -

4-12 12 ばん 【答案跟解說：122 頁】

答え：① ② ③

- メモ -

もんだい 4 第 7 題 答案跟解說

答案：3 4-7

M：どれがいいですか。

F：1．では、そうしましょう。

2．これ、どうぞ。

3．赤(あか)いのがいいです。

【譯】M：你想要哪一個呢？

F：1.那麼，就這麼辦吧。

2.請用這個吧。

3.我想要紅色的。

もんだい 4 第 8 題 答案跟解說

答案：1 4-8

F：もう家(いえ)に着(つ)きましたか。

M：1．まだです。

2．まっすぐです。

3．またです。

【譯】F：已經到家了嗎？

M：1.還沒。

2.直走。

3.又來了。

もんだい 4 第 9 題 答案跟解說

答案：3 4-9

M：このハンカチ、伊藤(いとう)さんのですか。

F：1．こちらこそ。

2．どういたしまして。

3．いいえ、違(ちが)います。

【譯】M：請問這條手帕是伊藤小姐妳的嗎？

F：1.我才該道謝。

2.不客氣。

3.不，不是的。

攻略的要點 「～がいいです」可以表示二選一！

【關鍵句】どれがいい。

- 「どれがいい」是在詢問對方意見，「どれ」用在希望對方從幾個選項當中挑出一個，它的回答通常是「～がいいです」（…比較好）。
- 選項３「赤いのがいいです」，這裡的「の」用來取代「どれ」代表的東西，沒有實質意義。
- 選項１「では、そうしましょう」表示贊成對方的提議，「～ましょう」表示積極響應對方的提議或邀約。
- 選項２「これ、どうぞ」用於客氣地請對方使用或享用某種東西。

攻略的要點 要聽出「まだ」和「また」發音的微妙差異！

【關鍵句】もう

- 本題題目關鍵在「もう」以及單字的重音。如果已經到家，可以回答「はい、着きました」，如果快到家了，就回答「もうすぐです」，如果還沒到家，可以回答「まだです」（還沒）。
- 選項２「まっすぐです」和「もうすぐです」的發音相近，請注意不要搞混。
- 選項３「またです」和「まだです」聽起來也很相似，「また」是０號音，「まだ」是１號音。再加上清音「た」和濁音「だ」的區別在，清音不震動聲帶，濁音需震動聲帶，這些發音上的微妙的差異，請仔細聽，並小心陷阱。
- 「また」（又）vs「まだ」（還、尚）。「また」表示同一動作再做一次、同一狀態又反覆一次；又指附加某事項。「まだ」指某種狀態還沒達到基準點或目標值；指某狀態不變一直持續著。

攻略的要點 回答必定是肯定句或否定句！

【關鍵句】伊藤（いとう）さんのですか。

- 「伊藤さんのですか」，針對這種”yes or no”的問題，回答應該是肯定句或否定句。
- 選項１「こちらこそ」是回應對方的道謝，同時也表示己方謝意的客套說法。例如當對方說「いつもお世話になっています」，我們可以回答「いいえ、こちらこそ」（哪裡，我才是一直在麻煩您呢）。
- 選項２「どういたしまして」用在回應對方的謝意。
- 選項３「いいえ、違います」用在否定對方說的話。

もんだい 4　第 10 題 答案跟解說　答案：3　4-10

M：お誕生日おめでとうございます。

F：1．ごちそうさまでした。

2．ごめんなさい。

3．ありがとうございます。

【譯】M：祝你生日快樂。

F：1．承蒙招待了。

2．對不起。

3．謝謝。

もんだい 4　第 11 題 答案跟解說　答案：1　4-11

M：よくここで食事しますか。

F：1．ええ、お昼はいつもここです。

2．ええ、12 時からです。

3．ええ、行きましょう。

【譯】M：你常來這裡吃飯嗎？

F：1．嗯，我總是在這裡吃午餐。

2．嗯，從 12 點開始。

3．嗯，我們走吧。

もんだい 4　第 12 題 答案跟解說　答案：2　4-12

F：うちの猫、見ませんでしたか。

M：1．見ていますよ。

2．見ませんでしたよ。

3．見たいですね。

【譯】F：有沒有看到我家的貓呢？

M：1．我正在看呢。

2．我沒看到耶。

3．真想看看呢。

攻略的要點 以道謝回應別人的祝賀！

【關鍵句】おめでとうございます。

- 這一題題目關鍵是「おめでとうございます」，當別人祝賀自己時，我們通常回答「ありがとうございます」。
- 選項１「ごちそうさまでした」用餐結束時，表示吃飽了，同時禮貌性地表示感謝。
- 選項２「ごめんなさい」用於道歉。這是用在覺得自己有錯，請求對方原諒的時候。

攻略的要點 不知道怎麼回答的時候就推敲原本的問句吧！

【關鍵句】よく…しますか

- 這一題題目關鍵在「よく～しますか」（常常…嗎），回答應該是肯定句或否定句。
- 選項１「ええ、お昼はいつもここです」（嗯，我總是在這裡吃午餐）是肯定句，若是否定句則說「いいえ、あまり」（不，我不常來）。
- 選項２「ええ、１２時からです」（嗯，從１２點開始）的提問應該是「１２時からですか」（是從１２點開始嗎），用來確認時間。
- 選項３「ええ、行きましょう」（嗯，我們走吧）的提問應該是「行きましょうか」（我們走吧），用來表示邀約。

攻略的要點 注意時態！

【關鍵句】見(み)ませんでしたか。

- 這一題題目關鍵是「見ませんでしたか」（有看到嗎），目的是找尋失物。
- 選項１「見ていますよ」（我正在看呢）表示此時此刻正在看，或是平常就一直都在看。
- 選項２「見ませんでしたよ」（我沒看到耶）。此回答用在本題，表示不知道貓的去向，如果知道貓的去向就用「見ましたよ」（我有看到喔）。
- 選項３「見たいですね」（真想看看呢），「～たいです」用來表達說話者的願望、希望。
- 如果在日本被偷東西怎麼辦？信用卡被偷或遺失，馬上請銀行停卡。然後跟派出所、警察署提出被盜被害申報。

4-13 **13 ばん** 【答案跟解說：126 頁】 答え：① ② ③

- メモ -

4-14 **14 ばん** 【答案跟解說：126 頁】 答え：① ② ③

- メモ -

4-15 **15 ばん** 【答案跟解說：126 頁】 答え：① ② ③

- メモ -

4-16 16 ばん 【答案跟解說：128 頁】

答え：①②③

- メモ -

4-17 17 ばん 【答案跟解說：128 頁】

答え：①②③

- メモ -

4-18 18 ばん 【答案跟解說：128 頁】

答え：①②③

- メモ -

もんだい 4 第 13 題 答案跟解說

答案：3

4-13

F：これ、私（わたし）がしましょうか。

M：1．こちらこそ。

2．ごめんください。

3．お願（ねが）いします。

【譯】F：這個我來做吧。

M：1. 我才該道謝。

2. 有人在家嗎？

3. 麻煩你了。

もんだい 4 第 14 題 答案跟解說

答案：1

4-14

M：ちょっと辞書（じしょ）を貸（か）してくださいませんか。

F：1．どうぞ。

2．どうも。

3．結構（けっこう）です。

【譯】M：請問可以借用一下辭典嗎？

F：1. 請用。

2. 謝謝。

3. 不必了。

もんだい 4 第 15 題 答案跟解說

答案：2

4-15

M：母（はは）はきのうから病気（びょうき）で寝（ね）ています。

F：1．それはよかったですね。

2．それは大変（たいへん）ですね。

3．それはおもしろいですね。

【譯】M：家母從昨天開始就臥病在床。

F：1. 那真是太好了啊。

2. 那真是不妙啊。

3. 那真是有趣啊。

攻略的要點　請熟記常見的寒暄語！

【關鍵句】私（わたし）がしましょうか。

- 「私がしましょうか」（這個我來做吧）。對方想要幫忙，如果願意就回答「お願いします」（麻煩你了），不願意就回答「結構です」（不必了）、「いいです」（不用了）或「大丈夫です」（不要緊）。
- 選項1「こちらこそ」是回應對方道謝，同時表示己方謝意的客套說法。例如當對方說「いつもお世話になっています」（一直以來都承蒙照顧了），我們可以回答「いいえ、こちらこそ」（哪裡，我才是一直在麻煩您呢）。
- 選項2「ごめんください」（有人在家嗎）用於登門拜訪的時候。

攻略的要點　表示請求的敬語說法「～てくださいませんか」是解題關鍵！

【關鍵句】貸（か）してくださいませんか。

- 「～てくださいませんか」是想請對方做某件事情的敬語說法，比「～てください」更為客氣。句首加上「ちょっと」則使語氣更柔軟。如果願意借給對方則可以回答「どうぞ」（請用）。
- 選項2「どうも」的用法廣泛，通常用來表達感謝或道歉，但並不適用於本題。
- 選項3「結構です」若為肯定用法是「很好」的意思，表示贊同或讚賞。若為否定用法則是「不必了」的意思，用來拒絕對方的好意。

攻略的要點　表示關心的時候該說什麼呢？

解題關鍵と訣竅

【關鍵句】病気（びょうき）で寝（ね）ています。

- 本題首先要聽懂「病気で寝ています」（臥病在床）。當對方提到發生了糟糕的事，可以回應自己的關心、慰問或同情，說「それは大変ですね」（那真是不妙啊），或是「えっ、どうしたんですか」（咦？怎麼了嗎）。
- 選項1「それはよかったですね」用於回應對方發生好事的時候。
- 選項3「それはおもしろいですね」用於回應對方分享趣事的時候。
- 在日本就醫若有健保，醫療費大約是1 500日圓～2 500日圓（不含藥費）；若沒有健保，大約需要5000圓～8500日圓。

もんだい 4　第 16 題 答案跟解說

答案：3　4-16

M：すみません、鈴木（すずき）さんですか。

F：1．はい、鈴木（すずき）です。お元気（げんき）で。

2．はい、鈴木（すずき）です。さようなら。

3．はい、鈴木（すずき）です。初（はじ）めまして。

【譯】M：不好意思，請問是鈴木小姐嗎？

F：1.是，我是鈴木，請保重。

2.是，我是鈴木，再見。

3.是，我是鈴木，幸會。

もんだい 4　第 17 題 答案跟解說

答案：1　4-17

M：ちょっと風邪（かぜ）をひきました。

F：1．大丈夫（だいじょうぶ）ですか。

2．ごめんなさい。

3．お休（やす）みなさい。

【譯】M：我有點感冒了。

F：1.你沒事吧？

2.對不起。

3.晚安。

もんだい 4　第 18 題 答案跟解說

答案：1　4-18

M：パーティーはもう終（お）わりましたか。

F：1．まだやっていますよ。

2．たくさん人（ひと）が来（き）ましたよ。

3．楽（たの）しかったですよ。

【譯】M：派對已經結束了嗎？

F：1.還在進行喔。

2.有很多人來參加呢。

3.玩得很盡興喔。

攻略的要點 要能判斷本題的背景是初次見面！

【關鍵句】すみません、鈴木(すずき)さんですか。

▶ 本題題目關鍵在「鈴木さんですか」（請問是鈴木小姐嗎），暗示對話中的兩人可能是初次見面或是彼此不熟悉，所以可以回答「初めまして」（幸會）。如果不確定如何應對，本題也可以用刪去法選出答案。

▶ 選項1「お元気で」（請多保重）和選項2「さようなら」（再會）都是道別時的寒暄語，不適合用於本題。

▶「すみません」可以用於做錯事時請求對方原諒，也用於打聽詢問、請人辦事或借過的時候。是為了感謝對方為自己做某事所說的話。

攻略的要點 表示關心的時候該說什麼呢？

【關鍵句】風邪(かぜ)をひきました。

▶ 本題題目關鍵在「風邪をひきました」（感冒了）。別人生病時，我們應該說「大丈夫ですか」或「お大事に」（請多保重）以表示關心、慰問。比「お大事に」更有禮貌的說法是「どうぞお体をお大事になさってください」（請多保重您的身體）。

▶ 選項2「ごめんなさい」是道歉用語。

▶ 選項3「お休みなさい」是睡前的寒暄語，有「我要睡了」的意思。

攻略的要點 「もう」和「まだ」常常對應出現！

【關鍵句】もう終(お)わりましたか。

▶ 這一題題目關鍵在「もう終わりましたか」（已經結束了嗎），「～もう」是「已經」的意思，回答應為肯定句或否定句。若是結束了可以說「はい、終わりました」（對，結束了），若還沒結束則可以說「まだやっていますよ」（還在進行哦）或「まだ終わっていません」（還沒結束）。

▶ 選項2「たくさん人が来ましたよ」（有很多人來參加呢）則是回答參加派對的人數。

▶ 選項3「楽しかったですよ」（玩得很盡興哦），因為是過去式た形，所以本句是出席派對的人對派對的感想，原問句應該是「パーティーはどうでしたか」（派對如何呢？）

Memo

課題理解

在聽取完整的會話段落之後，測驗是否能夠理解其內容（在聽完解決問題所需的具體訊息之後，測驗是否能夠理解應當採取的下一個適切步驟）。

考前要注意的事

作答流程 & 答題技巧

聽取說明

先仔細聽取考題說明

聽取問題與內容

仔細聆聽問題與對話內容，並在聽取建議、委託、指示等相關對話之後，判斷接下來該怎麼做。

內容順序一般是「提問 ➡ 對話 ➡ 提問」

預估有 8 題

1 首先要理解應該做什麼事？第一優先的任務是什麼？邊聽邊整理。

2 並在聽取對話時，同步比對選項，將確定錯誤的選項排除。

3 選項以文字出現時，一般會考跟對話內容不同的表達方式。

答題

再次仔細聆聽問題，選出正確答案

N4 聽力模擬考題 問題1

1-1

もんだい１ではまず、しつもんを聞いてください。それから話を聞いて、もんだいようしの１から４の中から、ただしいこたえを一つえらんでください。

1-2 1ばん 【答案跟解說：134 頁】

答え：① ② ③ ④

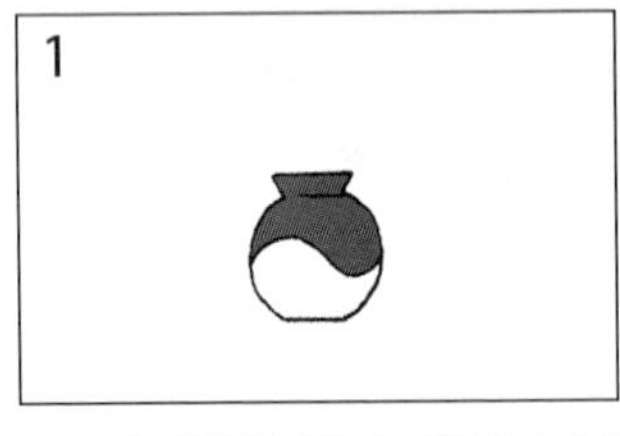

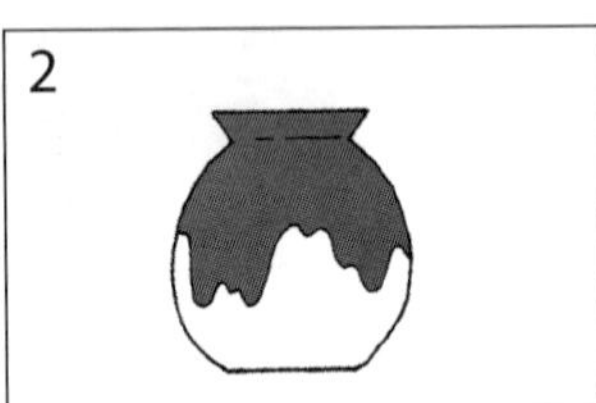

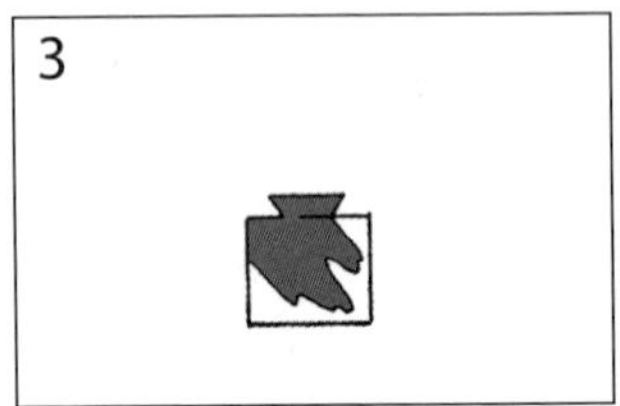

1-3 2ばん 【答案跟解說：136 頁】

答え：① ② ③ ④

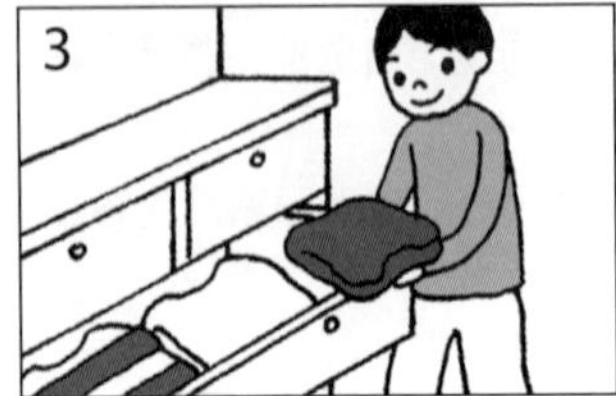

(1-4) 3ばん 【答案跟解説：138 頁】 答え：① ② ③ ④

1　1時(じ) 10分(ぷん)

2　1時(じ) 30分(ぷん)

3　1時(じ) 40分(ぷん)

4　2時(じ)

(1-5) 4ばん 【答案跟解説：140 頁】 答え：① ② ③ ④

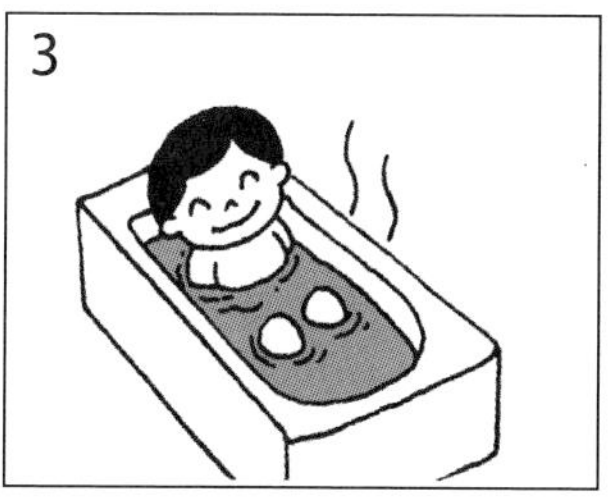

もんだい 1　第 1 題 答案跟解說

1-2

デパートで、男の人と女の人が話しています。女の人は、どの花瓶を買いますか。

M：この丸い花瓶、どう？

F：うーん、形はいいけど、ちょっと小さすぎるわ。

M：そう？これぐらいの方が、使いやすくていいんじゃない？

F：でも、玄関に飾るから、大きい方がいいよ。

M：じゃあ、こっちはどう？四角くてもっと大きいの。

F：うん、これはいいわね。高さもちょうどいいし。じゃあ、これにしましょう。

女の人は、どの花瓶を買いますか。

【譯】

有位男士正和一位女士在百貨公司裡說話。請問這位女士要買哪個花瓶呢？

M：這個圓形的花瓶，如何呢？
F：嗯…形狀是不錯啦，但有點太小。
M：會嗎？這樣的大小才方便使用，不是很好嗎？
F：可是要用來裝飾玄關，所以大一點的比較好吧？
M：那這個怎麼樣呢？四方形更大一點的這個。
F：嗯，這個很不錯耶！高度也剛剛好。那就決定是這個吧！

請問這位女士要買哪個花瓶呢？

解題關鍵

答案：4

【關鍵句】大(おお)きい方(ほう)がいいよ。
四角(しかく)くてもっと大(おお)きいの。
じゃあ、これにしましょう。

▶ 這一題關鍵在「どの」，表示要在眾多事物當中選出一個。要仔細聽有關花瓶的特色描述，特別是形容詞。

▶ 一開始男士詢問「この丸い花瓶、どう？」，但女士回答「ちょっと小さすぎるわ」，表示女士不要又圓又小的花瓶，所以選項1是錯的。

▶ 接著女士又表示「大きい方がいいよ」，表示她要大的花瓶，所以選項3也是錯的。

▶ 最後男士詢問「こっちはどう？四角くてもっと大きいの」，這個「の」用來取代重複出現的「花瓶」。而女士也回答「これはいいわね。高さもちょうどいいし。じゃあ、これにしましょう」，「Aにする」意思是「決定要A」，「これにしましょう」運用提議句型「ましょう」，表示她要選「これ」，也就是男士說的方形大花瓶。

單字と文法

□形(かたち) 形狀	□四角(しかく)い 四方形的	□ちょうどいい 剛剛好
□飾る(かざる) 裝飾	□高(たか)さ 高度	□～にする 決定要…

もんだい１ 第２題答案跟解說

1-3

女の人と男の人が話しています。男の人は、このあと何をしますか。

F：ベランダの洗濯物、乾いたかどうか見てきてくれる？

M：いいよ。ちょっと待って。

F：どう？もう全部乾いていた？

M：ズボンはまだ乾いていないけど、Tシャツはもう乾いているよ。

F：じゃあ、乾いていないのはそのままでいいから、乾いているのだけ中に入れて、ベッドの上に置いてくれる？

M：たんすにしまわなくてもいいの？

F：あ、それは、あとで私がやるから。

M：うん。分かった。

男の人は、このあと何をしますか。

【譯】

有位女士正在和一位男士說話。請問這位男士接下來要做什麼呢？

F：陽台的衣服，能去幫我看看乾了沒嗎？
M：好啊，妳等一下喔。
F：怎麼樣？全部都乾了嗎？
M：長褲還沒乾，不過Ｔ恤已經乾了喔！
F：那還沒乾的放在那邊就好，可以幫我把乾的收進來放在床上嗎？
M：不用放進衣櫥嗎？
F：啊，那個我等等再收就好。
M：嗯，我知道了。

解題關鍵 答案：2

【關鍵句】Tシャツはもう乾いているよ。
乾いているのだけ中に入れて、ベッドの上に置いてくれる？

▶「このあと何をしますか」問的是接下來要做什麼，這類題型通常會出現好幾件事情來混淆考生，所以當題目出現這句話，就要留意事情的先後順序，以及動作的有無。

▶ 這一題的重點在女士的發言。從「乾いていないのはそのままでいいから、乾いているのだけ中に入れて、ベッドの上に置いてくれる？」可以得知，女士用請對方幫忙的句型「てくれる？」，請男士把乾的衣物拿進家裡並放在床上。

▶ 乾的衣物是指什麼呢？答案就在上一句：「Ｔシャツはもう乾いているよ」，也就是Ｔ恤。所以選項１、４都是錯的。

▶ 接著男士又問「たんすにしまわなくてもいいの？」，女士回答「あ、それは、あとで私がやるから」，表示男士不用把乾的衣服收進衣櫥，也就是說他只要把Ｔ恤放在床上就可以了。這句的「から」後面省略了「たんすにしまわなくてもいいです」（不用收進衣櫃裡也沒關係）。

▶ ～にする：決定、叫。【名詞；副助詞】＋にする：1.常用於購物或點餐時，決定買某樣商品。2.表示抉擇，決定、選定某事物。

單字と文法

- □ ベランダ【veranda】陽台
- □ 洗濯物〔該洗或洗好的〕衣服
- □ 乾く〔曬〕乾
- □ Ｔシャツ【T-shirt】Ｔ恤
- □ たんす 衣櫥
- □ しまう 收好，放回

もんだい 1　第 3 題 答案跟解說

1-4

男の人と女の人が話しています。男の人は、何時に出発しますか。

M：佐藤さん、ちょっとお聞きしたいんですが。

F：はい、なんでしょう。

M：今日、午後2時から山川工業さんで会議があるんですが、ここからどれぐらいかかるかご存じですか。

F：そうですね。地下鉄で行けば20分ぐらいですね。

M：そうですか。それなら、1時半に出発すれば大丈夫ですね。

F：でも、地下鉄を降りてから少し歩きますよ。もう少し早く出た方がいいと思いますが。

M：それじゃ、あと20分早く出ることにします。

男の人は、何時に出発しますか。

【譯】

有位男士正在和一位女士說話。請問這位男士幾點要出發呢？

M：佐藤小姐，我有件事想要請教您。
F：好的，什麼事呢？
M：今天下午2點開始要在山川工業開會，您知道從這邊出發大概要花多久的時間嗎？
F：讓我想想。搭地下鐵去的話大概要20分鐘吧？
M：這樣啊。那我1點半出發沒問題吧？
F：不過搭地下鐵下車後還要再走一小段路。我想還是再早一點出發會比較好。
M：那我就再提早20分鐘離開公司。

請問這位男士幾點要出發呢？

1　1點10分
2　1點30分
3　1點40分
4　2點

解題關鍵 答案：1

【關鍵句】1時半に出発すれば大丈夫ですね。
それじゃ、あと20分早く出ることにします。

- 「何時」問的是「幾點」，所以要注意會話當中所有和時、分、秒有關的訊息，通常這種題目都需要計算或推算時間。
- 問題中的「出発しますか」對應了內容「1時半に出発すれば大丈夫ですね」，表示男士要1點半出發。不過最後男士聽了女士的建議，又說「あと20分早く出ることにします」，這個「あと」不是「之後」的意思，而是「還…」，表示還要再提早20分鐘出門，1點半提前20分鐘就是1點10分。
- 「ことにする」表示說話者做出某個決定。至於選項4是對應「午後2時から山川工業さんで会議があるんですが」這句，指的是開會時間，不是出發時間。
- 值得注意的是，有時為了表示對客戶或合作對象的敬意，會在公司或店名後面加個「さん」，不過一般而言是不需要的。

單字と文法

□ **出発** 出發
□ **工業** 工業
□ **会議** 會議
□ **ご存じ**〔對方〕知道的尊敬語

もんだい1　第④題 答案跟解說

1-5

女の人と男の子が話しています。男の子は、このあと最初に何をしなければいけませんか。

F：まだテレビを見ているの？晩ご飯の時からずっと見ているんじゃない？
M：分かっているよ。もうすぐ終わるから、ちょっと待ってよ。
F：お風呂もまだ入っていないんでしょう？
M：うん、テレビが終わったら入るよ。
F：宿題は？
M：あと少し。
F：それなら、お風呂に入る前に終わらせなくちゃだめよ。お風呂に入ると、すぐ眠くなっちゃうんだから。
M：はーい。

男の子は、このあと最初に何をしなければいけませんか。

【譯】

有位女士正在和一個男孩說話。請問這個男孩接下來必須最先做什麼事情呢？

F：你還在看電視啊？你不是從晚餐的時候就一直在看嗎？
M：我知道啦！快結束了，再等一下啦！
F：你不是還沒洗澡嗎？
M：嗯，我看完電視再去洗。
F：功課呢？
M：還有一點。
F：那你不在洗澡前寫完不行喔！洗完澡很快就會想睡覺了。
M：好啦～

請問這個男孩接下來必須最先做什麼事情呢？

答案：2

【關鍵句】宿題は？
お風呂に入る前に終わらせなくちゃだめよ。

- 遇到「このあと最初に何をしなければいけませんか」這種題型，就要特別留意會話中每件事情的先後順序。
- 四個選項分別是「吃飯」、「做功課」、「洗澡」、「睡覺」。從一開始的「まだテレビを見ているの？晩ご飯の時からずっと見ているんじゃない？」可以得知男孩從晚餐時間就一直在看電視，可見他已經吃過飯了。而題目問的是接下來才要做的事情，所以 1 是錯的。
- 從女士「宿題は？」、「お風呂に入る前に終わらせなくちゃだめよ」這兩句話可以得知男孩還沒寫功課，而且女士要他先寫再洗澡。男孩回答「はーい」表示他接受了。所以男孩接下來最先要做的應該是寫功課才對。
- 至於 4，會話中只有提到「お風呂に入ると、すぐ眠くなっちゃうんだから」，意指洗完澡會很想睡覺，而不是真的要去睡覺，所以是錯的。

單字と文法

- □ **最初** 最先
- □ **ずっと** 一直
- □ **眠い** 想睡覺

說法百百種

▶ 設置迷惑的說法

あっ、そうだ。醤油は魚を入れる前に入れてください。
／啊！對了。放魚進去前請加醬油。

あっ、思い出した。途中、郵便局に寄ってきたわ。
／啊！我想起來了。我途中順便去了郵局。

じゃあ、最初に京都に行ってから、支店に行きます。
／那麼，我先去京都，再去分店。

1-6 5ばん 【答案跟解說：144 頁】

答え：① ② ③ ④

1-7 6ばん 【答案跟解說：146 頁】

答え：① ② ③ ④

1　青(あお)い袋(ふくろ)に入(い)れる

2　黒(くろ)い袋(ふくろ)に入(い)れる

3　箱(はこ)に入(い)れる

4　教科書(きょうかしょ)は箱(はこ)に入(い)れて、ノートは青(あお)い袋(ふくろ)に入(い)れる

1-8 7ばん 【答案跟解說：148 頁】 答え：① ② ③ ④

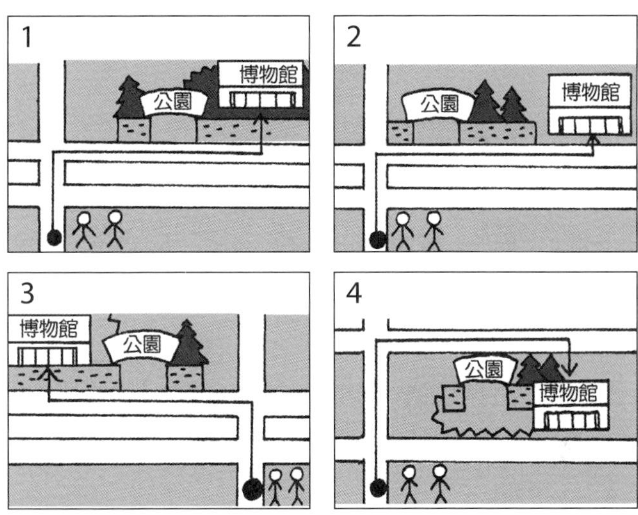

1-9 8ばん 【答案跟解說：150 頁】 答え：① ② ③ ④

1　アイ　　2　イウ　　3　ウエ　　4　アエ

もんだい 1　第 5 題 答案跟解說

1-6

女の人と男の人が話しています。男の人は、このあと何をしますか。

F：そこの椅子、会議室に運んでもらえる？午後の会議で使うから。

M：いいですよ。

F：じゃあ､お願いします。私は会議の資料をコピーしなくちゃいけないから、お手伝いできなくてごめんなさいね。

M：大丈夫ですよ。椅子を運び終わったら、コピーもお手伝いしますよ。

F：あ、こっちはそんなに多くないから、大丈夫よ。椅子を運んだら、そのまま会議室で待っていて。

M：あ、でも、僕は今日の会議には出ないんです。午後は用事があって。

F：あら、そうだったの。

男の人は、このあと何をしますか。

【譯】

有位女士正在和一位男士說話。請問這位男士接下來要做什麼呢？

F：可以幫我把這邊的椅子搬到會議室嗎？下午的會議要用。
M：好的。
F：那就麻煩你了。我要影印會議的資料，所以不能幫你搬，對不起喔！
M：沒關係的！等我搬完椅子，也來幫妳影印吧！
F：啊，資料沒那麼多，所以不要緊的。你搬完椅子後就在會議室裡等吧！
M：啊，不過我今天沒有要出席會議。我下午有事。
F：喔？是喔！

請問這位男士接下來要做什麼呢？

解題關鍵

答案：1

【關鍵句】そこの椅子（いす）、会議室（かいぎしつ）に運（はこ）んでもらえる？
いいですよ。

▶ 這一題問的是男士接下來要做什麼。從「そこの椅子、会議室に運んでもらる」、「いいですよ」可以得知男士答應女士幫忙搬椅子到會議室。「てもらえる？」在此語調上揚，是要求對方幫忙的句型。「いいですよ」表示允諾、許可。所以正確答案是１。

▶ 從「コピーもお手伝いしますよ」、「あ、こっちはそんなに多くないから、大丈夫よ」這段會話可以得知男士要幫忙影印，但女士說不用。這裡的「大丈夫よ」意思是「沒關係的」、「不要緊的」，是婉拒對方的用詞。所以２是錯的。

▶ ３對應「僕は今日の会議には出ないんです」，表示男士今天不出席會議，所以是錯的。會話內容沒有提到搬運資料方面的訊息，所以４也是錯的。

單字と文法

- □ **会議室**（かいぎしつ） 會議室
- □ **運ぶ**（はこぶ） 搬運
- □ **資料**（しりょう） 資料
- □ **手伝い**（てつだい） 幫忙
- □ **そのまま** 表示維持某種狀態做某事
- □ **用事**（ようじ）〔必須辦的〕事情

もんだい1　第 6 題 答案跟解說

1-7

学校で、男の人が話しています。要らなくなった教科書やノートは、どうしますか。

M：みなさん、今日は教室の大掃除をします。今から、ごみの捨て方について説明しますから、よく聞いてください。ごみは燃えるごみと燃えないごみに分けなければいけません。教室の入り口に青い袋と黒い袋が置いてあります。青い袋には燃えるごみを入れてください。黒い袋には燃えないごみを入れてください。それから、袋の隣に箱が置いてありますから、要らなくなった教科書やノートは全部そこに入れてください。でも、要らない紙は箱の中に入れてはいけません。青い袋に入れてください。いいですか。では、みなさん始めてください。

要らなくなった教科書やノートは、どうしますか。

【譯】

有位男士正在學校說話。請問已經不要的課本和筆記本，該如何處理呢？

M：各位同學，今天要教室大掃除。現在我要來說明垃圾的丟棄方式，請仔細地聽。垃圾必須分類成可燃垃圾和不可燃垃圾。教室入口放有藍色的袋子和黑色的袋子。藍色的袋子請放入可燃垃圾。黑色的袋子請放入不可燃垃圾。還有，袋子旁邊放有一個箱子，已經不要的課本和筆記本請全部放在那裡。不過，不要的紙張不能放進箱子裡。請放入藍色的袋子。這樣清楚了嗎？那就請各位開始打掃。

請問已經不要的課本和筆記本，該如何處理呢？

1　放進藍色的袋子
2　放進黑色的袋子
3　放進箱子
4　課本放進箱子，筆記本放進藍色的袋子

解題關鍵

答案：3

【關鍵句】袋の隣に箱が置いてありますから、要らなくなった教科書やノートは全部そこに入れてください。

▶ 這一題出現許多指令、說明、規定，要求學生做某件事或是禁止學生做某件事，所以可以推測這位男士是一位老師。問題問「どうしますか」，所以要特別留意「てください」（請…）、「なければいけません」（必須…）、「てはいけません」（不行…）這些句型。

▶ 問題問的是「要らなくなった教科書やノート」，對應「要らなくなった教科書やノートは全部そこに入れてください」，表示不要的教科書和筆記本要放到「そこ」裡面。

▶「そこ」指的是前面提到的「袋の隣に箱が置いてありますから」的「箱」。也就是說教科書和筆記本要放到箱子裡面。

單字と文法

□ **教科書** 課本

□ **ごみ** 垃圾

□ **捨て方** 丟棄方式

□ **説明する** 說明

□ **燃える** 燃燒

□ **分ける** 分，分類

□ **～なければならない** 必須…，應該…

もんだい１　第 7 題答案跟解說

1-8

男の人と女の人が話しています。男の人は、どうやって博物館に行きますか。

M：すみません。博物館に行きたいのですが、どう行けばいいですか。

F：博物館ですか。それなら、この道をまっすぐに行って、二つ目の角を右に曲がってください。

M：はい。

F：少し歩くと左側に大きな公園があります。博物館は公園の中ですよ。

M：ここから歩いて、どれぐらいかかりますか。

F：10分ぐらいですね。

M：どうもありがとうございました。

男の人は、どうやって博物館に行きますか。

【譯】

有位男士正在和一位女士說話。請問這位男士要怎麼去博物館呢？

M：不好意思，我想去博物館，請問要怎麼去呢？
F：博物館嗎？那你就這條街直走，在第二個街角右轉。
M：好。
F：再稍微走一下，左邊會有個大公園。博物館就在公園裡面。
M：從這裡步行大概要多久呢？
F：10分鐘左右。
M：真是謝謝妳。

請問這位男士要怎麼去博物館呢？

解題關鍵 答案：1

【關鍵句】この道をまっすぐに行って、二つ目の角を右に曲がってください。少し歩くと左側に大きな公園があります。博物館は公園の中ですよ。

▶ 這一題問的是去博物館的路線。遇到問路的題目，需熟記常用的名詞（角、道、橋…等等）、動詞（行く、歩く、曲がる、渡る…等等），除了要留意路線和指標性建築物，還要仔細聽出方向（まっすぐ、右、後ろ…等等）或是順序（一つ目、次…等等）。

▶ 答案就在被問路的女性的發言當中。「この道をまっすぐに行って、二つ目の角を右に曲がってください」、「少し歩くと左側に大きな公園があります。博物館は公園の中ですよ」這兩句話說明了到博物館要先直走，並在第二個轉角右彎，再稍微走一小段路，左邊就可以看到一個大公園，博物館就在公園裡面。符合這個選項的只有圖 1 。

單字と文法

□ 博物館 博物館
□ 角 轉角
□ ～目 第…個
□ 左側 左邊，左側

說法百百種

▶ 間接目標的說法

この先の３本目を右に入って２軒目だよ。
／它是在這前面的第三條巷子，右轉進去第 2 間喔。

右側には建物があります。／它的右邊有棟建築物。

間に広い道があるんです。／中間有一條很寬的路。

もんだい 1 第 8 題 答案跟解說

1-9

レストランで、女の人と男の人が話しています。女の人は、何を持ってきますか。

F：失礼します。お茶をお持ちしました。

M：あ、すみません。子どもにはお茶じゃなくて、お水をいただけますか。

F：お水ですね。かしこまりました。

M：あ、それから、小さい茶碗を一ついただけますか。子供が使うので。

F：かしこまりました。小さいフォークとスプーンもお持ちしましょうか。

M：いえ、フォークとスプーンは持ってきているので、結構です。

女の人は、何を持ってきますか。

【譯】

有位女士正在餐廳和一位男士說話。請問這位女士要拿什麼東西過來呢？

F：不好意思，為您送上茶飲。
M：啊，不好意思，小孩不要喝茶，可以給他開水嗎？
F：開水嗎？我知道了。
M：啊，還有可以給我一個小碗嗎？小朋友要用的。
F：好的。請問有需要另外為您準備小叉子和湯匙嗎？
M：不用，我們自己有帶叉子和湯匙，所以不需要。

請問這位女士要拿什麼東西過來呢？

答案：2

【關鍵句】お水（みず）をいただけますか。
あ、それから、小（ちい）さい茶碗（ちゃわん）を一（ひと）ついただけますか。

- 這一題問的是女服務生要拿什麼過來，男客人需要的東西就是答案。所以要特別注意「てください」、「てくれますか」、「てもらえませんか」、「ていただけますか」這些表示請求的句型。
- 男士首先提到「お水をいただけますか」，女服務生回答「かしこまりました」，表示她明白了、會拿水過來。所以答案一定有「イ」，選項３、４是錯的。
- 接著男士又說「小さい茶碗を一ついただけますか」，表示他要一個小碗，女服務生同樣回答「かしこまりました」。所以答案是水和碗。
- 值得一提的是最後一句：「いえ、フォークとスプーンは持ってきているので、結構です」。「結構です」有兩種用法，一種是表示肯定對方、給予讚賞，可以翻譯成「非常好」。另一種用法是否定、拒絕，相當於「いいです」，翻譯成「夠了」、「不用了」，這裡是指後者。
- ～ていただく：承蒙…。【動詞て形】＋いただく。表示接受人請求給予人做某行為，且對那一行為帶著感謝的心情。這是以說話人站在接受人的角度來表現。一般用在給予人身份、地位、年齡都比接受人高的時候。這是「～てもらう」的自謙形式。

單字と文法

- □ **失礼（しつれい）します** 不好意思〔寒暄語〕
- □ **いただく**「もらう」的謙讓語
- □ **かしこまりました**〔帶有敬意〕我知道了
- □ **フォーク【fork】** 叉子
- □ **スプーン【spoon】** 湯匙

1-10 9ばん 【答案跟解説：154 頁】 答え：①②③④

1 「あか」と「氷（こおり）あり」のボタン

2 「あお」と「氷（こおり）あり」のボタン

3 「あお」と「氷（こおり）なし」のボタン

4 「あか」と「氷（こおり）なし」のボタン

1-11 10 ばん 【答案跟解説：156 頁】 答え：①②③④

1

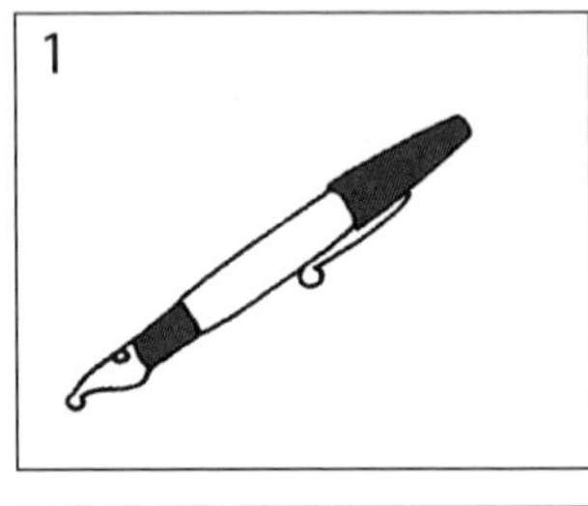

2

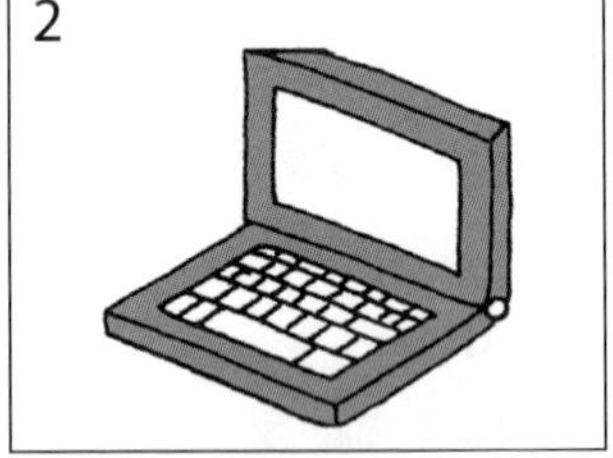

3

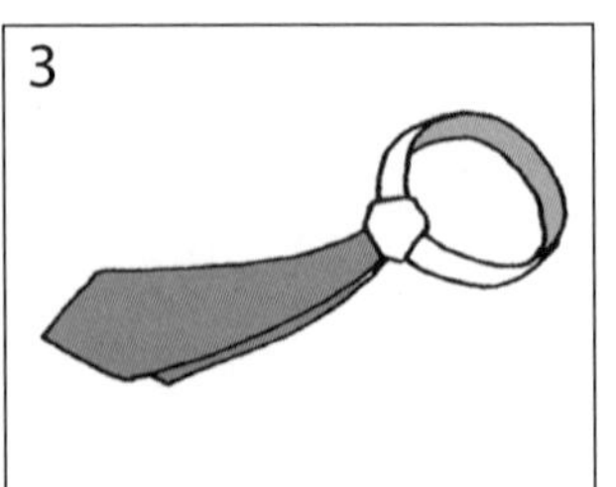

4

1-12 11 ばん 【答案跟解說：158 頁】

答え：① ② ③ ④

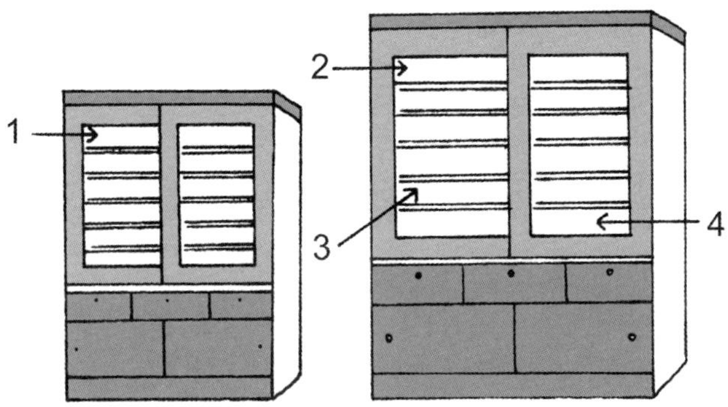

1-13 12 ばん 【答案跟解說：160 頁】

答え：① ② ③ ④

1　本棚(ほんだな)に入(い)れる

2　鈴木(すずき)さんに渡(わた)す

3　家(いえ)に持(も)って帰(かえ)る

4　机(つくえ)の上(うえ)に置(お)く

もんだい1　第 9 題 答案跟解說

1-10

自動販売機の前で、男の留学生と女の人が話しています。男の留学生は、このあとどのボタンを押しますか。

M：すみません、コーヒーを買いたいんですけど、どうすればいいんですか。もうお金は入れました。

F：そうしたら、コーヒーは温かいのと冷たいのがありますから、温かいのがよかったら赤いボタン、冷たいのがよかったら青いボタンを押してください。

M：僕はアイスコーヒーがいいです。

F：それから､氷を入れるかどうかを選んでください。入れたければ「氷あり」のボタンを、入れたくなければ「氷なし」のボタンを押してください。

M：僕は氷はいいです。ありがとうございました。

男の留学生は、このあとどのボタンを押しますか。

【譯】

有位男留學生正在自動販賣機前面和一位女士說話。請問這位男留學生接下來要按哪個按鍵呢？

M：不好意思，我想要買咖啡，請問我應該怎麼做呢？錢已經投進去了。

F：這樣的話，咖啡有熱的和冰的，如果你要熱的就請按紅色按鍵，要冰的就請按藍色按鍵。

M：我要買冰咖啡。

F：接著還要選要不要加冰塊。如果想加的話就按「有冰塊」的按鍵，如果不想加的話就請按「無冰塊」的按鍵。

M：我不要加冰塊。謝謝妳。

請問這位男留學生接下來要按哪個按鍵呢？

1　「紅色」和「有冰塊」按鍵

2　「藍色」和「有冰塊」按鍵

3　「藍色」和「無冰塊」按鍵

4　「紅色」和「無冰塊」按鍵

攻略的要點 アイス＝冷たいの いい=いらない

解題關鍵

答案：3

【關鍵句】冷たいのがよかったら青いボタンを押してください。
僕はアイスコーヒーがいいです。
僕は氷はいいです。

▶ 這一題問的是男留學生要按什麼按鍵，從選項中可以發現一共有四個按鍵，請仔細聆聽女士的說明，並配合男留學生的需求選出正確答案。

▶ 關於咖啡的冷熱問題，女士提到「温かいのがよかったら赤いボタン、冷たいのがよかったら青いボタンを押してください」，意思是熱咖啡按紅鍵，冰咖啡按藍鍵。

▶ 男留學生說：「僕はアイスコーヒーがいいです」，對應「冷たいの」。他要喝冰咖啡，所以要按藍鍵。因此選項1、4是錯的。

▶ 接著針對冰塊，女士又說「入れたければ『氷あり』のボタンを、入れたくなければ『氷なし』のボタンを押してください」，要冰塊就按「氷あり」，不要冰塊就按「氷なし」。

▶ 男留學生說「僕は氷はいいです」，這邊的「いいです」相當於「いらない」是否定用法，表示他不要冰塊。所以他要按「あお」、「氷なし」兩個按鍵。

單字と文法

- □ 自動販売機 自動販賣機
- □ アイスコーヒー【ice coffee】冰咖啡
- □ 氷 冰塊，冰
- □ あり 有…
- □ なし 無…

もんだい1　第⑩題答案跟解說

1-11

女の人と男の人が話しています。女の人は、何を贈りますか。

F：あなた、お隣の武史さん、今年、大学卒業だから、何かお祝いをあげようと思うんだけど、何がいい？

M：へえ、もう卒業か。僕が卒業した時は、万年筆をもらったけど、今の若い人はあまり使わないだろうね。

F：ノートパソコンはどう？

M：え、高すぎるよ。ネクタイとかいいんじゃない？

F：でも、どういうのがお好きか分からないでしょう？

M：それもそうだね。しかたがないから、お金にしようか？

F：でも、それじゃ失礼じゃない？

M：最近はそうでもないらしいよ。

F：そう？それじゃ、そうしましょう。

女の人は、何を贈りますか。

【譯】

有位女士正在和一位男士說話。請問這位女士要送什麼東西呢？

F：老公，隔壁的武史今年要大學畢業了，我想送點什麼來祝賀，什麼比較好呢？

M：欸～已經要畢業啦？我畢業的時候收到的是鋼筆，不過現在的年輕人沒什麼在用吧？

F：筆記型電腦如何？

M：欸，太貴了啦！領帶之類的不錯吧？

F：可是我們又不知道他喜歡什麼樣的啊！

M：說的也是。沒辦法了，就送現金吧？

F：但那很失禮吧？

M：最近大家好像不會這麼覺得了呢！

F：是喔？那就這麼辦吧！

請問這位女士要送什麼東西呢？

解題關鍵

答案：4

【關鍵句】お金(かね)にしようか？
それじゃ、そうしましょう。

▶ 這一題問的是女士要送什麼東西，兩人在討論送禮的內容。過程中一定會有提議被否決掉的情況，要小心別聽錯了。

▶ 女士一開始說「ノートパソコンはどう？」，不過男士回答「え、高すぎるよ」，表示筆記型電腦太貴，言下之意就是不要買這個，所以 2 是錯的。

▶ 接著男士又說「ネクタイとかいいんじゃない？」，不過女士回答「でも、どういうのがお好きか分からないでしょう？」，表示不知道對方的喜好所以不要送領帶，所以 3 也是錯的。

▶ 接著男士又提議「お金にしようか？」，說要送錢，女士原本覺得很失禮，最後被說服了，說了一句「それじゃ、そうしましょう」，表示決定要送錢。

▶ 至於選項 1，會話當中提到的「万年筆」，是「僕が卒業した時は、万年筆をもらったけど」，意思是男士以前畢業時收到了鋼筆，和兩人討論的送禮內容無關。

單字と文法

□ 贈(おく)る 贈送
□ 卒業(そつぎょう) 畢業
□ お祝(いわ)い 祝賀，慶祝
□ ノートパソコン【notebook PC】筆記型電腦
□ しかたがない 沒辦法

說法百百種

▶ 出現 2 物以上的說法

太郎(たろう)は子供(こども)の時(とき)は、玉(たま)ねぎとかにんじんとか野菜(やさい)が嫌(きら)いでした。
／太郎小時候，討厭洋蔥、紅蘿蔔之類的蔬菜。

山田(やまだ)さんは、サッカーとか、野球(やきゅう)とかしますか。
／山田先生會踢踢足球、打打棒球嗎？

玉(たま)ちゃんのプレゼント、何(なに)がいい？帽子(ぼうし)か、靴(くつ)か……。
／小玉你禮物想要什麼？帽子？鞋子？

もんだい 1　第 11 題 答案跟解說

1-12

男の人と女の人が話しています。男の人は、コップをどこに置きますか。

M：この茶碗、どこにしまう？

F：ああ、それね。それはあまり使わないから、大きい棚の一番上に置いてくれる？

M：じゃあ、お皿とコップはどうする？

F：お皿はよく使うから、小さい棚の一番下に置いて。

M：でも、小さい棚の一番下は、もう置くところがないけど。

F：あ、そう？それじゃ、大きい棚の一番下は？

M：うん、こっちは空いているから、ここに置くよ。じゃあ、コップは？

F：コップはお皿の一つ上の棚に置いて。

M：うん、分かった。

男の人は、コップをどこに置きますか。

【譯】

有位男士正在和一位女士說話。請問這位男士要把杯子放在哪裡呢？

M：這個碗要收在哪裡？
F：啊，那個啊！那很少會用到，可以幫我放在大櫥櫃的最上方嗎？
M：那盤子和杯子怎麼辦？
F：盤子很常用到，放在小櫥櫃的最下方。
M：不過，小櫥櫃的最下方已經沒地方擺放了耶！
F：啊，這樣啊？那大櫥櫃的最下方呢？
M：嗯，這裡就有空位了，我就放這邊囉！那杯子呢？
F：杯子就放在盤子的上一層。
M：嗯，我知道了。

請問這位男士要把杯子放在哪裡呢？

解題關鍵

答案：3

【關鍵句】コップはお皿（さら）の一つ（ひと）上（うえ）の棚（たな）に置（お）いて。

▶ 這一題用「どこ」來詢問場所、地點，所以要仔細聽東西擺放的位置，並注意問題問的是杯子，可別搞混了。此外，可以注意表示命令、請求的句型，答案通常就藏在這些指示裡。

▶ 對話首先提到「茶碗」，從「大きい棚の一番上に置いてくれる？」可以得知它的位置是在大櫥櫃的最上層。

▶ 接著又提到「お皿」，女士說「小さい棚の一番下に置いて」，表示要放在小櫥櫃的最下層，不過因為最下層沒地方放了，所以她又改口「大きい棚の一番下は？」，男士表示「うん、こっちは空いているから、ここに置くよ」。所以盤子的位置是在大櫥櫃的最下層。

▶ 最後提到這個題目的重點：「コップ」，女士要求「コップはお皿の一つ上の棚に置いて」，表示杯子要放在盤子的上一層。盤子放在大櫥櫃的最下層，所以杯子就放在大櫥櫃的倒數第二層。

單字と文法

□ 棚（たな） 櫥櫃；架子

□ 空く（あ） 空，空出

□ コップ【荷 kop】 杯子

もんだい１　第 ⑫ 題 答案跟解說

1-13

女の人と男の人が話しています。女の人は、歴史の本をどうしますか。歴史の本です。

F：先月、お借りした旅行の本と歴史の本をお返ししに来ました。とてもおもしろかったです。ありがとうございました。

M：ああ、読み終わったの？それじゃ、旅行の本は後ろの本棚に入れておいて。歴史の本は鈴木さんも読みたいと言っていたから、直接渡してくれる？

F：分かりました。あの、それから、前に読みたいとおっしゃっていた料理の本も持ってきたんですけど。

M：あ、ほんとう？どうもありがとう。あとで家に持って帰ってゆっくり読むから、机の上に置いてくれる？

F：分かりました。

女の人は、歴史の本をどうしますか。

【譯】

有位女士正在和一位男士說話。請問這位女士該怎麼處理歷史書籍呢？是歷史書籍。

F：我來還上個月向您借的旅行書籍和歷史書籍。非常的好看。謝謝您。
M：啊，妳已經看完囉？那旅行書籍就放進後面書櫃吧。歷史書籍鈴木先生說他也想看，可以直接幫我交給他嗎？
F：我知道了。那個，還有，我有把您之前說想看的烹飪書籍也帶來了。
M：啊，真的啊？謝謝妳。我等等帶回家慢慢看，可以幫我放在桌上嗎？
F：好的。

請問這位女士該怎麼處理歷史書籍呢？

1　放進書櫃裡

2　交給鈴木先生

3　帶回家

4　放在桌上

解題關鍵

答案：2

【關鍵句】歴史の本は鈴木さんも読みたいと言っていたから、直接渡してくれる？

▶ 這一題問題特別強調是「歷史の本」，表示題目當中會出現其他書籍來混淆考生，一定要仔細聽個清楚。

▶ 內容提到「歷史の本」有兩個地方。第一次是在開頭：「先月、お借りした旅行の本と歴史の本をお返ししに来ました」，表示女士要來還旅行和歷史書籍。

▶ 第二次就在男士的第一句發言：「歴史の本は鈴木さんも読みたいと言っていたから、直接渡してくれる？」，這也是解題關鍵處。男士用「てくれる？」句型詢問女士能不能幫忙把歷史書籍直接拿給鈴木先生，女士回答「分かりました」，表示她答應了。

▶ 所以答案是女士要把歷史書籍交給鈴木先生。

▶ ～てくれる：（為我）做…。【動詞て形】＋くれる：1.表示他人為我，或為我方的人做前項有益的事，用在帶著感謝的心情，接受別人的行為，此時接受人跟給予人大多是地位、年齡同等的同輩。2.給予人也可能是晚輩。3.常用「給予人は（が）接受人に～を動詞てくれる」之句型，此時給予人是主語，而接受人是說話人，或說話人一方的人。

單字と文法

- □ **歴史** 歷史
- □ **直接** 直接
- □ **渡す** 交給
- □ **～てくれる**〔為我〕做…

1-14 13 ばん 【答案跟解說：164 頁】 答え：① ② ③ ④

1-15 14 ばん 【答案跟解說：166 頁】 答え：① ② ③ ④

1-16 15ばん 【答案跟解說：168 頁】

答え：①②③④

1 001-010

2 01-010

3 886

4 相手（あいて）の番号（ばんごう）

1-17 16ばん 【答案跟解說：170 頁】

答え：①②③④

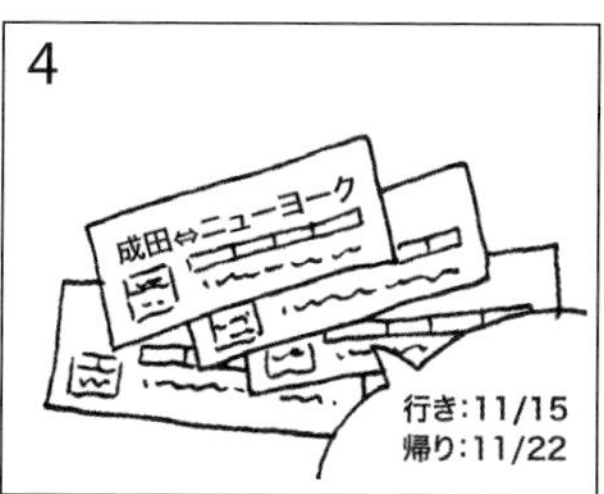

もんだい１　第13題答案跟解說　1-14

女の人と男の人が話しています。女の人は、何で乗り場に行きますか。

Ｆ：すみません。山田駅行きの電車に乗りたいのですが、乗り場はどこですか。

Ｍ：山田駅行きは３番線ですね。地下３階ですから、そこの階段から降りてください。あ、荷物が大きいですね。それじゃ階段は危ないですね。ここをまっすぐ行ったところに、エレベーターがありますから、それを使ってください。直接乗り場まで行けますから。

Ｆ：エスカレーターはありませんか。

Ｍ：階段の反対側にありますが、大きな荷物を持って乗るのは危ないので、おやめください。

Ｆ：わかりました。えっと、ここをまっすぐ行けばいいんですね。ありがとうございました。

女の人は、何で乗り場に行きますか。

【譯】

有位女士正在和一名男士說話。請問這位女士要怎麼去月台呢？

Ｆ：不好意思，我想搭乘前往山田車站的電車，請問月台在哪裡呢？

Ｍ：往山田車站的是３號軌道。它在地下３樓，所以請從那邊的樓梯往下走。啊，妳的行李很大呢！那走樓梯太危險了。從這邊直走，可以看到一台電梯，請搭電梯。可以直接通往上車處。

Ｆ：請問沒有電扶梯嗎？

Ｍ：樓梯反方向有，不過拿著大型行李搭乘太危險了，請別這麼做。

Ｆ：我知道了。嗯…往這裡直走就行了吧？謝謝你。

請問這位女士要怎麼去月台呢？

解題關鍵

答案：2

【關鍵句】ここをまっすぐ行ったところに、エレベーターがありますから、それを使ってください。直接乗り場まで行けますから。

- 這一題用「何で」來詢問做某件事情的手段、道具。這種問路的題目，答案都藏在被問話那方的發言中，特別要注意「てください」等指示的句型。
- 對話中總共提到三種到月台的方式。首先是階梯：「そこの階段から降りてください」。
- 不過接著男士看到對方拿著大型行李，又改為建議搭乘電梯：「ここをまっすぐ行ったところに、エレベーターがありますから、それを使ってください」。
- 後來女士詢問電扶梯，不過男士說「大きな荷物を持って乗るのは危ないので、おやめください」，要她打消念頭。女士最後表示「わかりました。えっと、ここをまっすぐ行けばいいんですね」，暗示她採納了男士的建議，要去搭電梯。

單字と文法

- □ **乗り場** 月台，乘車處
- □ **〜行き** 往…
- □ **エスカレーター【escalator】** 電扶梯
- □ **反対側** 反方向處，另一側
- □ **やめる** 放棄；停止
- □ **〜てください** 請…

もんだい 1 第 14 題 答案跟解說

1-15

病院で、医者が話しています。もし痛くなったら、まず、どうしますか。

M：食べ過ぎですね。大丈夫ですよ。すぐに良くなります。家に帰ったら静かに寝てくださいね。薬を出しておきますが、このまま治ったら、飲まなくても結構ですよ。もし、また痛くなったら、飲んでください。それで良くなると思いますから、すぐに病院に来なくても大丈夫です。もし、薬を飲んで 30 分以上たっても良くならなかったら、来てください。あ、来るときは、先に電話をしてくださいね。じゃ、お大事に。

もし痛くなったら、まず、どうしますか。

【譯】

有位醫生正在醫院裡說話。如果痛了起來的話，請問要先怎麼做呢？

M：你飲食過量了。沒關係，很快就會康復了。回家後請休息靜養。我開藥給你，不過如果這樣就好了，就不用吃了。要是又痛了起來，再請服用。我想這樣很快就會不痛了，所以不用馬上來醫院。如果吃藥過了30分鐘還是沒有好，再請你過來一趟。啊，要來的話請先打電話喔！那就請你多保重。

如果痛了起來的話，請問要先怎麼做呢？

解題關鍵 答案：2

【關鍵句】薬を出しておきますが、…。また痛くなったら、飲んでください。

▶ 遇到醫生講話的這類題型，就要特別留意「てください」句型，表示指示，答案通常都跟這類句型有關。

▶ 這一題問的是「痛くなったら、まず、どうしますか」。這個問題有兩個條件，第一點是「痛くなったら」，「たら」（要是）是假定用法，意思是假如前項的情況實現了。第二點是副詞「まず」，意思是「首先」、「最初」。也就是考生要找出疼痛時第一件必須做的事。

▶ 關於疼痛的處置，醫生提到：「もし、また痛くなったら、飲んでください」。這個「飲んでください」呼應前面的「薬を出しておきますが」，表示醫生有開藥。如果又痛了起來，病人就要服用。

▶ 後面又提到「薬を飲んで 30 分以上たっても良くならなかったら、来てください」，表示如果吃藥後 30 分鐘還沒好再去醫院。所以疼痛時的首要行動是吃藥。

▶ 日本人生病時，病情較輕，會到藥局或藥妝店買藥吃。感冒或肚子痛等小病，一般都到附近不需要預約的小醫院或診所。病情較嚴重時，小醫院的醫生，會介紹患者到醫療條件跟設備較好的大醫院就診。

單字と文法

☐ **食べ過ぎ** 飲食過量
☐ **たつ** 過，經過
☐ **以上** 以上
☐ **お大事に** 請多保重

もんだい１　第 15 題 答案跟解說

1-16

男の留学生と女の人が話しています。このあと男の留学生は、最初にどの番号を押しますか。

M：すみません。国際電話の掛け方を教えてもらえますか。

F：はい、かしこまりました。どちらにお掛けになりますか。

M：台湾です。

F：それでしたら、最初に 001-010 を押してください。その後で台湾の番号を押すんですが、番号はお分かりですか。

M：はい、886 番です。

F：では、それを押してから、相手の番号を押してください。あ、最初の 0 は押さないで、2 番目の数字から押してくださいね。

M：分かりました。ありがとうございます。

このあと男の留学生は、最初にどの番号を押しますか。

【譯】

有位男留學生正在和一位女士說話。請問接下來這位男留學生最先按的號碼是哪個呢？

M：不好意思，可以請妳教我打國際電話的方法嗎？

F：好的，我來為您說明。請問您要撥電話到哪裡去呢？

M：台灣。

F：台灣的話，請您一開始先按001-010。之後再撥台灣的號碼，請問您知道號碼是幾號嗎？

M：知道，是886。

F：那按了之後，請再撥對方的電話號碼。啊，請別按開頭的 0 ，從第 2 個數字開始撥打。

M：我知道了。謝謝。

請問接下來這位男留學生最先按的號碼是哪個呢？

1　001-010

2　01-010

3　886

4　對方的號碼

解題關鍵

答案：1

【關鍵句】最初(さいしょ)に 001-010 を押(お)してください。

- 這一題問題關鍵在「最初に」（最先），所以要特別留意撥號的順序。此外，像這種請教他人方法的題目，就要注意回答者用「てください」句型的地方。
- 「最初にどの番号を押しますか」對應女士的第二句話：「最初に 001-010 を押してください」。表示最先要按「001-010」，這即是正確答案。接著按台灣的區號「886」，然後再撥對方的電話號碼。
- 這一題選項 2 是個陷阱，「最初の 0 は押さないで」（請別按開頭的 0）雖然也有出現問題問的「最初」，不過這不是指撥號的先後順序，也不是一開始要輸入的「001-010」，而是指對方電話號碼開頭的第一個數字。

單字と文法

- □ **国際電話**(こくさいでんわ) 國際電話
- □ **相手**(あいて) 對方
- □ **掛け方**(かけかた) 撥打方式
- □ **数字**(すうじ) 數字

說法百百種

▶ 有關數字的說法

えー、これは今年(ことし)の留学生(りゅうがくせい)の数(かず)です。／嗯，這是今年留學生的人數。

さっき、10人(にん)のお父(とう)さんに聞(き)いてみましたが。／剛剛詢問了 10 位父親。

果物(くだもの)が一番(いちばん)になりました。果物(くだもの)の次(つぎ)は野菜(やさい)です。そらから肉(にく)です。最後(さいご)は魚(さかな)ですね。

水果是第一名。水果的後面是蔬菜。然後是肉類。最後是魚類。

もんだい 1　第 16 題 答案跟解說

1-17

男の人と女の人が話しています。女の人は、チケットを何枚予約しますか。

M：来月、ニューヨークに出張することになったから、飛行機のチケットを予約してくれる？行きは 15 日で、帰りは 22 日ね。

F：はい、わかりました。お一人ですか。

M：いや、部長と、あと鈴木さんも一緒。

F：では、全部で 3 枚ですね。

M：うん、あ、ちょっと待って。ごめん、鈴木さんは行かないことになったんだ。

F：わかりました。では、すぐに予約しておきます。

M：じゃあ、頼んだよ。

女の人は、チケットを何枚予約しますか。

【譯】

有位男士正在和一位女士說話。請問這位女士要預訂幾張票呢？

M：下個月公司安排去紐約出差，妳可以幫忙訂機票嗎？去程是15日，回程是22日。
F：好的，我知道了。只有您一人嗎？
M：沒有，部長還有鈴木先生都要去。
F：那就是總共 3 張囉？
M：嗯，啊，等等。抱歉，鈴木先生不去了。
F：我知道了。那我馬上為您訂票。
M：那就麻煩妳了。

請問這位女士要預訂幾張票呢？

解題關鍵

答案：2

【關鍵句】部長(ぶちょう)と、あと鈴木(すずき)さんも一緒(いっしょ)。

ごめん、鈴木(すずき)さんは行(い)かないことになったんだ。

▶ 這一題問的是「何枚」（幾張），所以要仔細聽數量。通常和數量有關的題型都需要加減運算，所以要聽出每一個數字。

▶ 解題關鍵在男士這句：「部長と、あと鈴木さんも一緒」，以及女士的回話：「全部で 3 枚ですね」，表示總共需要 3 張票。不過男士突然改口說「ごめん、鈴木さんは行かないことになったんだ」，表示三個人當中有一個人不去。「ことになる」是表決定的句型，是由說話者以外的人或是組織做出的某種客觀安排。

▶「3 - 1 = 2 」，女士要訂 2 張機票才正確。

▶ ～ことになる：（被）決定…；也就是說…。【動詞辭書形；動詞否定形】＋ことになる：1.表示決定。指說話人以外的人、團體或組織等，客觀地做出了某些安排或決定。 2.用於婉轉宣布自己決定的事。 3.指針對事情，換一種不同的角度或說法，來探討事情的真意或本質。 4.以「～ことになっている」的形式，表示人們的行為會受法律、約定、紀律及生活慣例等約束。

單字と文法

□ チケット【ticket】票券

□ 予約(よやく) 預訂，預約

□ ニューヨーク【New York】紐約

□ 出張(しゅっちょう)する 出差

□ 部長(ぶちょう) 部長

□ ～ことになる 表示安排或決定

1-18 17 ばん 【答案跟解說：174 頁】 答え：① ② ③ ④

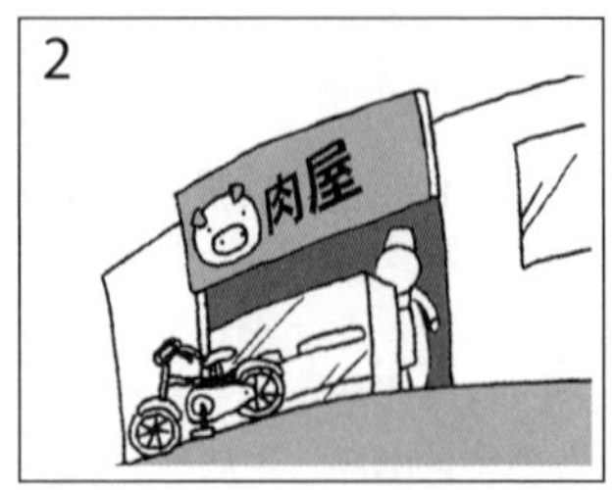

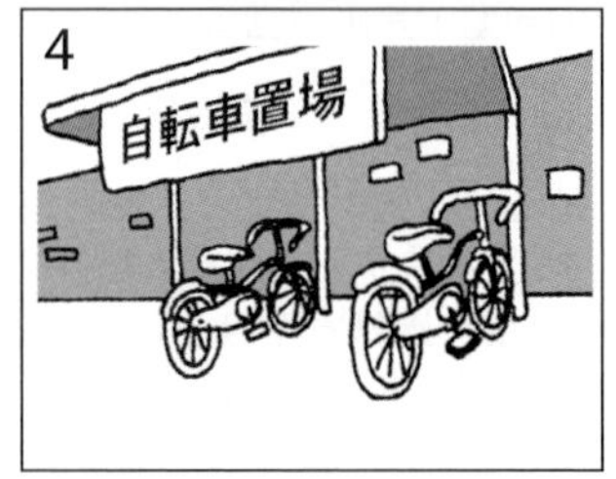

1-19 18 ばん 【答案跟解說：176 頁】 答え：① ② ③ ④

1 友達(ともだち)の家(いえ)を訪(たず)ねる

2 花(はな)や果物(くだもの)を買(か)いに行(い)く

3 友達(ともだち)の家(いえ)に電話(でんわ)する

4 学校(がっこう)を休(やす)む

1-20 19 ばん 【答案跟解說：178 頁】

答え：①②③④

1-21 20 ばん 【答案跟解說：180 頁】

答え：①②③④

1　アイ　　2　イウ　　3　イエ　　4　ウエ

もんだい１　第 17 題 答案跟解說　1-18

女の学生と男の学生が話しています。女の学生は、自転車をどこに止めますか。

F：ごめん、遅れちゃって。自転車置き場が見つからなくて。ちょっと待ってね、そこに止めるから。

M：そこに？そこはお店の前だから、やめておいた方がいいよ。

F：そう？じゃあ、あそこの橋の下は？他にも止めている人、いるじゃない？

M：でも、本当はだめなんだよ。お巡りさんに見つかったら、しかられるよ。場所を教えてあげるから、自転車置き場に止めてきなよ。

F：そう？じゃあ、そうするわ。

女の学生は、自転車をどこに止めますか。

【譯】

有位女學生正在和一位男學生說話。請問女學生要把自行車停在哪裡呢？

F：抱歉，我遲到了。我找不到自行車停放處。你等我一下喔，我去停在那裡。
M：停那裡？那是店家前面耶，還是不要吧！
F：是喔？那那邊的橋下呢？也有其他人停那邊吧？
M：不過，那邊其實是不行的喔！被警察看到會被罵的。我告訴妳地方，妳去停在自行車停放處再過來吧！
F：是喔？好，那我就這麼辦。

請問女學生要把自行車停在哪裡呢？

攻略的要點 請記熟否定他人提議的各種說法！

答案：4

【關鍵句】自転車置き場に止めてきなよ。

- 這一題用「どこ」問女學生停放自行車的位置。
- 一開始男學生表示「そこはお店の前だから、やめておいた方がいいよ」，用「ほうがいい」句型來給忠告，要女學生不要停在店門口。
- 後來女學生又問：「あそこの橋の下は？」，不過男學生表示「本当はだめなんだよ」，「だめ」意思是「不行」，意思是橋下也不能停放自行車。
- 最後男學生要對方「自転車置き場に止めてきなよ」，也就是說停在車站的自行車停放處。「止めてきな」是命令句「止めてきなさい」的省略形，只能用在關係親近的人身上。
- 然後女學生回答「じゃあ、そうするわ」，表示她接納這個提議。「じゃあ」的後面通常接說話者的決心、決定、意志。意思是她要把腳踏車放在自行車停放處。
- ～ほうがいい：最好…、還是…為好。【名詞の；形容詞辭書形；形容動詞詞幹な；動詞た形】＋ほうがいい：1. 用在向對方提出建議、忠告時。有時候前接的動詞雖然是「た形」，但卻是指以後要做的事。2. 也用在陳述自己的意見、喜好的時候。3. 否定形為「～ないほうがいい」。

單字と文法

- □ 置き場 停放處
- □ 見つかる 找到
- □ 止める 停放
- □ しかる 責罵
- □ ～ほうがいい 還是…為好

もんだい１ 第 18 題 答案跟解說

1-19

男の留学生と女の学生が話しています。男の留学生は、このあと最初にどうしますか。

M：今日、友達が病気で学校を休んだんです。これからお見舞いに行こうと思うんですが、何を持っていけばいいですか。まだ日本の習慣がよく分からないので。

F：そうですね。ふつうは花や果物を持っていきますね。お友達は家で休んでいるんですか。

M：はい、そうです。今日はお母さんが会社を休んで一緒に家にいるそうです。さっき先生に聞きました。

F：それなら、行く前に一度電話をして、お母さんにようすを聞いてみた方がいいかもしれませんね。もしかしたら、具合が悪くて誰にも会いたくないかもしれませんし、日本では、人の家を訪ねる時は、先に電話で相手の都合を聞くのが習慣ですから。

M：分かりました。そうします。

男の留学生は、このあと最初にどうしますか。

【譯】

有位男留學生正在和一位女學生說話。請問男留學生接下來最先要做什麼呢？

M：今天我朋友生病所以沒來上課。我現在想去探病，帶什麼東西過去比較好呢？我對日本的禮俗還不是很清楚。

F：讓我想想。一般來說是帶花或水果去。你朋友是在家裡休息嗎？

M：是的，沒錯。今天他媽媽向公司請假和他一起待在家。我剛剛有問過老師了。

F：這樣的話，或許你去之前先打通電話，問他媽媽病況會比較好。搞不好他身體不舒服誰也不想見，而且在日本，拜訪別人家時，習慣先以電話詢問對方方不方便。

M：我明白了。就這麼辦。

請問男留學生接下來最先要做什麼呢？

1　去朋友家拜訪　　2　去買花或水果

3　打電話到朋友家　　4　向學校請假

解題關鍵 答案：3

【關鍵句】日本では、人の家を訪ねる時は、先に電話で相手の都合を聞くのが習慣ですから。

▶ 這一題的情境是要去朋友家探病。遇到「このあと最初にどうしますか」這種問題，就要知道所有行為動作的先後順序，並抓出第一件要做的事情，可別搞混了。

▶ 對話中女士首先提到「ふつうは花や果物を持っていきますね」，表示日本習慣探病要帶花或水果。

▶ 接著又提到「行く前に一度電話をして、お母さんにようすを聞いてみた方がいいかもしれませんね」、「日本では、人の家を訪ねる時は、先に電話で相手の都合を聞くのが習慣ですから」，意思是去探病前要先打電話詢問對方方不方便。「動詞辭書形＋前に」意思是「…之前」。

▶ 而男留學生也回答「分かりました。そうします」，表示他會這麼做。

▶ 現在整理事情的順序。整個探病的流程是「致電→買花或水果→到朋友家探病」才對。所以打電話是這題的正確答案。

▶ 另外，選項 4 是錯的，內容提到請假的部分是在開頭「今日、友達が病気で学校を休んだんです」，表示男留學生的朋友今天向學校請假，而不是他要向學校請假。

單字と文法

□ **お見舞い** 探病

□ **ふつう** 一般，通常

□ **一度** 先…；暫且

□ **具合**〔身體〕狀況

□ **訪ねる** 拜訪

□ **都合** 方便，合適與否

說法百百種

▶ **動作順序常考說法**

始めにこれをファックスしてください。それからファイルに保存しておいて。／首先傳一下這個。然後再收到檔案夾裡。

次に確認の電話を入れてください。／接下來再打通電話確認。

最後に、課長に報告してください。／最後再跟課長報告。

もんだい 1　第 19 題 答案跟解說

1-20

男の人が女の人に電話をしています。男の人は、何でさくら駅まで行きますか。

M：もしもし、遅くなってすみません。今、まだバスの中なんです。

F：どうしたんですか。

M：前の方で事故があったらしくて、道がすごく混んでいて、進まないんです。今、ひまわり銀行のある交差点の近くです。ここから歩いていけますか。

F：だいぶ遠いですよ。それじゃ、運転手さんにお願いして、そこで降ろしてもらってください。ひまわり銀行のとなりに地下鉄の駅がありますが、地下鉄ではここまで来られませんので、歩いて二つ先の信号のところまで行ってください。そこに電車の駅がありますから、そこから乗って、三つ目がさくら駅です。

M：わかりました。ありがとうございます。

男の人は、何でさくら駅まで行きますか。

【譯】

有位男士正在和一位女士講電話。請問這位男士要怎麼去櫻花車站呢？

M：喂？很抱歉我遲到了。我現在還在公車上。

F：發生什麼事了？

M：前面好像有交通事故，路上嚴重塞車，車子動彈不得。現在在有向日葵銀行的路口附近。從這裡能走到妳那邊嗎？

F：很遠喔！那你拜託司機，請他讓你在那邊下車。向日葵銀行隔壁有地下鐵車站，不過搭地下鐵沒辦法到這邊，請你用走的走到第二個紅綠燈。那邊有電車的車站，從那邊上車，第三站就是櫻花車站。

M：我知道了，謝謝妳。

請問這位男士要怎麼去櫻花車站呢？

解題關鍵

答案：4

【關鍵句】そこに電車(でんしゃ)の駅(えき)がありますから、そこから乗(の)って、三(みっ)つ目(め)がさくら駅(えき)です。

▶ 這一題用「何で」來問手段、道具，在這邊是問交通工具。

▶ 男士一開始表示自己現在還在公車上（今、まだバスの中なんです）。接著表明路上塞車所以他想要用走的過去目的地（ここから歩いていけますか）。

▶ 不過女士說「だいぶ遠いですよ」，後面又用「それじゃ」轉折語氣，給予其他的建議，暗示步行是行不通的。

▶ 接著女士又說「ひまわり銀行のとなりに地下鉄の駅がありますが、地下鉄ではここまで来られません」，「ここ」指的就是女士所在處，也就是兩人約好的地點「さくら駅」。

▶ 因此可以知道搭地下鐵無法到「さくら駅」，所以選項 3 是錯的。

▶ 最後女士又說「そこに電車の駅がありますから、そこから乗って、三つ目がさくら駅です」，表示搭電車的話第 3 站就是「さくら駅」。對此男士表示「わかりました」，也就是說他接受了這個提議，所以答案是電車。

▶ 由於男士要下公車去搭地下鐵再轉電車，可見 1 是錯的。

▶ 整段對話中都沒提到計程車，所以 2 也是錯的。

單字と文法

- □ 事故(じこ) 事故
- □ 混(こ)む 混雜，擁擠
- □ 進(すす)む 前進
- □ だいぶ 很，非常
- □ 運転手(うんてんしゅ) 司機
- □ 信号(しんごう) 紅綠燈；交通號誌

もんだい 1　第 20 題 答案跟解說　1-21

台所で、男の人と女の人が話しています。男の人は、このあと何と何をしますか。

M：この肉、切るんでしょう？僕が切ろうか。

F：ええっと、そうね。でも、肉は私が切るからいいわ。それより、トマトを切ってほしいんだけど。もう洗ってあるから。

M：うん。

F：それが終わったら、そこのすいかも切ってくれる？

M：分かった。

男の人は、このあと何と何をしますか。

【譯】

有位男士正在廚房和一位女士說話。請問這位男士接下來要做什麼和什麼呢？

M：這個肉要切對吧？我來切吧？

F：嗯…這個嘛…不過肉我來切就好了。你還是來切番茄吧。番茄已經洗好了。

M：嗯。

F：那個切完後，也能幫我切放在那邊的西瓜嗎？

M：好。

請問這位男士接下來要做什麼和什麼呢？

解題關鍵

答案：2

【關鍵句】トマトを切(き)ってほしいんだけど。もう洗(あら)ってあるから。
それが終(お)わったら、そこのすいかも切(き)ってくれる？

▶ 這一題問的是「このあと何と何をしますか」，請注意男士要做兩件事情，可別漏聽了。

▶ 從女士的「肉は私が切るからいいわ」可以得知肉由女士來切，男士不用切肉，所以１是錯的。這邊的「いい」是否定、拒絕用法，意思是「不必了」。

▶ 接著女士說「トマトを切ってほしいんだけど。もう洗ってあるから」，「てほしい」表示希望對方能做某件事情，這裡是指希望對方能切番茄。

▶ 後面一句說明番茄已經洗好了。他動詞＋「てある」表示某人事前先做好某個準備。對此男士回答「うん」，這是語氣比「はい」稍微隨便一點的肯定用法，表示接受、同意。

▶ 因此可以知道男士只要切番茄，不用洗番茄。所以３、４都不對。

▶ 最後女士又說「そこのすいかも切ってくれる？」，問男士肯不肯幫忙切西瓜。句型「てくれる？」用於詢問對方幫忙的意願。而男士回答「分かった」，表示他同意。

▶ 所以男士要做的兩件事情就是切番茄和切西瓜。

單字と文法

□ **トマト【tomato】** 番茄

□ **すいか** 西瓜

□ **～てほしい** 希望〔對方〕

1-22 21ばん 【答案跟解説：184頁】 答え：①②③④

1 電話がかかってきたことを、すぐに男の人に知らせる

2 相手の名前と電話番号を、すぐに男の人に知らせる

3 会議が終わったらにこちらから電話すると相手に伝える

4 3時過ぎにもう一度電話してほしいと相手に伝える

1-23 22ばん 【答案跟解説：186頁】 答え：①②③④

1

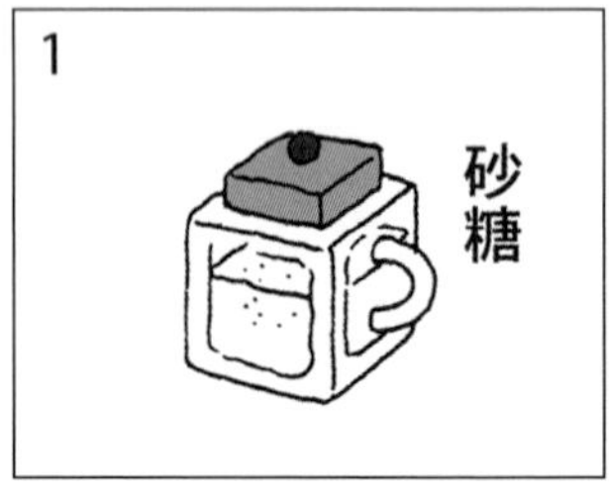

2

3

4

1-24 23 ばん 【答案跟解說：188 頁】

答え：①②③④

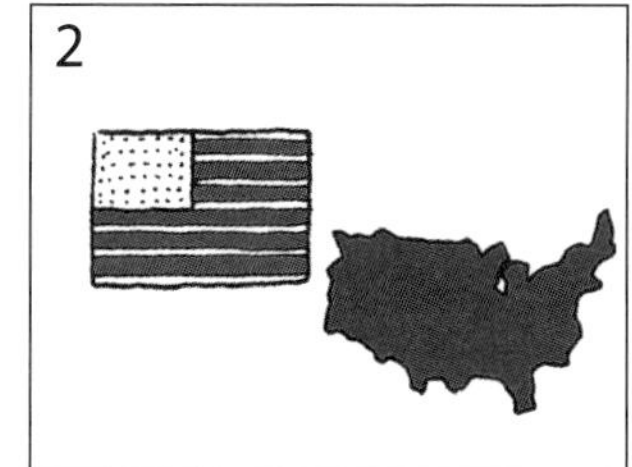

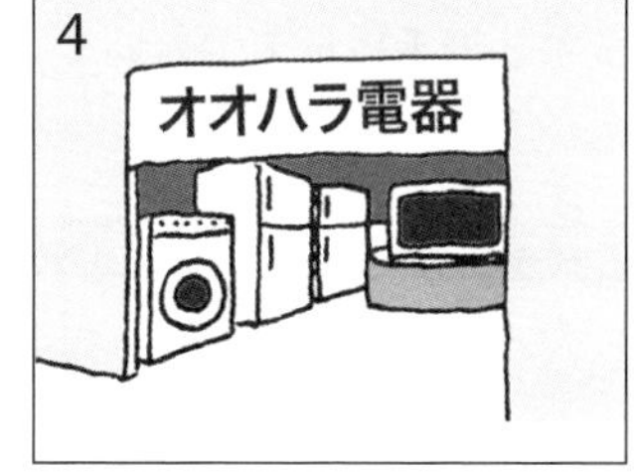

1-25 24 ばん 【答案跟解說：190 頁】

答え：①②③④

1　約束(やくそく)の場所(ばしょ)に行(い)く

2　メモをする

3　メモ帳(ちょう)を買(か)いに行(い)く

4　家(いえ)に帰(かえ)る

もんだい1　第㉑題答案跟解說　1-22

会社で、男の人が話しています。会議中に電話がかかってきたら、どうしますか。

M：すみません。今から会議があるのですが、とても重要な会議ですので、途中で電話に出られません。それで、会議の途中に、もし私に電話がかかってきたら、相手の名前と電話番号を聞いておいてください。会議は3時ごろには終わると思いますので、終わったらすぐにこちらからお電話しますと相手に伝えておいてください。それじゃ、よろしくお願いします。

会議中に電話がかかってきたら、どうしますか。

【譯】

公司裡，有位男士正在說話。如果會議中有電話打來，請問該怎麼做呢？

M：不好意思，現在我要去開會，這是個很重要的會議，所以中途不能接聽電話。因此，如果開會開到一半有電話找我的話，就請你詢問對方的姓名和電話號碼。我想會議大概在3點前會結束，請你告訴對方會議結束後，我會立刻回撥電話。那就麻煩你了。

如果會議中有電話打來，請問該怎麼做呢？

1　馬上告訴這位男士有來電
2　馬上告訴這位男士對方的姓名和電話號碼
3　告訴對方會議結束後會回電
4　告訴對方希望他3點過後再重打一次電話

攻略的要點　請留意出現「てください」的句子！

答案：3

【關鍵句】会議は3時ごろには終わると思いますので、終わったらすぐにこちらからお電話しますと相手に伝えておいてください。

- 這一題問的是「会議中に電話がかかってきたら、どうしますか」，所以要特別注意下指示的句型「てください」。另外也要留意題目問的是會議中的來電。
- 解題關鍵在「会議の途中に、もし私に電話がかかってきたら、相手の名前と電話番号を聞いておいてください。会議は3時ごろには終わると思いますので、終わったらすぐにこちらからお電話しますと相手に伝えておいてください」這幾句。「ておく」表示為了某種目的，事先採取某種行為。從這句話可以得知接聽電話的人要做兩件事情，首先是代為詢問對方的姓名和電話號碼，接著是要轉告對方男士開完會（大概是3點過後）會回電給他。
- 注意要打電話的人是男士，因為他有說「こちらから」（由我），「こちら」是代表己方的客氣講法，所以4是錯的。
- 選項1、2都有「馬上」，不過男士並沒有提到這點，所以都不對。
- 符合敘述的只有3。
- ～ておく：著；先、暫且。【動詞て形】＋おく：1.表示考慮目前的情況，採取應變措施，將某種行為的結果保持下去。「…著」的意思；也表示為將來做準備，也就是為了以後的某一目的，事先採取某種行為。2.「ておく」口語縮略形式為「とく」，「でおく」的縮略形式是「どく」。例如：「言っておく（話先講在前頭）」縮略為「言っとく」。

單字と文法

□ **重要** 重要

□ **途中** 途中

□ **伝える** 傳達，告知

□ **～ておく** 先，暫且

もんだい 1　第 22 題 答案跟解說

1-23

台所で、男の人と女の人が話しています。男の人は、料理に何を入れますか。

M：これ、ちょっと、食べてみてくれる？味、薄くない？

F：どれ。うーん、何か足りないね。

M：何を入れたらいいと思う？砂糖を入れてみようか。

F：これでじゅうぶん甘いと思うよ。それより、お醤油をちょっと足したらどう？

M：お醤油、もうなくなっちゃったんだ。

F：じゃあ、塩でもいいわ。

M：そう？じゃ、ちょっと入れてみるよ。

男の人は、料理に何を入れますか。

【譯】

有位男士正在廚房和一位女士說話。請問這位男士要在菜餚裡放入什麼呢？

M：這個可以幫我試一下味道嗎？味道會不會很淡？
F：讓我試試。嗯…好像少了什麼耶！
M：妳覺得要放什麼比較好？要不要放放看砂糖？
F：我覺得這樣就很甜了。不如加點醬油，怎麼樣？
M：醬油已經沒有了。
F：那加鹽巴也可以。
M：是喔？那我就加一點看看吧。

請問這位男士要在菜餚裡放入什麼呢？

解題關鍵 答案：3

【關鍵句】じゃあ、塩（しお）でもいいわ。

- 這一題問的是「男の人は、料理に何を入れますか」，要選出正確的調味料。
- 男士提到「砂糖を入れてみようか」，「てみる」表示嘗試做某個動作，「動詞意向形＋ようか」在此是提議用法。意思是男士提議要放砂糖看看。
- 不過女士說「これでじゅうぶん甘いと思うよ」，暗示原本的味道就很甜了，再加上後面的「それより」（比起這個）表示否定前項，由此得知不放砂糖，1 是錯的。
- 接著女士用「たらどう？」的句型來提議放醬油「お醤油をちょっと足したらどう？」，不過男士回答「お醤油、もうなくなっちゃったんだ」，「ちゃう」是「てしまう」的口語說法，「なくなっちゃった」就是「完全沒有了」的意思。這時女士提出替代方案：「塩でもいいわ」，意思是說鹽巴也可以。
- 因為醬油沒了就用鹽巴，所以要放的只有鹽巴。
- ～てみる：試著（做）…。【動詞て形】＋みる：1.「みる」是由「見る」延伸而來的抽象用法，常用平假名書寫。表示嘗試著做前接的事項，是一種試探性的行為或動作，一般是肯定的說法。

單字と文法

- □ 足（た）りる 足夠，夠
- □ じゅうぶん 很，非常
- □ 足（た）す 添加
- □ なくなる 沒了
- □ ～てみる 試著〔做〕…

もんだい 1　第23題答案跟解說

1-24

会社で、女の人と男の人が話しています。男の人は今日、このあとどこに行きますか。

F：山川さん、この荷物を郵便局に出してきてほしいんですけど。

M：はい。わかりました。アメリカに送るんですね。

F：ええ。それから、帰りに郵便局の前の文房具屋さんで、プリンターのインクを一つ買ってきてくれますか。

M：え、でも、あそこの文房具屋さん、先週から閉まっていますよ。

F：え、そうなの。

M：電車で、隣の駅前の電器屋さんに行って、買ってきましょうか。

F：でも、山川さん、3時から会議があるんでしょう？それじゃ、間に合わないわ。明日にしましょう。

男の人は今日、このあとどこに行きますか。

【譯】

有位女士正在公司裡和一位男士說話。請問這位男士今天，等一下要去哪裡呢？

F：山川先生，我想請你幫我把這件東西拿去郵局寄送。
M：是的，我知道了。是要寄到美國對吧？
F：嗯。還有，你回來時可以幫我在郵局前的文具店買一個印表機的墨水嗎？
M：欸？可是那間文具店上週就關門了喔！
F：咦？是喔？
M：我搭電車去隔壁車站前的電器行幫妳買回來吧？
F：不過，山川先生你 3 點有個會議吧？那會來不及的。明天再買吧！

請問這位男士今天，等一下要去哪裡呢？

解題關鍵

答案：1

【關鍵句】山川（やまかわ）さん、この荷物（にもつ）を郵便局（ゆうびんきょく）に出（だ）してきてほしいんですけど。

▶ 這一題問的是「男の人は今日、このあとどこに行きますか」，所以要特別留意男士「今天」的行程。

▶ 女士首先說「この荷物を郵便局に出してきてほしいんですけど」，用「てほしい」表示想要請對方做某件事，而男士說「はい。わかりました」，表示他願意幫這個忙，也就是說他接下來要去郵局一趟。

▶ 女士又說：「帰りに郵便局の前の文房具屋さんで、プリンターのインクを一つ買ってきてくれますか」，用「てくれるか」詢問對方能否在回程時幫忙去文具店買印表機墨水，但男士回答「あそこの文房具屋さん、先週から閉まっていますよ」，言下之意是文具店不能去了，選項 3 錯誤。

▶ 接著男士說「隣の駅前の電器屋さんに行って、買ってきましょうか」，表示自己可以去隔壁車站前的電器行幫忙買，不過女士回答「明日にしましょう」，意思是請他明天再去。所以男士今天要去的地方只有郵局而已。

單字と文法

- □ 文房具屋（ぶんぼうぐや） 文具店
- □ プリンター【printer】 印表機
- □ インク【ink】 墨水
- □ 閉（し）まる 關門，倒閉
- □ 電器屋（でんきや） 電器行
- □ 間（ま）に合（あ）う 來得及，趕上

もんだい１　第 24 題 答案跟解說

1-25

会社で、女の人と男の人が話しています。女の人は、このあとすぐ何をしますか。

F：私、大事なことをいつもすぐに忘れて、失敗しちゃうんです。どうすればいいでしょうか。

M：たとえば？

F：約束の時間や場所を忘れたり、初めて会った人の名前を忘れたり、他にもいろいろあるんです。

M：ふうん。僕は大事なことはいつもすぐにメモするようにしているけど。君はメモ帳は持っているの？

F：いえ、持っていません。あとで家に帰るときに買いに行きます。

M：君はそうやって何でもあとでやろうとするからすぐに忘れちゃうんだよ。

F：そうですね。分かりました。今すぐ行きます。

女の人は、このあとすぐ何をしますか。

【譯】

有位女士正在公司和一位男士說話。請問這位女士接下來立刻要做什麼呢？

F：我老是馬上就忘記重要的事情，常常失敗。請問我該怎麼辦呢？
M：比如說？
F：忘記約定的時間或地點，忘記初次見面的人的姓名，還有其他各種事情。
M：嗯…我會把重要的事情立刻記下來。妳有便條本嗎？
F：我沒有。等等回家時就去買。
M：妳就是這樣，什麼事情都等一下再做，所以才會馬上忘記啦！
F：說的也是。我知道了，我現在就去。

請問這位女士接下來立刻要做什麼呢？

1　去約定的地點

2　寫備忘錄

3　去買便條本

4　回家

解題關鍵

答案：3

【關鍵句】今(いま)すぐ行(い)きます。

- 這一題問「女の人は、このあとすぐ何をしますか」，關鍵就在「すぐ」（馬上），所以要注意事情的先後順序。
- 解題重點在女士的最後一句：「今すぐ行きます」，表示女士現在就要去做某件事情，要知道這件事情是指什麼，就要弄清楚後半段兩人談論的重點。
- 從「君はメモ帳は持っているの？」、「いえ、持っていません。あとで家に帰るときに買いに行きます」這兩句對話可以得知女士打算回家時再去買便條本。
- 不過男士表示：「君はそうやって何でもあとでやろうとするからすぐに忘れちゃうんだよ」，言下之意是要女士趕快去買，所以女士才會說「今すぐ行きます」。
- 答案就是去買便條本。

單字と文法

- □ **すぐ** 馬上
- □ **失敗(しっぱい)** 失敗
- □ **約束(やくそく)** 約定
- □ **場所(ばしょ)** 地點，場所
- □ **メモする** 記下來，寫下來
- □ **メモ帳(ちょう)** 便條本，備忘錄

Memo

ポイント理解

在聽取完整的會話段落之後，測驗是否能夠理解其內容（依據剛才已聽過的提示，測驗是否能夠抓住應當聽取的重點）。

考前要注意的事

作答流程 & 答題技巧

聽取說明

先仔細聽取考題說明

聽取問題與內容

仔細聆聽問題與對話內容，並在聽取聽取兩人對話或單人講述之後，抓住對話的重點。

順序一般是「提問 ➡ 對話（或單人講述） ➡ 提問」預估有 7 題

1 首要任務是理解要問什麼內容。

2 接下來集中精神聽取提問要的重點，排除多項不需要的干擾訊息。

3 注意選項跟對話內容，常用意思相同但說法不同的表達方式。

答題

再次仔細聆聽問題，選出正確答案

N4 聽力模擬考題 問題 2

2-1

もんだい2では、まずしつもんを聞いてください。そのあと、もんだいようしを見てください。読む時間があります。それから話を聞いて、もんだいようしの1から4の中から、いちばんいいものを一つえらんでください。

2-2 1ばん 【答案跟解說：196 頁】

答え：① ② ③ ④

1　午前 10 時

2　午前 10 時 30 分

3　午後 1 時

4　午後 2 時

2-3 2ばん 【答案跟解說：198 頁】

答え：① ② ③ ④

1　バスが来なかったから

2　バスで来たから

3　タクシーで来たから

4　電車が来なかったから

2-4 3ばん 【答案跟解說：200 頁】 答え：①②③④

1 女の人がホテルを予約できなかったこと

2 来週、沖縄の天気が良くないこと

3 自分が沖縄に行けないこと

4 女の人が家族で旅行に行くこと

2-5 4ばん 【答案跟解說：202 頁】 答え：①②③④

1 していない

2 週に１回

3 月に１回

4 月に２回

第 2 部份請先聽提問。接著請閱讀作答紙，有閱讀的時間。在聆聽對話之後，於作答紙上，自 1 至 4 的選項中，選出一個最適當的答案。

もんだい 2　第 1 題 答案跟解說

2-2

家で、女の人と男の子が話しています。男の子は、何時から野球の練習をしますか。

F：あら、もう 10 時半なのに、まだ家にいたの？今日は 10 時から野球の練習じゃなかったの？

M：うん。そうだったんだけど、今日はサッカーの試合があるから、朝は公園が使えないんだ。

F：じゃあ、今日はお休み？

M：ううん。午後からやるよ。2時から。

F：そう。じゃあ、お昼ごはんを食べてからね。

M：うん。でも先に山本君のうちに寄っていくから、1時には出かけるよ。

F：分かったわ。今日は少し早くお昼ご飯にしましょうね。

男の子は、何時から野球の練習をしますか。

【譯】

有位女士正在家裡和一個男孩說話。請問這個男孩從幾點開始要練習棒球呢？

F：唉呀，已經10點半了，你還在家啊？今天不是從10點要練習棒球嗎？
M：嗯，原本是這樣，不過今天有足球比賽，所以早上公園沒辦法使用。
F：那今天就停練嗎？
M：沒有喔，下午開始練習。從 2 點開始。
F：是喔。那就是吃過中餐後囉？
M：嗯。不過我要先去山本他家，1 點前就要出門了。
F：好。今天就提早一點吃午餐吧！

請問這個男孩從幾點開始要練習棒球呢？

1　上午10點
2　上午10點30分
3　下午 1 點
4　下午 2 點

解題關鍵

答案：4

【關鍵句】午後からやるよ。２時から。

- 這一題用「何時」來問練習足球的時間是幾點。題目中勢必會出現許多時間混淆考生，一定要仔細聽出每個時間點代表什麼意思。
- 對話一開始女士點出現在的時間是 10 點半「もう 10 時半なのに」。後面又問「今日は 10 時から野球の練習じゃなかったの」，表示據她了解，今天 10 點有棒球練習。
- 不過聽到這邊可別以為答案就是 10 點。男孩以「うん。そうだったんだけど」來否定。「そうだったんだけど」用過去式「だった」再加上逆接的「けど」，表示之前是這樣沒錯，但現在不是了。
- 後面男孩又接著回答「午後からやるよ。２時から」，也就是說棒球練習改成下午２點。正確答案是 4。
- 選項 3「午後 1 時」是指男孩最晚要出門的時間「でも先に山本君のうちに寄っていくから、1 時には出かけるよ」，他要在足球練習前先去山本家一趟，要提早出門，所以 1 點不是指棒球練習的時間，要小心。
- ～けれど（も）、けど：雖然、可是、但…。【[形容詞・形動容詞・動詞] 普通形・丁寧形】＋けれど（も）、けど。逆接用法。表示前項和後項的意思或內容是相反的、對比的。是「が」的口語說法。「けど」語氣上比「けれど（も）」還要隨便。

單字と文法

- □ 野球（やきゅう） 棒球
- □ サッカー【soccer】 足球
- □ 試合（しあい） 比賽
- □ 寄る（よる） 順道去…
- □ けど 雖然…

說法百百種

▶ 問時間的說法

いつがいいですか。／約什麼時候好呢？

いつにする？／你要約什麼時候？

日曜日（にちようび）の朝（あさ）の予定（よてい）が変（か）わりました。／禮拜天早上的行程改了。

もんだい 2　第 ② 題答案跟解說

2-3

男の人と女の人が話しています。女の人は、どうして遅くなりましたか。

M：村田さん、こっち、こっち。間に合わないかと、心配しましたよ。

F：すみません。バスが全然来なくて。

M：それで、ずっと待っていたんですか？

F：いいえ。いつまで待っても来ないから、タクシーで駅まで行って、それから電車で来ました。

M：そうだったんですか。大変でしたね。

F：本当に。すみませんでした。

女の人は、どうして遅くなりましたか。

【譯】

有位男性正在和一位女性說話。請問這位女性為什麼遲到了呢？

M：村田小姐，這裡這裡。我好擔心妳會不會來不及呢！
F：抱歉，公車一直都不來。
M：那妳就一直等它嗎？
F：沒有。我一直等不到，就搭計程車去車站，然後搭電車過來。
M：這樣啊。真是辛苦。
F：是啊！真是不好意思。

請問這位女性為什麼遲到了呢？

1　因為公車沒來
2　因為搭公車過來
3　因為搭計程車過來
4　因為電車沒來

攻略的要點「て形」可以表示原因！

答案：**1**

【關鍵句】すみません。バスが全然（ぜんぜん）来なくて。

- 這一題用「どうして」詢問原因、理由。要掌握女士遲到的真正原因。
- 男士首先說「間に合わないかと、心配しましたよ」，表示他擔心女士會趕不上。
- 接著女士說「すみません。バスが全然来なくて」先是替自己的晚到道歉，接著說公車一直都不來。這句的「来なくて」用て形表示原因，女士以此說明自己晚到的原因。所以這題的答案是 1 。相較於「から」和「ので」，て形解釋因果的語氣沒那麼強烈、直接。
- 另外，從「いつまで待っても来ないから、タクシーで駅まで行って、それから電車で来ました」這句可以得知，女士並沒有搭公車，而是坐計程車到車站，然後改搭電車。所以 2 、 4 都是錯的。
- 選項 3 錯誤。女士搭計程車是因為等不到公車，追根究柢公車沒來才是害她遲到的主因。

單字と文法

□ **心配**（しんぱい） 擔心

□ **大変**（たいへん） 辛苦；糟糕

もんだい 2　第 3 題 答案跟解說

2-4

会社で、男の人と女の人が話しています。男の人は、何が残念だと言っていますか。

M：来週から夏休みですね。今年はどうする予定ですか。

F：月曜から家族で沖縄に行こうと思っているんですけど、さっき天気予報を見たら、台風が来ると言っていたので、ちょっと心配なんです。

M：そうなんですか。いつ頃来そうなんですか。

F：火曜日頃から雨が降るらしいんです。

M：それは嫌ですね。それなら、台風が過ぎた後の週末に出発したらどうですか。

F：でも、もうホテルを予約しちゃったんですよ。今からでは、変えられませんし。

M：楽しみにしていたのに、残念ですね。

男の人は、何が残念だと言っていますか。

【譯】

有位男士正在公司和一位女士說話。請問這位男士表示什麼很可惜呢？

M：下週開始就是暑假了呢！今年妳打算做什麼呢？

F：下週一開始我想說要全家人一起去沖繩，但剛剛看了氣象預報，說是有颱風要來，有點擔心。

M：這樣啊。什麼時候會來呢？

F：聽說大概從星期二開始會下雨。

M：那還真討厭呢！那妳要不要等颱風過後的那個週末再出發呢？

F：可是我已經向飯店訂房了。現在才來改也不行了。

M：枉費妳那麼期待，真是可惜啊。

請問這位男士表示什麼很可惜呢？

1　女士訂不到飯店一事

2　下週沖繩天氣不好一事

3　自己不能去沖繩一事

4　女士要全家人去旅行一事

解題關鍵 答案：2

【關鍵句】さっき天気予報を見たら、台風が来ると言っていたので、ちょっと心配なんです。

▶ 這一題問的是「男の人は、何が残念だと言っていますか」（請問這位男士表示什麼很可惜呢），像這種詢問看法、感受的題目，通常都必須掌握整體對話，才能作答。

▶ 對話開頭女士表示自己下週一要和家人去沖繩，但是聽說颱風要來，她有點擔心。接著兩人的話題就一直圍繞在這次的颱風上。男士用「たらどうですか」的句型建議她颱風過後的週末再去「台風が過ぎた後の週末に出発したらどうですか」。

▶ 對此女士說「でも、もうホテルを予約しちゃったんですよ今からでは、変えられませんし」，表示飯店已經訂好了，沒辦法延期，不能更改時間，必須按照原定計劃，因此可以得知 1 是錯的。

▶ 最後男士說「楽しみにしていたのに、残念ですね」這句指的不是男士自己的心境，而是在安慰對方，說女士明明是那麼地期待這次旅行，實在是很可惜。而這個「可惜」指的就是要如期去沖繩玩，卻會遇上颱風這件事。

▶ 選項 2「来週、沖縄の天気が良くない」指的就是颱風天。

單字と文法

- □ 残念 可惜
- □ 沖縄 沖繩
- □ 天気予報 氣象預報
- □ 台風 颱風
- □ 週末 週末
- □ せっかく 難得
- □ ～のに 明明…

女の人と男の人が話しています。女の人は最近、どのぐらいスポーツをしていますか。

F：川村さんは、何かスポーツをしていますか？

M：スポーツですか。あまりしていないですよ。月に１回、ゴルフをするぐらいですね。内田さんはスポーツがとてもお好きだそうですね。

F：ええ、そうなんですけど。

M：何かしていらっしゃるんですか。

F：以前は毎日プールに泳ぎに行っていたんですが、最近は時間がなくて週に１回しか行けないんです。

M：それでも、僕よりはいいですよ。僕も月に２回はゴルフに行きたいんですが、お金がないからできませんね。

女の人は最近、どのぐらいスポーツをしていますか。

【譯】

有位女士正在和一位男士說話。請問這位女士最近多久做一次運動呢？

F：川村先生，您有沒有在做什麼運動呢？
M：運動嗎？我沒什麼在做耶。大概一個月 1 次打打高爾夫球吧？聽說內田小姐您很喜歡運動？
F：嗯，沒錯。
M：您有在做什麼運動嗎？
F：以前我每天都會去游泳池游泳，但最近沒時間，只能一個禮拜去 1 次。
M：即使如此也比我好呢！我也想要一個月去打 2 次高爾夫球，可是我沒錢所以沒辦法。

請問這位女士最近多久做一次運動呢？

1　沒有在做運動
2　一週 1 次
3　一個月 1 次
4　一個月 2 次

攻略的要點 「時間表現＋に＋次數」表示行為的頻率！

答案：2

【關鍵句】以前は毎日プールに泳ぎに行っていたんですが、最近は時間がなくて週に１回しか行けないんです。

- ▶「どのぐらい」可以用來問「多少」、「多少錢」、「多長」、「多遠」、「多久」等等，這一題用「どのぐらい」來詢問做運動的頻率。
- ▶ 某個行為的頻率除了「毎日」（每天），還可以用「時間表現＋に＋次數」表示，例如「年に１度」（一年一回）、「月に２回」（一個月兩次）、「週に３日」（一週三天）。要特別注意本題有限定「最近」，所以要特別注意時間點。
- ▶ 解題關鍵在女士的回話：「以前は毎日プールに泳ぎに行っていたんですが、最近は時間がなくて週に１回しか行けないんです」，表示自己以前每天都去游泳，但是最近只能一星期去一次。這個「週に１回」就是正確答案。
- ▶ 會話中其他的頻率都和女士最近的運動頻率無關，像是「月に一回、ゴルフをするぐらいですね」是男士打高爾夫球的頻率，「僕も月に二回はゴルフに行きたいんですが」指的是男士希望一個月去打兩次高爾夫球。
- ▶（時間）＋に＋（次數）：…之中、…內。【時間詞】＋に＋【數量詞】。表示某一範圍內的數量或次數，「に」前接某時間範圍，後面則為數量或次數。

單字と文法

- □ **最近** 最近
- □ **プール【pool】** 游泳池
- □ **スポーツ【sports】** 運動
- □ **に**（時間＋に＋次數）…之中
- □ **ゴルフ【golf】** 高爾夫球

2-6 5ばん 【答案跟解說：206 頁】 答え：①②③④

1 車を運転して行く

2 電車で行く

3 バスで行く

4 車に乗せてもらって行く

2-7 6ばん 【答案跟解說：208 頁】 答え：①②③④

1 家に帰って晩ご飯を作る

2 一緒に映画を見に行く

3 食べるものを買って家に帰る

4 晩ご飯を食べてから家に帰る

2-8 7ばん 【答案跟解說：210頁】 答え：①②③④

1　7時(じ)

2　7時(じ)15分(ふん)

3　7時(じ)30分(ぷん)

4　8時(じ)

2-9 8ばん 【答案跟解說：212頁】 答え：①②③④

1　小(ちい)さくて四角(しかく)い、チョコレートが入(はい)っている箱(はこ)

2　小(ちい)さくて丸(まる)い、クッキーが入(はい)っている箱(はこ)

3　大(おお)きくて四角(しかく)い、チョコレートが入(はい)っている箱(はこ)

4　大(おお)きくて丸(まる)い、クッキーが入(はい)っている箱(はこ)

女の人と男の人が話しています。女の人は、美術館までどうやって行きますか。

F：山川美術館で、おもしろそうな展覧会をやっているわ。行ってみたいな。

M：へえ、どんなの？

F：海外の有名な絵をたくさん集めてあるみたい。

M：おもしろそうだね。でも、どうやって行くの？

F：うん。それで困っているの。電車で行ってもいいんだけど、あそこ、駅から遠いし、バスでも行けるけど、途中、乗り換えがあって不便だし。

M：山川美術館なら、車で 20 分ぐらいで行けるよね。それなら、僕が乗せていってあげるよ。

F：そう？じゃあ、お願いしようかな。

女の人は、美術館までどうやって行きますか。

【譯】

有位女士正在和一位男士說話。請問這位女士要怎麼去美術館呢？

F：山川美術館現在有個展覽好像很有趣耶！我好想去啊！
M：欸？是什麼樣的呢？
F：好像是集結眾多海外名畫。
M：聽起來很有意思耶！不過，妳要怎麼去呢？
F：嗯，我就是在為這個煩惱。雖然可以搭電車去，可是那邊離車站很遠。公車雖然也會到，但是途中要換車所以不方便。
M：山川美術館的話，開車20 分鐘就能到了吧？那我載妳去吧？
F：真的嗎？那就麻煩你了嗎？

請問這位女士要怎麼去美術館呢？

1　開車去
2　搭電車去
3　搭公車去
4　搭別人的車去

解題關鍵 答案：4

【關鍵句】山川美術館なら、車で20分ぐらいで行けるよね。それなら、僕が乗せていってあげるよ。

▶ 這一題問的是「どうやって行きますか」，要留意女士搭各種交通工具的意願。

▶ 男士詢問女士「どうやって行くの」（妳要怎麼去呢），女士表示：「電車で行ってもいいんだけど、あそこ、駅から遠いし、バスでも行けるけど、途中、乗り換えがあって不便だし」。意思是雖然電車、公車都能到美術館，但是一個離車站很遠，一個要換車很不便。這裡用句尾「し」來羅列並陳述幾個事實或理由，但是話沒有說完，是一種暗示了前項帶來的結果的用法。這裡提出兩種交通工具的缺點，暗示女士不想使用它們，所以 2 、 3 是錯的。

▶ 接著男士說「山川美術館なら、車で 20 分ぐらいで行けるよね。それなら、僕が乗せていってあげるよ」，也就是男士要開車載女士去。「てあげる」表示己方為對方著想而做某件事。對此女士表示「じゃあ、お願いしようかな」，先用表示個人意志的「よう」表示她想這樣做，再用句尾「かな」表現出自言自語的感覺，緩和語氣。也就是說，女士要請男士開車載自己去美術館。

▶ ～し：既…又…、不僅…而且…。【[形容詞・形容動詞・動詞]普通形】＋し：1.用在並列陳述性質相同的複數事物，或說話人認為兩事物是有相關連的時候。 2.暗示還有其他理由，是一種表示因果關係較委婉的說法，但前因後果的關係沒有「から」跟「ので」那麼緊密。

單字と文法

□ **展覧会** 展覽會
□ **集める** 收集，集結
□ **乗せる** 載，使搭乘
□ **運転** 駕駛
□ **～し** 既…又…

もんだい 2　第 6 題 答案跟解說

2-7

外で、女の人と男の人が話しています。二人は、これからどうしますか。

F：あー、疲れた。家に帰って晩ご飯作るの嫌だなあ。

M：そう？それなら、どこかで食べてから帰ろうか。

F：そうしたいんだけど、9時からテレビで見たい映画があるの。

M：うーん、それだと、あと 30 分しかないなあ。じゃ、途中で何か買って帰ろうか。

F：それがいいわ。家に帰ってからご飯を作ったら、1時間はかかるし、その間に映画が半分終わっちゃうから。

M：じゃあ、そうしよう。

二人は、これからどうしますか。

【譯】

有位女士正在外面和一位男士說話。請問這兩人接下來要做什麼呢？

F：啊～好累。我不想回家煮晚餐啊！
M：是喔？那我們就找個地方吃完飯再回去吧？
F：雖然我是想這麼做啦，但是 9 點電視有我想看的電影。
M：嗯…這樣的話就只剩30分鐘了。那我們在路上買點什麼回去吧？
F：不錯耶！如果是回家做飯至少要花 1 個鐘頭，這段時間電影都播了一半了。
M：那就這麼辦吧！

請問這兩人接下來要做什麼呢？

1　回家煮晚餐
2　一起去看電影
3　買食物回家
4　吃過晚餐再回家

解題關鍵

答案：3

【關鍵句】じゃ、途中で何か買って帰ろうか。

▶「二人は、これからどうしますか」問的是兩人接下來的打算。要注意事情的先後順序。

▶ 這一題女士先說「家に帰って晩ご飯作るの嫌だなあ」，「嫌だ」意思是「討厭」、「不想」，表示沒有意願。意思是女士不要回家煮晚餐，所以 1 是錯的。

▶ 接著男士說「どこかで食べてから帰ろうか」，用「（よ）うか」這個句型提議在外面吃過再回家。不過女士接著說「そうしたいんだけど、9時からテレビで見たい映画があるの」，用逆接的「けど」來否定男士的提議。

▶ 男士又說：「じゃ、途中で何か買って帰ろうか」，這次是提議買東西回家吃。對此女士也表示贊同「それがいいわ」，「いい」在這邊是肯定用法，意思是「好」。

▶ 所以兩人接下來要買晚餐回家。

單字と文法

□ かかる 花〔時間或金錢〕

□ 半分 一半

もんだい 2　第 7 題 答案跟解說

2-8

男の人と女の人が話しています。男の人は、何時に友達と会う約束をしていましたか。

M：昨日、失敗しちゃった。

F：あら、どうしたの？

M：夜、大学時代の友達とレストランで会う約束をしていたんだけど、すっかり忘れちゃったんだよ。思い出した時にはもう７時半を過ぎていて。大急ぎで行ったから８時には着いたけど。

F：何時に会う約束だったの？

M：７時だよ。他にも２、３人遅れたのがいたそうだけど、７時 15 分には僕以外のみんなは集まっていたそうだよ。

F：次は忘れないように気をつけてね。

男の人は、何時に友達と会う約束をしていましたか。

【譯】

有位男士正在和一位女士說話。請問這位男士和朋友約幾點呢？

M：昨天我搞砸了。
F：唉呀，怎麼啦？
M：晚上和大學時期的友人約好了要在餐廳見面，但我忘得一乾二淨。等我想起來已經過了７點半了。我急忙趕去，在８點前抵達餐廳。
F：你們約幾點呢？
M：７點。聽說也有２、３個人遲到，但７點15分時除了我之外，其他人都到了。
F：下次要小心別再忘記囉！

請問這位男士和朋友約幾點呢？

1　７點
2　７點15分
3　７點30分
4　８點

解題關鍵

答案：1

【關鍵句】何時に会う約束だったの？
7時だよ。

▶ 這一題用「何時」來詢問約定的時間，要特別注意每個時間點的意義，可別搞錯了。

▶ 女士問「何時に会う約束だったの」(你們約幾點呢)，這是解題關鍵，男士回答「7時だよ」，也就是說他和朋友約7點，這就是正確答案。

▶ 選項2對應「7時15分には僕以外のみんなは集まっていたそうだよ」這一句，意思是7點15分時除了男士之外大家都到了。「そうだ」在這邊是傳聞用法，表示聽說。

▶ 選項3的時間是「思い出した時にはもう7時半を過ぎていて」，這是男士想起有這場聚會的時間點，並不是約定的時間。

▶ 選項4的時間是「大急ぎで行ったから8時には着いたけど」，8點前是男士到場的時間，不過他當時已經遲到了。

▶ 所以2、3、4都是錯的。

單字と文法

- □ **大学時代** 大學時期
- □ **すっかり** 完全
- □ **思い出す** 想起
- □ **遅れる** 遲到
- □ **気をつける** 小心
- □ **～そうだ** 聽說…

說法百百種

▶ **各種理由**

車が壊れちゃったので、遅くなった。／因為車子壞了，所以遲到了。

これからまだ仕事がありますので、お酒は飲めないです。
／我待會兒還有工作，所以不喝酒。

あまり暑いから、外で寝て、風邪を引いちゃった。
／因為太熱了，所以跑到外面睡覺，結果就感冒了。

もんだい 2　第 8 題 答案跟解說

2-9

家で、女の人と男の人が話しています。女の人のお土産はどれですか。

F：この箱どうしたの？

M：ああ、それ、会社の伊藤さんが連休中に北海道に行ってね。そのお土産。箱、二つあるでしょう？小さくて丸いのが君のだよ。

F：あら、私のもあるの。何かな？

M：二つともお菓子だと思うよ。そっちはクッキーじゃない？

F：うん、そうね。それで、そっちの大きくて四角いのがあなたの？何が入っていた？

M：ちょっと待って。今開けてみるから。僕のはチョコレートだな。

女の人のお土産はどれですか。

【譯】

有位女士正在家裡和一位男士說話。請問這位女士的伴手禮是哪個呢？

F：這個盒子怎麼了？

M：啊，那個啊。我們公司的伊藤先生在連續假期去北海道。這是那趟旅行的伴手禮。盒子有 2 個吧？又小又圓的是妳的喔！

F：哇！我也有份嗎？是什麼呢？

M：我想 2 個應該都是點心。妳那個是餅乾吧？

F：嗯，沒錯。那，那個大四方形的是你的嗎？裡面裝了什麼？

M：等一下喔。我來打開看看。我的是巧克力。

請問這位女士的伴手禮是哪個呢？

1　小四方形，裝有巧克力的盒子

2　小圓形，裝有餅乾的盒子

3　大四方形，裝有巧克力的盒子

4　大圓形，裝有餅乾的盒子

解題關鍵 答案：2

【關鍵句】小さくて丸いのが君のだよ。
二つともお菓子だと思うよ。そっちはクッキーじゃない？

▶ 這一題用「どれ」詢問是哪一個，要在三個以上的事物當中挑出一個符合描述的事物。

▶ 從男士「箱、二つあるでしょう？小さくて丸いのが君のだよ」這句話可以得知，伴手禮有兩個，女士的是又小又圓的盒子。「丸いの」的「の」是指前面提到的「箱」，避免重複出現很累贅，所以用「の」代替。

▶ 後面談到內容物時，男士說「そっちはクッキーじゃない？」，這個「そっち」是「そちら」比較不正式的口語用法，指的是女士的伴手禮。對此女士回答「うん、そうね」，表示她的盒子裝的真的是餅乾。

▶ 從以上兩段對話可以得知，女士的伴手禮外觀又小又圓，裡面裝的是餅乾。

▶ 另外，從「そっちの大きくて四角いのがあなたの」、「僕のはチョコレートだな」可以得知男士的伴手禮盒子又大又方，裡面裝的是巧克力。

單字と文法

☐ **お土産** 伴手禮
☐ **連休中** 連續假期當中
☐ **北海道** 北海道
☐ **クッキー【cookie】** 餅乾
☐ **チョコレート【chocolate】** 巧克力

2-10 9ばん 【答案跟解說：216頁】 答え：①②③④

1 学校の自転車置き場

2 学校の門の前

3 駅の自転車置き場

4 スーパーの自転車置き場

2-11 10ばん 【答案跟解說：218頁】 答え：①②③④

1 規則だから

2 手より小さいから

3 魚の数が減らないようにするため

4 10匹しか持って帰れないから

2-12 11ばん 【答案跟解說：220頁】

答え：①②③④

1 男(おとこ)の人(ひと)が会社(かいしゃ)に持(も)っていく

2 男(おとこ)の人(ひと)が郵便局(ゆうびんきょく)に持(も)っていく

3 女(おんな)の人(ひと)が会社(かいしゃ)に持(も)っていく

4 女(おんな)の人(ひと)が郵便局(ゆうびんきょく)に持(も)っていく

2-13 12ばん 【答案跟解說：222頁】

答え：①②③④

1 今日(きょう)、1番教室(ばんきょうしつ)で

2 明日(あした)、1番教室(ばんきょうしつ)で

3 今日(きょう)、3番教室(ばんきょうしつ)で

4 明日(あした)、3番教室(ばんきょうしつ)で

もんだい 2　第 9 題 答案跟解說

2-10

大学で、男の学生と女の学生が話しています。自転車は、どこにありましたか。

M：先輩、昨日、自転車がなくなったと言っていましたよね？

F：ええ、ちゃんと学校の自転車置き場に置いたのに、なくなっちゃったの。昨日、授業の後で、近くの駅とか、スーパーとかの自転車置き場も探したんだけど、見つからなかったの。

M：確か、赤い自転車でしたよね。

F：ええ。でも、それがどうかしたの？

M：僕、さっき学校の門の前に同じのが置いてあるのを見ましたよ。もしかしたら、先輩のかもしれませんよ。

F：えっ、本当？連れて行ってくれる？

M：いいですよ。……。ほら、これです。

F：あ、これ、私の。間違いないわ。ここに名前も書いてあるでしょう？本当にありがとう。助かったわ。

自転車は、どこにありましたか。

【譯】

有位男學生正在大學裡和一位女學生說話。請問腳踏車在哪裡呢？

M：學姐，昨天妳說妳的腳踏車不見了對吧？

F：嗯，我明明就停好放在學校的腳踏車停車位，結果不見了。昨天下課後我也有去附近的車站、超市這些地方的腳踏車停車位找找，但沒有找到。

M：我記得是紅色的腳踏車吧？

F：嗯。不過怎麼了嗎？

M：我剛剛在校門口看到有 1 台一樣的擺放在那邊喔！搞不好是學姐妳的呢！

F：咦？真的嗎？你可以帶我去嗎？

M：好啊！妳看，就是這台。

F：啊，這是我的！絕對沒錯！這裡也有寫名字吧？真是謝謝你，幫了我一個忙。

請問腳踏車在哪裡呢？

1　學校的腳踏車停車位　　2　校門口

3　車站的腳踏車停車位　　4　超市的腳踏車停車位

解題關鍵

答案：2

【關鍵句】僕、さっき学校の門の前に同じのが置いてあるのを見ましたよ。もしかしたら、先輩のかもしれませんよ。

▶ 這一題用「どこ」來詢問腳踏車的位置。對話中勢必會出現許多場所名稱企圖混淆考生，要特別小心。

▶ 這一題用「どこ」詢問腳踏車的位置。對話中勢必會出現許多場所名稱混淆考生，要特別小心。

▶ 女學生首先說：「ちゃんと学校の自転車置き場に置いたのに、なくなっちゃったの」，表示腳踏車原本停在學校的腳踏車停車位，但是不見了。「ちゃった」是「てしまった」的口語說法，可表現事情出乎意料，說話者遺憾、惋惜等心情。由此可知1是錯的。

▶ 接著又說：「近くの駅とか、スーパーとかの自転車置き場も探したんだけど、見つからなかったの」，「見つかる」意思是「找到」、「看到」、「發現」，由此可知她的腳踏車也不在車站、超市等地方的腳踏車停車位，所以3、4也是錯的。

▶ 男學生後來說「さっき学校の門の前に同じのが置いてあるのを見ましたよ」，這個「同じの」的「の」是指前面提過的「自転車」，「同じ」指的是和女學生一樣的（腳踏車）。「置いてあるの」的「の」指的是「看到擺放的狀態」。這句話暗示了腳踏車就在校門口。

▶ 接著男學生帶女學生去看，女學生說「これ、私の」（這是我的），所以可以得知答案是2。

單字と文法

☐ **先輩** 學長；學姐；前輩

☐ **ちゃんと** 好好地

☐ **確か** …好像〔用於推測、下判斷〕

☐ **さっき** 剛剛

☐ **連れていく** 帶…去

☐ **ほら** 你看〔用於提醒對方注意時〕

☐ **ちゃった**（「てしまった」的口語說法）〔含有遺憾、惋惜、後悔等語氣〕不小心…了

第⑩題答案跟解說

男の人が話しています。どうして、小さい魚を水に逃がしますか。

M：今からちょっと説明しますので、よく聞いてください。自分で釣った魚は、一番多くて10匹まで持って帰れますが、手より小さい魚は、持って帰らないで、全部水に逃がしてあげてください。魚の数が減らないようにするためですので、規則ではありませんが、できるだけそうしてくださいね。いいですか。それでは、みなさん釣りを楽しんでください。

どうして、小さい魚を水に逃がしますか。

【譯】

有位男士正在說話。請問為什麼小魚要放生回水裡呢？

M：現在我要來稍微說明一下，請仔細聽好。自己釣到的魚最多可以帶10條回去，不過，比手還小的魚請別帶走，請全數放生回水裡。這是為了讓魚的數量不會減少，雖然沒有明文規定，但請盡量配合。大家都聽清楚了嗎？那就請各位享受釣魚之樂。

請問為什麼小魚要放生回水裡呢？

1　因為有規定

2　因為比手還小

3　因為這是為了讓魚的數量不會減少

4　因為只能帶10條回去

解題關鍵 答案：3

【關鍵句】魚の数が減らないようにするためですので、…。

▶ 這一題用「どうして」來詢問原因、理由。不妨留意表示原因的句型，像是「から」、「ので」、「て」、「ため」、「のだ」等等。

▶ 男士有先提到「手より小さい魚は、持って帰らないで、全部水に逃がしてあげてください」，指出比手還小的魚要放生到水中。

▶ 解題關鍵就在下一句：「魚の数が減らないようにするためですので、規則ではありませんが、できるだけそうしてくださいね」，說明這樣做是為了不讓魚的數量減少。「ようにする」表示為了某個目標而做努力。「ため」表示為了某個目的，積極地採取某行動，這句話就是要放生的理由。

▶ 由於文中提到“沒有明文規定”，所以 1 是錯的。

▶ 2 、 4 都和放生這件事情沒有因果關係，所以也都不對。

▶ ～ため（に）：以…為目的，做…、為了…；因為…所以…。1.【名詞の；動詞辭書形】＋ため（に）。表示為了某一目的，而有後面積極努力的動作、行為，前項是後項的目標，如果「ため（に）」前接人物或團體，就表示為其做有益的事。2.【名詞の；[動詞・形容詞]普通形；形容動詞詞幹な】＋ため（に）。表示由於前項的原因，引起後項的結果。

單字と文法

□ 逃がす 放生
□ 釣る 釣〔魚〕
□ 減る 減少
□ 規則 規定，規則
□ できるだけ 盡量
□ 楽しむ 享受
□ ～ため 為了…

もんだい 2　第 11 題 答案跟解說

2-12

家で、男の人と女の人が話しています。封筒はどうなりましたか。

M：じゃ、出かけるよ。行ってきまーす。

F：あ、ちょっと待って。この封筒、部屋のソファーの上にあったけど、持っていかなくていいの？

M：え？ああ、忘れていた。気がついてくれて助かったよ。

F：会社に持っていくんでしょう？はい、どうぞ。

M：ありがとう。いや、会社に行く途中で、郵便局に寄って、出そうと思っていたんだ。

F：あら、それなら、私が出しておいてあげましょうか。私もあとで出かけるから。

M：そう？それじゃ、頼むよ。

封筒はどうなりましたか。

【譯】

有位男士正在家裡和一位女士說話。請問信封如何處置呢？

M：那我走囉！我出門了囉～
F：啊，等一下。這個信封放在沙發上，不用帶去嗎？
M：咦？啊，我忘了。還好妳有注意到，真是幫了我大忙。
F：這要拿去公司的吧？拿去吧。
M：謝謝。不過我是想說，去公司的路上順道去趟郵局把它寄出去。
F：啊，如果是這樣的話，我來幫你寄出吧？我等等也要出門。
M：是喔？那就拜託妳啦！

請問信封如何處置呢？

1　由男士拿去公司
2　由男士拿去郵局
3　由女士拿去公司
4　由女士拿去郵局

答案：4

【關鍵句】会社に行く途中で、郵便局に寄って、出そうと思っていたんだ。
それなら、私が出しておいてあげましょうか。

- 本題「どうなりましたか」問的不是信封本身的變化，而是指信封的處理方式。從選項可以發現這題要聽出「是誰」（男士或女士）、「拿去哪裡」（公司或郵局）這兩個關鍵處。
- 男士忘了把信封帶出門，女士提醒他：「会社に持っていくんでしょう？」（這要拿去公司的吧）
- 男士回答：「いや、会社に行く途中で、郵便局に寄って、出そうと思っていたんだ」，用語氣較輕鬆隨便的「いや」來否定對方的話，接著表示他其實不是要拿去公司，而是去公司的路上順便去郵局寄出。「（よ）うと思う」表示個人的打算、念頭。
- 不過女士接著說：「それなら、私が出しておいてあげましょうか」，用表示幫對方做某件事情的句型「てあげる」加上提議用法「ましょうか」提出要幫男士寄出。
- 男士回答「それじゃ、頼むよ」，意思是把這件事交給女士來做。所以正確答案是「女士要拿去郵局寄出」。

單字と文法

- □ **封筒** 信封
- □ **気がつく** 注意到，發覺
- □ **ソファー【sofa】** 沙發
- □ **出す** 寄出

說法百百種

▶ **注意動作接續詞**

僕は先に帰ろうかな。／我先回家好了吧！

スーパーで醤油を買ってきて。その前に肉屋で豚肉もね。
／你去超市買一下醬油。在那之前也要先到肉舖買一下豬肉喔。

踊り始めてから、まだ20分ですよ。あと10分がんばりましょう。
／從開始跳舞到現在也才過了20分鐘。再練個10分鐘吧！

もんだい 2　第⑫題 答案跟解說　2-13

大学で、女の人と男の人が話しています。講義はいつ、どこで行われますか。

F：あれ、もうすぐ高橋先生の講義が始まるよ？教室に行かないの？

M：え、時間が変わったの知らないんですか。

F：え、だから今日の１時半からでしょう？

M：その予定だったんですけど、先生の都合が悪くなって、また変わったんですよ。明日の同じ時間ですよ。連絡のメールが行きませんでしたか。

F：そうだったの。知らなかったわ。場所は同じ１番教室？

M：いえ、３番教室に変わりました。

F：ありがとう。教えてくれて助かったわ。

講義はいつ、どこで行われますか。

【譯】

有位女士正在大學裡和一位男士說話。請問什麼時候、在哪裡上課呢？

F：咦？高橋老師的課快開始了吧？你不去教室嗎？
M：嗯？妳不知道改時間了嗎？
F：咦？所以今天不是從１點半開始嗎？
M：原本是決定這樣，但是老師後來有事，又改了。改成明天同一時間喔！妳沒接到通知的e-mail嗎？
F：是喔？我不知道耶！地點也同樣是在１號教室嗎？
M：不是，改在３號教室。
F：謝謝。還好有你告訴我。

請問什麼時候、在哪裡上課呢？

1　今天、在１號教室
2　明天、在１號教室
3　今天、在３號教室
4　明天、在３號教室

解題關鍵 答案：4

【關鍵句】明日の同じ時間ですよ。
3番教室に変わりました。

▶「講義はいつ、どこで行われますか」，要注意這一題用兩個疑問詞「いつ」、「どこ」來詢問時間和地點，可別漏聽了。

▶ 男士和女士在討論高橋老師的課程。女士以為是今天1點半要上課「だから今日の1時半からでしょう」。

▶ 不過男士說「その予定だったんですけど、先生の都合が悪くなって、また変わったんですよ。明日の同じ時間ですよ」，「その予定だったんですけど」用過去式「だった」和逆接的「けど」表示女士說的時間本來是對的，只是又變了。改成明天同一時間，也就是明天的1點半。

▶ 後來女士又問「場所は同じ1番教室？」（地點也同樣是在1號教室嗎），男士以「いえ」來否定，並說明改在3號教室「3番教室に変わりました」。

▶ 所以正確答案是明天在3號教室上課。

單字と文法

☐ **講義**〔大學〕課程
☐ **連絡** 通知，聯絡
☐ **都合が悪い** 有事，不方便
☐ **メール【mail】** 電子郵件；簡訊

2-14 13 ばん 【答案跟解說：226 頁】 答え：①②③④

1 急行のほうが混んでいないから

2 各駅停車のほうが混んでいないから

3 乗り換えなければ、帰れないから

4 早く帰れるから

2-15 14 ばん 【答案跟解說：228 頁】 答え：①②③④

1 歯医者

2 学校

3 サッカーの練習

4 英語の塾

2-16 15 ばん 【答案跟解說：230 頁】 答え：① ② ③ ④

1 会社（かいしゃ）でおにぎりを食（た）べたから

2 ケーキが好（す）きではないから

3 少（すこ）し太（ふと）ったから

4 具合（ぐあい）が悪（わる）いから

2-17 16 ばん 【答案跟解說：232 頁】 答え：① ② ③ ④

1 駅（えき）

2 スーパー

3 会社（かいしゃ）

4 喫茶店（きっさてん）

もんだい 2　第⑬題 答案跟解說　2-14

電車で、女の人と男の人が話しています。女の人は、どうして次の駅で降りますか。

F：すみません。私、次の駅で、失礼します。

M：え、降りるんですか。このまま急行に乗って帰らないんですか？

F：ええ、これでも帰れるんですが、いつも次で各駅停車に乗り換えるんです。

M：どうして？

F：そのほうが、混んでいなくて、座れるんですよ。

M：でも、時間がかかるでしょう？

F：ええ、10分ぐらい長くかかりますね。でも、座れるほうが楽だからいいんですよ。

女の人は、どうして次の駅で降りますか。

【譯】

有位女士正在電車裡和一位男士說話。請問這位女士為什麼要在下一站下車呢？

F：不好意思。我要在下一站下車。
M：咦？妳要下車了嗎？妳不繼續搭這班快車回家嗎？
F：嗯，雖然這班也能到，但我平時都在下一站轉搭區間車。
M：為什麼？
F：那一班車上沒那麼擠，有位子可以坐呀！
M：但很花時間吧？
F：嗯，大概要多花個10分鐘。但有位子坐比較舒適所以沒關係的。

請問這位女士為什麼要在下一站下車呢？

1　因為快車沒那麼擠
2　因為區間車沒那麼擠
3　因為不轉乘就不能回家
4　因為能早點回家

解題關鍵

答案：2

【關鍵句】そのほうが、混んでいなくて、座れるんですよ。

▶ 這一題用「どうして」來詢問理由、原因。不妨留意表示原因的句型，像是「から」、「ので」、「て」、「ため」、「のだ」等等。

▶ 女士一開始先說「私、次の駅で、失礼します」，表示她要在下一站先行下車。後面又說自己總是在下一站換車（いつも次で各駅停車に乗り換えるんです）。

▶ 接著男士說「どうして？」詢問對方為什麼要這麼做。答案在女士的回答：「そのほうが、混んでいなくて、座れるんですよ」。這個「んです」用於解釋，也就是針對男士的疑問進行說明。表示她會在下一站轉乘，是因為搭每站都停的區間車不會人擠人，有位子可以坐。

▶ 1 錯誤是因為「そのほうが、混んでいなくて、座れるんですよ」。這裡用「ほうが」來比較，「その」指的是轉乘「各駅停車」，不是「急行」。

▶ 3 也是錯的，從「これでも帰れるんです」這句可以發現其實快車也能到家，不用換車也沒關係。

▶ 女士有提到「10 分ぐらい長くかかりますね」，表示比起「急行」，「各駅停車」需要多花 10 分鐘左右，所以 4 不正確。

▶ ～から：表示原因、理由。一般用於說話人出於個人主觀理由，進行請求、命令、希望、主張及推測，是種較強烈的意志性表達。～ので：表示原因、理由。前句是原因，後句是因此而發生的事。「～ので」一般用在客觀的自然的因果關係，所以也容易推測出結果。～ため（に）：表示由於前項的原因，引起後項的結果。のだ：表示客觀地對話題的對象、狀況進行說明，或請求對方針對某些 理由說明情況，一般用在發生了不尋常的情況，而說話人對此進行說明，或提出問題。

單字と文法

□ **急行**（きゅうこう）「急行列車」的略稱，快車

□ **各駅停車**（かくえきていしゃ） 停靠每站的列車，區間車

□ **楽**（らく） 舒適，輕鬆

もんだい 2　第 14 題 答案跟解說

2-15

家で、男の子と女の人が話しています。男の子は、何を休みますか。

M：お母さん、歯が痛いんだけど。

F：あら、大変。すごく痛いなら、学校を休んで歯医者さんに行く？

M：ううん、大丈夫。ちょっとだけだから。

F：そう。それなら、今日は夕方からサッカーの練習を休んで、歯医者さんに行きなさいね。夜は英語の塾があるでしょう。

M：えー、だめだよ。来週試合なんだから。

F：あ、そうか。じゃあ、夜に予約しておくね。

M：うん、塾の先生にも電話しておいてね。

男の子は、何を休みますか。

【譯】

有個男孩正在家裡和一位女士說話。請問這個男孩要向什麼請假呢？

M：媽媽，我牙齒痛。
F：唉呀，真糟糕。如果真的很痛的話，要不要向學校請假，去看牙醫呢？
M：不用了，不要緊。只有一點痛。
F：是喔。這樣的話，你今天傍晚開始的足球練習就請假去看牙醫吧！晚上要去英語補習班對吧？
M：咦～不行啦！下禮拜要比賽耶！
F：啊，對喔。那我預約晚上囉！
M：嗯，也要打通電話給補習班老師喔！

請問這個男孩要向什麼請假呢？

1　牙醫
2　學校
3　足球練習
4　英語補習班

解題關鍵

答案：4

【關鍵句】じゃあ、夜（よる）に予約（よやく）しておくね。
うん、塾（じゅく）の先生（せんせい）にも電話（でんわ）しておいてね。

▶ 這一題用「何を」來詢問請假的對象。

▶ 男孩先表示自己牙痛。媽媽說「学校を休んで歯医者さんに行く？」，問男孩要不要向學校請假去看牙醫。男孩先用語氣較為隨便的否定「ううん」，後面又接「大丈夫」表示沒關係。從這邊可以得知 2 是錯的，男孩要去上學。

▶ 接著媽媽說「今日は夕方からのサッカーの練習を休んで、歯医者さんに行きなさいね」（你今天傍晚的足球練習就請假去看牙醫吧），不過男孩表示「えー、だめだよ」，表示他想去練習足球，「だめ」用來禁止、拒絕對方，所以 3 是錯的。

▶ 接著媽媽又說「じゃあ、夜に予約しておくね」，這是指牙醫要預約晚上時段，「ておく」表示為了某個目的事先採取行動。男孩回答「うん、塾の先生にも電話しておいてね」，告訴媽媽也要撥通電話給補習班老師，再加上前面媽媽說今晚要去補英文「夜は英語の塾があるでしょう？」，這就說明了男孩晚上沒有要去上課，要去看牙醫，所以要向英文補習班請假。

單字と文法

□ 歯医者（はいしゃ） 牙醫

□ 塾（じゅく） 補習班

もんだい 2　第⑮題 答案跟解說

2-16

家で、男の人と女の人が話しています。女の人は、どうして今ケーキを食べませんか。

M：ただいま。ごめん、遅くなって。

F：お帰りなさい。遅かったから、先に晩ご飯を食べちゃった。

M：いいよ。僕も会社で仕事をしながら、おにぎりを食べたから。それより、ケーキを買ってきたよ。早く食べよう。

F：わあ、ありがとう。でも、ごめんなさい、今は食べたくないの。明日いただくわ。

M：ええっ。このケーキ、好きだと言っていたのに、どうして？どこか具合が悪いの？

F：ううん。そうじゃないの。最近ちょっと太ってきたから、晩ご飯の後には甘いものを食べないほうがいいかなと思って。

女の人は、どうして今ケーキを食べませんか。

【譯】

有位男士正在家裡和一位女士說話。請問這位女士為什麼現在不吃蛋糕呢？

M：我回來了。抱歉，回來晚了。

F：你回來啦？因為你太晚了，所以我先吃過了。

M：沒關係。我也在公司邊工作邊吃了個飯糰。不說這個了，我有買蛋糕喔！趕快吃吧！

F：哇！謝謝。可是，抱歉，我現在不想吃耶。明天再吃。

M：咦？這個蛋糕，妳說妳很喜歡的，怎麼不吃呢？身體哪裡不舒服嗎？

F：沒啦，不是這樣的。我是想說最近有點變胖了，所以覺得晚餐過後可能還是別吃甜食比較好。

請問這位女士為什麼現在不吃蛋糕呢？

1　因為她在公司有吃了飯糰

2　因為她不喜歡吃蛋糕

3　因為她有點變胖了

4　因為她身體不舒服

解題關鍵

答案：3

【關鍵句】最近ちょっと太ってきたから、晩ご飯の後には甘いものを食べないほうがいいかなと思って。

▶ 這一題用「どうして」來詢問原因、理由。不妨留意表示原因的句型，像是「から」、「ので」、「て」、「ため」、「のだ」等等。

▶ 解題關鍵在男士說的「このケーキ、好きだと言っていたのに、どうして？どこか具合が悪いの？」，男士看到女士居然不吃蛋糕，除了感到驚訝，還想知道為什麼。

▶ 女士首先以「ううん。そうじゃないの」否認「どこか具合が悪いの」（身體哪裡不舒服嗎），接著針對這個「どうして」解釋：「最近ちょっと太ってきたから、晩ご飯の後には甘いものを食べないほうがいいかなと思って」，這個「から」（因為）指出原因是她最近有點變胖了，所以晚餐過後不要吃甜食比較好。「てくる」表示前項動作、狀態的變化，從過去一直持續到現在。

單字と文法

□ おにぎり 飯糰

□ 太る 肥胖，發福

說法百百種

▶ 詢問原因的說法

女の人はどうしてこのアパートを借りませんか。

／女性為何不租這公寓呢？

男の人はどうして牛乳を飲みませんでしたか。

／男性為何不喝牛奶呢？

男の人はどうして月曜日休みますか。／男性為何下禮拜一要請假？

もんだい2　第16題答案跟解說

2-17

電話で、女の人と男の人が話しています。二人は、どこで会いますか。

F：ごめん、今日は帰りが遅くなるから、迎えに来てほしいんだけど。

M：いいよ。会社に迎えに行けばいいの？

F：ううん。駅まででいい。たぶん8時ぐらいになると思う。後でもう一度携帯に電話するから。

M：8時か。困ったな。今から会議があるんだよ。いつも時間通りに終わらないから、その時間に迎えに行けるかどうか分からないよ。近くの喫茶店にでも入って待っていれば？

F：それなら、駅の隣のスーパーで買い物でもしているわ。

M：そう？じゃあ、着いたら電話するよ。

F：分かった。じゃ、よろしくね。

二人は、どこで会いますか。

【譯】

有位女士正在電話裡和一位男士說話。請問兩人要在哪裡碰面呢？

F：抱歉，我今天會比較晚下班，想請你來接我。
M：好啊。我去公司接妳就行了嗎？
F：不用，到車站就行了。我想大概會到8點。等等再打你的手機。
M：8點啊？真令人苦惱…我現在要去開會啊！會議老是不能準時結束，所以不知道能不能在那個時間去接妳。妳要不要去附近的咖啡廳之類的地方等我？
F：那我就在車站隔壁的超市買個東西好了。
M：這樣啊？那等我到了再打給妳。
F：我知道了。那就麻煩你囉！

請問兩人要在哪裡碰面呢？

1　車站
2　超市
3　公司
4　咖啡廳

解題關鍵

答案：2

【關鍵句】それなら、駅の隣のスーパーで買い物でもしているわ。

▶ 這一題用「どこ」來詢問場所、地點、位置。對話中勢必會出現許多場所名稱混淆考生，要特別小心。

▶ 女士請男士來接她下班。男士以「いいよ」來表示答應，接著問「会社に迎えに行けばいいの？」（我去公司接妳就行了嗎），不過女士說「ううん。駅まででいい」，表示到車站就可以了。「ううん」相較於「いいえ」，是語氣比較隨便的否定用法。「でいい」意思是「…就行了」，表示在前項的狀態下就可以了。

▶ 不過男士接著表示他可能會晚到，「近くの喫茶店にでも入って待っていれば？」，用假定的「ば？」來建議女士在附近的咖啡廳等他。

▶ 女士對此表示：「それなら、駅の隣のスーパーで買い物でもしているわ」，也就是說她沒有要在咖啡廳等男士，而是要在車站隔壁的超市買東西打發等候的時間。男士也回答「そう？じゃあ、着いたら電話するよ」，表示約定的地點就此定案，男士到了會打通電話給她。所以答案是超市。

單字と文法

□ 帰り 回家

□ たぶん 大概

□ 携帯「携帯電話」略稱，手機

2-18 17 ばん 【答案跟解說：236 頁】

答え：①②③④

1 今週土曜日の8時

2 今週日曜日の6時

3 来週土曜日の7時

4 来週日曜日の7時

2-19 18 ばん 【答案跟解說：238 頁】

答え：①②③④

1 両親が遠くに住んでいるから

2 両親が近くに住んでいるから

3 まだ学生だから

4 一人の方が自由だから

2-20 19 ばん 【答案跟解說：240 頁】 答え：①②③④

1　60 円(えん)

2　160 円(えん)

3　200 円(えん)

4　260 円(えん)

2-21 20 ばん 【答案跟解說：242 頁】 答え：①②③④

1　パンを焼(や)く前(まえ)に塗(ぬ)る

2　パンを焼(や)いている途中(とちゅう)に塗(ぬ)る

3　パンが冷(さ)めたら塗(ぬ)る

4　パンが焼(や)けたら塗(ぬ)る

もんだい 2　第 17 題答案跟解說

2-18

男の人と女の人が話しています。女の人は、何時の席を予約しますか。

M：土曜日のレストラン、予約できた？７時だったよね。

F：さっき電話したんだけど、土曜日は８時までいっぱいだった。

M：そうか。じゃあ、日曜はどう？

F：日曜は６時なら席があると言っていたよ。

M：６時か。僕はそれでもいいけど。

F：でも日曜は、私、もう予定があるの。

M：それなら、来週にしようか？同じ土曜の７時はどう？

F：そうしましょう。後で、もう一度電話してみるわ。

女の人は、何時の席を予約しますか。

【譯】

有位男士正在和一位女士說話。請問這位女士要預約幾點的位子呢？

M：禮拜六的餐廳，預約好了嗎？是７點對吧？
F：剛剛我有打電話，但禮拜六到８點都客滿。
M：是喔？那禮拜天呢？
F：對方說禮拜天６點的話有位子喔。
M：６點啊？我是無所謂。
F：但是這個禮拜天我已經有事了。
M：這樣的話要不要改約下禮拜呢？一樣訂禮拜六的７點如何？
F：就這麼辦。我等一下再打一次電話。

請問這位女士要預約幾點的位子呢？

1　這禮拜六８點
2　這禮拜天６點
3　下禮拜六７點
4　下禮拜天７點

答案：3

【關鍵句】それなら、来週（らいしゅう）にしようか？同（おな）じ土曜（どよう）の7時（じ）はどう？

- 這一題問的是「いつ」，也就是「什麼時候」，這一題要問的是星期幾和幾點，題目中勢必會出現許多時間來混淆考生，一定要仔細聽出每個時間點代表什麼意思。
- 男士首先以「7時だったよね」這種過去式的形態來向女士確定週六餐廳的訂位時間。不過女士回答「土曜日は8時までいっぱいだった」，這邊說當天到8點都沒位子，也就是暗示週六7點不是正確答案。
- 男士接著詢問週日的訂位情況，女士說「日曜は6時なら席があると言っていたよ」，表示週日可以預約6點的位子。「なら」（如果是…）表示假定條件。男士接著說「6時か。僕はそれでもいいけど」（6點啊？我是無所謂），「でもいい」表示允許。不過可別心急以為這就是答案了。女士對此表示「でも日曜は、私、もう予定があるの」，暗示了週日不行。
- 答案在男士接下來的回答：「来週にしようか？同じ土曜の7時はどう？」，用「どう？」來提出建議，而女士也以「そうしましょう」表示贊同。所以女士要預約的時間是下週六7點。
- ～なら：要是…的話。【名詞；形容動詞詞幹；[動詞・形容詞]辭書形】＋なら：1.表示接受了對方所說的事情、狀態、情況後，說話人提出了意見、勸告、意志、請求等。2.可用於舉出一個事物列為話題，再進行說明例。3.以對方發話內容為前提進行發言時，常會在「なら」的前面加「の」，「の」的口語說法為「ん」。

單字と文法

□ **席（せき）** 位子

□ **いっぱい** 客滿，滿

□ **～なら** 要是…的話

說法百百種

▶ **改變時間的說法**

8時（じ）はどう。／8點如何？

4日（よっか）にするか。／那就4號如何？

金曜日（きんようび）にもできるといいんだけど。どう？
／如果禮拜五也可以的話就好了。如何？

もんだい 2　第 18 題 答案跟解說　2-19

女の人と男の人が話しています。男の人は、どうして両親と一緒に暮らしませんか。

F：山田さんはずっと一人で暮らしているんですか。

M：はい、もう 10 年ぐらいになります。

F：ご両親は遠くに住んでいらっしゃるんですか。

M：いえ、すぐ近くなんです。でも、学生のころから一人で暮らしているので、もう慣れちゃったんですよ。そのほうが自由ですし。

F：でも、ご両親はさびしがりませんか。

M：毎週、週末には顔を見せに帰っていますから、大丈夫だと思います。体も元気ですし。

F：そうですか。ご両親が元気な間は、それもいいかもしれませんね。

男の人は、どうして両親と一緒に暮らしませんか。

【譯】

有位女士正在和一位男士說話。請問這位男士為什麼不和父母一起住呢？

F：山田先生一直以來都是一個人住嗎？
M：是的。已經有十年左右了。
F：請問您的父母住得很遠嗎？
M：沒有，他們住附近。但我從學生時代就是一個人住，已經習慣了。這樣的話也比較自由。
F：但是您父母不會寂寞嗎？
M：每個週末我都會回去露個臉，我想不要緊的。他們身體也都很硬朗。
F：這樣啊。父母都還健康的時候，這樣做似乎也不錯呢。

請問這位男士為什麼不和父母一起住呢？

1　因為父母住得很遠
2　因為父母住得很近
3　因為還是學生
4　因為一個人比較自由

解題關鍵 答案：4

【關鍵句】そのほうが自由（じゆう）ですし。

- 這一題用「どうして」來詢問原因、理由。
- 本題重點在「学生のころから一人で暮らしているので、もう慣れちゃったんですよ。そのほうが自由ですし」這一句，男士表示自己從學生時期就一直是一個人住，已經習慣這樣的生活，也比較自由。「そのほうが自由ですし」的「し」在這邊是表理由、原因的用法，和「ので」、「から」意思相近，表示前面舉出的事項造成下面的情況、事態發生。這裡省略掉後面的「一人で暮らしています」(一個人住)。「もう慣れから」也可以當答案，不過選項沒有這一句，所以「自由」就是這題的答案。
- 從「いえ、すぐ近くなんです」可以得知 1 是錯的，男士的雙親和他住得並不遠。
- 內容並沒有提到因為父母住得很近所以男士才不和他們一起住，所以 2 是錯的。
- 從「学生のころから一人で暮らしている」這句也可以得知他現在已經不是學生了，所以 3 也是錯的。

單字と文法

- □暮（く）らす 生活
- □慣（な）れる 習慣
- □さびしい 寂寞的
- □～がる 覺得…〔一般用於第三人稱〕

もんだい 2　第 ⑲ 題 答案跟解說

2-20

郵便局で、女の人と男の人が話しています。女の人は、現金をいくら払いましたか。

F：すみません。これ、アメリカまでお願いします。航空便で。

M：はい、ちょっと待ってください。えーと、260 円ですね。

F：それから、この切手、ずいぶん古いんですけど、まだ使えますか。

M：これですか。100 円切手 2 枚ですね。ええ、大丈夫ですよ。まだ使えます。

F：じゃあ、これ、ここに貼りますね。あと、これ残りの料金です。

M：はい、ありがとうございました。

女の人は、現金をいくら払いましたか。

【譯】

有位女士正在郵局和一位男士說話。請問這位女士付了多少現金呢？

F：不好意思。這個請幫我寄去美國，用空運。
M：好的，請您稍等一下。嗯…260圓。
F：還有，這個郵票已經很舊了，請問還能使用嗎？
M：這個嗎？ 2 張100圓郵票嗎？嗯，沒問題的。還能用。
F：那我把這個貼在這裡喔！另外，這是剩下的費用。
M：好的，謝謝您。

請問這位女士付了多少現金呢？

1　60圓
2　160圓
3　200圓
4　260圓

解題關鍵

答案：1

【關鍵句】えーと、260円ですね。
100円切手2枚ですね。

▶「いくら」（多少…）可以用來詢問數量、程度、時間、價錢、距離等，在這邊用來問金額，這也是最常見的用法。要特別注意的是，題目有限定是問「現金」，可別把郵票的金額一起算進來了。

▶ 這一題的情境是女士要寄空運郵件到美國。男士首先表示總郵資是 260 圓（260円ですね）。

▶ 接著女士想用郵票來抵郵資，從男士「100円切手2枚ですね」這句發言可以得知，女士拿出兩張 100 圓的郵票來折抵，也就是抵掉 200 圓。

▶ 後來女士又說「あと、これ残りの料金です」，「あと」可以翻譯成「然後」、「還有」，指的是剩下的部分。「残りの料金」也就是指扣掉郵票後需要付的費用，答案就在這裡。

▶「260-200=60」，所以她給了男士 60 圓的現金。

▶ 國內寄信費用：在日本寄信的話，一般信件一封是 82 圓，一般明信片一張是 52 圓。

單字と文法

□ **現金**（げんきん） 現金
□ **払う**（はらう） 支付
□ **航空便**（こうくうびん） 空運
□ **ずいぶん** 很，非常
□ **貼る**（はる） 貼〔上〕
□ **料金**（りょうきん） 費用

もんだい 2　第 20 題 答案跟解說

2-21

女の人が話しています。いつバターを塗りますか。

F：今、200 度でパンを焼いています。もう少し大きくなってきたら、焼いている途中ですが、一度パンを出して、上にバターを塗ります。冷めないように急いで塗ってください。こうすると、においがずいぶん良くなりますよ。塗り終わったら、残り 10 分、続けて焼いてください。

いつバターを塗りますか。

【譯】

有位女士正在說話。請問什麼時候要塗奶油呢？

F：現在用200度來烤麵包。等它稍微變大了，雖然還在烤，但先把麵包拿出來，塗上奶油。為了別讓它冷卻請趕緊塗上。這樣的話香味就會非常棒喔！等塗完後，剩下的10分鐘，請繼續烤。

請問什麼時候要塗奶油呢？

1　在烤麵包前塗上
2　在烤麵包的過程中塗上
3　在麵包冷卻後塗上
4　在麵包烤完後塗上

解題關鍵

答案：2

【關鍵句】焼いている途中ですが、一度パンを出して、上にバターを塗ります。

▶「いつ」（什麼時候）表示不確定的時間，這一題用「いつ」來詢問塗奶油的時機。

▶ 題目當中有提到「バター」的地方是「焼いている途中ですが、一度パンを出して、上にバターを塗ります」，接著補充說明「冷めないように急いで塗ってください」。解題關鍵就在這裡。麵包烤到一半時要拿出來，趕緊塗上奶油以防它冷卻。所以答案是２。

▶「途中」指的是事物開始到結束的中間這段過程，也就是事情或動作還沒結束之前的這段時間。這裡的「一度」意思不是「一次」，而是「暫且」。句型「ように」意思是「為了…」，在這邊表示為了實現某個目的，而採取後面的行動。

▶ ～ようにする：爭取做到…、設法使…；使其…。【動詞辭書形；動詞否定形】＋ようにする：1. 表示說話人自己將前項的行為、狀況當作目標而努力，或是說話人建議聽話人採取某動作、行為時。2. 如果要表示把某行為變成習慣，則用「ようにしている」的形式。3. 表示對某人或事物，施予某動作，使其起作用。

單字と文法

□ バター【butter】奶油
□ 塗る 塗抹
□ 焼く 烤
□ 冷める 冷卻
□ におい 味道，氣味
□ ～ようにする 使其…

Memo

発話表現

在一面看圖示，一面聽取情境說明時，測驗是否能夠選擇適切的話語。

考前要注意的事

作答流程 & 答題技巧

聽取說明

先仔細聽取考題說明

聽取問題與內容

學習目標是，一邊看圖，一邊聽取場景說明，測驗圖中箭頭指示的人物，在這樣的場景中，應該怎麼說呢？

預估有 5 題

1 提問句後面一般會用「何と言いますか」（要怎麼說呢？）的表達方式。

2 提問及三個答案選項都在錄音中，而且句子都很不太長，因此要集中精神聽取狀況的說明，並確實掌握回答句的含義。

答題

作答時要當機立斷，馬上回答，答後立即進入下一題。

N4 聽力模擬考題 問題 3

もんだい３では、えを見ながらしつもんを聞いてください。→（やじるし）の人は何と言いますか。１から３の中から、いちばんいいものを一つえらんでください。

3-2 1ばん 【答案跟解說：248 頁】

答え：① ② ③

3-3 2ばん 【答案跟解說：248 頁】

答え：① ② ③

3-4 3ばん 【答案跟解說：248 頁】

答え：① ② ③

3-5 4ばん 【答案跟解說：250 頁】

答え：①②③

3-6 5ばん 【答案跟解說：250 頁】

答え：①②③

3-7 6ばん 【答案跟解說：250 頁】

答え：①②③

もんだい 3　第 1 題 答案跟解說　3-2

廊下で走っている友達に注意したいです。何と言いますか。

F：1　すごいね。
　　2　あぶないよ。
　　3　こわいよ。

【譯】想要提醒在走廊奔跑的友人。該說什麼呢？
　F：1. 好厲害喔！
　　　2. 很危險喔！
　　　3. 很恐怖喔！

もんだい 3　第 2 題 答案跟解說　3-3

携帯電話をどうやって使えばいいか友達に聞きたいです。何と言いますか。

M：1　ちょっと使い方を教えてくれる？
　　2　これ、使ってもいい？
　　3　これ、どうやって使ったの？

【譯】想詢問朋友手機要如何使用。該說什麼呢？
　M：1. 可以教我一下使用方法嗎？
　　　2. 這個可以用嗎？
　　　3. 這個妳是怎麼用的呢？

もんだい 3　第 3 題 答案跟解說　3-4

美術館に行きたいです。電車を降りると、駅の出口が3つありました。駅の人に何と言いますか。

F：1　あのう、美術館に行ってみませんか。
　　2　すみません、美術館の出口はどこですか。
　　3　すみません、美術館はどの出口ですか。

【譯】想去美術館。下了電車之後，發現車站出口有 3 個。該向站務員說什麼呢？
　F：1. 請問你要不要去去看美術館呢？
　　　2. 不好意思，請問美術館的出口在哪裡呢？
　　　3. 不好意思，請問去美術館要從幾號出口呢？

攻略的要點　要知道這些形容詞用於什麼情況！

解題關鍵と訣竅　答案：2

【關鍵句】注意(ちゅうい)したい。

- 這一題關鍵部分在「注意したい」，表示想警告、提醒他人。
- 選項１「すごいね」（好厲害喔），用在稱讚別人或感到佩服的時候。
- 選項２「あぶないよ」（很危險喔）。
- 選項３「こわいよ」（好恐怖喔）表達自己懼怕的感覺。
- あぶない：表可能發生不好的事，令人擔心的樣子；或將產生不好的結果，不可信賴、令人擔心的樣子；或表身體、生命處於危險狀態。

攻略的要點　詢問用法可以怎麼說？

解題關鍵と訣竅　答案：1

【關鍵句】どうやって使(つか)えばいいか。

- 這一題關鍵在「どうやって使えばいいか」，表示不清楚使用方式。
- 選項１「使い方を教ちょっとえてくれる？」，詢問對方能否教自己使用方式。「てくれる」表示別人為我方做某件事，在此語調上揚，表疑問句。「ちょっと」可以用在拜託別人的時候，以緩和語氣。
- 選項２「これ、使ってもいい？」的「てもいい」語調也上揚，表疑問句，以徵求對方的同意。
- 選項３「これ、どうやって使ったの？」利用過去式，詢問對方之前如何使用。如果要改成詢問用法，應該問「これ、どうやって使うの？」才正確。

攻略的要點　仔細聽題目問的是哪個出口！

解題關鍵と訣竅　答案：3

【關鍵句】駅(えき)の出口(でぐち)が３つありました。

- 從問題中可以發現，這一題的情況是不知道從車站的哪一個出口出去可以到美術館，所以想要詢問站務員。
- 選項３是正確答案，「どの」用來請對方在複數的人事物當中選出一個。
- 選項１中的「てみませんか」（要不要…看看？）用於邀請對方做某件事情，所以是錯的。
- 選項２是陷阱，「美術館の出口はどこですか」是問對方美術館的出口在哪裡，不過問話地點是車站不是美術館，問的是通往美術館的出口，所以不正確。

もんだい 3　第 4 題 答案跟解說　3-5

人の足を踏んでしまったので、あやまりたいです。何と言いますか。

M：1　いかがですか。

2　ごめんなさい。

3　失礼します。

【譯】踩到別人的腳想道歉時，該說什麼呢？

M：1. 請問如何呢？

2. 對不起。

3. 失陪了。

もんだい 3　第 5 題 答案跟解說　3-6

知らない人に道をたずねたいです。最初に何と言いますか。

F：1　はじめまして。

2　すみません。

3　こちらこそ。

【譯】想向陌生人問路時，開頭該說什麼呢？

F：1. 初次見面。

2. 不好意思。

3. 我才是呢。

もんだい 3　第 6 題 答案跟解說　3-7

お客さんにケーキを出します。何と言いますか。

F：1　遠慮しないでね。

2　ご遠慮ください。

3　遠慮しましょうか。

【譯】端蛋糕請客人吃時，該說什麼呢？

F：1. 不要客氣喔。

2. 請勿…。

3. 我失陪吧？

攻略的要點 做錯事想道歉時就用「ごめんなさい」！

解題關鍵と訣竅

（答案：2）

【關鍵句】あやまりたいです。

- 這一題的關鍵是「あやまりたいです」，所以應選表示道歉的 2「ごめんなさい」。
- 選項 1「いかがですか」用於詢問對方的想法、意見，或是人事物的狀態，是比「どうですか」更客氣的說法。常於店員詢問客人意見時使用。
- 選項 3「失礼します」主要用在進入本來不該進入的空間（如：辦公室、會議室等），或用於告辭的時候。下班時，要先行離開通常會說「お先に失礼します」。

攻略的要點 「すみません」是常用的前置詞！

（答案：2）

【關鍵句】最初に

- 這一題關鍵在「最初に」，問路前應該要先說什麼才好？要從三個選項中選出一個最適當的前置詞。在日語會話中很常使用前置詞，有避免唐突、喚起注意等作用，後面接的是詢問、請求、拒絕、邀約、道歉等內容。
- 常用的前置詞是選項 2 的「すみません」，或「すみませんが」、「失礼ですが」等等。
- 選項 1「はじめまして」用在初次見面時打招呼。
- 選項 3「こちらこそ」」是在對方向自己道歉、道謝，或是希望能獲得指教時，表示自己也有同樣想法的說法。
- すみません vs. ごめんなさい：「すみません」用在道歉，也用在搭話時。「ごめんなさい」僅用於道歉。

攻略的要點 招待客人時可以說「遠慮しないで」！

解題關鍵と訣竅

（答案：1）

【關鍵句】お客さんにケーキを出します。

- 這一題的情境是端蛋糕請客人吃。「遠慮」是客氣、有所顧忌的意思。
- 選項 1「遠慮しないでね」是請對方不用客氣，是正確答案。
- 選項 2「ご遠慮ください」是委婉的禁止說法，例如「ここではタバコはご遠慮ください」（此處禁煙）。
- 選項 3「遠慮しましょうか」，「ましょうか」在這裡表邀約。「遠慮しましょうか」暗示了「離開」的意思。然而本題情境是端蛋糕招待客人，語意不符。

3-8 7ばん 【答案跟解說：254 頁】 答え：① ② ③

3-9 8ばん 【答案跟解說：254 頁】 答え：① ② ③

3-10 9ばん 【答案跟解說：254 頁】 答え：① ② ③

3-11 10 ばん 【答案跟解說：256 頁】

答え：①②③

3-12 11 ばん 【答案跟解說：256 頁】

答え：①②③

3-13 12 ばん 【答案跟解說：256 頁】

答え：①②③

もんだい 3　第 7 題 答案跟解說

3-8

約束の時間におくれてしまいました。会ったとき、相手に何と言いますか。

M：1　あと 3 分でつきます。

2　もう少しお待ちください。

3　お待たせしました。

【譯】比約定的時間還晚到。見面時，該向對方說什麼呢？

M：1. 我 3 分鐘後到。

2. 請您再等一下。

3. 讓您久等了。

もんだい 3　第 8 題 答案跟解說

3-9

隣の家に赤ちゃんが生まれました。隣の人に何と言いますか。

F：1　おめでとうございます。

2　おいくつですか。

3　おかげさまで。

【譯】隔壁鄰居生小孩了。該對鄰居說什麼呢？

F：1. 恭喜。

2. 幾歲了？

3. 託您的福。

もんだい 3　第 9 題 答案跟解說

3-10

友達が気分が悪いと言っています。友達に何と言いますか。

F：1　かまいませんか。

2　だいじょうぶ？

3　すみません。

【譯】朋友說他身體不舒服。該對朋友說什麼呢？

F：1. 您介意嗎？

2. 你沒事吧？

3. 不好意思。

攻略的要點 遲到時該怎麼說？

解題關鍵と訣竅 （答案：3）

【關鍵句】会（あ）ったとき

- 這一題的關鍵是「会ったとき」，表示已經和對方碰面了，所以選項 1「あと 3 分でつきます」和選項 2「もう少しお待ちください」都不正確，這兩句話都用於還沒抵達現場，要請對方再等一下的時候。
- 選項 3「お待たせしました」用在讓對方等候了一段時間，自己終於到場時。另外，在電話換人接聽時，以及在餐廳點餐，店員準備要上菜時也都會說「お待たせしました」。

攻略的要點 不管是什麼樣的恭喜，用「おめでとうございます」就對了！

（答案：1）

【關鍵句】赤（あか）ちゃんが生（う）まれました。

- 這一題的情境是隔壁人家喜獲麟兒，這時應該要說祝賀的話，如選項 1 的「おめでとうございます」即是常用的道賀語，用於恭喜別人。
- 選項 2「おいくつですか」可以用來詢問數量或是年紀，不過小孩才剛出生，詢問年紀不太恰當。
- 選項 3「おかげさまで」通常用在日常寒暄或自己發生好事時，表示客氣謙虛。

攻略的要點 用「だいじょうぶ？」表達對朋友的關心！

（答案：2）

【關鍵句】気分（きぶん）が悪（わる）い

- 這一題的情況是朋友身體不舒服，應該要給予關心。
- 可以用選項 2「だいじょうぶ？」表示關心，「だいじょうぶ」漢字寫成「大丈夫」，原意是「不要緊」。若是疑問句，通常用於發現對方不太對勁的時候，以表達關切之意。也可以用於詢問對方時間方不方便，或是事情進行得順不順利，用途很廣。
- 選項 1「かまいませんか」表客氣地徵詢對方的許可。用在回答時則有「沒關係」或「不介意」的意思，相當於「問題ないので大丈夫です」、「気にしていません」。
- 選項 2「すみません」有很多意思，經常用在道歉、麻煩別人或是要搭話的時候。

もんだい 3　第 10 題 答案跟解說　3-11

店で、茶色の靴が見たいです。お店の人に何と言いますか。

F：1　茶色の靴はありますか。
　　2　茶色の靴を見ませんか。
　　3　茶色の靴を売りますか。

【譯】在店裡想看棕色的鞋子時，該對店員說什麼呢？
　F：1. 有棕色的鞋子嗎？
　　　2. 您要不要看棕色的鞋子呢？
　　　3. 您要賣棕色的鞋子嗎？

もんだい 3　第 11 題 答案跟解說　3-12

人の本を見せてもらいたいです。何と言いますか。

M：1　ちょっとご覧になってもいいですか。
　　2　ちょっと拝見してもいいですか。
　　3　ちょっと見せてもいいですか。

【譯】想要看別人的書時，該說什麼呢？
　M：1. 可以請您過目一下嗎？
　　　2. 可以讓我看一下嗎？
　　　3. 可以給您看一下嗎？

もんだい 3　第 12 題 答案跟解說　3-13

課長に相談したいことがあります。何と言いますか。

F：1　ちょっとよろしいですか。
　　2　ちょっといかがですか。
　　3　ちょうどいいですか。

【譯】有事要找課長商量時，該說什麼呢？
　F：1. 方便打擾一下嗎？
　　　2. 要不要來一些呢？
　　　3. 剛剛好嗎？

攻略的要點 這一題考的是購物用語！

答案：1

【關鍵句】茶色の靴が見たいです。

▶ 這一題場景在鞋店，可以用選項 1「茶色の靴はありますか」詢問店員有沒有棕色的鞋子。

▶ 選項 2「茶色の靴を見ませんか」是詢問對方要不要看棕色的鞋子，不過題目中，想看棕色鞋子的是自己，所以這個答案錯誤。

▶ 選項 3「茶色の靴を売りますか」是詢問對方有無賣棕色鞋子的意願。

▶ 在日本買鞋，款式多、設計精心、質地好，穿起來舒服，但一般比較貴。另外 10.5 號以上的鞋比較難買。

攻略的要點 這一題考的是敬語用法！

答案：2

【關鍵句】見せてもらいたいです。

▶「てもらいたい」這個句型用於請別人為自己做某件事。題目是自己想向別人借書來看，三個選項中都可以聽到「てもいいですか」，表示徵詢對方的許可。

▶ 選項 1「ちょっとご覧になってもいいですか」，「ご覧になる」是「見る」的尊敬語，客氣地表示請對方看，所以當「看」的人是自己時就不能使用。

▶ 選項 2「ちょっと拝見してもいいですか」是正確答案，「拝見する」是「見る」的謙讓語，客氣地表示自己要看。

▶ 選項 3「ちょっと見せてもいいですか」表示自己想拿東西給別人看，所以不正確。

攻略的要點 要小心促音和長音的分別！

解題關鍵と訣竅
答案：1

【關鍵句】課長に相談したい。

▶ 有事要麻煩別人時，可以用選項 1「ちょっとよろしいですか」以表示想佔用對方的時間，詢問方便與否。

▶ 選項 1 的「ちょっと」用在有所請託的時候，有緩和語氣的作用。中文可以翻譯成「…一下」。

▶ 選項 2「ちょっといかがですか」用在請對方吃、喝東西，或是抽菸。

▶ 選項 3「ちょうどいいですか」是陷阱。「ちょうど」是指「正好」。請仔細聽。

3-14 13 ばん 【答案跟解說：260 頁】

答え：①②③

3-15 14 ばん 【答案跟解說：260 頁】

答え：①②③

3-16 15 ばん 【答案跟解說：260 頁】

答え：①②③

3-17 16 ばん 【答案跟解說：262 頁】

答え：①②③

3-18 17 ばん 【答案跟解說：262 頁】

答え：①②③

3-19 18 ばん 【答案跟解說：262 頁】

答え：①②③

もんだい3 第13題 答案跟解說

3-14

子どもが悪いことをしたので、注意したいです。何と言いますか。

F：1　だめですよ。

2　下手ですね。

3　ただですよ。

【譯】小朋友做了不好的事情，想告誡時，該說什麼呢？

F：1.不可以喔！

2.真差啊！

3.免費的喔！

もんだい3 第14題 答案跟解說

3-15

人の家に泊まって、今から自分の家に帰ります。何と言いますか。

M：1　いってきます。

2　お帰りなさい。

3　お世話になりました。

【譯】借住別人家後，現在要回自己的家了。該說什麼呢？

M：1.我出門了。

2.您回來了。

3.受您照顧了。

もんだい3 第15題 答案跟解說

3-16

会社の人が自分の病気を心配してくれました。元気になった後、会社の人に何と言いますか。

M：1　心配しましたよ。

2　ご心配をおかけしました。

3　心配させられました。

【譯】同事們很擔心自己的病情。康復後，該對同事們說什麼呢？

M：1.我很擔心喔！

2.讓你們擔心了。

3.讓我擔心了。

攻略的要點 「だめですよ」用在告誡、提醒對方的時候！

解題關鍵と訣竅 （答案：1

【關鍵句】注意したいです。

- 這一題關鍵在「注意したい」，表示告誡。
- 選項 1「だめですよ」用在勸阻、提醒對方不可以做某行為的時候。
- 選項 2「下手ですね」用在說對方做得不好或是不擅長時。
- 選項 3「ただですよ」意思是「免費的喔」，語意不符。

攻略的要點 受到他人照顧時要說什麼呢？

解題關鍵と訣竅 （答案：3

【關鍵句】人の家に泊まって、…。

- 這一題是問借住別人家後、要離開時該說什麼。
- 選項 1「いってきます」用在離開家裡的時候，有「我還會再回來」的意思，和它相對的是「いってらっしゃい」是對要外出的家人或公司同事說的問候語，有「路上小心、一路順風」的意思。不過這題的男士已經沒有要借住了，所以不正確。
- 選項 2「お帰りなさい」是對「ただいま」（我回來了）的回應，用在別人回來的時候。
- 選項 3「お世話になりました」用在要離開的時候，表達接受對方幫忙、照顧的感謝之意。除了本題的情境，也可以用在辭職的時候。另外在接到客戶打來的電話時則時常用「いつもお世話になっております」，表示「一直以來受您照顧了」的意思。

攻略的要點 要分清楚「心配する」和「心配をかける」的不同！

解題關鍵と訣竅 （答案：2

【關鍵句】心配してくれました。

- 這一題問的是當別人為自己擔心時，該如何回應。
- 選項 1「心配しました」表示自己替別人擔心，語意不符。
- 選項 2「ご心配をおかけしました」是由「心配をかける」轉變而成。「ご心配」前面的「ご」增添敬意，「お（ご）＋動詞ます形＋する」是動詞的謙讓形式，同樣表達敬意。意思是讓對方擔心了。
- 選項 3「心配させられました」是「心配する」的使役被動形，表示說話者受到外在環境、狀態等的影響，而產生了擔心的情緒。

もんだい3　第16題 答案跟解說

3-17

お客さんがいすに座らないで立っています。お客さんに何と言いますか。

F：1　どうぞおかけください。
　　2　どうぞご覧ください。
　　3　どうぞ召し上がってください。

【譯】客人站著，沒坐在椅子上。該對客人說什麼呢？
F：1. 請入座。
　　2. 請過目。
　　3. 請享用。

もんだい3　第17題 答案跟解說

3-18

会社の人に手伝ってもらいたい仕事があります。何と言いますか。

M：1　これ、手伝いたいですか。
　　2　これ、手伝っていただけますか。
　　3　これ、手伝ってもいいですか。

【譯】有工作想請同事幫忙時，該說什麼呢？
M：1. 你想幫忙這個嗎？
　　2. 您可以幫忙我這個嗎？
　　3. 我可以幫忙這個嗎？

もんだい3　第18題 答案跟解說

3-19

今から、二人でごはんを食べに行きたいです。何と言いますか。

M：1　そろそろ、食事にしませんか。
　　2　そろそろ、食事にしてください。
　　3　そろそろ、食事にします。

【譯】現在想要兩個人一起出去吃飯。該說什麼呢？
M：1. 時間也差不多了，要不要去吃飯呢？
　　2. 時間也差不多了，請吃飯。
　　3. 時間也差不多了，我要吃飯。

攻略的要點 要知道各種尊敬語的正確說法！

解題關鍵と訣竅 答案：1

【關鍵句】座（すわ）らないで立（た）っています。

▶ 這一題問的是「請坐」的敬語說法。

▶ 選項1「どうぞおかけください」用於請對方入座。「おかけ」是由「かける」、以及表示指示或請求的尊敬表現「お～ください」轉變而成。是比「座ってください」更尊敬的說法，「請坐」也可以說「どうぞおかけになってください」。

▶ 選項2的「ご覧ください」是比「見てください」更為尊敬的說法，用於請對方過目。

▶ 選項3的「召し上がってください」是比「食べてください」更尊敬的說法，用以請對方享用食物。

攻略的要點 用「ていただけますか」請對方幫忙！

解題關鍵と訣竅 答案：2

【關鍵句】手伝（てつだ）ってもらいたい。

▶ 這一題關鍵在「手伝ってもらいたい」，表示有事情想請對方幫忙。這時應該選2「これ、手伝っていただけますか」，「いただく」是謙讓語，「ていただけますか」用於禮貌地詢問對方幫自己做某件事的意願。

▶ 選項1「手伝いたいですか」單純詢問對方想不想幫忙，沒有請求、拜託對方的意思。

▶ 選項3「手伝ってもいいですか」用在自己想幫忙，希望獲得對方許可的時候。

攻略的要點 仔細聽問題敘述中的每個細節！

解題關鍵と訣竅 答案：1

【關鍵句】二人（ふたり）で…。

▶ 這一題的重點在「二人で」，表示想要兩個人一起吃飯。

▶ 選項1「そろそろ、食事にしませんか」，用「ませんか」邀請對方一起吃飯。

▶ 選項2「そろそろ、食事にしてください」用「てください」表命令、請求對方吃飯。

▶ 選項3「そろそろ、食事にします」是表示說話者自己要吃飯，是一種肯定、斷定的語氣。所以不合題意。

▶「そろそろ」有時間到了，差不多該…的意思，「そろそろ、失礼します」是道別時常用的寒暄語，表示差不多該離開了。

Memo

即時応答

在聽完簡短的詢問之後，測驗是否能夠選擇適切的應答。

考前要注意的事

作答流程 & 答題技巧

聽取說明

先仔細聽取考題說明

聽取問題與內容

這是全新的題型。學習目標是，聽取詢問、委託等短句後，立刻判斷出合適的答案。

預估有 8 題

- 提問及選項都在錄音中，而且都很簡短，因此要集中精神聽取會話中的表達方式及語調，確實掌握問句跟回答句的含義。

答題

作答時要當機立斷，馬上回答，答後立即進入下一題。

▼ 前ページで解法テクニックを確認したら、次の演習問題にチャレンジしてください。▼

N4 聽力模擬考題 問題 4

もんだい 4 では、えなどかありません。まずぶんを聞いてください。それから、そのへんじを聞いて、 1 から 3 の中から、いちばんいいものを一つえらんでください。

4-2 1 ばん 【答案跟解說：268 頁】 答え：①②③

- メモ -

4-3 2 ばん 【答案跟解說：268 頁】 答え：①②③

- メモ -

4-4 3 ばん 【答案跟解說：268 頁】 答え：①②③

- メモ -

4-5 4ばん 【答案跟解説：270 頁】 答え：① ② ③

- メモ -

4-6 5ばん 【答案跟解説：270 頁】 答え：① ② ③

- メモ -

4-7 6ばん 【答案跟解説：270 頁】 答え：① ② ③

- メモ -

もんだい 4　第 1 題 答案跟解說

4-2

M：伊藤（いとう）さんが入院（にゅういん）するそうですね。

F：1　えっ、本当（ほんとう）ですか。

2　ええ、よろこんで。

3　ええ、かまいません。

【譯】M：聽說伊藤先生要住院耶。

F：1. 咦？真的嗎？

2. 嗯，我很樂意。

3. 嗯，沒關係。

もんだい 4　第 2 題 答案跟解說

4-3

F：コンサートのチケットが2枚（まい）あるんですが、一緒（いっしょ）に行（い）きませんか。

M：1　いいんですか？ありがとうございます。

2　よかったですね。楽（たの）しんできてください。

3　じゃあ、私（わたし）が予約（よやく）しておきますね。

【譯】F：我有 2 張音樂會的門票，要不要一起去呢？

M：1. 可以嗎？謝謝。

2. 太好了呢！祝你玩得盡興。

3. 那麼我就先預約囉！

もんだい 4　第 3 題 答案跟解說

4-4

F：時間（じかん）があったら、これからみんなで食事（しょくじ）に行（い）きませんか。

M：1　ええ、行（い）くでしょう。

2　ええ、行（い）きそうです。

3　ええ、行（い）きましょう。

【譯】F：如果有時間的話，接下來要不要大家一起去吃個飯呢？

M：1. 嗯，會去吧？

2. 嗯，似乎會去。

3. 好啊，走吧！

攻略的要點 「本当ですか」可以表示驚訝！

解題關鍵と訣竅 答案：1

【關鍵句】入院(にゅういん)するそうですね。

▶ 這一題的關鍵在「入院するそうですね」，「入院する」是「住院」的意思，「動詞普通形＋そうだ」表傳聞，也就是說聽說別人要住院。

▶ 選項 1 是最適合的答案，「えっ、本当ですか」可以用在對某件事感到意外的時候，詢問事情是真是假。

▶ 選項 2「ええ、よろこんで」表示欣然答應別人的邀約。

▶ 選項 3「ええ、かまいません」表示不在乎，或是覺得沒什麼大礙。

攻略的要點 要掌握問題的細節！

解題關鍵と訣竅 答案：1

【關鍵句】一緒(いっしょ)に行(い)きませんか。

▶ 這一題的情境是對方表示自己有音樂會門票，並邀請自己一同前往欣賞。

▶ 選項 1「いいんですか？ありがとうございます」是正確答案。這裡的「いいんですか」是在接受別人的好意前，再次進行確認，也就表示了自己答應對方的邀請。

▶ 選項 2「よかったですね。楽しんできてください」，「よかったですね」表示替對方感到高興。「楽しんできてください」言下之意是要對方自己一個人去。

▶ 選項 3「じゃあ、私が予約しておきますね」不合題意，因為對方已經有門票了，所以不需要再訂票。

攻略的要點 面對他人的邀約，可以怎麼回答呢？

解題關鍵と訣竅 答案：3

【關鍵句】食事(しょくじ)に行(い)きませんか。

▶ 這一題「食事に行きませんか」用「ませんか」提出邀約，回答應該是「要去」或是「不去」。

▶ 選項 1「ええ、行くでしょう」用「でしょう」表示說話者的推測，無法成為這一題的回答。

▶ 選項 2「ええ、行きそうです」用的是樣態句型「動詞ます形＋そうだ」，意思是「好像…」，也不正確。

▶ 選項 3「ええ、行きましょう」是正確答案，「ましょう」（…吧）除了用來邀請對方和自己一起做某件事情，也可以在被邀請時這樣回答。這句是後者的用法。

もんだい 4　第 4 題 答案跟解說

4-5

F：どうぞ、ご覧(らん)になってください。

M：1　じゃ、拝見(はいけん)してもらいます。

2　じゃ、遠慮(えんりょ)なく。

3　はい、ご覧(らん)になります。

【譯】F：請您過目一下。

M：1. 那就請你看了。

2. 那我就不客氣了。

3. 好的，我過目。

もんだい 4　第 5 題 答案跟解說

4-6

M：すみません、高橋(たかはし)さんはどなたですか。

F：1　あちらの青(あお)いネクタイをしている方(かた)です。

2　話(はなし)が好(す)きな方(かた)ですよ。

3　優(やさ)しい方(かた)ですよ。

【譯】M：不好意思，請問高橋先生是哪位呢？

F：1. 是那位繫著藍色領帶的先生。

2. 是個喜歡說話的先生喔！

3. 是個溫柔的先生喔！

もんだい 4　第 6 題 答案跟解說

4-7

M：今朝(けさ)、会社(かいしゃ)に行(い)く途中(とちゅう)、電車(でんしゃ)ですりを見(み)たんだよ。

F：1　へえ、それと？

2　へえ、それに？

3　へえ、それで？

【譯】M：今天早上我去公司的路上，在電車中看到扒手了耶！

F：1. 欸？那個和什麼？

2. 欸？還有什麼呢？

3. 欸？然後呢？

攻略的要點 熟記尊敬語和謙讓語的用法！

解題關鍵と訣竅 （答案：2

【關鍵句】ご覧（らん）になってください。

- 這一題關鍵在「ご覧になってください」，「ご覧になる」是「見る」的尊敬語，只能用在請別人看的時候。
- 選項1「じゃ、拝見してもらいます」的「拝見する」是「見る」的謙讓語，表示自己要看；而「てもらう」用來請別人做某件事，但這一題要看東西的人是自己，所以回答不會是請別人看東西。
- 選項2「じゃ、遠慮なく」用在對方請自己做某事時，表示答應。
- 選項3「はい、ご覧になります」是錯誤的敬語用法，「ご覧になる」是尊敬語，所以不會用在自己做的動作上。

攻略的要點 「どなたですか」的回答通常是具體內容！

（答案：1

【關鍵句】どなたですか。

- 這一題的關鍵是「どなたですか」，題目問高橋先生是哪一位，所以應該回答高橋先生的特徵、外貌等具體內容，以便對方辨識。
- 選項1「あちらの青いネクタイをしている方です」是正確答案，指出高橋先生就是那邊那位繫著藍色領帶的人。「方」是「人」的客氣說法。
- 選項2「話が好きな方ですよ」和選項3「優しい方ですよ」都是在描述高橋先生的個性，無法讓對方一眼就辨識出哪位是高橋先生。

攻略的要點 「あいづち」是會話中必要的潤滑劑！

解題關鍵と訣竅 （答案：3

【關鍵句】電車（でんしゃ）ですりを見（み）たんだよ。

- 這是屬於「あいづち」（隨聲應和）的問題，在日語會話中或是講電話時，經常可以聽到聽話者適時回答一些沒有實質意義的詞語，例如「はい」（是），或是以點頭表示自己有在聽對方說話。
- 正確答案是選項3「へえ、それで？」「へえ」是感嘆詞，表示驚訝、佩服。「それで」是在催促對方繼續說話，表示自己對對方的話題有興趣，希望能聽下去。
- 選項1「へえ、それと？」，原意是「欸？那個和？」，後面省略了「どれ」或「なに」等疑問詞。
- 選項2「へえ、それに？」，「それに」原意是「而且」，表示附加。

4-8 **7ばん** 【答案跟解説：274 頁】 答え：①②③

- メモ -

4-9 **8ばん** 【答案跟解説：274 頁】 答え：①②③

- メモ -

4-10 **9ばん** 【答案跟解説：274 頁】 答え：①②③

- メモ -

4-11 10 ばん 【答案跟解說：276 頁】

【答案跟解說：276 頁】

答え：① ② ③

- メモ -

4-12 11 ばん

【答案跟解說：276 頁】

答え：① ② ③

- メモ -

4-13 12 ばん

【答案跟解說：276 頁】

答え：① ② ③

- メモ -

もんだい 4　第 7 題 答案跟解說

4-8

M：これ、明日の昼までにお願いね。

F：1　承知しました。

2　よろしいですか。

3　ありがとうございます。

【譯】M：這個麻煩你明天中午之前完成囉！

F：1. 我明白了。

2. 可以嗎？

3. 謝謝。

もんだい 4　第 8 題 答案跟解說

4-9

F：それで、あの旅館はどうだった？

M：1　2泊しましたよ。

2　家内と二人で行きました。

3　部屋がきれいでよかったですよ。

【譯】F：然後呢？那間旅館如何呢？

M：1. 我住了 2 天喔！

2. 我和內人兩人一起去。

3. 房間很乾淨，很不錯呢！

もんだい 4　第 9 題 答案跟解說

4-10

F：新しいパソコンはどうですか。

M：1　これです。

2　とても使いやすいです。

3　昨日買ったばかりです。

【譯】F：新電腦如何呢？

M：1. 是這個。

2. 非常好用。

3. 昨天才買的。

攻略的要點 當上位者在交辦事情時該怎麼回答呢？

解題關鍵と訣竅 答案：1

【關鍵句】お願(ねが)いね。

▶ 當主管或長輩在交辦事情時，要怎麼回答呢？

▶ 選項1「承知しました」是「分かりました」（我知道了）的丁寧語。當別人在交待事情時就可以用這句話來表示接受、明白。

▶ 選項2「よろしいですか」是比「いいですか」更客氣的說法，用來詢問對方贊不贊同、接不接受、允不允許。

▶ 選項3「ありがとうございます」用於道謝。

攻略的要點 用「どうだった」詢問對過去事物的感想、狀態等！

解題關鍵と訣竅 答案：3

【關鍵句】どうだった？

▶ 這一題關鍵在「どうだった」，針對旅館本身進行發問。答案是選項3「部屋がきれいでよかったですよ」，表示旅館的房間很乾淨很棒。

▶ 選項1「2泊しましたよ」是指自己住了兩天，問題應該是「何日間…？」。

▶ 選項2「家内と二人で行きました」是指自己是和太太兩人一起去的，問題應該是「だれと…？」，「家内」（內人）是對外稱呼自己妻子的方式。這兩個選項都不是針對旅館的描述，所以不正確。

▶ 日本飯店服務員一般可以用英語溝通，但能講中文的並不多。大型飯店幾乎都設有免費的巴士接送服務。

攻略的要點 「どう」是針對該事物本身進行發問！

解題關鍵と訣竅 答案：2

【關鍵句】どう

▶ 這一題用「どうですか」詢問新電腦如何，回答應該是有關電腦的性能、特色、外觀等描述。

▶ 選項1「これです」是「新しいパソコンはどれですか」（新買的電腦是哪一台）的回答。當題目問到“哪一個”時，回答才會用指示代名詞明確地指出來。

▶ 選項2「とても使いやすいです」是正確答案。是說明該台電腦的性能、對於電腦本身進行描述。

▶ 選項3「昨日買ったばかりです」是「新しいパソコンはいつ買いましたか」（新電腦是何時買的）的回答，當題目問到“何時”，答案才會和日期時間相關。

もんだい 4　第 10 題 答案跟解說

4-11

M：子(こ)どもを連(つ)れて遊(あそ)びに行(い)くなら、どこがいい？

F：1　10時過(じす)ぎに出(で)かけましょう。

　　2　動物園(どうぶつえん)はどう？

　　3　電車(でんしゃ)にしましょうか。

【譯】M：如果要帶小孩出去玩，去哪裡比較好呢？

　　F：1.10 點過後出門吧！

　　　　2.動物園怎麼樣呢？

　　　　3.搭電車吧？

もんだい 4　第 11 題 答案跟解說

4-12

F：何(なに)かおっしゃいましたか。

M：1　はい、そうです。

　　2　いいえ、何(なに)も。

　　3　はい、私(わたし)です。

【譯】F：您有說了些什麼嗎？

　　M：1.是的，沒錯。

　　　　2.不，沒什麼。

　　　　3.是的，是我。

もんだい 4　第 12 題 答案跟解說

4-13

F：ねえ、日曜日(にちようび)、どうする？

M：1　映画(えいが)を見(み)に行(い)こうか。

　　2　地震(じしん)があったそうだよ。

　　3　お見舞(みま)いに行(い)ってきたよ。

【譯】F：欸，星期天要做什麼？

　　M：1.去看電影吧？

　　　　2.聽說有地震。

　　　　3.我有去探病。

攻略的要點 「どこ」用以詢問地點、場所、位置！

答案：2

【關鍵句】どこがいい？

- 這一題關鍵在「どこがいい？」，「どこ」用來詢問地點，所以回答必須是場所名稱。正確答案是選項 2「動物園はどう？」，建議對方去動物園。
- 選項 1「10 時過ぎに出かけましょう」意思是「10 點過後出門吧」，這個回答的提問必須和時間有關。「時間名詞＋過ぎ」則可以翻成「…過後」。
- 選項 3「電車にしましょうか」意思是「搭電車吧」，這個回答的提問必須和交通工具有關。1 、3 的回答都沒提到地點，所以不正確。
- どこ：哪裡。どの：哪…，表示事物的疑問和不確定。どれ：哪個。どちら：哪邊、哪位。

攻略的要點 「おっしゃる」是「言う」的尊敬語！

答案：2

【關鍵句】何(なに)か

- 「おっしゃる」是「言う」的尊敬語，「何か」原本是疑問詞，但在此處的意思是「什麼」，表不確定的事物。這一題意思是「您有說了些什麼嗎」，問的是對方有沒有說話。
- 選項 1「はい、そうです」意思是「是的，沒錯」，雖然表示肯定，但是這是針對「A はBですか」的回答。
- 選項 2「いいえ、何も」是正確答案，這是針對該問題的否定說法。這裡的「何も」是省略說法，後面通常接否定，表示全部否定，也就是「什麼也沒有」的意思。
- 選項 3「はい、私です」是錯的，這是對詢問人物的回答，並不是對有無說話的回答。

攻略的要點 想詢問計畫安排就用「どうする？」

解題關鍵と訣竅

答案：1

【關鍵句】どうする？

- 這一題用「どうする」詢問對方對還沒發生的事情有什麼打算，所以「日曜日、どうする？」是問對方星期天要做什麼，回答必須是“行動”才正確。
- 選項 1 是正確的，「映画を見に行こうか」意思是想去看電影。
- 選項 2「地震があったそうだよ」是錯的，因為地震不是人為的行為。而且「地震があった」是過去式，而「どうする」是問未來的事情。
- 選項 3「お見舞いに行ってきたよ」的「行ってきた」表示已經發生的事情，所以也不對。

4-14 **13 ばん** 【答案跟解說：280 頁】 答え：① ② ③

- メモ -

4-15 **14 ばん** 【答案跟解說：280 頁】 答え：① ② ③

- メモ -

4-16 **15 ばん** 【答案跟解說：280 頁】 答え：① ② ③

- メモ -

4-17 16 ばん 【答案跟解說：282 頁】

答え：① ② ③

- メモ -

4-18 17 ばん 【答案跟解說：282 頁】

答え：① ② ③

- メモ -

4-19 18 ばん 【答案跟解說：282 頁】

答え：① ② ③

- メモ -

もんだい 4　第 13 題 答案跟解說

4-14

F：こちらにお食事をご用意してあります。

M：1　よくいらっしゃいました。

2　召し上がってください。

3　ありがとうございます。

【譯】F：這裡已經有準備好餐點了。

M：1. 歡迎您的大駕光臨。

2. 請享用。

3. 謝謝。

もんだい 4　第 14 題 答案跟解說

4-15

M：スポーツが得意だそうですね。

F：1　じゃあ、プールに行きましょうか。

2　いいえ、テニスだけですよ。

3　ええ、いいですよ。

【譯】M：聽說你很擅長運動呢！

F：1. 那我們去游泳池吧。

2. 沒有啦，只有網球而已啦！

3. 嗯，可以喔！

もんだい 4　第 15 題 答案跟解說

4-16

F：週末は、天気が良くないみたいだから、出かけられないね。

M：1　それは、よかった。

2　困ったなあ。

3　もうすぐだね。

【譯】F：週末天氣好像不太好，所以不能出門呢！

M：1. 那真是太好了。

2. 真傷腦筋啊！

3. 快到了呢！

攻略的要點　不要被「召し上がる」給騙了！

解題關鍵と訣竅　答案：3

【關鍵句】ご用意してあります。

▶ 題目是說「這裡已經準備好餐點了」。

▶ 選項1「よくいらっしゃいました」，「いらっしゃる」是「行く」、「いる」、「来る」的尊敬語，在這裡是「歡迎您的大駕光臨」的意思，用過去式表示客人已經到來。1和題意不符。

▶ 選項2「召し上がってください」，「召し上がる」是「食べる」的尊敬語，加上命令、請求的句型「てください」，表示請對方享用餐點。不過本題要享用餐點的人是回答者，千萬不要被騙了。

▶ 選項3「ありがとうございます」是道謝的用法，可以適用於本題。

攻略的要點　當被別人稱讚時可以怎麼回應呢？

解題關鍵と訣竅　答案：2

【關鍵句】得意だそう。

▶ 這一題關鍵在「得意だそうです」，表示聽說很擅長。當別人說「聽說你很擅長運動呢」時，可以怎麼回答呢？

▶ 選項1「じゃあ、プールに行きましょうか」，「ましょうか」在此表邀約，表示要約對方去游泳池，所以不合題意。

▶ 選項2「いいえ、テニスだけですよ」是正確答案，謙虛地表示自己只擅長打網球。如果是更謙虛地表示「沒有啦，我只有打網球」或是「沒有這回事」，可以說「そんなことないですよ」或「とんでもありません」。

▶ 選項3「ええ、いいですよ」表示答應對方，不合題意。

攻略的要點　覺得困擾或是有麻煩時就用「困ったなあ」！

解題關鍵と訣竅　答案：2

【關鍵句】出かけられないね。

▶ 這一題關鍵在「出かけられないね」，表示無法出門。

▶ 選項1「それは、よかった」這句話表示慶幸。不過無法出門不是好事，所以不適用。

▶ 選項2「困ったなあ」當說話者覺得很困擾、有麻煩或壞事的時候可以使用。在此表示對於「出かけられない」這件事感到困擾。

▶ 選項3「もうすぐだね」意思是「快到了呢」。是指時間上某件事即將到來，在此不合題意。

もんだい 4　第 16 題 答案跟解說

4-17

F：明日の 10 時ごろはどうですか。

M：1　空いていますよ。

2　あと 30 分です。

3　時計がありません。

【譯】F：明天 10 點左右如何呢？
M：1. 我有空唷！
2. 還有 30 分鐘。
3. 沒有時鐘。

もんだい 4　第 17 題 答案跟解說

4-18

M：週末、一緒にパーティーに行きませんか。

F：1　はい、よろこんで。

2　はい、よろこんでください。

3　はい、よろこびそうですね。

【譯】M：週末，要不要一起去參加派對啊？
F：1. 好啊，我很樂意。
2. 好啊，請你開心吧！
3. 好啊，他好像很高興呢！

もんだい 4　第 18 題 答案跟解說

4-19

M：これ、お土産です。どうぞ召し上がってください。

F：1　ありがとうございます。召し上がります。

2　ありがとうございます。差し上げます。

3　ありがとうございます。いただきます。

【譯】M：這是伴手禮。請您好好享用。
F：1. 謝謝，我會享用的。
2. 謝謝，送給您。
3. 謝謝，那我就收下了。

攻略的要點「時間＋はどうですか」就是在問有沒有空！

解題關鍵と訣竅 （答案：1

【關鍵句】どうですか。

▶ 這一題用「どうですか」詢問對方明天 10 點如何，也就是有沒有空。

▶ 選項 1「空いていますよ」表示自己有時間，是正確答案。否定的時候可以說「ちょっと用事があるので。」表示有事沒辦法。

▶ 選項 2「あと 30 分です」意思是「還有 30 分鐘」，原問句應該是問某個時間點到了沒。

▶ 選項 3「時計がありません」意思是「沒有時鐘」，和題意不符。

攻略的要點 接受別人的邀約時該怎麼說呢？

解題關鍵と訣竅 （答案：1

【關鍵句】一緒（いっしょ）に…行（い）きませんか。

▶ 如果想答應別人的邀請該怎麼說呢？這時就可以用選項 1「はい、よろこんで」來回答。「よろこんで」意思是「我很樂意」，表示欣然接受對方的提議。後面原本要接動詞，但由於很多時候雙方都了解說話者樂意做什麼，所以經常被省略。在此省略的是「ご一緒します」（同行）或「参ります」（前往）。

▶ 選項 2「はい、よろこんでください」是用命令、請求句型「てください」來請對方要感到開心。

▶ 選項 3「はい、よろこびそうですね」，省略掉的主語是第三者，說話者預想這個第三者應該會很高興。「動詞ます形＋そうだ」是樣態用法，意思是「好像…」。在這邊和題意不符。

攻略的要點 請熟記各種敬語的說法！

解題關鍵と訣竅 （答案：3

【關鍵句】召（め）し上（あ）がってください。

▶ 這一題是敬語問題。當對方用「召し上がってください」請你吃東西的時候，該怎麼回答呢？

▶ 選項 1 的「召し上がります」是錯的。「召し上がる」是「食べる」的尊敬語，不能用在自己身上。

▶ 選項 2 的「差し上げます」也是錯的。「差し上げる」是「与える」、「やる」的謙讓語，意思是「敬贈」，不過這題回答者是收到東西的人，所以和題意不符。

▶ 選項 3 的「いただきます」是正確的，「いただく」是「もらう」的謙讓語，意思是「領受」，表示收下對方的東西。

4-20 19 ばん 【答案跟解說：286 頁】 答え：① ② ③

- メモ -

4-21 20 ばん 【答案跟解說：286 頁】 答え：① ② ③

- メモ -

4-22 21 ばん 【答案跟解說：286 頁】 答え：① ② ③

- メモ -

4-23 **22 ばん** 【答案跟解說：288 頁】 答え：① ② ③

- メモ -

4-24 **23 ばん** 【答案跟解說：288 頁】 答え：① ② ③

- メモ -

4-25 **24 ばん** 【答案跟解說：288 頁】 答え：① ② ③

- メモ -

もんだい 4　第 19 題 答案跟解說　4-20

Ｆ：5時には会社に戻れそうですか。

Ｍ：1　なるべくそうします。

　　2　分かりました。

　　3　それでいいでしょう。

【譯】Ｆ：你能在5點前回公司嗎？

Ｍ：1. 我盡量這樣做。

2. 我知道了。

3. 這樣就行了吧？

もんだい 4　第 20 題 答案跟解說　4-21

Ｆ：コンビニに行きますけど、何か買ってくるものがありますか。

Ｍ：1　いってらっしゃい。

　　2　じゃ、ジュースを1本、お願いします。

　　3　ええ、いいですよ。

【譯】Ｆ：我要去超商，你有要買什麼東西嗎？

Ｍ：1. 路上小心。

2. 那請你幫我買1瓶果汁。

3. 嗯，可以喔！

もんだい 4　第 21 題 答案跟解說　4-22

Ｍ：出かけるの？

Ｆ：1　うん。ちょっと、買い物に行ってくる。

　　2　じゃ、8時には帰ってきてね。

　　3　忘れ物、しないようにね。

【譯】Ｍ：你要出門喔？

Ｆ：1. 嗯，我去買個東西。

2. 那你要8點前回來喔！

3. 別忘了帶東西喔。

攻略的要點 五段動詞「戻る」的可能形是「戻れる」！

解題關鍵と訣竅 答案：1

【關鍵句】戻れそうですか。

- 這一題用「戻る」（回…）的可能動詞「戻れる」（能夠回…），再加上樣態句型「そうだ」（似乎…），詢問對方是否可能在5點前回公司。
- 選項1「なるべくそうします」的「なるべく」意思是「盡量」，表示自己會盡力這麼做。雖然沒有正面回答問題，但是作為應答可以這麼說。
- 選項2「分かりました」意思是「我知道了」，題目是問有沒有可能，所以回答「分かりました」文不對題。
- 選項3「それでいいでしょう」表示輕微的讓步，意思是「這樣就行了吧」。不符題意。

攻略的要點 有事要麻煩對方時就用「お願いします」！

答案：2

【關鍵句】何か

- 「何か」原意是「什麼」，這一題的情境是要去超商買東西，問對方有沒有需要順便帶點什麼回來，所以回答應該是「要」或「不要」。
- 選項1「いってらっしゃい」是寒暄語，請出門的人路上小心。沒有回答到對方的問題。
- 選項2是正確答案，「じゃ、ジュースを1本、お願いします」，表示請對方幫忙買1瓶果汁回來。
- 選項3「ええ、いいですよ」是允諾或答應對方的請求，不符題意。

攻略的要點 要弄清楚出門的人是誰！

解題關鍵と訣竅 答案：1

【關鍵句】出かけるの？

- 這一題發問者問「出かけるの？」，由此可知要出門的人是回答者。選項2「じゃ、8時には帰ってきてね」和選項3「忘れ物、しないようにね」都是答非所問。
- 選項2是要對方在8點前回來，不過出門的人是回答者，所以不正確。
- 選項3是要對方別忘了帶東西，這句話的對象通常都是要離開某處的人，不過現在要離開的人是回答者，所以這句話也不適用。
- 選項1「うん。ちょっと、買い物に行ってくる」表示自己要去買一下東西，是正確答案。

もんだい 4　第 22 題 答案跟解說

4-23

F：この映画を見たことがありますか。

M：1　見なかったよ。

2　明日、見に行こうか。

3　うん、ずっと前にね。

【譯】F：你有看過這部電影嗎？

M：1. 我沒看喔！

2. 明天去看吧？

3. 嗯，很久以前看的。

もんだい 4　第 23 題 答案跟解說

4-24

M：昨日、どうして休んだの？

F：1　ちょっと、気分が悪くて。

2　すみません。ちょっと休ませてください。

3　気分が悪そうですね。

【譯】M：昨天你為什麼請假？

F：1. 身體有點不舒服。

2. 不好意思，請讓我休息一下。

3. 你看起來身體不太舒服耶！

もんだい 4　第 24 題 答案跟解說

4-25

M：夏休みに、どこかへ行きますか。

F：1　沖縄に遊びに行きます。

2　ええ、いいですよ。

3　北海道に行ったことがあります。

【譯】M：暑假你有沒有要去哪裡呢？

F：1. 我要去沖繩玩。

2. 嗯，可以喔！

3. 我有去過北海道。

攻略的要點　「動詞た形＋ことがある」表示經驗！

解題關鍵と訣竅　　（答案：3

【關鍵句】見（み）たことがありますか。

▶ 這一題用表示經驗的句型「動詞た形＋ことがある」詢問對方有沒有看過這部電影。

▶ 選項1「見なかったよ」意思是沒有看。若想表達沒有看過，則應該說「（見たことが）ないよ」（我沒看過喔）。

▶ 選項2「明日、見に行こうか」，是邀約對方明天去看，不符題意。

▶ 選項3「うん、ずっと前にね」是正確答案，表示很早之前就看過了。副詞「ずっと」意思是「很…」，表示程度之高。

攻略的要點　「どうして」用來詢問原因理由！

　　（答案：1

【關鍵句】どうして…？

▶ 這一題用「どうして」來詢問對方為什麼請假，所以回答必須是解釋請假的理由。

▶ 選項1「ちょっと、気分が悪くて」表示身體有點不舒服。形容詞詞尾去掉「い」，改成「く」再加上「て」，除了表示短暫的停頓，還可以說明原因。

▶ 選項2「すみません。ちょっと休ませてください」，「動詞否定形＋せてください」表示自己想做某件事情，請求對方的許可。

▶ 選項3「気分が悪そうですね」，「そうだ」是樣態用法，意思是「好像…」，也就是說話者推斷別人身體不適。

攻略的要點　「どこかへ」表示不確定的場所！

解題關鍵と訣竅　　（答案：1

【關鍵句】どこかへ…。

▶「どこかへ」表示不確定的場所，問對方有沒有要去什麼地方。如果是問「どこへ行きますか」，就是確定對方要去某個地方，發問者是明確地針對那個目的地發問。

▶ 選項1「沖縄に遊びに行きます」是正確答案，回答者表示自己要去沖繩玩。

▶ 選項2「ええ、いいですよ」表示答應對方的請託、邀約，不合題意。

▶ 選項3「北海道に行ったことがあります」用「動詞た形＋ことがある」表示經驗，意思是自己有去過北海道。

▶ たことがある vs ことがある：「たことがある」用在過去的經驗。「ことがある」表示有時候會做某事。

Memo

課題理解

在聽取完整的會話段落之後，測驗是否能夠理解其內容（在聽完解決問題所需的具體訊息之後，測驗是否能夠理解應當採取的下一個適切步驟）。

考前要注意的事

作答流程 & 答題技巧

聽取說明

先仔細聽取考題説明

聽取問題與內容

學習目標是，聽取建議、委託、指示等相關對話之後，判斷接下來該怎麼做。

內容順序一般是「提問 ➡ 對話 ➡ 提問」

預估有 5 題

1 首先要理解應該做什麼事？第一優先的任務是什麼？邊聽邊整理。

2 並在聽取對話時，同步比對選項，將確定錯誤的選項排除。

3 選項以文字出現時，一般會考跟對話內容不同的表達方式。

答題

再次仔細聆聽問題，選出正確答案

N 3 聴力模擬考題　問題 1

問題 1 では、まず質問を聞いてください。それから話を聞いて、問題用紙の 1 から 4 の中から、最もよいものを一つえらんでください。

1-2 1 ばん　【答案跟解説：294 頁】　答え：①②③④

1　8 時

2　8 時 15 分

3　8 時 30 分

4　8 時 45 分

1-3 2 ばん　【答案跟解説：297 頁】　答え：①②③④

ア　日本酒

イ　インスタントラーメン

ウ　お茶

エ　梅干し

オ　おもちゃ

1　ア　イ

2　イ　ウ

3　ウ　エ

4　エ　オ

1-4 3 ばん　【答案跟解説：300 頁】　答え：①②③④

1　営業課の山川さんに電話する

2　お客さんに電話しておわびする

3　メールを確認する

4　資料に間違いがあったことを企画課の田中さんに連絡する

1-5 4ばん 【答案跟解說：303 頁】 答え：①②③④

1 電気とパソコンの電源を切る

2 プリンターとコピー機の電源を切る

3 ドアの鍵をかける

4 窓に鍵がかかっているか確かめる

1-6 5ばん 【答案跟解說：306 頁】 答え：①②③④

1 本屋に行く

2 スーパーでチーズと卵を買う

3 米屋で米を買う

4 公園で運動する

1-7 6ばん 【答案跟解說：309 頁】 答え：①②③④

1 男の人が１杯飲んで、４杯は残しておく

2 男の人と女の人が１杯ずつ飲んで、３杯は残しておく

3 男の人と女の人が１杯ずつ飲んで、３杯は捨てる

4 女の人が１杯飲んで、男の人が４杯飲む

もんだい 1　第 1 題 答案跟解說

1-2

家で女の人と男の人が話しています。男の人は明日何時に家を出ますか。

F：明日は何時の新幹線に乗るの？
M：9時半、東京駅発だけど、ここから東京までどれぐらいかかるかな。
F：ちょっと待って、調べてみるから。うーん、だいたい 45 分ぐらいね。
M：それなら、8時半に家を出れば大丈夫だね。
F：でも途中 2 回乗り換えがあるよ。あなた、ふだんあまり電車に乗ってないから、駅で迷うかもしれないし、それに、切符買うのに並ばなくちゃいけないかもしれないから、8時には出たほうがいいんじゃない？
M：いや、切符はもう買ってあるんだ。でも、そうだね。もし迷ったら大変だから、あと 15 分早く出ることにするよ。

男の人は明日何時に家を出ますか。

【譯】

一位女士和一位男士正在家裡交談。請問這位男士明天要幾點出門呢？

F：你明天要搭幾點的新幹線？
M：9 點半，從東京車站發車。從這裡到東京不曉得要多久呢？
F：等一下，我查查看。嗯，大概要45分鐘左右吧。
M：這樣的話，8 點半從家裡出門就可以了吧。
F：可是中間還要換兩趟車哦。你平常很少搭電車，說不定在車站裡會迷路，而且買票還得花時間排隊，8 點出門比較妥當吧？
M：沒關係，車票已經買好了。不過，妳說的也有道理，萬一途中迷路那就麻煩了，還是提早15分鐘出門吧。

請問這位男士明天要幾點出門呢？

1　8 點
2　8 點15分
3　8 點30分
4　8 點45分

答案：2

【關鍵句】8時半に家を出れば大丈夫だね。
あと15分早く出ることにするよ。

對話情境と出題傾向

這一題的情境是男士明天要搭新幹線，女士和他討論幾點要出門。題目問的是男士明天出門的時間，聽到「何時」就要知道題目中勢必會出現許多時間點干擾考生，必須要聽出每個時間點代表什麼意思。

此外，要特別注意的是，N３考試和N４、N５不同，雖然也有「數字題」，但是題目難度上升，答案可能不會明白地在對話中，而是要將聽來的數字進行加減乘除才能得到正確答案。像這種時間題，就要小心「～分早く」、「～分遅く」、「遅れる」…等用法，這些都是和時間計算有關的關鍵字。

解題技巧

- 對話提到的第一個時間是９點半。這是男士明天要搭的新幹線的發車時間。接著又提到「８時半に家を出れば大丈夫だね」，這是男士預估的出門時間。聽到這邊可別以為這就是答案，耐著性子繼續聽下去。
- 對於男士的預估，女士提議「８時には出たほうがいいんじゃない」。不過男士又以「いや」來否定她提議的８點。接著又說「あと 15 分早く出ることにするよ」，表示他決定明天提早 15 分鐘出門。這個「提早」的基準點是什麼呢？就是他剛剛說的預計出門時間「８時半」。所以他打算明天８點 15 分出門。正確答案是２。
- 到了N３程度，為了更符合日常會話習慣，開始會出現口語縮約形和助詞的省略。比方說「ている」變成「てる」、「ておく」變成「とく」，或是「なくては」變成「なくちゃ」、「なきゃ」。而助詞最常被省略不說的就是「を」、「が」。

單字と文法

□ ～発（はつ） 從…發車

□ 乗り換え（のりかえ） 換搭、轉乘

□ ふだん 平時

□ 迷う（まよう） 迷路（＝「道に迷う（みちにまよう）」）

□ たら 要是…

小知識

☞ **日本的鐵道**

1．ＪＲ（原日本國營鐵道，簡稱「國鐵」）

現已民營化交由數間公司經營。經營項目包括相當於「台灣高鐵」的「新幹線」及相當於「台鐵」的「在來線」。

2．私鐵

由私人企業所經營的鐵道。雖然ＪＲ現在並非國營企業，不過因為一些歷史緣故，ＪＲ並不屬於私鐵。

3．其他

由地方公共團體或是第三部門所經營的鐵道。

單就往來東京車站的新幹線而言，就有東海道、山陽新幹線、東北新幹線、山形新幹線、秋田新幹線、上越新幹線、長野新幹線這些路線通車，很容易迷路。

もんだい１　第 ❷ 題 答案跟解說　1-3

男の人と女の人が話しています。男の人はお土産に何を持っていきますか。

M：来週台湾に出張に行くときに、向こうの支店の高橋さんに何かお土産を持ってってあげようと思うんだけど、何がいいかな。日本酒なんかどうかと思うんだけど。

F：そんな重いものより、もっと軽いものでいいんじゃない？外国に住んでる人にはインスタントラーメンなんか喜ばれるって聞いたことがあるけど。

M：でも、インスタントラーメン一袋だけ持ってくわけにもいかないからなあ。いくつも持ってくと荷物になるし。お茶はどうかな。

F：お茶でもいいと思うけど、私は梅干しがいいと思うな。

M：じゃ、両方にしよう。そうだ、お子さんにおもちゃでも持ってこうか。

F：それはいらないと思う。お子さんの好み知らないでしょう？

M：それもそうだね。じゃ、それはやめとこう。

男の人はお土産に何を持っていきますか。

【譯】

一位男士和一位女士正在交談。請問這位男士要帶什麼當作伴手禮呢？

M：我下週出差去台灣的時候，想要帶些伴手禮送給台灣分店的高橋先生，不曉得送他什麼比較好呢？我打算帶瓶日本酒之類的。

F：那種東西那麼重，還是帶輕一點的比較好吧？我聽說住在國外的人收到泡麵的禮物都會很開心。

M：可是，總不能只送一袋泡麵給他呀，但是帶好幾包去，又會增加行李的重量。送茶葉好不好呢？

F：茶葉也挺不錯的，不過我覺得梅干比較好喔。

M：那，就送這兩種吧。對了，也帶玩具去送給他小孩吧。

F：我看最好不要，我們又不曉得他小孩喜歡什麼呀？

M：妳說的有道理。那就別送了。

請問這位男士要帶什麼當作伴手禮呢？

ア　日本酒　　イ　泡麵　　ウ　茶葉　　エ　梅干　　オ　玩具

1　アイ　　2　イウ　　3　ウエ　　4　エオ

答案：3

【關鍵句】お茶でもいいと思うけど、私は梅干しがいいと思うな。
じゃ、両方にしよう。

對話情境と出題傾向

這一題的情境是兩人在討論男士出差的伴手禮。題目問的是男士要帶什麼去台灣。從選項來看，可以發現男士要帶兩樣東西過去，所以可別漏聽了。

遇到問物品的題目，就要特別留意「否定用法」。比如說「でも」、「だけど」、「いや」、「いいえ」…等。這種題型的構成多半是這樣的：A提出意見，B反駁。就這樣一來一往提出了好幾個方案，最後終於定案。有時甚至會決定選原本否定過的東西，所以一定要聽到最後才知道答案。

解題技巧

- 一開始男士考慮送日本酒「日本酒なんかどうかと思うんだけど」，不過女士以日本酒很重為由，建議他改送輕一點的東西，像是「インスタントラーメン」（泡麵）。這時男士又以「でも、インスタントラーメン一袋だけ持ってくわけにもいかないからなあ」為由，否定掉這個建議。
- 接著又說「お茶はどうかな」，表示他想送茶葉。女士回答「お茶でもいいと思うけど、私は梅干しがいいと思うな」，表示她雖然覺得茶葉也不錯，但還是覺得梅干比較好。這時男士就說「じゃ、両方にしよう」，表示他決定兩個都送。也就是茶葉和梅干。正確答案是３。
- 至於後面提到的玩具，由於女士說「それはいらないと思う。お子さんの好み知らないでしょう」，而男士也採納了她的意見，所以也不在伴手禮清單裡。

單字と文法

□ **出張** 出差
□ **支店** 分公司、子公司、分店
□ **インスタントラーメン【instant ramen】** 泡麵
□ **梅干し** 梅干
□ **好み** 喜好、嗜好
□ **なんか** …之類的、像是…

☞「けど」的各種用法

1. 提出話題

⇨「向こうの支店の高橋さんに何かお土産を持ってってあげようと思うんだけど、何がいいかな」

（我想要帶些伴手禮送給分店的高橋先生，不曉得送他什麼比較好呢？）

這是做為前言引入正題的說法。此外，在此如果不用「のだ」的口語形「んだ」，而是說「向こうの支店の高橋さんに何かお土産を持ってってあげようと思うけど」，就顯得不自然。

2. 委婉

⇨「日本酒なんかどうかと思うんだけど」

（我打算帶瓶日本酒之類的）

這是留下餘韻的柔軟說法。使用時機是想要確認對方的反應。如果少了「けど」，只說「日本酒なんかどうかと思うんだ」，就只是在表明自己的想法，沒有想聽對方意見的感覺。

3. 委婉

⇨「外国に住んでる人にはインスタントラーメンなんか喜ばれるって聞いたことがあるけど」

（我聽說住在國外的人收到泡麵的禮物都會很開心）

這也是確認對方的反應的說法。

4. 逆接

⇨「お茶でもいいと思うけど、私は梅干しがいいと思うな」

（茶葉也挺不錯的，不過我覺得梅干比較好喔）

這是對比的用法。

もんだい１　第3題答案跟解說

1-4

携帯の留守番電話に会社の人からのメッセージが入っていました。このメッセージを聞いたあと、まず何をしますか。

F：もしもし、営業課の山川です。営業お疲れ様です。先ほど企画課の田中さんの方から、今朝お渡しした資料に一部間違いがあったと連絡がありました。修正した資料はすでにメールで送信したそうですので、すぐに確認してください。それから、修正前の資料をもうお見せしてしまったお客様にお電話してよくおわびをして、すぐに正しい資料をお送りしてください。申し訳ありませんがよろしくお願いします。

このメッセージを聞いたあと、まず何をしますか。

【譯】

手機裡收到了一通公司同事的留言。請問聽完這通留言以後，首先該做什麼事呢？

F：喂？我是業務部的山川。工作辛苦了。剛才企劃部的田中先生那邊通知，今天早上給您的資料有些錯誤。修正過後的資料已經用電子郵件寄給您了，請馬上收信確認。還有，請打電話向那些已經看過修正前的資料的客戶，向他們道歉，並且立刻補送正確的資料。不好意思，麻煩您了。

請問聽完這通留言以後，首先該做什麼事呢？

1　打電話給業務部的山川小姐
2　打電話向客戶道歉
3　確認是否收到電子郵件
4　聯絡企劃部的田中先生，告知資料有誤

答案：3

【關鍵句】修正した資料はすでにメールで送信したそうですので、すぐに確認してください。

對話情境と出題傾向

這一題的情境是手機留言訊息。內容是山川小姐在轉達交辦工作上的事情。題目問的是聽完留言後接下來首要任務是什麼。

在這邊要注意「まず」這個副詞，既然有強調順序，可見題目當中一定會出現好幾件事情來混淆考生。要特別留意一些表示事情先後順序的語詞，像是「これから」（從現在起）、「その前に」（在這之前）、「あとで」（待會兒）、「今から」（現在就…）、「まず」（首先）…等等，這些語詞後面的內容通常就是解題關鍵。

此外，不妨注意一下「てください」這個表示指令、請求的句型。待辦事項常常就在這個句型裡。

解題技巧

- 這通留言一共講到兩件事情需要聽留言的人去辦。首先是「修正した資料はすでにメールで送信したそうですので、すぐに確認してください」。解題關鍵就在這個「すぐに」（立刻），也就是要對方「馬上」做確認電子郵件的動作。由此可見這應該是最緊急的事情才對。正確答案是 3。
- 第二件事情是「それから、修正前の資料をもうお見せしてしまったお客様にお電話してよくおわびをして、すぐに正しい資料をお送りしてください」。雖然這句話也有「すぐに」，但是開頭的「それから」（接著）表示「打電話向客戶賠罪」是要接在上一件事情（確認電子郵件）之後才對。所以選項 2 是錯的。
- 選項 1 是錯的。留言從頭到尾都沒有提到必須打電話給山川小姐。山川小姐只是負責留言通知的人而已。
- 選項 4 是錯的。田中先生是連絡山川小姐，告知資料有誤的人才對。更何況留言也都沒提到要和田中先生聯絡。

單字と文法

- □ 留守番電話（るすばんでんわ） 電話留言、電話答錄
- □ メッセージ【message】 留言、訊息
- □ 営業課（えいぎょうか） 業務部
- □ 先ほど（さきほど） 方才、稍早、剛剛
- □ 企画課（きかくか） 企劃部
- □ 修正（しゅうせい） 修正、修改
- □ すでに 已經
- □ 送信（そうしん） 傳送
- □ おわび 道歉、歉意

小知識

☞「おわび」（致歉）的用法

「おわび」是從動詞「わびる」衍生出來的名詞，「わびる」的意思是「道歉」。像是本題的情況，通常不會説「お客様にお電話してよく謝って」，而是像本題對話一樣使用「おわびをして」才對。此外，也沒有「お客様にお電話してよくわびて」這樣的説法。「おわび」、「わびる」的書面用語是「謝罪（する）」。

もんだい 1　第 4 題 答案跟解說

会社で女の人と男の人が話しています。男の人が会社を出るときにしなくてもいいことは何ですか。

F：石田君、もう８時よ。まだ終わらないの？

M：あ、はい。さっきちょっとミスしちゃって。でも、もうすぐ終わります。

F：そう、大変ね。じゃ、私は先に帰るけど、電気とパソコンの電源切るの忘れないで。プリンターとコピー機もね。

M：ええっ、もうお帰りになるんですか。でも、僕、ドアの鍵を持ってないんですが。

F：あ、石田君、知らなかったんだ。ドアの鍵は自動でかかるからそのまま出ればいいよ。でも、窓はちゃんと鍵がかかってるか確認してね。

M：分かりました。

男の人が会社を出るときにしなくてもいいことは何ですか。

【譯】

一位男士和一位女士正在公司裡交談。請問這位男士在離開公司前，可以不必做的事是什麼？

F：石田，已經８點囉。你還沒弄完嗎？

M：啊，還沒。剛才出了點小差錯，不過快要做完了。

F：這樣啊，辛苦你了。那，我先回去了，你回去前記得關燈和關電腦喔，也別忘了印表機和影印機。

M：咦？您要回去了呀。可是我沒有大門的鑰匙。

F：咦，原來石田不曉得哦。大門會自動上鎖，所以直接離開就行了。但是要記得檢查窗戶有沒有鎖好喔。

M：我知道了。

請問這位男士在離開公司前，可以不必做的事是什麼？

1　關燈和關電腦
2　關列表機和關影印機
3　鎖大門
4　確認窗戶鎖了沒

答案：3

【關鍵句】ドアの鍵は自動でかかるからそのまま出ればいいよ。

對話情境と出題傾向

這一題的情境是女士要先下班，提醒男士等等離開公司前要注意什麼。題目問的是男士「不用做」的事情，答案就在女士的發言當中，可別選到必須做的事情囉！

解題技巧

- 女士首先提到「電気とパソコンの電源切るの忘れないで」，要男士別忘了關電燈和電腦電源。所以選項 1 是錯的。
- 接著又說「プリンターとコピー機もね」。這句話接在「電気とパソコンの電源切るの忘れないで」後面，還原過後是「プリンターとコピー機の電源切るのも忘れないでね」。表示印表機和影印機也必須關掉電源。所以選項 2 是錯的。
- 正確答案是 3。提到鎖門一事，女士是說「ドアの鍵は自動でかかるからそのまま出ればいいよ」。表示門會自動上鎖，直接出去就行了。這也就是男士不用做的動作。
- 選項 4 是錯的。女士在最後有提到「窓はちゃんと鍵がかかってるか確認してね」。要男士確認窗戶有無上鎖。
- 最後，關於「電気とパソコンの電源切るの忘れないで」這句話要做個補充。「關燈」的日文是「電気を消す」，不是「電気を切る」。這句話原本應該要說成「電気消すのとパソコンの電源切るの忘れないで」，不過在說話時大家通常不會太在意這種問題，像這樣的破例也經常可見。

單字と文法

- □ ミス【miss】錯誤、犯錯
- □ 電源を切る 關掉電源
- □ プリンター【printer】印表機
- □ 自動 自動
- □（鍵が）掛かる 上鎖

說法百百種

▶「のだ」／「んだ」的用法

ええっ、もうお帰りになるんですか。
／咦？您要回去了呀。〈這是在請對方給個說明。〉

でも、僕、ドアの鍵を持ってないんですが。
／可是我沒有大門的鑰匙。〈這是在主張自己的立場。〉

あ、石田君、知らなかったんだ。
／咦，原來石田不曉得哦。〈這是在表示理解。〉

もんだい１　第５題 答案跟解說

1-6

女の人と男の人が話しています。男の人はこのあと、まず何をしますか。

F：あら、あなた出かけるの？

M：うん、ちょっと本屋に行ってくるよ。

F：それなら、帰りでいいからちょっとスーパーに寄ってチーズと卵買ってきてくれる？それから、もしよかったらお米屋さんでお米も買ってきて。

M：いいけど、本屋に行ったあとで、公園でちょっと運動してきたいから遅くなるよ。

F：ええっ、それじゃ困るわ。チーズと卵は夕ご飯に使いたいんだから。

M：それなら先に買い物だけしてきてあげるよ。帰ってきてからまた出かければいいから。

F：ごめんね、そうしてくれる？あ、でも、お米は急がないからあとでもいいわ。

M：うん、分かった。

男の人はこのあと、まず何をしますか。

【譯】

一位女士和一位男士正在交談。請問這位男士接下來會先做什麼事呢？

F：咦，老公你要出門喔？

M：嗯，我去一下書店。

F：那麼，可以順便去超市幫我買起士和雞蛋嗎？回家前再買就行了。還有，可以的話，也幫忙到米店買米回來。

M：可以是可以，不過我離開書店以後，想到公園運動一下，所以會晚一點回來喔。

F：什麼？那就傷腦筋了，今天的晚飯我要用到起士和雞蛋呢。

M：這樣的話，我先幫妳買回來吧。把東西送回來以後，我再出門就行了。

F：不好意思喔，那就幫我先拿回來囉？啊，米的話不急，運動完再買就好。

M：嗯，知道了。

請問這位男士接下來會先做什麼事呢？

1　去書店　　2　到超市買起士和雞蛋

3　到米店買米　　4　到公園運動

解題關鍵と訣竅

答案：2

【關鍵句】スーパーに寄ってチーズと卵買ってきてくれる？…お米屋さんでお米も買ってきて。
それなら先に買い物だけしてきてあげるよ。
でも、お米は急がないからあとでもいいわ。

對話情境と出題傾向

這一題的情境是女士要男士幫忙跑腿買東西。題目問的是男士接下來首先要做什麼事情。和第三題一樣，既然有強調順序，可見題目當中一定會出現好幾件事情來混淆考生。一定要聽出每件待辦事項的先後順序。

解題技巧

- 男士首先表示自己要去書店一趟「ちょっと本屋に行ってくるよ」。這時女士要他在回程時去超市買起士、雞蛋，以及到米店買米「スーパーに寄ってチーズと卵買ってきてくれる？」、「お米屋さんでお米も買ってきて」。不過男士表示自己在去完書店後，還要去公園運動「本屋に行ったあとで、公園でちょっと運動してきたいから遅くなるよ」。
- 到目前為止，男士的待辦事項順序是：書店→公園運動→超市買起士和雞蛋→米店買米。
- 接下來女士表示這樣很困擾，所以男士又改口説「それなら先に買い物だけしてきてあげるよ」。這讓事情的順序產生變化，「超市買起士和雞蛋，米店買米」這兩件事的順序排在最前面了。不過女士這時又説「でも、お米は急がないからあとでもいいわ」，表示米稍晚再買也不遲。所以男士最先要做的事是去超市買起士和雞蛋。正確答案是２。

單字と文法

- □ **あら** 唉呀、咦（表示驚訝，多為女性使用）
- □ **帰り** 回程
- □ **寄る** 順道去…
- □ **たい** 想要…、希望…

說法百百種

▶有事拜託人家的時候可以怎麼說？

1. 對親朋好友：

そうしてくれる？
／你可以幫我這個忙嗎？

2. 對老師或是上司：

① そうしていただけますか。
／請問您方便這樣做嗎？〈用於對方很有可能幫自己做事，或是想確定對方願不願意幫這個忙時〉

② そうしていただけませんか。
／請問您可以這樣做嗎？〈比起①，「請求」的語感較強〉

③ そうしていただけないでしょうか。
／不知您是否願意幫我這個忙呢？〈比起②，感覺較為謙虛〉

④ そうしていただけると、たいへんありがたいのですが…。
／如果您願意幫我這個忙，那真的是萬分感激…〈這比①②③還更為對方留下拒絕的餘地，是很客氣也不會過於強迫他人的説法〉

もんだい 1 第 6 題 答案跟解說

男の人と女の人が話しています。二人はオレンジジュースをどうしますか。

M：それ、どうしたんですか。

F：ああ、これ。オレンジジュースなんだけど、誰も飲む人がいなくて。

M：みんなビールばかり飲んでますからね。

F：若い女の子も何人か来るって聞いてたから、準備しといたんだけど、今の子はみんなお酒強いのね。先に開けなければよかったわ。

M：そうですよ。でも、どうするんですか。５杯もありますよ。

F：私が１杯もらうから、残りはあなたが飲んでくれる？

M：４杯も飲めるわけがありませんよ。僕も１杯だけいただきます。残りはあとでもしかしたら誰かが飲むかもしれないから、置いときましょう。捨てるのももったいないですから。

F：そうしましょう。

二人はオレンジジュースをどうしますか。

【譯】

一位男士和一位女士正在交談。請問這兩個人會如何處理柳橙汁呢？

M：那東西是怎麼回事？

F：喔，你是說這個呀。這是柳橙汁，可是沒有人喝。

M：大家全都只喝啤酒啊。

F：之前聽說會有好幾個年輕女孩來，所以準備了果汁，沒想到現在的女孩酒量這麼好呢。早知道就不要先開果汁了。

M：是啊。不過，要拿這些怎麼辦好呢？有 5 杯呢。

F：我會喝掉 1 杯，剩下的可以請你幫忙喝嗎？

M：怎麼可能喝得下 4 杯呀！我也幫忙喝 1 杯，剩下的說不定會有人想喝，就放在這裡吧。倒掉也挺可惜的。

F：那就這麼辦吧。

請問這兩個人會如何處理柳橙汁呢？

1　男士喝掉 1 杯，留下 4 杯

2　男士和女士各喝 1 杯，留下 3 杯

3　男士和女士各喝 1 杯，倒掉 3 杯

4　女士喝掉 1 杯，男士喝掉 4 杯

答案：2

【關鍵句】5杯（はい）もありますよ。
私（わたし）が1杯（ぱい）もらうから、残（のこ）りはあなたが飲（の）んでくれる？
僕（ぼく）も1杯（ぱい）だけいただきます。残（のこ）りは…、置（お）いときましょう。

! 對話情境と出題傾向

這一題的情境是在聚餐場合，女士多點了5杯柳橙汁。題目問的是兩個人該怎麼處理這些柳橙汁。

解題技巧

- 解題關鍵在「私が1杯もらうから、残りはあなたが飲んでくれる？」、「僕も1杯だけいただきます。残りは…、置いときましょう」這兩句。女士表示她可以喝1杯。男士則說他也只能喝1杯，並表示剩下3杯柳橙汁放著就好了。正確答案是2。
- 選項1是錯的。因為女士有說「私が1杯もらう」，表示她要喝1杯。再加上男士也喝1杯，剩下的應該是3杯才對。
- 選項3是錯的。錯誤的地方在「捨てる」。對於剩下的柳橙汁，男士有說丟掉很可惜「捨てるのももったいないですから」，女士也同意他的看法，所以兩人不會把剩下的3杯丟掉。
- 選項4是錯的。女士雖然有拜託男士「残り（の4杯）はあなたが飲んでくれる？」。但是男士說「4杯も飲めるわけがありませんよ」，表示自己喝不下4杯那麼多。

單字と文法

- □ **オレンジジュース【orange juice】** 柳橙汁
- □ **（酒（さけ）に）強（つよ）い** 酒量好
- □ **残（のこ）り** 剩餘、剩下
- □ **もったいない** 可惜的、浪費的
- □ **わけがない** 不可能、不會

說法百百種

▶表示同意的說法：

1. 在公司職場：

そうしましょう。／就這麼辦吧！

そうですね。／說得也是。

私もそれがよいと思います。／我也覺得這樣不錯。

2. 對親朋好友：

そうだね。／也是。

1-8 7ばん 【答案跟解說：314 頁】 答え：①②③④

1　6時半

2　7時

3　7時半

4　8時

1-9 8ばん 【答案跟解說：317 頁】 答え：①②③④

1　おばさんに言って取り替えてもらう

2　デパートに行って取り替えてもらう

3　お母さんにあげる

4　お兄さんにあげる

1-10 9ばん 【答案跟解說：319 頁】 答え：①②③④

1　日本料理屋を探して予約する

2　送別会に参加する人数を確認する

3　小川さんの希望を聞いてみる

4　いいカラオケボックスがないか調べる

1-11 10ばん 【答案跟解說：322 頁】 答え：①②③④

1　外でスポーツをする

2　床屋で頭を洗ってもらう

3　風呂で頭を洗う

4　床屋で髪を切る

1-12 11ばん 【答案跟解說：325 頁】 答え：①②③④

1　花束を買いに行く

2　写真をＣＤに焼く

3　クラスメートのメッセージを集める

4　ＣＤに入れる写真を選ぶ

1-13 12ばん 【答案跟解說：328 頁】 答え：①②③④

ア　スパゲティ

イ　カレーライス

ウ　ステーキ

エ　ビール

オ　コーラ

1　ア　イ　エ　オ

2　ア　イ　オ　オ

3　イ　ウ　エ　オ

4　イ　ウ　オ　オ

もんだい1　第7題答案跟解說　1-8

男の人と女の人が旅館で話しています。二人は明日の朝、何時に食事に行きますか。

M：明日の朝は7時から食事できるって。
F：じゃあ、7時半ぐらいに食べに行けばいいね。
M：それで間に合う？明日は、出発が早いよ。
F：何時の新幹線だっけ？
M：9時だから、8時には出ないと。支度もしなくちゃいけないから、時間になったらすぐに行くほうがいいんじゃない？
F：それじゃ、明日は6時半には起きないといけないね。

二人は明日の朝、何時に食事に行きますか。

【譯】

一位男士和一位女士正在旅館裡交談。請問這兩個人明天早上會在幾點去吃早餐呢？

M：旅館說，明天早上7點開始供應早餐。
F：那麼，大概7點半左右去吃就行囉。
M：那樣來得及嗎？明天很早就要出發喔。
F：我們搭的是幾點的新幹線呀？
M：9點，所以8點不出發就來不及了。還得加上打理和收拾的時間，還是一開始供應早餐就馬上去比較好吧？
F：這樣的話，明天得6點半起床才行嘍。

請問這兩個人明天早上會在幾點去吃早餐呢？

1　6點半
2　7點
3　7點半
4　8點

解題關鍵と訣竅

（答案：2

【關鍵句】明日の朝は7時から食事できるって。
時間になったらすぐに行くほうがいいんじゃない？

對話情境と出題傾向

這一題的情境是兩人在討論明早的早餐。題目問的是兩人明早幾點要去用餐。問的既然是「何時」（幾點），就要特別留意每個時間點代表什麼。

解題技巧

- 這一題首先提到的時間點是７點，這是開始供餐時間「明日の朝は７時から食事できるって」。接著女士說「７時半ぐらいに食べに行けばいいね」，表示７點半去用餐。但是馬上被男士否定了。
- 接著兩人提到了明天要搭乘的新幹線是９點發車（９時だから），必須要８點出發（８時には出ないと）。所以這時男士就提議「時間になったらすぐに行くほうがいいんじゃない？」。這句就是解題關鍵了。
- 現在話題又從新幹線回到早餐上面，這個「時間になったら」指的其實是早餐的開始供餐時間，也就是７點。男士覺得７點就去吃早餐比較好。後面女士用「それじゃ」，暗示了她接受男士的提議，並說「明日は６時半には起きないといけないね」，而這個６點半指的是起床時間。正確答案是２，兩人要７點去吃早餐。

單字と文法

- □ 旅館 日式旅館
- □ 支度 準備
- □ 間に合う 趕上、來得及
- □ ないと 不…不行

說法百百種

▶表示反對、反駁的表現

1. 對親朋好友：

それで間に合う？時間になったらすぐに行くほうがいいんじゃない？
／那趕得上嗎？時間一到就馬上出發不是比較好嗎？

2. 對同仁：

それで間に合うでしょうか。時間になったらすぐに行くほうがいいのではないかと思いますが。
／那是否趕得上呢？我個人是覺得時間一到就馬上出發應該會比較好…。

もんだい 1　第 8 題 答案跟解說

1-9

兄と妹が話しています。妹は手袋をどうしますか。

M：この手袋、おばさんにもらったんでしょう？使わないの？
F：ああ、それ。私にはちょっと大きいの。
M：おばさんに言って取り替えてもらったら？
F：でも、この次いつおばさんに会うか分からないでしょう？レシートがあればおばさんが買ったデパートに行って取り替えてもらえるんだけど。
M：それなら、お母さんにあげたら？お母さんの方が手、大きいでしょう？
F：こんな色の使うかな？
M：そんなに派手じゃないからいいんじゃない？
F：そう？じゃあ、お母さんがだめなら、お兄ちゃんにあげるね。
M：それ、女用だよ。嫌だよ。
F：冗談よ。

妹は手袋をどうしますか。

【譯】

一對兄妹正在交談。請問妹妹會如何處理手套呢？

M：這雙手套不是阿姨給妳的嗎？妳不戴嗎？
F：喔，你是說那個呀。我戴起來有點大。
M：不如跟阿姨說一聲，請她幫忙拿去換？
F：可是，又不曉得下次什麼時候會和阿姨見面呀？如果有收據的話，我就能到阿姨買的百貨公司請店家幫我換一雙了。
M：不然，給媽媽戴吧？媽媽的手比妳的大吧？
F：不曉得媽媽會不會戴這個顏色的手套呢？
M：這顏色不是太鮮豔，應該可以吧？
F：是哦？那麼，如果媽媽不要的話，就給哥哥好了。
M：那是女用的手套耶，我才不要！
F：跟你開玩笑的啦。

請問妹妹會如何處理手套呢？

1　請阿姨幫忙拿去換一雙
2　去百貨公司換一雙
3　送給媽媽
4　送給哥哥

解題關鍵と訣竅

答案：3

【關鍵句】それなら、お母(かあ)さんにあげたら？
お母(かあ)さんがだめなら、…。

對話情境と出題傾向

這一題的情境是兄妹倆在討論阿姨送的手套太大的問題。題目問的是妹妹會如何處置這個手套。

解題技巧

- 正確答案是3。哥哥提議「お母さんにあげたら？」，雖然妹妹沒有明確地表示，但後面她有說「じゃあ、お母さんがだめなら」。從這邊可以看出她接受了哥哥的意見，決定將手套轉送給媽媽。
- 選項1是錯的。這是哥哥一開始的提議「おばさんに言って取り替えてもらったら？」，要請阿姨拿去更換。不過妹妹對此回應「この次いつおばさんに会うか分からないでしょう？」，表示不知何時才能和阿姨碰面，所以這個提議不成立。
- 選項2是錯的。雖然對話中有提到「レシートがあればおばさんが買ったデパートに行って取り替えてもらえるんだけど」。但是句尾的「けど」表示逆接，也就是說，實際上沒有發票，不能做更換的動作。
- 選項4是錯的。妹妹雖然有提到「お兄ちゃんにあげる」，但後面又補一句「冗談よ」，表示她只是開玩笑，沒有要真的給哥哥。

單字と文法

□手袋(てぶくろ) 手套	□派手(はで) 花俏	□冗談(じょうだん) 玩笑
□取(と)り替(か)える 更換	□～用(よう) …專用	□～んじゃない 不…嗎？

小知識

☞ **孩提時期經常玩的無聊惡作劇**

拜託朋友：「手袋を反対から言ってみて」（把「てぶくろ」倒過來說），當朋友說出「ろくぶて」時，輕輕打他６下。如果朋友生氣了，就可以回他：「你不是叫我打你６下嗎」（「六ぶて」＝「６回ぶちなさい」，「打６下」的意思）。

もんだい 1　第 9 題 答案跟解說

1-10

会社で男の人と女の人が話しています。女の人はこれから、まず何をしますか。

M：今度ニューヨークに転勤が決まった小川さんの送別会を金曜の夜に開きたいんだけど、日本料理屋でいいと思う？

F：そうですね。日本を離れるんですから、それがいいんじゃないですか。

M：それじゃ、そういうことでいいお店を探して予約してくれる？あ、その前に参加できる人が何人いるか確認して。

F：分かりました。でも、小川さんご本人のご希望を聞かなくてもいいんですか。

M：うん、聞いても、小川さん遠慮して何もしなくてもいいって言うに決まってるから、こっちで先に決めちゃおう。

F：そうですね。では、参加できるかどうかみんなに聞いてみます。

M：うん、分かったら教えてくれる？あ、それから、これはそのあとでいいから、どこかいいカラオケボックスがないかも調べといて。二次会に行きたい人もいるかもしれないから。

F：分かりました。

女の人はこれから、まず何をしますか。

【譯】

一位男士和一位女士正在公司裡交談。請問這位女士接下來會先做什麼事呢？

M：我想幫即將調任紐約工作的小川先生在星期五晚上辦個歡送會，你覺得在日本料理餐廳舉辦好不好？

F：我想想，既然他要離開日本了，挑那種菜系的餐廳應該不錯吧。

M：那麼，妳可以幫忙找一家不錯的日本料理餐廳預約嗎？啊，在預約前要先確認有幾個人可以參加。

F：好的。不過，不必先問問小川先生本人想去什麼樣的餐廳嗎？

M：唔…就算去問小川先生，他一定會客套說不必辦什麼歡送會。我們這邊決定了就好。

F：說得也是。那我先去問大家能不能參加。

M：嗯，問好了以後可以告訴我嗎？對了，請先處理餐廳的事，之後再幫忙找找哪一家KTV比較好，說不定有人在聚餐後想去唱歌。

F：好的。

請問這位女士接下來會先做什麼事呢？

1　找一家日本料理餐廳預約　　2　確認參加歡送會的人數

3　去問一問小川先生希望去什麼樣的餐廳　　4　去調查有沒有比較好的KTV

答案：2

【關鍵句】あ、その前に参加できる人が何人いるか確認して。

對話情境と出題傾向

這一題的情境是兩人在討論小川先生的歡送會事宜。題目問的是女士接下來首先要做的第一件事。如同前面所說，遇到這種問順序的題目，就一定要知道每件事情的先後順序。

此外，也要注意男士有沒有使用一些拜託、請求的句型，通常待辦事項就藏在這些句型當中。

解題技巧

- 男士第一件交辦的事情是「そういうことでいいお店を探して予約してくれる？」，表示要女士去找有沒有適合的餐廳。不過緊接著他又說「あ、その前に参加できる人が何人いるか確認して」，表示在找餐廳之前要先確定人數。
- 接下來雖然有提到要不要問小川先生的意見，但是一句「聞いても、小川さん遠慮して何もしなくてもいいって言うに決まってるから、こっちで先に決めちゃおう」又打消了這念頭。也就是說「詢問小川先生」這件事是不用做的。
- 後來男士又提到「分かったら教えてくれる？」，這是在説確定人數後要向男士報告。最後又說「それから、これはそのあとでいいから、どこかいいカラオケボックスがないかも調べといて」，表示要找 KTV。從「これはそのあとでいいから」可以得知找 KTV 不急，可以最後再做。正確答案是 2。

單字と文法

- □ **ニューヨーク【New York】** 紐約
- □ **転勤** 調職
- □ **送別会** 餞別會、歡送會
- □ **カラオケボックス** KTV
- □ **二次会** 續攤
- □ **に決まっている** 肯定…、絕對…

說法百百種

▶ 在宴會上的各種說詞

1. 乾杯前，負責人說：

部長、乾杯の音頭をお願いします。
／部長，麻煩您帶頭舉杯了。

2. 被拜託帶頭舉杯的人：

それでは僭越ながら、私〇〇が乾杯の音頭をとらせていただきます。乾杯！
／那就恕我冒昧，由我〇〇來帶領大家一起乾杯。乾杯！

3. 宴會要結束時，負責人：

それでは、そろそろお開きの時間ですので、一本締めにて締めくくらせていただきます。皆様ご起立お願い申し上げます。本日お集まりの皆様のご健康と、わが社のますますの発展を祈念いたしまして、お手を拝借いたします。よーお、パン（手拍子1回）！ありがとうございました！
／宴會也差不多要結束了，最後就以掌聲來劃下句點吧。請各位起立。現在要來借用各位的手，一起為今日到場的各位祈求健康，並預祝我們公司的生意能蒸蒸日上。要開始囉！啪〈手拍1下〉！謝謝各位！

注）「一本締め」分成手「啪」地拍一下，以及「啪啪啪、啪啪啪、啪啪啪、啪」這樣3・3・3・1的節奏。

もんだい 1　第⑩題 答案跟解說　1-11

家で男の人と女の人が話しています。男の人はこのあとどこで何をしますか。

M：お帰り。ずいぶん短くしたんだね。何かスポーツでも始めるつもり？

F：そういうわけじゃなくて、だいぶ暑くなってきたから。あなたも行ってすっきりしてきたら？今、角のお店の前通ったけど、すいてたよ。

M：うーん。僕はまだいいよ。

F：もうずいぶん長いんじゃない？ うしろなんか襟のところまで伸びてるよ。

M：でも、人に頭洗ってもらったりするの、好きじゃないんだよね。

F：そう？さっぱりして気持ちいいのに。それに嫌なら洗ってもらわなければいいじゃない？いつまでも行かないわけにはいかないんだから。

F：それもそうだね。じゃ、ちょっと行ってくるよ。

男の人はこのあとどこで何をしますか。

【譯】

一位男士和一位女士正在家裡交談。請問這位男士之後會去哪裡做什麼事呢？

M：妳回來了。這次剪這麼短喔。妳打算開始做什麼運動了嗎？

F：不是啦，只是天氣變熱了。你要不要也去剪短一點比較清爽？我剛剛經過轉角的理髮店，裡面沒什麼人。

M：嗯…。我還不用剪啦。

F：都已經這麼長了還不剪？後腦杓的髮尾已經碰到衣領了呢。

M：可是，我不喜歡讓人家洗頭啦。

F：是哦？清清爽爽的很舒服呀。而且不想讓人洗頭就說你不要洗，不就行了？總不能永遠都不上理髮店吧？

M：這樣說也對。那我去去就回來吧。

請問這位男士之後會去哪裡做什麼事呢？

1　去外面運動　　2　到理髮店洗頭

3　到浴室洗頭　　4　到理髮店剪頭髮

答案：4

【關鍵句】それに嫌なら洗ってもらわなければいいじゃない？いつまでも行かないわけにはいかないんだから。
それもそうだね。じゃ、ちょっと行ってくるよ。

對話情境と出題傾向

這一題的情境是兩人在討論剪頭髮。題目問的是男士接下來要去哪裡做什麼。所以除了要聽出地點，還要知道他要做什麼。

解題技巧

▶ 正確答案是４。女士建議男士去理髮店剪頭髮。不過男士説「人に頭洗ってもらったりするの、好きじゃないんだよね」。他以「不喜歡讓人洗頭」為由拒絕了這個提議。但是女士回應「嫌なら洗ってもらわなければいいじゃない？いつまでも行かないわけにはいかないんだから」，表示可以只剪不洗。對此，男士説「それもそうだね。じゃ、ちょっと行ってくるよ」，也就是説他接受了提議。

▶ 選項１是錯的。關於「スポーツ」，只有開頭提到「何かスポーツでも始めるつもり？」，這是男士在詢問女士是不是要開始從事什麼運動。運動本身和男士無關。

▶ 選項２是錯的。男士有説「人に頭洗ってもらったりするの、好きじゃないんだよね」，表示他不想給人洗頭。

▶ 選項３是錯的。對話從頭到尾都沒有提到「風呂」。

單字と文法

□ **ずいぶん** 非常、相當地
□ **だいぶ** 很、頗
□ **すっきり** 清爽
□ **襟** 領子
□ **さっぱり** 清爽、俐落
□ **ないわけにはいかない** 必須…、不能不…

小知識

「すっきり」和「さっぱり」意思雖然有一點相近，但其實有所不同。

すっきり：沒有多餘事物的樣子。在本題當中，以「すっきり」來形容「把多餘的頭髮給剪掉」。這種時候也可以使用「さっぱりする」。至於食物，比方說比起黑砂糖，白砂糖的味道更顯得「すっきりした甘さ」（甜味清爽）。而啤酒或是口味辛辣的日本酒也常用「すっきり」來形容。

さっぱり：清潔或清爽貌。在本題當中，「洗頭」是種清潔的行為，所以用「さっぱりする」來形容。在這種時候，「さっぱり」比「すっきり」還來的適當。至於食物方面，經常會用「さっぱり」來形容「酢の物」（以醋來涼拌的小菜，完全不含任何油脂）。此外，「さっぱり」還有「さっぱり～ない」這種用法，意思是「全然～ない」（完全不…），而「すっきり」就沒有類似用法了。

もんだい 1　第 11 題 答案跟解說

1-12

学校で女の学生と男の学生が話しています。男の学生はこのあと、まず何をしますか。

F：ねえ、エミーがもうすぐアメリカに帰るでしょう。クラスのみんなで何か思い出になるものをあげようと思うんだけど、何がいいかな？

M：花束贈るんじゃなかったっけ？

F：そうなんだけど、それだけじゃなくて、もっと思い出に残るものを贈ってあげたいなと思うんだ。ノートにクラスのみんなが1ページずつメッセージを書くっていうのはどうかと思うんだけど。うちにちょうどいいのが1冊あるから。

M：うん、いいんじゃない。あ、そうだ。それと、みんなで撮った写真をＣＤに焼いてあげるのはどう？遠足とか、運動会とかいろいろあるじゃない。

F：うん、それもいいね。でも、まず写真を選ばないとね。そっちはお願いしてもいい？私はみんなのメッセージを集めるから。

M：うん、いいよ。

男の学生はこのあと、まず何をしますか。

【譯】

一個女學生和一個男學生正在學校裡交談。請問這位男學生接下來會先做什麼事呢？

F：我問你，艾美不是快要回美國了嗎，我想讓全班同學一起送她一件值得紀念的禮物，你覺得怎麼樣？

M：不是要送她一束花嗎？

F：要送啊，可是除了送花以外，還希望可以送她能夠留下回憶的禮物。我想，如果請全班同學都在筆記本上各寫一頁感言給她，不曉得好不好。我家正好有一本不錯的筆記本。

M：嗯，滿好的啊。啊，對了，還可以把大家一起拍的照片燒成光碟片送她，妳覺得好嗎？比如遠足和運動會時，不是拍了不少照片嗎？

F：嗯，這主意也很好耶。不過，得先挑出照片才行。挑照片的事可以麻煩你嗎？我負責收集全班的感言。

M：嗯，好啊。

請問這位男學生接下來會先做什麼事呢？

1　去買一束花

2　把照片燒成光碟片

3　收集全班的感言

4　挑選要放進光碟片裡的照片

答案：4

【關鍵句】でも、まず写真を選ばないとね。そっちはお願いしてもいい？
うん、いいよ。

對話情境と出題傾向

這一題的情境是兩個學生在討論要送什麼給留學生艾美當餞別禮。題目問的是男學生接下來首先要做什麼。除了要注意對象是男學生，也要留意事情的先後順序，這時表示順序的副詞等等就是解題關鍵了。

解題技巧

- 女學生表示「でも、まず写真を選ばないとね。そっちはお願いしてもいい？」，男學生以「うん、いいよ」表示答應。「まず」（首先）剛好對應到提問當中的「まず」，這也就表示挑選照片是首要任務，而女同學麻煩男同學做這件事，男同學說好。所以男同學第一件事情就是要挑選照片。正確答案是４。
- 選項１是錯的。題目當中只有說要送花「花束贈るんじゃなかったっけ？」，不過沒特別提到這是由誰負責。
- 選項２是錯的。雖然男同學有建議「みんなで撮った写真をＣＤに焼いてあげるのはどう？」，兩個人也打算要把大家的照片燒成光碟片送給艾美，可是這是選照片之後要做的事，也沒有特別提到這是誰的份內事。
- 選項３是錯的。收集全班感言的人應該是女學生「私はみんなのメッセージを集めるから」，不是男學生。

單字と文法

□**思い出** 回憶
□**花束** 花束
□**贈る** 送、贈予
□**ちょうどいい** 剛剛好
□**遠足** 遠足
□**っけ** 是不是…來著

小知識

題目當中提到每位同學各寫一頁留言的筆記本，其日語名稱是「サイン帳」(簽名簿)。請每一位同學留言的動作叫做「サイン帳を回す」，這是畢業季大家都會做的事情。除此之外，也有人是用一種叫「色紙」(しきし)的厚紙板，在上面各寫一句話。這就叫「寄せ書き」(集體留言)。不過「寄せ書き」比較常用在同學轉學或是住院的時候。「サイン帳」則是多為自己請朋友留言。像這題的情況是留學生回國，其他同學提議要送大家的留言給她做紀念，這種時候通常用「色紙」。

もんだい1　第⑫題答案跟解說　1-13

レストランで男の人と女の人が話しています。二人は何を注文しますか。

M：注文、何にするか決まった？

F：私はスパゲッティにする。飲み物はコーラね。あなたは？

M：どうしようかな？

F：今日のおすすめランチセットはどう？カレーライスだけど。

M：それも悪くないけど、僕はステーキにするよ。それから、ビール。

F：前にここのステーキ食べたことあるけど、あんまりおいしくなかったよ。でも、スパゲッティはおいしいから、あなたもそうすれば？

M：本当？でも、スパゲッティは僕も前に食べたことがあるんだよね。たしかにおいしかったけど、今日は他のにしたいな。じゃあ、やっぱりランチセットにするよ。

F：それに、今日は車で来たんだからお酒はだめよ。あなたもコーラにすれば？

M：あ、そうか。じゃあ、そうするよ。店員さん呼ぶね。

二人は何を注文しますか。

【譯】

一位男士和一位女士正在餐廳裡交談。請問這兩個人點了哪些餐食呢？

M：妳決定好要點什麼了嗎？
F：我要吃義大利麵，飲料選可樂。你呢？
M：我該吃什麼好呢？
F：要不要挑今日午間套餐？今天的主餐是咖哩飯。
M：聽起來不錯，不過我點牛排好了，然後飲料是啤酒。
F：我之前吃過這裡的牛排，不太好吃耶。不過，義大利麵做得很好吃，你要不要也來一份？
M：真的嗎？這裡的義大利麵我之前也吃過，的確很好吃，不過，我今天想換別的。那麼，還是選今日午間套餐吧。
F：還有，你今天是開車來的，不能喝酒喔。不如飲料也換成可樂吧？
M：啊，對喔。那就照妳說的吧。請店員過來點餐吧。

請問這兩個人點了哪些餐食呢？

ア　義大利麵　　イ　咖哩飯　　ウ　牛排　　エ　啤酒　　オ　可樂

1　アイエオ　　2　アイオオ　　3　イウエオ　　4　イウオオ

解題關鍵と訣竅

（答案：2

【關鍵句】私(わたし)はスパゲッティにする。飲(の)み物(もの)はコーラね。
じゃあ、やっぱりランチセットにするよ。
「あなたもコーラにすれば？」「じゃあ、そうするよ。」

! 對話情境と出題傾向

這一題的情境是兩人在餐廳討論點菜。題目問的是兩個人要點什麼。和第２題一樣，遇到「何を」的題目，就要注意「否定表現」，對話當中的意見會反反覆覆的，不聽到最後不會知道說話者的最終決定。此外要特別注意的是，從選項來看，兩人總共要點四樣東西，可別漏聽了。

解題技巧

- 首先，女士表示「私はスパゲッティにする。飲み物はコーラね」，確定要點義大利麵和可樂。
- 接著女士建議男士點今日午間套餐咖哩飯「今日のおすすめランチセットはどう？カレーライスだけど」。不過對此男士說他想點牛排和啤酒「僕はステーキにするよ。それから、ビール」。到目前為止，兩個人的決定是義大利麵、可樂、牛排、啤酒。
- 不過後來兩人又討論了一下，男士最後說「じゃあ、やっぱりランチセットにするよ」，表示他不要牛排了，要改點今日午間套餐，也就是咖哩飯。這個「じゃあ」表示男士聽了女士的話改變了想法，聽到時就要特別留意後面的字句。
- 不過女士接著要男士別喝啤酒，改點可樂「あなたもコーラにすれば？」，男士也應允「じゃあ、そうするよ」。所以女士的點餐是義大利麵、可樂。男士的點餐是咖哩飯、可樂。正確答案是４。

單字と文法

- □ スパゲッティ【義 spaghetti】義大利麵
- □ カレーライス【curry rice】咖哩飯
- □ ランチセット【lunch set】午間套餐
- □ ステーキ【steak】牛排

小知識

☞ **各種義大利麵麵條的名稱**

日本人耳熟能詳的有…スパゲッティ（直條麵）、マカロニ（通心粉）。

其他還有…ペンネ（筆管麵）、ラザニア（千層麵）、ラヴィオリ（義大利餃）、タリアテッレ（≒フェットチーネ）（鳥巣麵≒寬麵條）、リングイネ（細扁麵）。

Memo

ポイント理解

聽取完整的會話段落之後，測驗是否能夠理解其內容（依據剛才已聽過的提示，測驗是否能夠抓住應當聽取的重點）。

考前要注意的事

作答流程 & 答題技巧

聽取說明 …… 先仔細聽取考題說明

聽取問題與內容 …… 習目標是，聽取兩人對話或單人講述之後，抓住對話的重點。

內容順序一般是「提問 ➡ 對話（或單人講述）➡ 提問」預估有 6 題

1 提問時常用疑問詞，特別是「どうして」（為什麼）。

2 首要任務是理解要問什麼內容，接下來集中精神聽取提問要的重點，排除多項不需要的干擾訊息。

3 選注意選項跟對話內容，常用意思相同但說法不同的表達方式。

答題 …… 再次仔細聆聽問題，選出正確答案

N 3 聴力模擬考題　問題 2

問題２では、まず質問を聞いてください。そのあと、問題用紙を見てください。読む時間があります。それから話を聞いて、問題用紙の１から４の中から、最もよいものを一つえらんでください。

2-2　1ばん　【答案跟解說：334 頁】　答え：①②③④

1　韓国料理が嫌いだから

2　彼女とデートするから

3　英会話の教室に行くから

4　課長に遠慮しているから

2-3　2ばん　【答案跟解說：336 頁】　答え：①②③④

1　今週の週末

2　来週の水曜日

3　平日の会社が終わったあと

4　今月末

2-4　3ばん　【答案跟解說：339 頁】　答え：①②③④

1　工場の仕事が大変だったから

2　いろいろな人に会う仕事がしてみたかったから

3　営業の仕事の方が給料がいいから

4　若いうちにいろいろな仕事をするほうがいいと思ったから

2-5 4ばん 【答案跟解説：342 頁】 答え：① ② ③ ④

1 先輩(せんぱい)がとても元気(げんき)そうだから

2 先生(せんせい)の教(おし)え方(かた)が丁寧(ていねい)だから

3 場所(ばしょ)が近(ちか)くて料金(りょうきん)が安(やす)いから

4 先輩(せんぱい)と同(おな)じ教室(きょうしつ)に通(かよ)いたいから

2-6 5ばん 【答案跟解説：345 頁】 答え：① ② ③ ④

1 2,500 円(えん)

2 2,502 円(えん)

3 2,503 円(えん)

4 2,504 円(えん)

2-7 6ばん 【答案跟解説：347 頁】 答え：① ② ③ ④

1 帽子(ぼうし)をかぶっていて、髪(かみ)が長(なが)い人(ひと)

2 帽子(ぼうし)をかぶっていて、髪(かみ)が短(みじか)い人(ひと)

3 帽子(ぼうし)をかぶっていなくて、髪(かみ)が長(なが)い人(ひと)

4 帽子(ぼうし)をかぶっていなくて、髪(かみ)が短(みじか)い人(ひと)

もんだい 2　第 1 題答案跟解說　2-2

会社で女の人と男の人が話しています。男の人はどうして一緒に食事に行きませんか。

F：あ、山口さん。ちょうどよかった。今週の金曜日、会社終わったあと、時間ある？

M：え、どうしてですか。

F：営業課のみんなでご飯食べに行こうって、さっき話してたの。課長がおいしい韓国料理のお店知ってるから紹介してくれるって。課長のおごりよ。

M：ああ、そうですか。でも、すみません。僕はちょっと…。

F：どうして？韓国料理は嫌い？それとも、金曜の夜は彼女とデート？あ、それとも、もしかしたら…。

M：いえ、そうじゃなくて、金曜の夜は英会話の教室に通ってるんです。

F：あら、そうだったの。偉いわね。私は、この前山口さんがミスして課長にしかられたから、遠慮してるのかと思ったわ。

M：いえ、あのことは自分が悪かったんですから、全然気にしてないです。

F：でも、一緒に行けないのは残念ね。またこの次の機会にね。

男の人はどうして一緒に食事に行きませんか。

【譯】

一位女士和一位男士正在公司裡交談。請問這位男士為什麼不和大家一起去聚餐呢？

F：啊，山口先生，我正要找您！這個星期五下班以後，您有空嗎？

M：咦，有什麼事嗎？

F：剛剛業務部的同事說好了，大家一起去吃飯。課長知道一家好吃的韓國料理餐廳，介紹我們去吃。是課長請客喔！

M：喔，原來是這樣啊。可是，不好意思，我恐怕不太方便…。

F：怎麼了嗎？您不喜歡吃韓國菜嗎？還是，星期五晚上要和女朋友約會？啊，該不會是因為…。

M：不，不是那些原因，我星期五晚上有英語會話課。

F：哎呀，原來是這麼回事啊，真讓人佩服。我還以為是上次山口先生出了差錯時被課長訓了一頓，所以覺得面對課長有點尷尬。

M：沒的事。那次挨罵以後反省了，知道錯在自己，所以完全沒放在心上。

F：不過，這次沒能一起聚餐真可惜。再等下次的機會囉。

請問這位男士為什麼不和大家一起去聚餐呢？

1　因為他討厭韓國菜

2　因為他要去和女朋友約會

3　因為他要去上英語會話課

4　因為他覺得面對課長有點尷尬

解題關鍵と訣竅 （答案：3

【關鍵句】いえ、そうじゃなくて、金曜の夜は英会話の教室に通ってるんです。

對話情境と出題傾向

這一題的情境是女士邀請男士參加聚餐。題目問的是男士為什麼不和大家一起去，要特別留意男士的發言。題目用「どうして」來詢問理由，不妨可以找出「から」、「ので」、「ため」、「のだ」…等表示原因、理由的句型，答案也許就藏在這些地方。

解題技巧

- 女士說「韓国料理は嫌い？それとも、金曜の夜は彼女とデート？」，來猜測男士可能是討厭韓國料理或是要和女朋友約會，才不能出席聚餐。對此，男士回答「いえ、そうじゃなくて」，從這個否定句就可以得知選項１、２都不正確。
- 接著男士又說「金曜の夜は英会話の教室に通ってるんです」。這個「んです」在這邊是當解釋的用法，也就是說，男士在說明自己不去聚餐，是因為他星期五晚上要去上英語會話課。正確答案是３。
- 至於選項４，女士說「私は、この前山口さんがミスして課長にしかられたから、遠慮してるのかと思ったわ」。男士回覆「いえ、あのことは自分が悪かったんですから、全然気にしてないです」。從這邊可以得知男士不去聚餐並不是在迴避課長，所以選項４是錯的。

單字と文法

□おごり 請客
□気にする 介意、在意
□デート【date】約會
□って …說是

小知識

這一題對話當中，女士有一句「私は、この前山口さんがミスして課長にしかられたから、遠慮してるのかと思ったわ」（我還以為是上次山口先生出了差錯時被課長訓了一頓，所以覺得面對課長有點尷尬）。其實這是為了出題方便才特地放進來的一句台詞，一般而言並不會這麼直接地把心裡話說出來。像女士這樣的說法，在日文裡面就叫「ずけずけ（と）言う」（說話毫不客氣）。

もんだい 2　第 2 題 答案跟解說

2-3

家で女の人と男の人が話しています。二人はいつ美術館に行きますか。

F：市立美術館で西洋絵画の展覧会やってるよ。週末に見に行こうよ。

M：僕、今週の土日はゴルフの約束があるんだ。それ、いつまでやってるの？

F：今月末までみたい。それなら、来週の水曜日はどう？祝日でお休みでしょう？

M：その日は、君が友達と買い物に行く約束だったんじゃないの？

F：あ、そうだった。それじゃ、平日は夜８時まで開いてるみたいだから、二人が会社終わったあとにしようか。

M：それじゃ、忙しすぎてゆっくり見られないよ。

F：それもそうね。しかたがないから、友達に電話して買い物に行く日を変えてもらうわ。急ぎの買い物じゃないから。

M：君がそれでいいなら、そうしよう。

二人はいつ美術館に行きますか。

【譯】

一位女士和一位男士正在家裡交談。請問這兩個人什麼時候要去美術館呢？

F：市立美術館正在展覽西洋繪畫喔。我們週末去參觀吧。
M：我這星期六日和人約好了要打高爾夫球。那個展覽到什麼時候結束？
F：好像到這個月底。不然，下星期三行不行？那天是放假日，不上班吧？
M：那一天妳不是和朋友約好要去買東西嗎？
F：啊，對喔。那麼，美術館好像在週一到五都開到晚上８點，我們兩個約下班以後去看吧。
M：那樣太趕了，沒辦法好好欣賞。
F：說得也對。那就沒辦法了，我還是打電話給朋友改約其他時間去買東西吧。反正又不急著買。
M：如果妳可以改時間，就挑那天吧。

請問這兩個人什麼時候要去美術館呢？

1　這個週末　　2　下個星期三

3　週一到五下班後　　4　這個月底

答案：2

【關鍵句】来週の水曜日はどう？
その日は、君が友達と買い物に行く約束だったんじゃないの？
友達に電話して買い物に行く日を変えてもらうわ。

! 對話情境と出題傾向

這一題的情境是兩人在討論何時要去美術館。聽到「いつ」這個疑問詞，就要特別留意對話當中出現的時間、日期、星期…等情報。而且要小心，題目問的是去美術館的時間喔！

解題技巧

- 一開始女士是提議「週末に見に行こうよ」，表示要週末去美術館。不過對此男士回覆「僕、今週の土日はゴルフの約束があるんだ」，雖然沒有明確地拒絕，但是男士這番話已經暗示了他這個週末不行。所以選項１是錯的。
- 接著女士又說「来週の水曜日はどう？」，用「どう？」來詢問男士的意願，不過男士又說「その日は、君が友達と買い物に行く約束だったんじゃないの？」，表示女士下週三應該沒空。聽到這邊可別急著把選項２刪掉！因為最後女士其實有改變心意，以「友達に電話して買い物に行く日を変えてもらうわ」這句表示她要和朋友約改天購物，也就是說，下週三她可以去美術館了。兩人去美術館的日期就是下週三。正確答案是２。
- 像這樣反反覆覆、改來改去，好像在繞圈子的說話方式是日檢聽力考試的一大特色。不聽到最後是不曉得正確答案的，千萬要耐住性子。
- 選項３也是女士的提議之一，不過對於平日下班過後，男士說「それじゃ、忙しすぎてゆっくり見られないよ」，表示時間太趕了。
- 選項４對應到「それ、いつまでやってるの？」、「今月末までみたい」，「這個月底」是指西畫展覽的期限，並不是兩人要去參觀的日期。

單字と文法

□ 西洋絵画（せいようかいが） 西畫

□ ゴルフ【golf】 高爾夫球

□ 祝日（しゅくじつ） 國定假日

□ 変更（へんこう） 變更

□ 急ぎ（いそぎ） 趕時間

小知識

☞ **美術館、博物館的展覽種類**

常設展（常設展）：

　そこの収蔵品の普段の展示のこと。ただし、いつ行っても同じ展示とは限らない。展示品は収蔵品の一部なので、常設展であっても入れ替えをする。（該館收藏品的一般展覽。不過，不一定每次去都是一樣的展覽內容。展示品是館藏的一部分，即使是常設展也會有所更換變動。）

企画展（企劃展）：

　一定の期間、何かテーマを決めて、そこの収蔵品を主としながらよそから借りた物も合わせて展示すること。）（在一定的期間內，決定某個展出主題，並以該館館藏為主，再外借展示品進行聯合展覽。）

特別展（特別展）：

　企画展と同じ意味の場合もあるが、一般には、一定の期間、よそから借りた物を主として開催する展示会のこと。（有時和企劃展一樣，不過一般而言，是指在某個期間，以外借展示品為主，來進行展出。）

もんだい 2 第 3 題 答案跟解說

2-4

女の人と男の人が話しています。男の人はどうして仕事を変えましたか。

F：最近お仕事を変えたそうですね。

M：ええ、今は営業の仕事をしてます。

F：確か以前は工場でお仕事されてましたよね。やっぱり大変だったんでしょうね。

M：いえ、それほどじゃなかったんですが、一日中ずっと室内で作業をしてるのが嫌になっちゃったんです。外を回っていろんな人に会う仕事の方が性格に合ってると思ったんですよ。給料は前のほうが少し良かったんですけどね。

F：若いうちにいろんな仕事をやってみるのもいいかもしれませんね。頑張ってください。

M：ありがとうございます。

男の人はどうして仕事を変えましたか。

【譯】

一位女士和一位男士正在交談。請問這位男士為什麼換了工作呢？

F：聽說你最近換工作了。

M：嗯，現在在跑業務。

F：我記得你以前是在工廠裡工作。是不是那種工作太辛苦了？

M：不是，那工作倒不至於太累，只是我不想再繼續一整天都待在室內工作而已。我覺得在外面到處見到不一樣的人，比較適合自己的個性吧。不過，之前的工作薪水比較高一些就是了。

F：趁年輕時多多嘗試各式各樣的工作也挺不錯的。加油！

M：謝謝您。

請問這位男士為什麼換了工作呢？

1 因為工廠的工作太辛苦了

2 因為他想嘗試能見到不一樣的人的工作

3 因為業務工作的薪水比較高

4 因為他覺得趁年輕時多多嘗試各式各樣的工作比較好

解題關鍵と訣竅

答案：2

【關鍵句】外を回っていろんな人に会う仕事の方が性格に合ってると思ったんですよ。

對話情境と出題傾向

這一題的情境是兩人在聊男士換工作一事。題目用「どうして」來詢問男士為什麼要換工作。和第1題一樣，題目問的是「為什麼」，除了要留意男士的發言，不妨找出「から」、「ので」、「ため」、「のだ」…等表示原因、理由的句型，答案也許就藏在這些地方。

解題技巧

- 解題關鍵就在「外を回っていろんな人に会う仕事の方が性格に合ってると思ったんです」這一句。表示他之所以會改當業務，就是因為他覺得自己適合在外接觸各式各樣的人。正確答案是2。
- 選項1之所以是錯的，是因為女士針對工廠的工作有詢問男士「やっぱり大変だったんでしょうね」，不過男士回答「いえ、それほどじゃなかったんです」，表示他不覺得辛苦。
- 關於薪水，男士有提到「今は営業の仕事をしてます」、「給料は前のほうが少し良かったんですけどね」，表示現在跑業務薪水反倒比之前的工作還少。選項3的敘述正好和他的發言相反，所以也是錯的。
- 選項4對應到「若いうちにいろんな仕事をやってみるのもいいかもしれませんね」這句話，不過這是女士的發言，男士對此倒是沒有說什麼。

單字と文法

- □ **室内**（しつない） 室內
- □ **嫌になる**（いやになる） 討厭
- □ **いろんな** 各式各樣的
- □ **性格**（せいかく） 性格、個性
- □ **給料**（きゅうりょう） 薪水、薪資

小知識

⇨ 転職：仕事を変えること（轉職：換工作）

⇨ 転勤：仕事は変わらないが、勤務地が変わること（調職：雖沒換工作，但工作地點有所改變）

⇨ Uターン：進学や就職のために都市部に出た人が、地元に戻ること（回流：到都市求學或工作的人返回家鄉）

もんだい 2　第 ④ 題 答案跟解說

2-5

会社で女の人と先輩が話しています。女の人はどうしてダンス教室に興味を持ちましたか。

Ｆ１：佐藤先輩、最近すごくお元気そうですね。顔色がとても良くて。

Ｆ２：そう？ありがとう。３か月ぐらい前からダンス教室に通ってるから、そのおかげかな。

Ｆ１：ダンス教室ですか。私も最近運動不足で疲れやすいから、何かスポーツをしたいと思ってたんです。佐藤先輩のご様子を拝見すると、ダンスってよさそうですね。でも、難しくありませんか。

Ｆ２：初めての人には先生がひとつひとつ丁寧に教えてくれるから安心よ。

Ｆ１：週に何回ぐらい通ってらっしゃるんですか。

Ｆ２：毎週金曜日の夜、会社が終わったあとに行ってるの。市民センターだからここから近いし、料金も安いからおすすめよ。興味があるなら、今度一緒に行ってみる？

Ｆ１：ぜひ、お願いします。

女の人はどうしてダンス教室に興味を持ちましたか。

【譯】

一位女士正在公司裡和前輩交談。請問這位女士為什麼想上舞蹈課呢？

Ｆ１：佐藤前輩，您最近看起來神采奕奕，氣色也很紅潤呢。

Ｆ２：真的？謝謝。我大概從三個月前開始去上舞蹈課，可能是身體變好了吧。

Ｆ１：上舞蹈課喔。我最近也缺乏運動，很容易疲倦，打算開始找個運動來做。看到佐藤前輩充滿活力的模樣，跳舞好像很不錯喔。不過，會不會很難呢？

Ｆ２：剛開始學的人，老師會很仔細地一個步驟、一個步驟慢慢教導，不必擔心。

Ｆ１：請問您每星期去上幾次課呢？

Ｆ２：我是每個星期五下班之後的晚上去上課的。教室就在市民中心，離這裡很近，而且費用也便宜，我很推薦喔。如果妳有興趣的話，要不要下回和我一起去試試看？

Ｆ１：請您一定要帶我去！

請問這位女士為什麼想上舞蹈課呢？

1　因為前輩看起來神采奕奕

2　因為老師的教法很仔細

3　因為地點近而且費用便宜

4　因為能和前輩在同一個教室裡上課

（答案：1

【關鍵句】佐藤先輩、最近すごくお元気そうですね。顔色がとても良くて。
佐藤先輩のご様子を拝見すると、ダンスってよさそうですね。

對話情境と出題傾向

這一題的情境是兩位女士在討論舞蹈課相關事宜。題目問的是女士為什麼會對舞蹈課產生興趣，這裡女士指的其實是第一位女士（後輩），不是佐藤前輩。

解題技巧

- 解題關鍵在對話的開頭前幾句。公司的後輩（Ｆ１）說「佐藤先輩、最近すごくお元気そうですね」。前輩（Ｆ２）回答「３か月ぐらい前からダンス教室に通ってるから、そのおかげかな」，解釋可能是因為她有在上舞蹈課，所以氣色才這麼好。後輩接著說「佐藤先輩のご様子を拝見すると、ダンスってよさそう」，表示她看到前輩的樣子，覺得跳舞好像不錯。而這段對話便說明了看到前輩因練舞而精神奕奕，自己也萌生念頭想學舞。正確答案是１。雖然這句話沒有直接連結到學舞的原因，不過整段對話聽下來就可以發現這是最適合的答案。
- 選項２對應到「初めての人には先生がひとつひとつ丁寧に教えてくれるから安心よ」。選項３對應到「市民センターだからここから近いし、料金も安いからおすすめよ」。這些都是前輩推薦該舞蹈教室的優點，並不是吸引後輩練舞的主要原因。
- 至於選項４，對話從頭到尾都沒有提到這一點，所以是錯的。

單字と文法

- □ **ダンス【dance】** 舞蹈、跳舞
- □ **顔色** 臉色
- □ **運動不足** 運動不足
- □ **市民センター** 市民中心
- □ **おすすめ** 推薦
- □ **おかげだ** 託…之福

小知識

學習才藝時，每個月付給老師的錢稱為「月謝」（げっしゃ）。一般而言是一個月給一次，不過像是按次付費或是當期課程開始前即付費的情況，就沒有固定的說法了。如果硬要說的話，那應該稱為「受講料」（じゅこうりょう），但很少人這麼稱呼。如果是「同好会」（同好會）的話，就稱為「会費」（かいひ）。「学費」（がくひ）指的是付給正規學校的金錢，不用在補習班。本題當中是用「料金」（費用）這個詞，從這邊看來，這個舞蹈教室的性質可能不是一種才藝學習，這筆費用應該是場地費之類的。

至於所謂的「受講料」（聽講費），知名教學機構是採取每個月從銀行扣款，小規模的機構或是個人講師多半採取現金支付。大部分的老師都會準備「月謝袋」（學費袋），讓學生把聽講費放進袋裡交給老師。就日本禮儀而言，「月謝袋」裡面要放新鈔才行。

もんだい 2　第 5 題 答案跟解說

2-6

男の人がスーパーで買い物しています。男の人はいくら払いますか。

F：全部で 2500 円になります。袋はいかがなさいますか。

M：お願いします。

F：この量ですと、L サイズの袋になりますので、3 円いただきますが。

M：え、お金がかかるんですか。

F：申し訳ありません。今月からレジ袋は有料になったんです。M サイズが一つ 2 円で L サイズが一つ 3 円です。入り口のところにもお知らせが貼ってあるんですが。

M：全然気がつきませんでした。でも、大きな袋一つに入れると持ちにくいから、小さな袋二つもらえますか。

F：かしこまりました。

男の人はいくら払いますか。

【譯】

一位男士正在超市裡買東西。請問這位男士需付多少錢呢？

F：總共2500圓。請問您要袋子嗎？

M：麻煩妳了。

F：以您購買的數量來看，需要用L號的袋子，收您 3 圓。

M：什麼，袋子要花錢買喔？

F：非常抱歉，從這個月開始塑膠袋需要付費購買。M號每個 2 圓，L號每個 3 圓。入口處也貼了公告，周知顧客。

M：我根本沒注意到那張公告。不過，全部裝在一個大袋子裡不好提，可以給我兩個小袋子嗎？

F：好的。

請問這位男士需付多少錢呢？

1　2500圓

2　2502圓

3　2503圓

4　2504圓

答案：4

【關鍵句】全部(ぜんぶ)で 2500 円(えん)になります。
M(エム)サイズが一(ひと)つ２円(えん)で…。
小(ちい)さな袋(ふくろ)二(ふた)つもらえますか。

! 對話情境と出題傾向

這一題的情境是男士在超市結帳時要加買購物袋。題目問的是他總共付多少錢。當題目出現詢問數量、價錢的疑問詞「いくら」時就要豎起耳朵仔細聽囉！

在 N4、N5 當中，雖然也有數目價錢題，但是答案多半在題目中，只要聽出數字就行了。不過到了Ｎ３可沒這麼簡單囉！題目裡面一樣會出現許多數字，但還需要做加減乘除才有辦法算出正確答案！所以在做筆記時，別忘了把每個數字都寫下，並預留空間計算吧！

解題技巧

▶ 這一題首先要聽出女店員說的「全部で 2500 円になります」，表示男士的消費金額是 2500 圓。接著男士說要購物袋。女士又說「Ｌサイズの袋になりますので、３円いただきますが」，表示要酌收３圓的Ｌ號袋子費用。後面又提到M號一個２圓，Ｌ號一個３圓「Mサイズが一つ２円でＬサイズが一つ３円です」。至於男士到底要買什麼尺寸的袋子？數量又是多少呢？他的決定是「小さな袋二つもらえますか」，也就是說他要買兩個小的袋子（＝M號 × ２），M號一個是２圓，２個是４圓。再加上他的消費金額，「４＋ 2500 ＝ 2504」。正確答案是４。

單字と文法

- □ レジ袋(ぶくろ) 塑膠袋
- □ 気(き)がつく 注意
- □ 有料(ゆうりょう) 收費
- □ かしこまりました 我知道了、我明白了

小知識

過去有很多日本店家為了鼓勵民眾自行攜帶購物袋，便實施集點優惠活動。如果自行備妥袋子，就可以在集點卡上蓋章，集點換取該家商店的折價優惠（大多為集滿 20 點可以折抵 100 圓）。一直到最近才有一些店家開始酌收購物袋費用。也有部分店家是客人自行攜帶袋子就能直接給予購物折扣。

もんだい 2　第 6 題 答案跟解說　2-7

女の人と男の学生が話しています。男の学生のガールフレンドはどの人ですか。

F：写真、見せてもらってもいい？

M：ああ、これですか。どうぞ。友達や彼女と一緒に釣りに行ったときの写真なんです。

F：きれいに撮れてるじゃない。それで、あなたの彼女はどの人？

M：帽子をかぶってる子です。髪が長い方の。

F：この子？

M：あ、間違えた。その写真のときはかぶってなかったんだ。こっちの子です。

F：でも、髪の毛長く見えないけど。

M：後ろでしばってるからそう見えないんですよ。

男の学生のガールフレンドはどの人ですか。

【譯】

一位女士正在和一個男學生交談。請問這個男學生的女朋友是哪一個呢？

F：可以借我看一下照片嗎？
M：喔，妳是說這張呀，請看。這是我和朋友還有女朋友一起去釣魚時拍的照片。
F：拍得挺好的嘛。那，你的女朋友是哪一位呢？
M：戴著帽子的女孩。長頭髮的那個。
F：這個女孩嗎？
M：啊，不對。拍這張照片時她沒戴帽子。是這邊這一個。
F：可是，看起來頭髮不長呀。
M：她把頭髮往後綁，所以看不出長度。

請問這個男學生的女朋友是哪一個呢？

1　戴著帽子、長頭髮的人
2　戴著帽子、短頭髮的人
3　沒有戴帽子、長頭髮的人
4　沒有戴帽子、短頭髮的人

答案：3

【關鍵句】その写真（しゃしん）のときはかぶってなかったんだ。
髪（かみ）の毛（け）長（なが）く見（み）えないけど。
後（うし）ろでしばってるからそう見（み）えないんですよ。

對話情境と出題傾向

這一題的情境是兩個人在邊看照片邊討論。題目問的是男學生的女朋友是哪一位。像這種詢問人的題目，就要留意對於五官、髮型、衣服、配件、姿勢、位置…等敘述。

解題技巧

- 解題關鍵在「帽子をかぶってる子です。髪が長い方の」、「あ、間違えた。その写真のときはかぶってなかったんだ」這兩句，一開始男學生説他的女朋友戴著帽子、留著長髮，但後面又改口説她沒有戴帽子。也就是説，沒戴帽子的長髮女性是他的女朋友。正確答案是３。
- 這題還有一個陷阱在女士最後一句話「でも、髪の毛長く見えないけど」，表示女孩的髮型不像長髮。聽到這邊可別以為答案是短髮喔！對此男學生有解釋「後ろでしばってるからそう見えないんですよ」，表示只是因為頭髮綁在後面所以才看不出來而已。女孩是長髮沒錯。

單字と文法

- □ **ガールフレンド【girlfriend】** 女朋友
- □ **彼女（かのじょ）** 女朋友
- □ **釣（つ）り** 釣魚
- □ **しばる** 綁起

說法百百種

▶ 在美髮沙龍可能會用到的一些說法

耳が見えるくらいに切ってください。／請修剪到讓我的耳朵能露出來。

耳が隠れるようにしてください。／請讓我的頭髮能蓋住耳朵。

まゆ毛が見えるようにしてください。／瀏海請短到能看到我的眉毛。

まゆ毛が隠れるようにしてください。／請讓瀏海蓋住我的眉毛。

まゆ毛の上でそろえてください。／瀏海請齊眉。

髪をあごの線にそろえてください。／頭髮請剪到下巴位置。

髪の色を変えたいんです。／我想改變髮色。

少し短くしてください。／請稍微修短一下。

2-8 7ばん 【答案跟解說：352 頁】 答え：①②③④

1　最後(さいご)まで自分(じぶん)だけでする

2　姉(あね)に代(か)わりにやってもらう

3　姉(あね)に教(おし)えてもらう

4　途中(とちゅう)でやめる

2-9 8ばん 【答案跟解說：355 頁】 答え：①②③④

1　写真(しゃしん)やビデオを撮(と)ること

2　小(ちい)さな魚(さかな)に触(さわ)ること

3　魚(さかな)を水(みず)の中(なか)から出(だ)すこと

4　休憩(きゅうけい)コーナーで飲(の)み物(もの)を飲(の)むこと

2-10 9ばん 【答案跟解說：358 頁】 答え：①②③④

1　勉強(べんきょう)が忙(いそが)しくて見(み)る時間(じかん)がないから

2　番組(ばんぐみ)がつまらないから

3　ニュースに興味(きょうみ)がないから

4　生活(せいかつ)に困(こま)っているから

2-11 10ばん 【答案跟解說：361頁】 答え：①②③④

1 お金を100円しか持っていなかったから

2 本人かどうかを確認できる物を持っていなかったから

3 印鑑を持っていなかったから

4 外国人だったから

2-12 11ばん 【答案跟解說：364頁】 答え：①②③④

1 一日中大雨だった

2 一日中晴れだった

3 一日中降ったり止んだりだった

4 昼間は晴れて夕方過ぎから雨が降り始めた

2-13 12ばん 【答案跟解說：367頁】 答え：①②③④

1 土曜日の午後7時

2 土曜日の午後8時

3 日曜日の午後7時

4 日曜日の午後8時

もんだい 2　第 7 題 答案跟解說　2-8

女の学生が話しています。宿題ができないとき、どうしますか。

F：私は数学が苦手です。それで数学の宿題をするのにはとても時間がかかります。できるだけ自分の力でやりたいので、いつも参考書を見ながら頑張っていますが、どうしても分からないときは姉に聞きます。姉は数学が得意なので、本当は代わりにやってもらいたいのですが、それでは自分のためになりません。途中で嫌になってやめてしまいたくなるときもありますが、そういうわけにもいかないので、終わらせるのにいつも遅くまでかかります。

宿題ができないとき、どうしますか。

【譯】

一個女學生正在說話。請問她功課不會寫的時候，是如何處理的呢？

F：我看到數學就頭痛，所以每次寫數學習題時都要花很多時間。我想盡量靠自己的力量解題，所以平常都是看著參考書努力解答，可是如果實在不懂的時候，就會去請教姊姊。姊姊對數學很拿手，其實我很想請姊姊幫我寫，可是這樣對自己沒有好處。有時候解到一半，會煩得不想再寫下去了，但是總不能就這樣扔著不管，結果等到全部寫完的時候，已經很晚了。

請問她功課不會寫的時候，是如何處理的呢？

1　從頭到尾都靠自己獨力完成
2　請姊姊代為寫完
3　請姊姊教導
4　寫到一半放棄

解題關鍵と訣竅

（答案：3

【關鍵句】どうしても分からないときは姉に聞きます。

對話情境と出題傾向

這一題的情境是一位女學生在說明她寫數學習題的情況。題目問的是當她習題不會寫的時候，她會怎麼做。除了要注意「宿題ができない」這個情況，聽到「どうしますか」（是如何處理的呢），就要留意題目出現的所有動作行為。

解題技巧

- 解題關鍵就在「どうしても分からないときは姉に聞きます」這句。「宿題ができない」對應到「分からない」。「どうしますか」對應到「姉に聞きます」。也就是說，女學生遇到難題時，會去請教她的姊姊。正確答案是 3 。

- 選項 1 對應到「できるだけ自分の力でやりたい」，這個「たい」表示說話者的願望，這畢竟只是她的希望，實際遇上不會的題目時她還是沒辦法靠自己解決。

- 選項 2 對應到「本当は代わりにやってもらいたいのですが、それでは自分のためになりません」，表示她雖然很希望姊姊能替自己寫習題，但她也知道這對自己沒好處（＝她不會這麼做）。這和選項 1 一樣都只是用「たい」來表示心願而已。

- 選項 4 對應到「途中で嫌になってやめてしまいたくなるときもありますが、そういうわけにもいかない」。這是在說她有時也想半途而廢，但她也很清楚不可以這麼做，所以也是錯的。「たくなる」也是從「たい」變來的用法，這都只是停留在「想」的階段，並沒有實際這麼做。而「わけにもいかない」則表示當事人很想這麼做，卻因為道德規範等原因而不能這麼做。

單字と文法

□ 苦手（にがて） 不擅長、棘手
□ 得意（とくい） 擅長、在行
□ できるだけ 盡可能地、盡量
□ ためになる 為了…好
□ どうしても 無論如何…也…
□ 代（か）わりに 代替、取而代之

說法百百種

▶和「努力」相關的慣用句、諺語

石の上にも三年／有志者事竟成、鐵杵磨成繡花針。

雨（あま）だれ石を穿（うが）つ／滴水穿石。

千里の道も一歩から／千里之行始於足下。

ローマは一日にして成らず／羅馬不是一天造成的。

もんだい 2　第 8 題 答案跟解說

水族館の入り口で男の人と係りの人が話しています。水族館の中でしてはいけないことはどれですか。

M：すみません。中で写真を撮ってもいいですか。
F：ええ、かまいません。ビデオを撮影されても結構です。
M：手で触れる魚もいるんですか。
F：はい、小さな魚に触れるコーナーもございますが、水の中から出すことはしないでください。
M：中で飲み物を飲んでもいいですか。
F：休憩コーナー以外の場所ではご遠慮ください。
M：分かりました。ありがとうございます。

水族館の中でしてはいけないことはどれですか。

【譯】

一位男士正站在水族館的入口和館方人員交談。請問在水族館裡不可以做的事是以下哪一項呢？

M：不好意思，請問裡面可以拍照嗎？
F：可以，沒有問題。拿錄影機攝影也可以。
M：有沒有可以用手觸摸的魚呢？
F：有，館內設有小魚觸摸區，但是請不要把魚捉出水面。
M：在裡面可以喝飲料嗎？
F：除了休息區，請不要在其他地方飲食。
M：我知道了，謝謝你。

請問在水族館裡不可以做的事是以下哪一項呢？

1　拍照或錄影
2　觸摸小魚
3　把魚捉出水面
4　在休息區裡喝飲料

答案：3

【關鍵句】水（みず）の中（なか）から出（だ）すことはしないでください。

對話情境と出題傾向

這一題的情境是男士去水族館參觀，並向館方人員詢問一些水族館的規定。題目問的是不能在水族館裡面做什麼事情，要特別注意是「してはいけない」，可別選到守規矩的項目了。為了節省時間，可以直接用這四個選項配合刪去法來作答。

解題技巧

▶ 選項 1 是錯的。關於拍照錄影部分，男士提問「中で写真を撮ってもいいですか」。館方人員回答「ええ、かまいません。ビデオを撮影されても結構です」，先用「かまいません」來表示館內可以拍照。接著又提到錄影也是可行的。「結構です」有兩種意思，一種是否定、拒絕，一種是肯定、允許。在這邊是當後者所使用。館內可以拍照錄影，所以不是「不可以做」的事情。

▶ 選項 2 是錯的。這對應到「小さな魚に触れるコーナーもございます」這句話，表示有個區域開放可以摸小魚，所以這也不是「不可以做」的事情。

▶ 正確答案是 3。這對應到「水の中から出すことはしないでください」這句話，館方人員請遊客不要把魚從水中抓出來，所以這是被禁止的事。

▶ 選項 4 是錯的。關於飲食部分，男士提問「中で飲み物を飲んでもいいですか？」，館方人員回答「休憩コーナー以外の場所ではご遠慮ください」。表示只要是在休息區，就可以喝東西沒關係。所以這不是「不可以做」的事情。

單字と文法

☐ **水族館**（すいぞくかん） 水族館

☐ **ビデオ【video】** 錄影帶

☐ **撮影**（さつえい） 錄影

☐ **結構**（けっこう） 沒關係、不要緊（＝「かまわない」）

☐ **休憩**（きゅうけい） 休息

☐ **れる（可能）** 可以…、能…

說法百百種

▶各種「禁止」的說法（態度：客氣→嚴厲）

水の中から出すことはご遠慮ください。／請避免從水中取出。

水の中から出すことはしないでください。／請勿從水中取出。

水の中から出してはいけません。／禁止從水中取出。

水の中から出すな。／不要從水中取出！

もんだい 2　第 9 題 答案跟解說

2-10

学校で女の学生と男の学生が話しています。男の学生はどうしてテレビを持っていませんか。

F：昨日９時からのＮＨＫの番組、見た？

M：いや、実はうち、今、テレビがないんだ。

F：え、そうなんだ。でも、どうして？勉強忙しくて見る時間もないの？

M：僕がそんなわけないじゃない。だって、最近のテレビって、同じような番組ばかりで全然新鮮みがないでしょう？どれ見ても面白くないから、売っちゃったんだ。

F：でも、映画やニュースも見ないの？

M：今はインターネットでも見られるニュースがあるし、見たい映画はＤＶＤ借りればいいから、パソコンがあれば十分だよ。

F：そうなんだ。生活に困ってるのかと思って心配しちゃった。

M：そういうわけじゃないよ。

男の学生はどうしてテレビを持っていませんか。

【譯】

一個女學生和一個男學生正在學校裡交談。請問這位男學生為什麼沒有電視機呢？

F：昨天９點開始播的NHK節目，看了嗎？

M：沒有。其實我家現在沒有電視機。

F：啊，是喔。可是為什麼沒有呢？是不是忙著用功，所以沒時間看？

M：不是那個原因。最近的電視節目全都是相同類型，一點都沒有新鮮感，對吧？不管看哪一台都很無聊，所以就把電視機賣了。

F：可是，你連電影和新聞都不看嗎？

M：現在可以看網路新聞，如果有想看的電影，去租DVD就行了，只要有電腦就夠了。

F：原來是這樣喔。還以為你家經濟有困難，害我擔心了一下。

M：不是那樣的啦。

請問這位男學生為什麼沒有電視機呢？

1　因為忙著用功沒時間看　2　因為電視節目很無聊

3　因為對新聞沒興趣　4　因為經濟有困難

答案：2

【關鍵句】だって、最近のテレビって、同じような番組ばかりで全然新鮮みがないでしょう？どれ見ても面白くないから、…。

對話情境と出題傾向

這一題的情境是兩位學生在討論電視。題目問的是男學生為什麼沒有電視機。和前面一些題目一樣，用「どうして」詢問理由原因的題型，可以留意一些表示因果，或是解釋說明的句型。

解題技巧

▶ 男同學一開始說自己沒有電視機「実はうち、今、テレビがないんだ」。女同學聽了之後就問他「どうして？勉強忙しくて見る時間もないの？」。聽到這個「どうして」耳朵可要豎起來囉！解題關鍵就在接下來男同學的回應「最近のテレビって、同じような番組ばかりで全然新鮮みがないでしょう？どれ見ても面白くないから、売っちゃったんだ」。表示他是因為覺得近來的電視節　目都很無聊，所以把電視機賣掉了。這就是他家裡沒有電視機的理由。正確答案是２。

▶ 選項１對應到女同學的「勉強忙しくて見る時間もないの？」，詢問男同學是不是因為忙於唸書才沒在看電視。不過男同學回應「僕がそんなわけないじゃない」。「そんなわけないじゃない」是否定的用法，意思同於「そんなわけはないでしょう」，比較用於親近的人身上。也就是說，男同學並不是因為忙於唸書，沒時間看電視才沒有電視機。

▶ 選項３對應到「今はインターネットでも見られるニュースがあるし」這句。表示他可以上網看新聞，所以不是對新聞沒興趣。

▶ 選項４對應到女學生的發言「生活に困ってるのかと思って心配しちゃった」，表示她原本還擔心男學生是不是因為很窮所以才沒有電視機。不過男學生對此以「そういうわけじゃないよ」否定了她的猜測。

單字と文法

- □ **ＮＨＫ** ＮＨＫ（日本放送協會）
- □ **番組**（ばんぐみ） 節目
- □ **新鮮**（しんせん） 新鮮
- □ **インターネット**【internet】網路
- □ **十分**（じゅうぶん） 足夠
- □ **み** 帶有…、…感

小知識

ＮＨＫ的正式名稱是「日本放送協会」（日本放送協會）。其簡稱是從全名：Nippon Housou Kyoukai 的第一個英文字母而來的。就連有很多日本人也會誤認ＮＨＫ是國營頻道，其實正確來説它是「公共放送」（公共廣播）。經營ＮＨＫ的並不是日本政府，而是特殊法人集團。

もんだい 2　第 10 題 答案跟解說

銀行で男の留学生が係りの人に話しています。男の留学生はどうして口座を作れませんでしたか。

M：すみません。口座を作りたいんですが。

F：ご利用ありがとうございます。ご印鑑と何かご本人様であることを確認できる物をお持ちですか。

M：あ、印鑑は持ってません。外国人の在留カードは持ってきてますが。これだけじゃだめですか。

F：はい、申し訳ありませんが。

M：分かりました。それじゃ、あとでもう一度来ます。あ、それから、費用はかかりますか。

F：いいえ、費用はかかりませんが、作った口座に最初にいくらかのお金を入れていただく必要があります。金額はおいくらでもかまいません。

M：100 円でも大丈夫ですか。

F：はい、結構です。

男の留学生はどうして口座を作れませんでしたか。

【譯】

一位男留學生正在銀行裡和行員交談。請問這位男留學生為什麼不能開戶呢？

M：不好意思，我想要開個戶頭。
F：感謝惠顧本行。請問您是否帶著印鑑和本人的證明文件呢？
M：啊，我沒帶印鑑來。但是帶了外國人的居留卡，只憑這一項不能開戶嗎？
F：是的，非常抱歉。
M：我明白了。那麼，我之後再來一趟。啊，對了，請問需要手續費嗎？
F：不用，不必收手續費，但是在完成開戶以後，必須先存入一些錢才行，不限金額。
M：只存100圓也可以嗎？
F：是的，沒有問題。

請問這位男留學生為什麼不能開戶呢？

1　因為他只帶了100圓　　2　因為他沒有帶能夠核對本人的證件
3　因為他沒帶印鑑　　4　因為他是外國人

答案：3

【關鍵句】あ、印鑑（いんかん）は持（も）ってません。外国人（がいこくじん）の在留（ざいりゅう）カードは持（も）ってきてますが。
これだけじゃだめですか。
はい、申（もう）し訳（わけ）ありませんが。

！對話情境と出題傾向

這一題的情境是男留學生到銀行去開戶。題目問的是他為什麼開戶不成，這時就要聯想到他是不是忘了帶什麼？或是不符合什麼資格？由於把關的是銀行行員，也要特別留意銀行行員説的話。

解題技巧

- 一開始行員詢問「ご印鑑と何かご本人様であることを確認できる物をお持ちですか」，表示開戶是需要印章以及身分證明的。不過男留學生表示「あ、印鑑は持ってません。外国人の在留カードは持ってきてますが。これだけじゃだめですか」，也就是説，他只有帶外國人居留卡（＝身分證明）來，並沒有帶到印章。從這邊可以得知選項 2 是錯的。接著行員也以「はい、申し訳ありませんが」來表示這樣是沒辦法開戶的。所以答案已經很明顯囉！就是「沒有帶印章」。正確答案是 3。
- 選項 1 對應到「100 円でも大丈夫ですか」、「はい、結構です」。這是提到開戶必須要存入的金額，就算只有 100 圓也沒關係。也就是説，只要有 100 圓就能開戶了。
- 選項 4 是錯的。關於國籍問題，行員從頭到尾都沒有提到外國人不能開戶。
- 值得注意的是，日本政府從 2012 年開始實施新制度。以往在日外國人拿的證明都是「外国人登録証明書」，現在則改為「在留カード」。

單字と文法

- □ **口座**（こうざ） 戶頭
- □ **印鑑**（いんかん） 印章、印鑑
- □ **在留カード**（ざいりゅう） 在留卡（外籍人士身分證明文件）
- □ **費用**（ひよう） 費用
- □ **金額**（きんがく） 金額

小知識

☞ **各種職業的稱呼方式**

⇨ 銀行：行員、銀行員（銀行：行員、銀行員）

⇨ 郵便局：局員（郵局：郵局人員）

⇨ 図書館：図書館員、職員、司書（特別な資格を持つ図書館員のみ）（圖書館：圖書館館員、職員、圖書館專業館員〈只指擁有特殊資格的圖書館館員〉）

⇨ デパート、スーパー、本屋、パン屋など店全般：店員（百貨公司、超市、書店、麵包店等一般店家：店員）

⇨ 市役所、県庁、税務署など：職員（市公所、縣政府、國稅局等：職員）

⇨ どこであれ、安全を守る人：警備員、ガードマン（不分地點，守護大家安全者：保全、警衛）

もんだい 2　第 11 題 答案跟解說

2-12

女の人と男の人が話しています。土曜日の海の天気はどうでしたか。

Ｆ：ずいぶん日に焼けましたね。

Ｍ：はい。土曜日に海へ行ったもので。

Ｆ：それはよかったですね。あれっ、でも雨に降られませんでしたか。こっちは土曜日はずっと大雨でしたよ。昨日はいい天気でしたけど。

Ｍ：ええ、天気予報では向こうも雨が降ると言ってたんで心配だったんですが、行ってみたら全然問題なくて、昼間はずっといい天気でした。日が暮れる頃になってから降り始めましたけどね。昨日は降ったり止んだりだったみたいですね。土曜日に行っておいてよかったですよ。

Ｆ：それは運が良かったですね。

土曜日の海の天気はどうでしたか。

【譯】

一位女士和一位男士正在交談。請問星期六海邊的天氣如何呢？

F：你曬得好黑喔。

M：是啊，因為我星期六去了海邊。

F：好羨慕喔。咦？可是那裡沒下雨嗎？這裡星期六一整天都下大雨呢。不過昨天放晴了。

M：是啊，之前的天氣預報也說那邊也會下雨，所以出發前也很擔心，不過到了那裡完全沒問題，白天一直都是大晴天，一直到了傍晚的時候才開始下雨。昨天好像時下時停的。幸好我挑在星期六去。

F：運氣真好呀。

請問星期六海邊的天氣如何呢？

1　一整天都是下大雨

2　一整天都是大晴天

3　一整天時下時停

4　白天是晴天，過了傍晚才開始下雨

解題關鍵と訣竅

答案：4

【關鍵句】昼間（ひるま）はずっといい天気（てんき）でした。日（ひ）が暮（く）れる頃（ころ）になってから降（ふ）り始（はじ）めましたけどね。

對話情境と出題傾向

這一題的情境是兩人在討論上週末的天氣。問題問的是星期六海邊的天氣，既然有特定限定是哪一天、哪個區域，就要做好心理準備，題目當中可能會出現其他情報來干擾考生，一定要專注於「土曜日」、「海」這兩個關鍵字。

解題技巧

- 男士首先提到自己星期六去了海邊一趟「土曜日に海へ行ったもので」，從這邊就要知道，要鎖定男士的發言。
- 女士也有提到星期六的天氣，但這是陷阱。「こっちは土曜日はずっと大雨でしたよ」的「こっち」指的不是海邊。選項 1 是錯的。
- 解題關鍵在「行ってみたら全然問題なくて、昼間はずっといい天気でした。日が暮れる頃になってから降り始めましたけどね」。表示他去的時候（＝星期六，在海邊），白天一直是好天氣，一直到傍晚才下起雨來。正確答案是 4 。

單字と文法

- □ 日（ひ）に焼（や）ける 曬傷
- □ 日（ひ）が暮（く）れる 日落
- □ 大雨（おおあめ） 大雨
- □ 運（うん）がいい 運氣好
- □ 天気予報（てんきよほう） 氣象預報
- □ もので 因為、由於

小知識

☞ **各式各樣的雨**

⇨ 霧雨（きりさめ）（毛毛雨）

⇨ 小雨（こさめ）⇔大雨（おおあめ）（小雨⇔大雨）

⇨ 豪雨（ごうう）…大雨災害の名称などに用いる。天気予報や日常会話には出てこない。

（豪雨…使用於大雨災情的名稱等等。不會出現在氣象預報和日常會話當中。）

⇨ 天気雨（空は晴れているのに降る雨）

（太陽雨〈天空晴朗卻一邊下雨〉）

⇨ にわか雨（一時的に降ってすぐやむ雨）

（驟雨〈只下一陣子就馬上停止的雨〉）

⇨ 夕立（夏の夕方に多い、激しいにわか雨）

（午後雷陣雨〈夏天傍晚經常下的激烈驟雨〉）

もんだい 2　第 12 題 答案跟解說

2-13

電話で男の人と女の人が話しています。男の人はいつレストランに行きますか。

M：すみません。明日の夜７時に予約したいのですが。

F：７時ですね。少々お待ちください。…申し訳ありません。明日の夜はもう閉店までいっぱいです。土曜日はいつも早くいっぱいになってしまうもので。

M：それじゃ、あさっての７時はどうですか。

F：あさってですか。大変申し訳ありません。あさっても７時はもういっぱいです。８時からでしたら、まだ空いていますが。

M：それでも結構です。２名でお願いします。

F：かしこまりました。それではお名前をお願いします。

男の人はいつレストランに行きますか。

【譯】

一位男士和一位女士正在電話裡交談。請問這位男士會在幾點到餐廳呢？

M：不好意思，我想預約明天晚上７點。

F：您要預約７點嗎？請稍待一下。…非常抱歉，明天晚上到打烊前全部預約額滿了。星期六總是很早就預約額滿了。

M：那麼，後天的７點還有空位嗎？

F：您是說後天嗎？非常抱歉，後天的７點也已經額滿了。如果是８點以後還有空位。

M：那也可以。請幫我留２個人的位置。

F：好的。請給我您的大名。

請問這位男士會在幾點到餐廳呢？

1　星期六晚上７點

2　星期六晚上８點

3　星期日晚上７點

4　星期日晚上８點

答案：4

【關鍵句】あさってですか。…8時からでしたら、まだ空いていますが。
それでも結構です。

對話情境と出題傾向

這一題的情境是男士打去餐廳預約用餐時間。聽到疑問詞「いつ」就要小心時間點、日期、星期…等等。從選項來看，這一題要特別注意的是星期幾以及時間點。

解題技巧

- 男士一開始表示他想預約明晚7點「明日の夜7時に予約したいのですが」。不過餐廳人員回覆「明日の夜はもう閉店までいっぱいです」，表示明晚客滿。這時她又補了一句「土曜日はいつも早くいっぱいになってしまうもので」。從這邊可以推斷，明天指的應該就是星期六。星期六7點不行，所以選項1是錯的。

- 另外，從「閉店まで」也可以得知選項2是錯的。

- 接著男士又說「あさっての7時はどうですか」，表示他想訂後天（星期日）7點。不過餐廳人員也表示星期日7點客滿「あさっても7時はもういっぱいです」。從這邊可以得知，選項3是錯的。

- 接著餐廳人員又說「8時からでしたら、まだ空いていますが」，表示星期日8點是有位子的。而男士也回答「それでも結構です」。從後面的預約台詞「2名でお願いします」可以斷定這裡的「結構です」是肯定用法。也就是說男士要預約星期日8點。正確答案是4。

單字と文法

□ **予約**（よやく） 預約
□ **閉店**（へいてん） 關店、打烊
□ **少々**（しょうしょう） 稍微

概要理解

在聽取完整的會話段落之後，測驗是否能夠理解其內容（測驗是否能夠從整段會話中理解說話者的用意與想法）。

考前要注意的事

作答流程 & 答題技巧

聽取說明

先仔細聽取考題說明

聽取問題與內容

學習目標是，聽取一人（或兩人）講述的內容之後，(一) 理解談話的主題；(二) 聽出說話者的目的跟主張。

內容順序一般是「提問 ➡ 單人（或兩人）講述 ➡ 提問＋選項」

預估有 8 題

1 文章篇幅較長，內容較抽象、具邏輯性，配分一般較高。

2 提問及選項都在錄音中，所以要邊聽邊在空白答案卷上，寫下大概的意思，不需太注意細節。

3 關鍵字或多次出現的詞彙，一般是得到答案的鑰匙。

答題

再次仔細聆聽問題，選出正確答案

N3 聽力模擬考題 問題3

3-1

問題3では、問題用紙に何もいんさつされていません。この問題は、ぜんたいとしてどんなないようかを聞く問題です。話の前に質問はありません。まず話を聞いてください。それから、質問とせんたくしを聞いて、1から4の中から、最もよいものを一つえらんでください。

3-2 1ばん 【答案跟解說：372 頁】

答え：①②③④

- メモ -

3-3 2ばん 【答案跟解說：375 頁】

答え：①②③④

- メモ -

3-4 3ばん 【答案跟解說：378 頁】

答え：①②③④

- メモ -

3-5 4ばん 【答案跟解說：381 頁】 答え：①②③④

- メモ -

3-6 5ばん 【答案跟解說：384 頁】 答え：①②③④

- メモ -

3-7 6ばん 【答案跟解說：387 頁】 答え：①②③④

- メモ -

もんだい3 第1題 答案跟解說

3-2

女の学生が友達の家に来て話しています。

F１：こんにちは。佐藤です。洋子さんの具合はいかがですか。

F２：あら、佐藤さん、来てくれたの。悪いわね。どうぞ、上がって。

F１：あ、私はここでいいです。すぐに帰りますから。洋子さんいかがですか。

F２：それが、今朝急に頭が痛いって言うから、病院で診てもらったらやっぱりインフルエンザだったわ。薬もらってきたんだけど、まだ熱が下がらないの。今、部屋で寝てるけど、佐藤さんにもうつったら大変だから、会わないほうがいいわね。

F１：いえ、今日は洋子さんの分のノートをとっておいたので、お渡ししに来ただけですから。これ、あとで洋子さんに渡してください。

F２：あら、気を使ってくれてありがとうね。お茶入れるから上がって。

F１：いえ、私、これから塾に行かなければいけないので、今日はこれで失礼します。また明日来ます。

女の学生は友達の家に何をしに来ましたか。

1　友達に会いに来た　　2　ノートを渡しに来た

3　お茶を飲みに来た　　4　友達を塾に誘いに来た

【譯】

一個女學生來同學家和她的家人交談。

F１：您好，我是佐藤。請問洋子同學的身體狀況如何呢？

F２：哎呀，佐藤同學，妳特地來了呀。不好意思喔，請進、請進。

F１：啊，我在門口就行了，馬上就要走了。請問洋子同學好些了沒？

F２：她今天早上突然喊頭痛，去醫院看了病，果然是染上流行性感冒了。雖然拿了藥回來吃，可是發燒還沒退，現在正在房間裡睡覺。要是傳染給佐藤同學就糟糕了，最好還是不要見面。

F１：喔不，我只是幫洋子同學留了一份筆記，今天送來給她而已。麻煩等一下把這個拿給洋子同學。

F２：哎呀，真謝謝妳這麼貼心。請進來喝杯茶吧。

F１：不了，我現在得趕去補習班，今天就先告辭了。我明天會再來的。

請問這個女學生為什麼要來同學家呢？

1　來見同學的　　2　來送筆記的

3　來喝茶的　　4　來邀同學一起去補習班的

解題關鍵と訣竅

答案：2

【關鍵句】今日（きょう）は洋子（ようこ）さんの分（ぶん）のノートをとっておいたので、お渡（わた）ししに来（き）ただけですから。

！對話情境と出題傾向

第三大題「概要理解」。這是Ｎ４、Ｎ５沒看過的題型。在這個大題，題目一開始只會提供簡單的場景説明，並不會先告訴考生要考什麼。聆聽時比較無須重視細節項目，而是要聽出會話的主旨。考的通常會是説話者的目的、想法、感受…等等。要掌握整體大方向，並要留意每個人説了什麼。

解題技巧

- 這一題的情境是女學生到請病假的同學家，並要同學的媽媽代為轉交課堂筆記。題目問的是女學生來到朋友家的目的。
- 從「今日は洋子さんの分のノートをとっておいたので、お渡ししに来ただけですから」就可以知道她是來拿筆記給朋友的。正確答案是２。「動詞ます形＋に＋来る」表示為了某種目而前來。而「だけ」兩個字更強調了她只是要拿筆記，沒有要會面的意思，所以選項１是錯的。
- 朋友的母親説「お茶入れるから上がって」，不過女學生用「いえ」拒絕了對方的好意。從這邊也可以知道選項３是錯的。
- 女學生最後雖然説「私、これから塾に行かなければいけない」，但這句話只有表示她本人要去補習，並沒有邀約朋友一起來。所以選項４也是錯的。

單字と文法

- □ インフルエンザ【influenza】 流行性感冒
- □（風邪（かぜ）が）うつる 傳染
- □ ノートをとる 記筆記
- □ 気（き）を使（つか）う 費心
- □（お茶（ちゃ）を）入（い）れる 泡（茶）

小知識

☞ 如何在聽力考試中掌握外來語？

現在的日語當中含有大量的外來語，談話之中若少了外來語，溝通也多了一點難度。外來語大多是來自英語，不過進入到日文後，發音就跟原來的英語唸法不太一樣，而且有些單字的意思也有些許的轉變。不少學習日語的外國人都表示外來語真是一大罩門。不熟悉外來語的人不妨可以反覆播放ＣＤ，多多練習用耳朵掌握外來語語意。例如：

⇨ ストレス【stress】（壓力）

⇨ ルール【rule】（規則）

⇨ シートベルト【seat belt】（安全帶）

⇨ イメージ【image】（形象、想像）

もんだい 3　第 ❷ 題 答案跟解說

3-3

女の人と男の人が話しています。

F：来週の日曜日、良枝の送別会だから空けといてね。

M：良枝って君のいとこだよね？ もう何年も会ってないから忘れちゃった。送別会って、どこか行くの？

F：また忘れたの？ 何度も言ったでしょう？ 今度、ロンドンに転勤することになったって。

M：へえ、そうなんだ。それで、どこで？

F：横浜のフランス料理店。

M：遠いから面倒だな。君だけ行けばいいじゃない？ 僕が行っても向こうも僕のこと覚えてないでしょう？

F：そんなことないわよ。良枝も久しぶりにあなたに会えるのが楽しみだって言ってるし、それに、もう返事しちゃったんだから。

M：それじゃしかたがないな。

男の人は送別会に行くことについてどう思っていますか。

1　久しぶりに会えるのが楽しみだから、行くつもりだ

2　久しぶりに会いたいが、行かないつもりだ

3　遠くて面倒だから、行かないつもりだ

4　遠くて面倒だけれども、行くつもりだ

【譯】

一位女士和一位男士正在交談。

F：下個星期日要幫良枝餞行，記得把時間空出來。

M：良枝是妳的表妹吧？已經好幾年沒見到她，都已經忘了。說要為她餞行，她要去哪裡嗎？

F：你又忘了喔？不是跟你講過好幾次了嗎？她被公司派到倫敦上班了。

M：是喔，原來是這樣。那，要在哪裡為她餞行？

F：橫濱的法國料理餐廳。

M：好遠，實在懶得去。妳一個人去就行了吧？就算我去了，她也不記得我了吧？

F：哪會不記得！良枝也說好久沒看到你了，很期待能和你見面呢，而且我都已經跟她說我們都會去了。

M：那就只好這樣了。

請問這位男士對於參加餞行有什麼想法呢？

1　很期待久別重逢，打算參加

2　好久不見了，雖然想見面，但是不打算參加

3　因為嫌太遠，所以不打算去

4　雖然嫌太遠，但還是打算去

答案：4

【關鍵句】遠(とお)いから面倒(めんどう)だな。
もう返事(へんじ)しちゃったんだから。
それじゃしかたがないな。

對話情境と出題傾向

這一題情境是男女雙方在討論要不要參加良枝的餞行。題目問的是男士對於餞行的看法。

解題技巧

▶ 從「遠いから面倒だな」這一句可以發現男士的心情是覺得很遠、很麻煩。不過說到最後，「それじゃしかたがないな」這一句表示他對於去參加餞行這件事沒輒，也就是說他要前往參加餞行。四個選項當中只有選項 4 完全吻合。

▶ 選項 1 錯誤的地方在「久しぶりに会えるのが楽しみ」，期待見面的只有良枝而已。

▶ 選項 2 也是錯的。男士只覺得去餞行很麻煩，並沒有表示他很想見良枝。再加上最後男士有被女士說服，所以還是決定參加。

▶ 選項 3 前半段敘述雖然符合男士的心情，但其實他是同意要去餞行的，所以後半段錯誤。

單字と文法

□ **いとこ** 表兄弟姊妹、堂兄弟姊妹
□ **ロンドン【London】** 倫敦
□ **フランス【France】** 法國
□ **面倒(めんどう)** 麻煩
□ **久(ひさ)しぶり** 許久不見
□ **って（主題(しゅだい)）** 是…、叫…

說法百百種

▶「と」（って／て）的各種用法

1.將聽來的消息或自己的想法傳達出去。

> 山田さんは明日来られないと言ってたよ。→山田さんは明日来られないって（言ってたよ）。
> ／山田先生說他明天不能來喔！

2.想更進一步瞭解而詢問。

> 二日って何曜日？
> ／二號是星期幾呢？

3.針對人事物的性質或名稱進行敘述。

> ＯＬというのは大変だよね。→ＯＬって大変だよね。
> ／所謂的ＯＬ還真辛苦啊！

もんだい 3　第 3 題 答案跟解說

3-4

ホテルで、係りの人が話しています。

M：では、続いて、ホテルでのお食事についてご説明いたします。2階のレストランのご利用時間は午後5時から午後11時まででございます。ご宿泊のお客様には、10%割引サービスがございますので、ご利用の際はお手元のサービス券をお持ちください。ご朝食につきましては、毎朝6時半より1階ロビー横のフロアにおいて、バイキング形式でご提供しております。ご宿泊のお客様は無料でご利用いただけますので、ご利用の際はお名前とお部屋番号を係りの者にお知らせください。バイキングのご利用時間は午前10時までとなっております。7時から8時の間は混雑が予想されますので、ご出発をお急ぎのお客様は、早めにご利用くださいますようお願いいたします。

係りの人が話した内容と合うのはどれですか。

1　このホテルに泊まっている人は、無料でレストランを利用できる

2　レストランで朝ご飯を食べたい人は、朝7時より前に食べに行くほうがいい

3　バイキングを利用する人は、サービス券を持っていくと割引してもらえる

4　このホテルの中にはお昼ご飯を食べられる店はない

【譯】

一位旅館人員正在館內說話。

M：那麼，接下來為您說明在館內用餐的相關事宜。2樓餐廳的供餐時間為下午5點到晚上11點。住宿的貴賓享有九折的折扣優惠，用餐時請記得攜帶您手上的折扣券。早餐是從每天早晨6點半開始，在1樓大廳旁的位置以自助餐的方式供應。住宿貴賓可以免費享用早餐，請在用餐前將您的大名與房間號碼告知館方人員。自助餐的供應時間到上午10點為止。7點到8點通常是用餐的尖峰時段，急著出發的貴賓，建議提早前往用餐。

請問以下哪一項和旅館人員所說的內容相符呢？

1　住在這間旅館的房客，可以到餐廳免費用餐

2　想在餐廳吃早餐的房客，最好在早上7點以前去吃

3　吃自助餐的房客，拿折扣券去即可享有打折優惠

4　這間旅館裡沒有能夠吃中餐的店

解題關鍵と訣竅

答案：4

【關鍵句】2階のレストランのご利用時間は午後5時から午後11時まででございます。
バイキングのご利用時間は午前10時までとなっております。

對話情境と出題傾向

這一題情境是飯店人員在介紹飯店的用餐方式。題目問的是四個選項當中哪一個符合敘述。像這種題目就只能用刪去法來作答。

解題技巧

▶ 選項1對應到「ご宿泊のお客様には、10％割引サービスがございます」這句話。表示餐廳對於住宿的客人是打9折，並不是免費供餐的。所以這個選項不正確。

▶ 選項2是錯的。錯誤的地方在「レストランで」，從「ご朝食につきましては、毎朝6時半より1階ロビー横のフロアにおいて、バイキング形式でご提供しております」這句話可以得知，吃早餐的地方是在1樓大廳旁，並不是在餐廳裡面。

▶ 選項3是錯的。從「2階のレストランのご利用時間は午後5時から午後11時まででございます。」這一段可以得知，能使用折扣券的不是早餐的自助餐，而是餐廳才對。接下來「ご宿泊のお客様には、10％割引サービスがございますので、ご利用の際はお手元のサービス券をお持ちください」這句可以得知，自助餐只要是住宿的客人都可以免費享用。

▶ 正確答案是4。雖然除了早餐自助餐服務，飯店裡也設有餐廳。不過餐廳開放時間是下午5點到晚上11點「2階のレストランのご利用時間は午後5時から午後11時まででございます」，由此可見中餐時間並無供餐。

單字と文法

- □ 割引（わりびき） 打折
- □ 手元（てもと） 手邊
- □ ロビー【lobby】大廳
- □ フロア【floor】樓層
- □ バイキング形式（けいしき）【viking】自助餐形式
- □ 無料（むりょう） 免費
- □ 混雑（こんざつ） 混亂、擁擠
- □ 予想（よそう） 預想、預測
- □ において 在…方面

小知識

☞ 避免混淆的說法

容易混淆的例子	避免混淆的說法
1時（いちじ） 7時（しちじ）	將「7」唸成「なな」
科学（かがく） 化学（かがく）	將「化学」唸成「ばけがく」
市立（しりつ） 私立（しりつ）	將「市立」唸成「いちりつ」 將「私立」唸成「わたくしりつ」

此外，為了避免對方聽錯「2」，有時會將「に」改唸成「ふた」。比方說，將「2200」唸成「ふたせんふたひゃく」。

もんだい 3　第 4 題 答案跟解說

電話で女の人と男の人が話しています。

F：はい、山田工業です。
M：もしもし、大原電器の田中です。いつもお世話になっております。
F：あ、田中さんですか。高橋です。こちらこそ、いつもお世話になっております。
M：あのう、前日になってからで大変申し訳ないのですが、明日の会議の時間を変更していただきたいのですが、よろしいでしょうか。
F：明日の会議はたしか、午前 10 時からのお約束でしたね。
M：ええ、それが、急にどうしてもはずせない用事ができてしまって、その時間にうかがえなくなってしまったんです。
F：そうですか。それでは、何時に変更すればよろしいですか。
M：明日は、午後 2 時からは間違いなく時間がありますので、それよりあとで、そちらの都合のいい時間を指定していただけますか。
F：分かりました。上司と相談して、こちらからお電話します。
M：よろしくお願いします。

男の人が一番言いたいことは何ですか。

1　いつもお世話になっていること　2　会議の時間を変えてほしいこと
3　明日、急な用事ができたこと　4　自分が大原電器で働いていること

【譯】

一位女士和一位男士正在電話裡交談。

F：這裡是山田工業，您好。
M：喂，我是大原電器的田中。平常承蒙關照了。
F：啊，是田中先生嗎？我是高橋，感謝貴公司惠顧。
M：是這樣的，到了前一天才想換時間，真的非常抱歉，我想更改明天的會議時間，不知道可不可以呢？
F：我記得明天的會議應該是訂在早上10點開始吧？
M：是的，可是我臨時有事調不開，沒辦法在那個時間前往貴公司開會。
F：原來是這樣的。那麼，改到什麼時間比較好呢？
M：明天從下午 2 點以後都一定有空，只要是在那個時間以後，由貴公司指定方便的時段，我都能配合。
F：了解。我和主管討論以後，再回電話給您。
M：麻煩您了。

請問這位男士最想說的事是什麼呢？

1　平常承蒙關照　2　想要更改會議的時間
3　明天突然有急事　4　自己是在大原電器工作

答案：2

【關鍵句】前日になってからで大変申し訳ないのですが、…。
急にどうしてもはずせない用事ができてしまって、…。

對話情境と出題傾向

這一題的情境是男士打電話給公司合作對象（或是客戶）。題目問的是男士最想表達的事情，也就是說，題目考的是男士打電話到山田工業的目的。

解題技巧

- 在商務電話當中，除掉前面的招呼寒暄，緊接著就會進入到要件話題。男士的「明日の会議の時間を変更していただきたいのですが」就是這一題的答案。他之所以來電，為的是要更改明天的會議時間。正確答案是２。
- 選項１錯誤的地方在「いつもお世話になっております」只是寒暄用語，並不是這通電話最重要的部分。
- 選項３對應到「急にどうしてもはずせない用事ができてしまって」，這只是更改會議時間的理由，男士想要做的事情是告知並更改會議時間，並不是要解釋其背後原因。
- 選項４對應到「大原電器の田中です」。報上名堂只是一種禮貌，並不是這通電話的主要目的。

單字と文法

- □ **こちらこそ** （我才是）承蒙照顧了、（我才要）感謝您
- □ **変更** 變更
- □ **はずす** 抽身
- □ **都合がいい** 方便、合適
- □ **指定** 指定

說法百百種

▶ 電話當中常用的句子：

1. 取得對方同意（以下均為更改預約時間的例子）

勝手なお願いで恐縮ですが、…。／我知道這是很任性的請求…。

お約束の日を変えていただけないでしょうか。
／是否能讓我更改約定的時間日期呢？

５日の午後３時に変更していただけないでしょうか。
／不知是否能更改到５號下午３點呢？

2. 表示自己的時間是否許可

水曜日なら何時でもかまいません。／如果是週三的話，不管幾點都沒問題。

８日はちょっと…。／８號有點不太方便…。

木曜日の午前ならかまいません。／如果是週四上午的話就可以。

もんだい 3　第 5 題 答案跟解說

3-6

バスの中で女の人と男の人が話しています。

F：内田さん、今日はずっと外を回ってたから疲れたでしょう？

M：そうですね。朝からずっとでしたからね。

F：あそこ、席が空いてるから座ったら？

M：でも一つしか空いてませんね。伊藤さんが座ってください。

F：私は一日中会社で座って仕事してたから大丈夫よ。気にしないで座って。

M：そう言われても、年上の女の人を立たせて若い男が座るわけにはいきませんよ。どうぞ座ってください。

F：そう？悪いわね。じゃあ荷物持ってあげるわ。

男の人は一つしか空いていない席に座ることについてどう思っていますか。

1　疲れていないので、座るべきではない

2　疲れているので、座ってもよい

3　疲れているが、座るべきではない

4　疲れていないが、座りたい

【譯】

一位男士和一位女士正在巴士裡交談。

F：內田先生，今天一整天都在外面奔波，很累了吧？

M：是啊，從早上就一直在外面跑。

F：那裡有個空位，你去坐吧？

M：可是只有一個空位而已呀。伊藤小姐您請坐。

F：我一整天都在公司裡坐著工作，一點也不累。不必客氣，你去坐吧。

M：可是，總不能讓年長的女性站著、年輕男人坐著吧。您請過去坐。

F：這樣嗎？真不好意思。那麼，我幫您拿東西吧。

對於只有一個空位可坐這件事，這位男士有什麼樣的想法？

1　因為不累，所以不應該坐

2　因為很累，所以坐下也無妨

3　雖然很累，但是不應該坐

4　雖然不累，但是想坐

解題關鍵と訣竅

答案：3

【關鍵句】今日はずっと外を回ってたから疲れたでしょう？
そうですね。
年上の女の人を立たせて若い男が座るわけにはいきませんよ。

! 對話情境と出題傾向

這一題的情境是兩名同事下班時一起搭乘大眾交通工具。這一題問的是男士對於只有一個空位可坐這件事有什麼看法。可以從他對女士說的話當中找出答案。

解題技巧

▶「年上の女の人を立たせて若い男が座るわけにはいきませんよ」，這句話是解題關鍵。表示男士覺得他不能讓年長的女性站著，而自己卻坐在位子上。「わけにはいかない」表示說話者雖然很想這麼做，但礙於常識或道德規範等等，不能這麼做。這句話也就相當於「座ってはいけない」（不可以坐）。

▶ 選項１、３的「座るべきではない」都是表示他不可以坐下。不過兩者的差別在於要男性究竟累不累。

▶ 會話的開頭，女士有問男士是不是很累「今日はずっと外を回ってたから疲れたでしょう？」，男士回答「そうですね」，從這邊可以得知其實男士很疲憊，所以正確答案是３。

單字と文法

□ 年上 年長　　□ べき 應該

小知識

☞ 想想說話者的心情

能夠呈現自己的想法，或是表達事物關係的說法有好多種。這時我們就會針對說話的對象、整體的狀況、當下的心情來選擇最適當的表達方式。其中有直白的說話方式，當然也有婉轉的說話方式。又或者是有時我們不將整句句子說個完整，只以一個字來傳達自己想表達的意思。如果想要溝通無礙，就必須正確理解說話者藏在這些話語之間的用意，並把握被隱藏起來的事實關係。

⇨ 年上の女の人を立たせて若い男が座るわけにはいきませんよ。（總不能讓年長的女性站著、年輕男性坐著吧？）

這句話的「わけにはいきません」意思是「～是不被允許的」。也就是說，說話者想表達的是「若い男が座るべきではない」（年輕男性不應該坐著）。

もんだい 3　第 6 題 答案跟解說

3-7

男の留学生と女の学生が話しています。

M：7月の日本語能力試験の結果が出たんだ。

F：どうだった？林さんはたしかＮ３を受けたんだよね。もちろん、合格だったでしょう？

M：それが、たった２点足りなくてだめだったよ。

F：ええっ。林さんならＮ３は絶対合格できると思ってたのに…。

M：うん、先生もＮ２を受けてもいいんじゃないかとおっしゃってたんだ。でも能力試験を受けるの初めてだっただから、安全のためにＮ３にしたんだ。だから、自分でも受かる自信はあったんだけどね。

F：それなのに、どうしたの？

M：それが前日の晩によく眠れなかったせいか、試験の日は寝坊して遅刻しそうになったんだ。それで試験中はずっと気持ちを集中させることができなかったのが原因だと思うよ。

F：そう。初めてだったから緊張したのかもしれないね。残念だったね。

M：うん、でも 12 月にもう一度受験して、今度こそは合格してみせるよ。

女の学生は何が残念だといっていますか。

1　男の留学生が、先生の言うとおりにＮ２を受験しなかったこと
2　男の留学生が、試験に遅刻して受けられなかったこと
3　男の留学生が、試験で自分の力を出し切れなかったこと
4　男の留学生が、昨日の晩よく眠れなかったこと

【譯】

一位男留學生和一位女學生正在交談。

M：7月的日本語能力測驗得結果出來了。

F：考得如何？我記得林同學你考的是Ｎ３吧。結果當然是通過了囉？

M：結果只差２分，沒能通過。

F：什麼！我還以為以林同學你的程度絕對會通過的…。

M：嗯，老師當時也建議我不妨報考Ｎ２，可是我是第一次考能力測驗，為求保 險起見所以報考Ｎ３，所以自己也有信心可以通過。

F：既然如此，到底怎麼了呢？

M：因為考試前一天晚上很久都沒法入睡，結果當天早上睡過頭，差點遲到了，導致考試的時候一直沒辦法集中精神。我想原因就出在這裡。

F：這樣喔。畢竟是第一次考試，所以太緊張了吧。好可惜喔。

M：嗯。不過12月會再考一次，這次一定要通過讓大家看！

女學生為什麼說好可惜呢？

1　因為男留學生沒有依照老師的建議去考Ｎ２
2　因為男留學生考試遲到了所以不能應考
3　因為男留學生在考試時沒能充分發揮自己的實力
4　因為男留學生昨天晚上沒有睡好

答案：3

【關鍵句】試験中はずっと気持ちを集中させることができなかったのが原因だと思うよ。

對話情境と出題傾向

這一題的情境是女學生關心男留學生日文檢定考試的結果。這一題問的是女學生覺得什麼事很可惜。要特別注意女學生的發言。

解題技巧

- 剛好對話中也有個「残念」出現在女學生的發言中。這句話是「そう。初めてだったから緊張したのかもしれないね。残念だったね」，表示她對於男學生在發言中提到的某項事物感到很可惜，指的就是「試験中はずっと気持ちを集中させることができなかったのが原因だと思う」（考試的時候一直沒辦法集中精神。我想原因就出在這裡）這件事。
- 選項１是錯的。女學生並沒有針對Ｎ２考試發表任何意見。
- 選項２是錯的。對話當中雖然有提到「遅刻」，但是是説「遅刻しそうになった」。「動詞ます形＋そう」是樣態用法，好像快遲到了，實際上沒有真的遲到。
- 選項３是正確的。「在考試時沒能充分發揮自己的實力」呼應「試験中はずっと気持ちを集中させることができなかった」。
- 選項４是錯的。從「それが前日の晩によく眠れなかったせいか」這句可以得知，沒睡好是指考試前一晚，並不是昨晚的事。

單字と文法

- □**結果** 結果
- □**受ける** 參加考試
- □**もちろん** 當然
- □**合格** 合格
- □**たった** 只有
- □**絶対** 絕對
- □**自信** 自信
- □**寝坊** 賴床
- □**遅刻** 遲到
- □**集中** 集中精神、專心
- □**緊張** 緊張
- □**受験** 參加考試
- □**こそ** 更要…（表示說話者的決心）

說法百百種

▶激勵的一些說法

1. 鼓勵自我的說法

絶対負けないぞ。／我絕不會輸的！

あと２週間、猛勉強するぞ。／剩下２個禮拜，我要努力唸書！

絶対受かってみせるぞ。／絕對要考上給你看！

なんとかなるさ、なるようになるさ。（他人にも使える）
／總會有辦法的。（也可以用在他人身上）

2. 勵別人的說法

頑張れ、頑張って。／加油。

もうひとふんばり。(自分にも使える) ／再加把勁！（也可以用在自己身上）

うまくいくといいね。／如果順利就好了呢！

きっとうまくいくよ。／一定可以順利的！

元気出せよ、元気出して。／打起精神嘛！

君ならできるよ。／你一定辦得到的！

しっかりね。／振作起來！

自信を持って。／拿出自信吧！

3-8 7ばん 【答案跟解說：392 頁】 答え：① ② ③ ④

- メモ -

3-9 8ばん 【答案跟解說：395 頁】 答え：① ② ③ ④

- メモ -

3-10 9ばん 【答案跟解說：398 頁】 答え：① ② ③ ④

- メモ -

3-11 10 ばん 【答案跟解説：401 頁】 答え：① ② ③ ④

- メモ -

3-12 11 ばん 【答案跟解説：404 頁】 答え：① ② ③ ④

- メモ -

3-13 12 ばん 【答案跟解説：406 頁】 答え：① ② ③ ④

- メモ -

もんだい 3　第 7 題 答案跟解說

3-8

男の人と女の人が話しています。

M：このコーヒー、苦いですね。

F：そう？もっとお砂糖とミルクを入れれば？

M：もうたくさん入れたんですよ。でもまだ苦いと思いますよ。

F：私はおいしいと思うけど。

M：あれ、大橋さん、砂糖もミルクも入れないんですか。

F：うん、私はいつもこのままだから、慣れちゃったのね。

M：へえ。すごいですね。僕はもっと甘いほうがいいな。

女の人はこのコーヒーについてどう思っていますか。

1　砂糖とミルクを入れるとおいしい

2　砂糖とミルクを入れなくてもおいしい

3　砂糖とミルクを入れても苦い

4　砂糖とミルクを入れなくても甘い

【譯】

一位男士正在和一位女士交談。

M：這裡的咖啡好苦喔。
F：是嗎？要不要再加些砂糖和奶精呢？
M：我已經加很多了，可是還是覺得苦。
F：我覺得很好喝啊。
M：咦，大橋小姐，妳沒加糖也沒加牛奶喔？
F：嗯，我一直都是喝黑咖啡，已經習慣了吧。
M：是喔，真厲害，我喜歡喝甜一點的。

這位女士覺得這裡的咖啡如何？

1　加了砂糖和奶精以後很好喝

2　就算不加砂糖和奶精也很好喝

3　就算加了砂糖和奶精也會苦

4　就算不加砂糖和奶精也香甜

解題關鍵と訣竅

答案：2

【關鍵句】私はおいしいと思うけど。

あれ、大橋さん、砂糖もミルクも入れないんですか。

うん、私はいつもこのままだから、…。

對話情境と出題傾向

這一題的情境是兩人正在喝咖啡。這一題問的是女士對於這杯咖啡的看法。

解題技巧

▶ 從「私はおいしいと思うけど」，以及「大橋さん、砂糖もミルクも入れないんですか」、「うん」，可以得知女士喝咖啡習慣不加砂糖和奶精，而且她覺得這樣很好喝。符合這些敘述的只有選項２。

▶ 選項１、３錯誤的地方在「砂糖とミルクを入れる」，女士喝咖啡的習慣是「私はいつもこのままだから」，也就是什麼也不加。

▶ 選項４錯誤的地方是「甘い」，對話當中女士只有提到「おいしい」，不過好喝不代表很甜，所以不正確。

單字と文法

□ **苦い** 苦澀、苦

□ **慣れる** 習慣

□ **ミルク【milk】** 奶精

說法百百種

▶ **有關味道的各種說法**

さっぱりしているね。／吃起來很清爽呢！

深いコクがある。／味道濃郁。

コクがあるのに、くどくない。／很有味道，但又不會太濃。

見た目より奥深い味わいがある。／嚐起來比看起來還更有深度。

うま味が口の中でゆっくりと広がる。／美味在口中慢慢地擴散開來。

ジワッとうま味が広がる。／美味緩緩地擴散開來。

焼き方がいい、うま味が逃げていない。／烤得很有技巧，沒失去美味。

だしがきいている。／高湯提升了料理的層次。

まろやかな口あたり。／口感溫和滑順。

こってりしている。／味道非常濃。

もんだい 3　第 8 題 答案跟解說

3-9

ラジオで男の人が話しています。

M：最近、自転車による事故が増えていると言われています。特に、携帯電話で話したり、メールを見たりしながら自転車に乗っている最中の事故が増えているのが目立ちます。自転車に乗りながら携帯電話を使うことは法律でも禁止されていますので、決してしないでください。自転車は誰でも簡単に利用できる便利な乗り物ですが、自動車のようなシートベルトもなく、またバイクに乗るときのようにヘルメットをかぶる人も少ないため、事故が起こったときの危険性は実はとても高いということを忘れずに、安全運転をしてください。

男の人が話している内容に、最も近いものはどれですか。

1　自転車にもシートベルトをつけるべきだ
2　自転車に乗るときは安全に気をつけて携帯電話を使うべきだ
3　自転車は自動車やバイクよりも危険なので、なるべく乗らないほうがよい
4　自転車は便利だが、気をつけて乗らないと危ない乗り物だ

【譯】

一位男士正在廣播節目中說話。

M：據說最近自行車的意外事故有增加的趨勢。尤其明顯的是，有愈來愈多的事故是在騎自行車時講手機或看簡訊的時候發生的。法律上已經明文禁止騎自行車時使用手機，請各位絕對不要做出這種行為。自行車雖然是任何人都能輕鬆使用的交通工具，但是自行車上既沒有配備像汽車那樣的安全帶，也很少人會像騎摩托車一樣戴上安全帽，因此發生事故時的危險性非常高，請各位千萬別忘記這點，在騎乘自行車時務必注意安全。

請問以下哪一項，最接近這位男士說話的內容呢？

1　騎自行車時也應該要繫上安全帶
2　騎自行車時要在注意安全的狀態下使用手機
3　騎自行車比開汽車和騎機車更危險，所以盡量不要騎自行車比較好
4　自行車雖然方便，如果騎乘時沒有注意安全，仍是一種危險的交通工具

解題關鍵と訣竅

答案：4

【關鍵句】自転車は誰でも簡単に利用できる便利な乗り物ですが、…、事故が起こったときの危険性は実はとても高い…。

對話情境と出題傾向

這一題的情境是男士在廣播裡說明騎自行車的注意事項。這一題問的是廣播的內容。必須用刪去法來作答。

解題技巧

- 選項１是錯的。廣播中只有提到「自転車は誰でも簡単に利用できる便利な乗り物ですが、自動車のようなシートベルトもなく」，表示自行車不像汽車一樣有安全帶。男士並沒有認為自行車上也要加裝安全帶。
- 選項２是錯的。關於騎自行車邊使用手機這點，男士是這麼說的「自転車に乗りながら携帯電話を使うことは法律でも禁止されていますので、決してしないでください」。男士沒有呼籲聽眾騎自行車時使用電話要注意安全，相反地他還提到法律明文禁止騎自行車邊使用電話。
- 選項３是錯的。最後男士有提到「安全運転をしてください」，意思是要大家騎自行車時注意安全，也就是說，他認為自行車是可以騎的，並沒有奉勸大家最好不要騎。
- 正確答案是４。這呼應了「自転車は誰でも簡単に利用できる便利な乗り物です」、「事故が起こったときの危険性は実はとても高い」這兩句話，表示自行車很便利，卻也有造成交通事故的危險性。

單字と文法

- □ **事故** 交通事故
- □ **目立つ** 顯眼、引人注目
- □ **法律** 法律
- □ **禁止** 禁止
- □ **決して** 絕對
- □ **シートベルト【seat belt】** 安全帶
- □ **バイク【bike】** 機車、摩托車
- □ **ヘルメット【helmet】** 安全帽
- □ **危険性** 危險性
- □ **安全運転** 安全駕駛、安全上路
- □ **なるべく** 盡可能地、盡量
- □ **による** 因…而造成

說法百百種

▶年輕族群的 sns 用語

おはぁ／早！〈「おはよう」的略語＞

やっほぅ／唷呼！〈表示喜悅的歡呼聲〉

おっ、久しぶり！／唷！好久不見！

りょーかい！／了解！〈原本的寫法為「りょうかい」〉

かしこまり～／知道了～〈「かしこまりました」的略語〉

おk、おけ／OK

あーね／原來如此。〈「あーなるほどね」「あーそうだね」的略語〉

それな／就是那樣。〈「そうだね」「たしかにね」的略語〉

激おこ／極度生氣。

メンディー／真麻煩。〈「面倒くさい」「めんどい」的略語〉

もんだい3 第9題 答案跟解說

3-10

男の人と女の人が話しています。

M：今度、京都に旅行に行くついでに、君のおばさんを訪ねようよ。

F：スケジュールがいっぱいだから、時間がないんじゃない？

M：１週間行くんだから、半日ぐらいなら空けられるよ。

F：うーん。でも、私、本当はあまり訪ねたくないんだ。

M：どうして？もう何年も会ってないでしょう？電話ではよく話してるけど。

F：だって、あのおばさん、電話するたびに私に子供はまだか、子供はまだかって、そればかり聞くんだもの。

M：それは、君のことを心配してるからでしょう？僕は悪い人じゃないと思うよ。

F：それもそうね。それに、京都まで行って、全然訪ねないわけにもいかないしね。

女の人はおばさんの家を訪ねることについてどう思っていますか。

1　会うのが楽しみだから、訪ねるつもりだ

2　あまり会いたくないが、訪ねるつもりだ

3　あまり会いたくないから、訪ねないつもりだ

4　会いたいが、時間がないから訪ねないつもりだ

【譯】

一位男士和一位女士正在交談。

M：我們這次去京都旅行時，順道去拜訪妳的姑姑吧。
F：行程已經排得滿滿的了，應該沒時間去吧？
M：我們要去一整個星期，應該可以騰出半天左右吧。
F：唔…，可是，我其實不太想去。
M：為什麼不想去？已經好幾年沒見面了，不是嗎？倒是電話還滿常聯絡的。
F：可是每次和那個姑姑講電話時，老是催問我有孩子了沒呀、有孩子了沒呀。
M：她是因為擔心妳才會一直問嘛。我覺得她人不壞呀。
F：這樣說也是啦。而且都已經到了京都，卻沒去她家坐坐，這樣也說不過去。

請問這位女士對於到她姑姑家拜訪有什麼想法呢？

1　很期待見面，會去拜訪

2　雖然不太想見面，還是會去拜訪

3　因為不太想見面，所以不會去拜訪

4　雖然想見面，但是沒時間去，所以不會去拜訪

解題關鍵と訣竅

答案：2

【關鍵句】私、本当はあまり訪ねたくないんだ。
京都まで行って、全然訪ねないわけにもいかないしね。

對話情境と出題傾向

這一題的情境是兩人在討論京都之旅是否要順便拜訪女方的姑姑。這一題問的是女士對於到她姑姑家拜訪的想法。要特別注意女士的發言。

解題技巧

▶ 女士有提到「私、本当はあまり訪ねたくないんだ」，表示她其實不想前去拜訪。由此可見１「会うのが楽しみ」、４「会いたい」都是錯的。

▶ 最後女士又説「全然訪ねないわけにもいかないしね」。「わけにもいかない」表示説話者不得不做某件事情。「それに」表示除了男士提到的理由，還有其他的考量讓女士覺得必須去姑姑家拜訪。總而言之，雖然沒有明講，但女士最後還是被男士給説服，決定去姑姑家一趟。正確答案是２。

單字と文法

□ スケジュール【schedule】行程
□ 半日 半天
□ おばさん 姑姑、阿姨
□ ついでに 順道、順便
□ たびに 每當…就…

說法百百種

▶關於「誘い」（邀約）的說法

1. 對朋友或晚輩可以這麼說：

一緒に行こうよ。／一起去嘛！

ちょっとこの店見たいんだけど…。／我想逛一下這間店耶…。

ちょっとこの店寄ってかない？／要不要逛一下這間店？

コーヒーでもどう？／要不要來去喝杯咖啡之類的？

よかったら、お昼一緒に食べない？／如果可以的話，要不要一起吃頓午餐？

時間があったら、寄ってって。／有空的話就過來坐坐吧！

2. 對長輩或是不熟的人可以這麼說：

一緒に行きませんか。／請問要不要一起去呢？

ちょっとこの店を見たいんですが…／如果可以，我想逛一下這間店…。

ちょっとこの店に寄っていきませんか。／要不要逛一下這間店呢？

コーヒーでもいかがですか。／請問您想不想去喝杯咖啡之類的呢？

よろしかったら、お昼ご一緒しませんか。
／若您方便的話，要不要一起共進午餐呢？

お時間がおありでしたら、ぜひお立ち寄りください。
／如果您有時間的話，請務必過來坐坐。

もんだい 3 第 10 題 答案跟解說

女の人と男の人が話しています。

F：こんばんは。隣の山口です。

M：はーい。どうぞお上がりください。

F：あ、ここでいいんです。失礼ですが、もう晩ご飯召し上がりましたか。

M：ええ、ちょうど食べ終わったところですが…。何か？

F：ああ、そうですか。実は今日、スーパーでお刺身を安売りしてたもので、たくさん買ってきたんですけど、買いすぎちゃったみたいで。少しお分けしようと思ったんですが。

M：お刺身ですか。ご主人は召し上がらないんですか。

F：主人の分はとってあるんです。

M：それじゃ、ありがたくいただきます。お風呂のあとのビールのつまみにします。でも、いつもすみません。この前も果物いただいたばかりなのに。

F：いえ、スーパーに返しに行くわけにもいかないし、もしもらっていただけなかったら、どうしようかと思ってたんですから、遠慮しないでくださいね。

女の人は隣の家に何をしに来ましたか。

1　晩ご飯を食べに来た　　2　刺身をあげに来た

3　果物をあげに来た　　4　刺身を返しに来た

【譯】

一位女士和一位男士正在交談。

F：您好，我是隔壁的山口。

M：來了。請進請進。

F：啊，我在這裡就好。不好意思，請問府上已經吃完晚飯了嗎？

M：是呀，剛剛吃完…。請問有什麼事嗎？

F：喔，已經吃完了呀。其實是因為我今天在超市看到生魚片賣得很便宜，買了很多回來，可是好像買太多了，想要分一些給你們。

M：是生魚片呀。您先生不吃嗎？

F：我先生的那一份已經幫他留下來了。

M：那就不跟您客氣，收下來享用囉。等一下洗完澡以後喝啤酒時，正好拿來當下酒菜。不過，真是不好意思，常常讓您破費。前幾天也才剛收了您送的水果呢。

F：別這麼說，這麼多總不能拿去還給超市呀。要是您不幫忙吃一些的話，我還真發愁該怎麼辦呢，請千萬別客氣。

請問這位女士到隔壁鄰居家是為了什麼目的呢？

1　來吃晚餐　　2　來送生魚片　　3　來送水果　　4　來還生魚片

解題關鍵と訣竅

答案：2

【關鍵句】実は今日、スーパーでお刺身を安売りしてたもので、たくさん買ってきたんですけど、買いすぎちゃったみたいで。少しお分けしようと思ったんですが。

! 對話情境と出題傾向

這一題的情境是女士去隔壁鄰居家登門拜訪。這一題問的是女士到鄰居家裡的目的。

解題技巧

▶ 選項２是正確答案。解題關鍵就在「スーパーでお刺身を安売りしていたもので、たくさん買ってきたんですけど、買いすぎちゃったみたいで。少しお分けしようと思ったんですが」這一句。表示她想把買來的生魚片分一點給鄰居。

▶ 選項１是錯的。關於「晚ご飯」（晚餐），女士只有詢問「召し上がりました？」（請問府上已經吃完晚飯了嗎），並不是來用餐的。

▶ 選項３是錯的。對話當中雖然有提到「果物」（水果），但這是男士的台詞，他在針對「この前も果物いただいたばかりなのに」（前幾天也才剛收了您送的水果呢）進行答謝。女士送水果已經是之前的事了，這次來並不是要送水果的。

▶ 選項４是錯的。雖然對話中有提到還生魚片，但這句話是說「スーパーに返しに行くわけにもいかないし」，用「わけにもいかない」表示生魚片不能還給超市，實際上女士也沒有真的要歸還，而且這也不是在說要把生魚片還給隔壁住戶。

單字と文法

- □ **召し上がる** 享用、吃（「食べる」的尊敬語）
- □ **刺身** 生魚片
- □ **安売り** 特價
- □ **分ける** 分送
- □ **ご主人** 您先生
- □ **分** 份
- □ **つまみ** 下酒菜
- □ **わけにもいかない** 也無法…、也不能…

小知識

說到「ていただけますか」以及「（さ）せていただけますか」，您知道做該動作的人究竟是誰嗎？

「ていただけますか」是請求表現的一種。而「（さ）せていただけますか」是徵詢對方許可的説法。這兩個句型乍看之下非常相似。在聽力考試當中，您是否也曾錯聽這兩個句型而被混淆呢？像這種時候，就應該把重點放在動詞上面！

1.「動詞（て形）＋ていただけますか」用來拜託別人做某件事
聞いていただけますか。（您願意聽聽看嗎？）

2.「動詞（使役）＋ていただけますか」用來徵詢對方是否願意讓自己做某件事。
聞かせていただけますか。（您願意說給我聽嗎？）

もんだい 3　第 11 題 答案跟解說

3-12

男の人と女の人が話しています。女の人は映画と小説についてどう思っていますか。

M：さっきの映画、どうだった？

F：うーん、みんながよかったって言ってるわりには、大したことなかったなあ。

M：そう？僕は面白いと思ったけど。あれは小説をもとにして作ったんだよね。君はもとの小説を先に読んだんでしょう？

F：うん、小説はすごく面白かったのに。映画は全然イメージが違うんだもん。

M：よくあることだよ。僕は先に映画を見たから分からないけど。

F：今度、小説も読んでみて。絶対映画よりも面白いから。

女の人は映画と小説についてどう思っていますか。

1　映画と小説、どちらも面白かった

2　映画と小説、どちらも面白くなかった

3　映画は面白かったが、小説は面白くなかった

4　小説は面白かったが、映画は面白くなかった

【譯】

一位男士正在和一位女士交談。

M：剛才看的電影，妳覺得怎麼樣？

F：唔，大家都說非常精采，可是我覺得不怎麼樣啊。

M：是嗎？我倒覺得滿有趣的。那部電影是根據小說改編的吧。妳不是已經先看過原著小說了嗎？

F：嗯，小說寫得非常有趣，可是拍成電影卻和原本的氛圍完全不同了。

M：這是常有的事呀。我先看的是電影，所以不知道哪種比較好。

F：之後你也看看小說吧，保證比電影有趣多了！

請問這位女士對於電影和小說有什麼想法呢？

1　電影和小說，兩種都很有趣　　2　電影和小說，兩種都很乏味

3　電影很有趣，但是小說很乏味　　4　小說很有趣，但是電影很乏味

解題關鍵と訣竅

（答案：4）

【關鍵句】小説（しょうせつ）はすごく面白（おもしろ）かったのに。映画（えいが）は全然（ぜんぜん）イメージが違（ちが）うんだもん。
絶対映画（ぜったいえいが）よりも面白（おもしろ）いから。

對話情境と出題傾向

這一題的情境是兩人在討論剛剛所看的電影。這一題問的是女士對於電影和小說的想法。要特別注意女士的發言。

解題技巧

▶ 女士提到「小説はすごくおもしろかったのに」，表示她覺得小說是很有趣的。由此可見選項２、３都是錯的。這裡的「のに」是逆接用法，暗示雖然小說很有趣，但是其他的可就不是如此了。也就是說，電影和小說不同，不怎麼有趣。從「大したことなかった」也可以驗證這一點。所以１也是錯的。

單字と文法

- □ **大（たい）したことない** 沒什麼了不起、不怎麼樣
- □ **もと** 原本
- □ **すごく** 非常、很
- □ **イメージ【image】** 形象
- □ **わりには** 但是相對之下還算…
- □ **～をもとにして** 以…為基礎、以…為材料

小知識

☞ **口語特有的「ん」的用法**

「ん」的發音在發音學上稱為「撥音」，有時為了強調單字的意思，我們會在字裡行間插入「ん」；或是為了發音上的便利，我們會把「の」或是ら行的音發為「ん」。像這種發音上的變化並不會出現在書寫時，不過在會話當中就經常可以聽到。例如：

⇨ あまり→あんまり（幾乎沒有、很少）

⇨ 分からない→分かんない（我不知道）

⇨ そのまま→そのまんま（就這樣）

⇨ だもの→だもん（…嘛、…的說）

⇨ ここのところ→ここんところ（最近、這陣子）

ホテルで男の人と係りの人が話しています。

M：すみません。今日から２泊予約していた内田と申します。

F：内田様でございますね。水曜日と木曜日の２泊ですね。ご利用ありがとうございます。ただ、申し訳ございませんが、ただいま３時ですので、お受付はできるのですが、お部屋をご利用いただけるのは４時からとなっております。

M：あ、そうですか。まだだいぶ時間がありますね。

F：お荷物はこちらでお預かりいたします。よろしければ、ホテルのメンバーズクラブにご入会していただけますと、次回からご予約の際にお申し出いただければ、１時間早くチェックインしていただくことができますが。

M：そうですか。でも、入会金がかかるんですよね。

F：はい、1500円いただいております。しかし、会員の方には平日は５%、土日と祝日は20%の割引価格でご利用いただけますので、一年に何度もご利用いただけるお客様でしたら、お得かと存じますが。それに、今ご入会いただければ、今回のご宿泊から割引価格でご利用いただけます。

M：そうですか、それじゃ、お願いします。

係りの人が話した内容に合うのはどれですか。

1　今、ホテルのメンバーズクラブに入会すれば、すぐに部屋を利用することができる

2　ホテルのメンバーズクラブに入会すると、誰でも必ず得になる

3　今、ホテルのメンバーズクラブに入会すれば、今回は５%の割引価格で宿泊できる

4　ホテルのメンバーズクラブに入会すると、チェックイン前に荷物を預かってもらえる

【譯】

一位男士正在旅館裡和一位館方人員交談。

M：不好意思，我是預約了從今天開始住宿兩晚的內田。

F：是內田先生嗎，您要住星期三和星期四兩晚吧，非常感謝您的惠顧。不過非常抱歉，現在的時刻是 3 點，我們可以先為您辦理入住登記手續，但是房間要到 4 點以後才能進去使用。

M：啊，這樣喔，那麼還得等上一段不算短的時間呢。

F：我們先為您保管行李。您不妨加入本館的會員，這樣從下次開始，預約住宿的時候只要提出要求，就能夠提早 1 小時入住。

M：這樣啊。可是，加入會員要付入會費吧？

F：是的，會費是1500圓。但是，會員享有平日95折、星期六日和假日是 8 折的折扣優惠，如果是每年都會住宿好幾次的貴賓，應當非常划算。而且只要現在加入會員，本次住宿的價格就能立刻以折扣價計算。

M：這樣呀，那麼，麻煩您幫我辦理。

請問以下哪一項和旅館人員所說的內容相符呢？

1　只要現在加入旅館的會員，就立刻能夠住進房間裡

2　加入旅館的會員，對任何人而言都非常很划算

3　只要現在加入旅館的會員，這次就能以95折的優惠價格住宿

4　加入旅館的會員，就能在入住前寄放行李

答案：3

【關鍵句】会員の方には平日は５％、土日と祝日は 20％の割引価格でご利用いただけますので、…。それに、今ご入会いただければ、今回のご宿泊から割引価格でご利用いただけます。

對話情境と出題傾向

這一題的情境是男士在旅館櫃台登記入房。這一題問的是和旅館人員所述相符的選項。可以用刪去法作答。

解題技巧

▶ 選項１是錯的。關於入宿問題，對話當中是提到「次回からご予約の際にお申し出いただければ、１時間早くチェックインしていただくことができますが」。雖然入會後可以早１個鐘頭（＝３點）check in，但這是從下次住宿開始才有的服務。

▶ 選項２是錯的。旅館人員有提到「一年に何度もご利用いただけるお客様でしたら、お得かと存じます」，表示會員服務對於一年住宿好幾次的客人來説比較划算，也就是説，不是誰都會覺得值得。

▶ 選項３是正確的。旅館人員提到「今ご入会いただければ、今回のご宿泊から割引価格でご利用いただけます」，表示現在入會就可以即刻享有優惠價格。接著又説「平日は５％、土日と祝日は 20％の割引価格」，表示平日打 95 折，六日和國定假日打８折。男士這次的住宿是排在星期三和星期四，也就是平日，所以是打 95 折。

▶ 選項４是錯的。在男士還沒辦理入會之前，旅館人員就有説「お荷物はこちらでお預かりいたします」，表示要幫他寄放行李。從這邊可以得知，即使不是會員的房客也享有寄放行李的服務。

單字と文法

□ ただいま 現正、現在

□ 預（あず）かる 寄放保管

□ メンバーズクラブ【member club】 會員俱樂部

□ 入会（にゅうかい） 入會

□ 次回（じかい） 下次、下回

□ 申（もう）し出（で）る 申請、表明

□ チェックイン【check in】 辦理入住

□ 価格（かかく） 價格

□ 得（とく） 划算

□ 存（ぞん）じる 知道

小知識

☞ 來談談一些漢字吧

⇨「計」という漢字は「ごんべん」に、「十」という漢字をあわせた字です。「ごんべん」は、「言う」という漢字です。（「計」這個漢字是由「言部」加上一個「十」字所組成的。「言部」是指「言」這個漢字。）

⇨「海」という漢字は、「さんずい」に、毎日の毎と書きます。「さんずい」は水をあらわします。（「海」這個漢字寫作「三點水」再加上一個每天的「每」。「三點水」是由「水」演化而來的。）

⇨「草」という漢字は、「くさかんむり」に、日曜日の日、数字の十を書きます。（「草」這個漢字，寫作「草字頭」，再加上星期日的「日」和數字的「十」。）

Memo

発話表現

一面看圖示，一面聽取情境說明時，測驗是否能夠選擇適切的話語。

考前要注意的事

作答流程 & 答題技巧

聽取說明

先仔細聽取考題說明

聽取問題與內容

學習目標是，一邊看圖，一邊聽取場景說明，測驗圖中箭頭指示的人物，在這樣的場景中，應該怎麼說呢？

預估有 4 題

1 提問句後面一般會用「何と言いますか」（要怎麼說呢？）的表達方式。

2 提問及三個答案選項都在錄音中，而且句子都很不太長，因此要集中精神聽取狀況的說明，並確實掌握回答句的含義，作答時要當機立斷，馬上回答，答後立即進入下一題。

答題

再次仔細聆聽問題，選出正確答案

N3 聴力模擬考題　問題４

4-1

問題４では、えを見ながら質問を聞いてください。やじるし（→）の人は何と言いますか。１から３の中から、最もよいものを一つえらんでください。

4-2 1ばん

【答案跟解說：414 頁】

答え：①②③

4-3 2ばん

【答案跟解說：417 頁】

答え：①②③

4-4 3ばん

【答案跟解說：420 頁】

答え：①②③

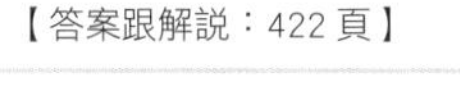

4-5 4ばん 【答案跟解説：422 頁】

答え：① ② ③

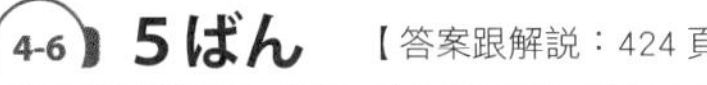

4-6 5ばん 【答案跟解説：424 頁】

答え：① ② ③

4-7 6ばん 【答案跟解説：427 頁】

答え：① ② ③

もんだい 4　第 1 題 答案跟解說

4-2

レストランで注文(ちゅうもん)したものが来(き)ません。何(なん)と言(い)いますか。

F：1　注文(ちゅうもん)したものがまだ来(こ)ないんですが。

　　2　注文(ちゅうもん)してもいいですか。

　　3　注文(ちゅうもん)させてもらえますか。

【譯】

在餐廳裡點的餐點還沒來。請問該說什麼呢？

F：1. 我的餐點還沒送來。

　　2. 我可以點餐了嗎？

　　3. 可以為您點餐了嗎？

答案：1

【關鍵句】注文したものが来ません。

對話情境と出題傾向

這一題的情境是在餐廳點了菜卻沒送來。從圖片來看，可以發現說話的對象是店員，也就是說，該怎麼告訴店員這件事。

解題技巧

▶ 選項 1 是正確答案。重點在句尾的「が」。雖然這個「が」感覺上話好像只說了一半，但其實是話中有話，日本人有共通的默契可以了解這個「が」背後的意義。不用把話講得很完整，就能猜到對方想要表達什麼，這也是日語學習的一大難處。「が」在此是暗示說話者想知道「どうなっていますか」（我點的菜現在是什麼情況呢）。相較之下，少了句尾的「が」，或是不省略、直接把「どうなっていますか」問出口，都沒有「注文したものがまだ ないんですが」這句話來得自然。

▶ 值得注意的是，選項 1 的「んです」是「のです」的口語表現，在這邊表示說話者在針對事態或狀況進行說明。這一題的情境除了「が」以外，也要使用「んです」才顯得自然。如果是說「注文したものがまだ来ません」，就只是在單純敘述點了菜還沒有來的情形，少了說明的語氣，是不自然的說法。

▶ 此外，這一題除了選項 1 ，也有其他的說法。例如「注文してからもう 30 分以上経っているんですが」（我點菜已經過了 30 分鐘了耶…）。

▶ 選項 2 用「てもいいですか」的句型來徵詢對方許可。這可以用在店員似乎很忙沒辦法幫自己點菜的時候，或是不知道該向誰點菜的時候。但在這邊要特別注意的是，題目敘述當中有說「注文した」，動詞過去式表示自己已經點完菜了，所以沒必要再點菜，故選項 2 不合題意。

▶ 選項 3 也是在詢問對方是否能點菜。這也是錯的，和選項 2 一樣，因為已經點過菜了，所以不用再點一次。值得注意的是，「てもらえる」是「てもらう」的可能形，這是語氣較為客氣的說法。客人對店員說話沒必要這麼客氣，這樣的說法有時聽起來反而有挖苦的語感。如果想要詢問能否點菜，還是用選項 2 會比較理想。

說法百百種

▶ 最點菜時的一些常見說法：

ビール２つください。／請給我兩杯啤酒。

カレーうどんをお願いします。／請給我咖哩烏龍麵。

何か冷たいもの、ありますか。／有沒有什麼冰冰涼涼的東西呢？

もんだい 4　第 ❷ 題 答案跟解說

忙(いそが)しいので、先輩(せんぱい)に手伝(てつだ)ってもらいたいです。先輩(せんぱい)に何(なん)と言(い)いますか。

M：1　すみません、手伝(てつだ)わせてもらえますか。

　　2　すみません、手伝(てつだ)っていただけますか。

　　3　すみません、手伝(てつだ)ってもいいですか。

【譯】

現在很忙，想請前輩幫忙。請問該對前輩說什麼呢？

M：1. 不好意思，可以讓我幫忙嗎？

　　2. 不好意思，可以幫我忙嗎？

　　3. 不好意思，我可以幫忙嗎？

答案：2

【關鍵句】先輩に手伝ってもらいたい。

對話情境と出題傾向

這一題的情境是希望前輩能幫自己的忙。要小心的是，「てもらう」是用於請別人幫自己做某件事的句型，所以做動作的是對方，不是自己。面對這種授受動詞的題目，一定要先弄清楚做動作的人到底是誰，可別被使役形等等給騙了。

解題技巧

▶ 正確答案是選項２。「手伝ってもらう」的謙讓表現就是「手伝っていただく」，藉由降低自己的姿態來抬高對方的身分地位。由於說話的對象是前輩，所以一定要用敬語才不會失禮。而這邊用可能形「ていただけますか」是表示客氣地徵詢對方的同意，也就是詢問前輩是否願意幫自己的忙。

▶ 此外，這一題除了選項２，也有其他的說法。例如「ちょっと手伝ってくれませんか」（可以幫我一下嗎？）、「すみません、お手伝いいただけないでしょうか」（不好意思，可以勞煩您幫我一個忙嗎？）。前者的敬意比選項２低，適用於上下關係比較沒那麼嚴謹的前輩，或是公司的晚輩（不過用在學弟妹身上就顯得太過客氣）。而後者的敬意非常高，適用於地位非常高的長輩。值得注意的是，像這種有事要拜託人的時候，常常會用上「ちょっと」、「すみません」這些語詞來緩和語氣喔！

▶ 選項１是錯的。當看到「使役形＋てもらう」時，就要想到做動作的人是自己。這句話也就是客氣地詢問對方能否讓自己幫忙。這和拜託對方來幫自己忙的題意正好相反。

▶ 選項３是錯的。「てもいいですか」的句型用於徵詢對方許可。「手伝ってもいいですか」是詢問對方能否讓自己幫忙，表示做動作的人是自己，所以也和題意不符。

▶ 雖說選項１、３都用來表示說話者想幫對方的忙，不過在這種時候，最常用的說法其實是「お手伝いしましょうか」或「お手伝いいたしましょうか」才對，後者是比前者還要更有禮貌的說法。

說法百百種

▶ 拜託的對象不是前輩而是晚輩，可以嘗試這麼說：

ちょっと手伝ってくれる？／能幫我一下忙嗎？

ちょっと手伝ってくれない？／能不能幫我一下忙？

もんだい 4　第 ③ 題 答案跟解說

4-4

就職が決まったので、先生に伝えたいです。先生に何と言いますか。

M：1　ご就職、おめでとうございます。

　　2　今度、就職させていただきました。

　　3　おかげさまで、就職が決まりました。

【譯】

已經找到工作了，想把這個消息報告老師。請問該對老師說什麼呢？

M：1. 恭喜找到工作了。

　　2. 這次請讓我去工作。

　　3. 託老師的福，我已經找到工作了。

解題關鍵と訣竅

答案：3

【關鍵句】就職（しゅうしょく）が決（き）まったので、先生（せんせい）に伝（つた）えたい。

! 對話情境と出題傾向

這一題的情境是自己找到了工作，準備向老師報告這個喜訊。

解題技巧

▶ 正確答案是選項３。這是向人報告找到工作的喜訊時常用的說法。雖然對方不一定有在找工作期間幫了什麼忙，但日本人這時多半都會說「おかげさまで」（託您的福）。特別是對於老師或是年長的親戚等上位者，用「おかげさまで」可以展現自己的禮儀，也可以表達謝意，絕對不會出錯。

▶ 此外，這一題除了選項３，也有其他的說法。例如「おかげさまで、この春から○○に勤めることになりました」（託您的福，今年春天開始我就要到○○上班了）。

▶ 選項１是錯的。「ご就職、おめでとうございます」是恭喜別人找到工作時的固定説法。「おめでとうございます」用在恭喜別人的時候。不過這一題發生喜事的是自己，要接受恭喜的人不是老師，所以不合題意。

▶ 選項２也是錯的。「～にさせてもらう」如果沒有特別說出「に」前面的人，則通常是指説話的對象。不過問題在於這份工作並不是老師給自己的，所以用「させてもらう」並不正確。

單字と文法

□ **就職**（しゅうしょく） 找到工作、就職

說法百百種

▶「おめでとうございます」經常和以下語詞合用：

ご結婚、おめでとうございます。／恭喜兩位結婚。

お誕生日、おめでとうございます。／生日快樂。

合格、おめでとうございます。／恭喜上榜。

最後一句的「合格」比較特別，前面不能接「お」、「ご」。

もんだい 4　第 4 題答案跟解說

4-5

友達とコーヒーを飲んでいます。砂糖を使いたいです。友達に何と言いますか。

F：1　お砂糖、取ってくれる？

　　2　お砂糖、取ってあげようか。

　　3　お砂糖、取ってもらおうか。

【譯】

正在和朋友喝咖啡，想要加糖。請問該對朋友說什麼呢？

F：1. 可以幫我拿糖嗎？

　　2. 幫你拿糖吧？

　　3. 把糖遞過來吧。

解題關鍵と訣竅

（答案：1

【關鍵句】砂糖を使いたいです。

!對話情境と出題傾向

這一題題述的「砂糖を使いたいです」表示情境是自己想要用砂糖，想請對方幫忙拿一下。

解題技巧

▶ 選項１是正確答案。「てくれる」表示別人為自己或是我方做某件有益的事情。而這裡由於句尾聲調上揚，表示疑問句，可以用在請對方幫忙拿東西的時候。

▶ 此外，這一題除了選項１，也有其他的説法。例如「砂糖取ってくれない？」（可以幫我拿砂糖嗎？）、「砂糖、取って」（幫我拿砂糖）。如果對象是長輩，則用敬語「すみませんが、砂糖を取っていただけますか」（不好意思，可以麻煩您幫我拿一下砂糖嗎？）。

▶ 選項２是錯的。「てあげる」表示自己或我方的人為別人做有益的事情。這邊的「ようか」表示提議要幫對方的忙，所以是用在自己幫對方拿東西的時候。

▶ 選項３也是錯的。這句話的使用情境如下：一群人坐在長桌上，而砂糖離自己很遠。當自己想用砂糖時，突然發現坐在對面的人好像也想用砂糖。這時就對對面的人説「お砂糖、砂糖の近くの席の人に取ってもらおうか」（砂糖的話，我請坐在砂糖附近的人幫我們拿吧）。就像這樣用在請第三者幫忙做事，而不用在請對方幫忙自己做事。所以如果是有事拜託對方的時候，不宜用這句。

小知識

也許有的人會覺得奇怪，題述中的砂糖叫「砂糖」，為什麼選項中的會變成「お砂糖」呢？其實這個多出來的「お」叫做「美化語」，女性較常使用，加在名詞前面，聽起來就很有氣質。不過像是「お酒」（酒），現在已經普遍化而少了美化的作用了。其他常見的「お＋名詞」還有「お魚」（魚）、「お肉」（肉）、「お菓子」（零食）、「お米」（米）、「お箸」（筷子）、「お茶碗」（碗）…等等。

もんだい 4　第 5 題 答案跟解說

4-6

他の会社を訪問して、お茶を出してもらいました。何と言いますか。

M：1　お茶でもいかがですか。

　　2　どうぞ、おかまいなく。

　　3　どうぞ、ご遠慮なく。

【譯】

去拜訪其他公司，對方端茶送上。請問該說什麼呢？

M：1. 喝點茶吧。

　　2. 請不要這麼客氣。

　　3. 請喝茶，不用客氣。

答案：2

【關鍵句】お茶（ちゃ）を出（だ）してもらいました。

對話情境と出題傾向

這一題的情境是因公去其他公司時，對方倒茶給自己喝。這時該怎麼回應對方的好意呢？

解題技巧

- 正確答案是選項２。「おかまいなく」的意思是「かまわないでください」，也就是請對方不用如此費心。這是不希望造成對方困擾時的說法，也是一種間接的道謝。除了本題這種去其他公司拜訪的情形之外，去別人家作客，主人招待自己時，身為客人也可以這麼說。
- 此外，這一題除了選項２，也有其他的說法。例如「どうぞ、お気遣いなく」（不用麻煩了）、「ありがとうございます」（謝謝您）。不過「ありがとうございます」沒有選項２和「どうぞ、お気遣いなく」來得恰當。
- 選項１是錯誤的。「いかがですか」在此用來詢問對方的意願。這是詢問對方要不要喝茶的說法。不過這一題說話者並不是倒茶的人，所以不會這麼說。
- 選項３也是錯的。當端出茶或食物請客人吃，然而過了一會兒卻發現客人都沒有開動享用時，主人可以這麼說。要特別注意的是，如果只是端一杯茶出來的話，就不會這麼說了。而這一題說話者是客人，所以立場剛好相反，不適用。

單字と文法

□ おかまいなく 不用麻煩了

說法百百種

▶職場常用說法

去其他公司拜訪時遣詞用字千萬不能失禮。以下的幾種說法經常派上用場，熟記以後包准你不會在職場上吃虧：

大原会社の山田と申します。
／我是大原公司的人，敝姓山田。

営業部の佐藤様と３時のお約束で伺いました。
／我和業務部的佐藤先生約好了３點要見面。

お忙しいところ恐縮です。
／百忙之中不好意思打擾您了。

もんだい 4　第 ⑥ 題 答案跟解說

雨の日に友達が傘がなくて困っています。自分は二つ持っています。友達に何と言いますか。

F：1　傘、借りたらどうでしょう。
　　2　傘、借りたらいいのに。
　　3　傘、貸してあげようか。

【譯】

下雨天，朋友沒帶傘，正在傷腦筋。自己帶著兩把傘。請問該對朋友說什麼呢？

F：1. 去借把傘吧？
　　2. 如果有借傘就好了。
　　3. 借你一把傘吧。

答案：3

【關鍵句】友達が傘がなくて困っています。
自分は二つ持っています。

對話情境と出題傾向

這一題的情境是想要把傘借給朋友。要特別注意的是，這種借東西的題目經常會把「貸す」和「借りる」一起搬出來混淆考生。這兩個動詞雖然中文都翻譯成「借」，但是「貸す」是把東西借給別人，「借りる」是向別人借東西，千萬不要搞混。既然題目是要把東西借出去，就要知道答案應該是會用到「貸す」才對。

解題技巧

- 正確答案是選項3。選項當中只有它用到「貸す」。再搭配「てあげる」這個句型，表示為了對方著想要做某件事情。這句話是在詢問對方需不需要借自己的傘。

- 此外，這一題除了選項3，也有其他的說法。例如「傘、あるよ」（我有傘喔）、「傘、貸そうか」（傘借你吧）、「私の傘、使う？」（你要用我的傘嗎？）。

- 選項1用「たらどうでしょう」這個句型給對方建議，問對方要不要去（向別人）借傘。不過從題述看來，打算借傘的人是說話者，應該是要問對方要不要自己多出來的那把傘才對，「傘、借りたらどうでしょう？」好像有點事不關己，故不正確。

- 選項2用「たらいいのに」帶出一種惋惜的語氣，這是在表示對方如果有去（向別人）借傘就好了。這句話也和題意不合。

說法百百種

▸ 這一題提到的是借傘給朋友的說法。想向朋友借傘時可以怎麼說：

傘、貸してくれる？／傘可以借我嗎？

傘、貸してくれない？／傘可以借我嗎？

傘、借りてもいい？／可以向你借傘嗎？

4-8 7ばん 【答案跟解說：432 頁】 答え：① ② ③

4-9 8ばん 【答案跟解說：434 頁】 答え：① ② ③

4-10 9ばん 【答案跟解說：436 頁】 答え：① ② ③

4-11 10 ばん 【答案跟解說：439 頁】

答え：①②③

4-12 11 ばん 【答案跟解說：442 頁】

答え：①②③

4-13 12 ばん 【答案跟解說：444 頁】

答え：①②③

もんだい 4　第 7 題 答案跟解說

4-8

寒いので窓を閉めたいです。何と言いますか。

M：1　窓を閉めてもいいですか。
　　2　窓を閉めてあげましょうか。
　　3　窓を閉めてくださいませんか。

【譯】

天氣冷，想要關窗。請問該說什麼呢？

M：1. 我可以關窗嗎？
　　2. 我幫你關窗吧？
　　3. 可以請您幫我關窗嗎？

解題關鍵と訣竅

答案：1

【關鍵句】窓を閉めたい。

對話情境と出題傾向

從圖片來看，可以得知這一題的情境是因為很冷所以想關窗戶，不過因為有其他人在，所以合理推測應該要先徵詢旁人意見才能關窗戶。

解題技巧

- 正確答案是 1。句型「てもいいですか」表示想做某個動作，進而徵求同意、許可。
- 此外，這一題除了選項 1，也有其他的說法。例如「窓を閉めたいんですが」（我想關個窗戶…）。這句話也是用「んですが」帶出弦外之音。
- 選項 2 是錯的。「てあげましょうか」表示為了對方著想要做某件事情。不過題述是說，覺得很冷、想關窗戶的人都是說話者，不是其他人，所以不正確。
- 選項 3 也是錯的。「てくださいませんか」是請求的句型。這句話是在拜託別人關上窗戶。不過，題述當中提到「窓を閉めたい」，就表示要關窗戶的人是說話者，所以不正確。

說法百百種

▶ 關於窗戶的一些動作說法：

窓を開ける／開窗戶

窓に鍵をかける／鎖窗戶

窓を拭く／擦窗戶

もんだい 4　第 8 題 答案跟解說

4-9

明日、大事な用事ができたので会社を休みたいです。上司に何と言ってお願いしますか。

F：1　明日は大事な用事ができたので、会社を休むことにしました。

　　2　明日は大事な用事ができたので、会社を休むつもりです。

　　3　明日は大事な用事ができたので、会社を休ませていただきたいのですが。

【譯】

明天有重要的事情，想向公司請假。請問該向主管說什麼呢？

F：1. 明天因為有重要的事情，我決定不來上班了。

　　2. 明天因為有重要的事情，我打算不來上班。

　　3. 明天因為有重要的事情，是不是可以讓我請假呢？

解題關鍵と訣竅

（答案：3）

【關鍵句】会社を休みたいです。
上司に何と言ってお願いしますか。

對話情境と出題傾向

這一題的情境是向上司請假。題目中若有特別提到身分、地位、親疏關係，就要留意敬語表現，以及什麼樣的説法才不會失禮。

解題技巧

▶ 正確答案是 3。這裡用的是「～せていただく」。「使役形＋もらう／いただく」表示由於對方的允許，使自己得到恩惠。説話者因為想採取某種行動，在此之前先禮貌地徵求對方許可。句尾的「が」和第 1 題一樣，沒有把話説完，卻有弦外之音，在此後面省略了「よろしいでしょうか」（請問可以嗎）等話語。

▶ 此外，這一題除了選項 3，也有其他的説法。例如「明日は大事な用事ができたので、会社を休みたいのですが」（明天我有要事，所以我想向公司請假…）。不過這一句就沒有選項 3 來得得體。

▶ 選項 1 用「ことにする」表示説話者意志堅決地做了某個決定，不管上司説什麼，自己都一定要請假。不過從題述的「お願いしますか」可以發現，説話者的姿態應該是柔軟的、請求於人的，所以這樣的説法並不適當。

▶ 選項 2 的「つもりです」表示説話者的打算、決心。這不是在徵求同意，只是把自己預定要做的事情向上司報告而已，所以不正確。

小知識

此外，關於「明日は大事な用事ができたので」這部分，從職場禮儀來看，請假時最好還是説出具體的理由會比較好。例如：「親戚に不幸がありまして」（「親戚遭遇不幸」，這是親戚過世的委婉説法）。

もんだい4　第9題 答案跟解說

4-10

映画館で、隣の人が大声でしゃべっています。何と言いますか。

M：1　すみません。映画の音が聞こえにくいのですが。

2　すみません。しゃべってもらえますか。

3　すみません。静かにしたほうがいいですよ。

【譯】

在電影院裡，鄰座的觀眾正在大聲說話。請問該對他說什麼呢？

M：1. 不好意思，我聽不清楚電影的聲音。

2. 不好意思，請您說給我聽好嗎？

3. 不好意思，保持安靜比較好喔。

（答案：1

【關鍵句】隣の人が大声でしゃべっています。

對話情境と出題傾向

這一題的情境是在看電影時受到隔壁人士的干擾。如果想請對方不要影響別人，可以怎麼說呢？

解題技巧

- 正確答案是１。這是非常委婉的說法，不直接指出對方音量太大，而是拐個彎提醒對方降低音量，這樣比較有禮貌。句尾的「が」就跟第１題、第８題一樣，作用在於省略下文、帶出言外之意，推敲過後可以發現說話者真正想講的是「だから静かにしてほしい」（所以想請你們安靜一點）。
- 此外，這一題除了選項１，也有其他的說法。例如「すみません。声を控えていただけますか」（不好意思，可以麻煩你們音量降低一點嗎？）。至於「静かにしていただけますか」（可以麻煩你們安靜一點嗎？）這種說法就過於直接，禮貌程度不夠，所以不是很適當。
- 選項２是錯的。「てもらえますか」用來請對方做某件事。而「しゃべってもらえますか」是請對方說話，但是就是因為對方正在大聲說話才會吵到自己，顯然不合邏輯。再加上場景是在電影院，用常理來判斷，在看電影時怎麼會希望隔壁的人能說話呢？所以這句並不正確。
- 選項３是陷阱，可不要被「静かにする」（安靜）給騙了！句型「ほうがいい」表示建議、忠告，只是用給予意見的方式來柔性地勸導對方「你這樣做其他人會生氣，所以為了自己好，還是安靜一點吧」，並不能傳達出自己希望對方能安靜的心情。所以作為這一題的答案不是很恰當。

單字と文法

□ **大声**（おおごえ） 大聲

說法百百種

▸ **在電影院常見的有違禮儀行為**

座席の背中をける。／踢椅背。

上映中に携帯電話が鳴る。／放映中手機響起。

音をたてながらものを食べる。／吃東西發出聲音。

上映前に結末を話す。／搶先一步說出結局。

もんだい 4　第 ⑩ 題 答案跟解說

4-11

店で、もっと大きなサイズの服が見たいです。店員に何と言いますか。

F：1　すみません。もっと大きいのもありますよ。

　　2　すみません。もっと大きいのを見せませんか。

　　3　すみません。もっと大きいのはありませんか。

【譯】

在店裡想要看尺碼比較大的衣服。請問該對店員說什麼呢？

F：1. 不好意思，還有更大的尺碼喔。

　　2. 不好意思，要不要給您看更大的尺碼呢？

　　3. 不好意思，請問有沒有更大的尺碼呢？

答案：3

【關鍵句】もっと大きなサイズの服が見たい。

對話情境と出題傾向

這一題的情境是購物時詢問店員有沒有大一點的尺寸。像這種客人和店員之間的互動也是很常考的題型之一。

解題技巧

- 正確答案是３。雖然乍聽之下「ありませんか」只是在詢問有或沒有，不過要特別注意這句話背後的意思。「有沒有大一點的尺寸」＝「想看看大一點的尺寸」，這才是說話者真正的意圖。進入到Ｎ３程度後，就會發現很多時候話並不會說得太直接，這也是日語的特色之一，所以了解每句話的含意就是非常重要的關鍵。

- 此外，這一題除了選項３，也有其他的說法。例如「すみません。もっと大きいのはありますか」（不好意思，有更大一點的尺寸嗎）、「もっと大きいのがあったら、見たいんですけど」（如果有更大一點的尺寸，那我想看看…）

- 選項１是錯的。這句話應該是店員對顧客說的話，告訴顧客也有再大一點的尺寸，而不是顧客的發言。

- 選項２也是錯的。這句話只是在詢問對方要不要看，並沒有包含說話者「見たい」（想看）的心情。如果改成「すみません。もっと大きいのを見せてくれませんか」（不好意思。請問可以給我看看更大一點的尺寸嗎）就可以了。不過，這句話是在「說話者已經知道有大一點的尺寸」的前提下才成立。一般而言應該會先詢問店家有無更大一點的尺寸。

說法百百種

▶ 以下有幾句在逛服飾店時可能會用到的說法

何色が一番売れていますか。／什麼顏色賣得最好呢？

スカートを探しているのですが。／我在找裙子。

これ、試着してもいいですか。／我可以試穿這個看看嗎？

ただ見ているだけです。／我只是看看而已。

明日の集合時間を先生に聞きたいです。何と言いますか。

F：1　明日は何時に来ますか。

2　明日は何時に来ればいいですか。

3　明日は何時に来てもいいですか。

【譯】

想要請問老師明天的集合時間。請問該向老師說什麼呢？

F：1. 明天要幾點來呢？

2. 明天應該要幾點來才好呢？

3. 明天幾點來都沒關係嗎？

解題關鍵と訣竅

（答案：2

【關鍵句】明日の集合時間

對話情境と出題傾向

這一題的情境是詢問老師明天幾點要前來集合。

解題技巧

▶ 正確答案是２。用請對方給予自己提點、指教的句型「ばいいですか」詢問老師幾點必須要到。

▶ 此外，這一題除了選項２，也有其他的說法。例如「明日の集合時間は何時ですか」（明天集合的時間是幾點呢？）。

▶ 選項１是陷阱。如果用中文的思維直譯「明天幾點來呢」，很有可能就會覺得選項１有何不可。但它錯誤的地方在於，這樣的問法只是單純詢問「對方」明天打算幾點前來，前來的人並不是說話者。此外，這一題問的是有時間規定的「集合時間」，但這句話也沒有包含「必須幾點來」、「需要幾點到場」的意思，所以不正確。

▶ 選項３也是錯的。「てもいいですか」是徵詢許可的問法。這一句問的不是某個時間點，而是詢問對方，不管幾點來都可以嗎？

單字と文法

□ **集合** 集合

說法百百種

▶ **題目當中問的是活動的集合時間，至於詢問老師地點和其他事項的問法，請參見以下的例句：**

明日はどこに集まるんですか。／請問明天在哪裡集合呢？

明日は何を持ってくればいいですか。／請問明天要帶什麼來呢？

もんだい 4　第⑫題 答案跟解說

4-13

銀行に口座を作りに来ました。初めてのところです。係りの人に何と言いますか。

M：1　口座を作りたいのですが、どこに並べばいいですか。
　　2　口座を作りたいのですが、どこに並ばないわけにはいきませんか。
　　3　口座を作りたいのですが、どこに並んであげましょうか。

【譯】

第一次來銀行開帳戶。請問該對行員說什麼呢？

M：1. 我想要開帳戶，請問該在哪裡排隊呢？
　　2. 我想要開帳戶，請問該在哪裡排隊否則就不行呢？
　　3. 我想要開帳戶，請問該在哪裡幫你排隊呢？

解題關鍵と訣竅　（答案：1

【關鍵句】初（はじ）めてのところです。

對話情境と出題傾向

這一題的情景是在銀行開新戶。從「初めてのところです」這句話和圖片來看，說話者應該是想問行員要去哪個櫃台辦理。

解題技巧

- 正確答案是１。這一句用「ばいいですか」表示請對方給予自己提點、指教，用在這題就是詢問行員應該在哪裡排隊才好。
- 此外，這一題除了選項１，也有其他的説法。例如「口座を作るのはどの（どちらの）窓口ですか」（開戶是在哪個櫃台呢）。
- 選項２是錯的。「わけにはいかない」表示「依照常識或倫理來看並不能這麼做」的心情，所以並不合題意。
- 選項３也是錯的。「てあげる」表示站在對方的立場著想，採取某種行動。不過這一題並不是説話者要幫行員開戶，所以也不合題意。

小知識

以下是在銀行、ATM 經常使用到的單字：両替（外幣兑換、換鈔）、通帳（存摺）、印鑑（印章）、引き出し（提款）、預け入れ（存款）、振り込み（匯款）、高照会（查詢餘額）、暗証番号（密碼）、取引明細（交易明細）、ローン（貸款）、利息（利息）、手数料（手續費）。

Memo

即時応答

在聽完簡短的詢問之後，測驗是否能夠選擇適切的應答。

考前要注意的事

作答流程 & 答題技巧

聽取說明

先仔細聽取考題說明

聽取問題與內容

這是全新的題型。學習目標是，聽取詢問、委託等短句後，立刻判斷出合適的答案。

預估有 9 題

1 提問及選項都在錄音中，而且都很簡短，因此要集中精神聽取會話中的表達方式及語調，確實掌握問句跟回答句的含義。

2 作答時要當機立斷，馬上回答，答後立即進入下一題。

答題

再次仔細聆聽問題，選出正確答案

N3 聽力模擬考題　問題 5

5-1

問題5では、問題用紙に何もいんさつされていません。まず、文を聞いてください。それから、そのへんじを聞いて、1から3の中から、最も よいものを一つえらんでください。

5-2 1ばん 【答案跟解說：450 頁】

答え：① ② ③

- メモ -

5-3 2ばん 【答案跟解說：452 頁】

答え：① ② ③

- メモ -

5-4 3ばん 【答案跟解說：454 頁】

答え：① ② ③

- メモ -

5-5 4ばん 【答案跟解說：456 頁】 答え：① ② ③

- メモ -

5-6 5ばん 【答案跟解說：458 頁】 答え：① ② ③

- メモ -

5-7 6ばん 【答案跟解說：460 頁】 答え：① ② ③

- メモ -

もんだい 5　第 1 題 答案跟解說

5-2

M：すみません、ちょっとうかがいますが。

F：1　では、ご遠慮（えんりょ）なく。

2　はい、いつでもどうぞ。

3　はい、何（なん）でしょう？

【譯】

M：不好意思，可以請教一下嗎？

F：1. 那麼，我就不客氣了。

2. 好的，隨時歡迎。

3. 好的，請問有什麼事嗎？

- メモ -

攻略的要點 「うかがう」是「聞く」的謙讓語！

答案：3

【關鍵句】ちょっとうかがいますが。

對話情境と出題傾向

這一題考的是當對方有事想要詢問自己時，你可以怎麼回應他？重點在「ちょっとうかがいますが」這一句。「うかがう」（請教）是謙讓語，在這邊是「聞く」（問）的意思。句子雖然是以「が」作結，感覺上話沒有說完，但其實後面省略掉「よろしいでしょうか」等詢問對方意願的語句。

「ちょっと」在這邊的作用是緩和語氣，有事情要麻煩別人時常常會加上「ちょっと」。

解題技巧

- 正確答案是３。先以「はい」表示自己有聽到對方的請求，也同意回應。「何でしょう」相當於「あなたが聞きたいことは何ですか」（你想問什麼呢？）。「何でしょう」的語氣又比「何ですか」稍微客氣一點。
- 此外，這一題除了選項３，還有其他的說法。例如「はい、どうぞ」（好的，請說）、「はい、何でしょうか」（好的，請問是什麼事呢？）。如果對方的表情十分苦惱，還可以回問他「どうなさいましたか」（請問發生了什麼事呢？）。
- 選項１是錯的。當對方邀請、力勸自己，或是請自己吃東西的時候，如果願意接受對方的好意或是願意照辦時，就可以用「遠慮なく」。另外，「では」是說話者打算採取某個行動的發語詞。
- 選項２也是錯的。錯誤的地方在於對方是「現在」有事情想請教，對此回答「いつでも」（不管什麼時候都可以）就顯得奇怪了。可別被表示同意的「どうぞ」給騙了。

小知識

☞ **謙讓語「うかがう」除了本題的用法，還有以下兩種意思：**

1. **聞く**（聽）⇨ お話はうかがっています。（這件事我已有所聽說。）
2. **訪れる**（拜訪）⇨ 今からうかがいます。（現在前去拜訪。）

M：明日（あした）は、9時（じ）に駅（えき）に集合（しゅうごう）してください。

F：1　はい、分（わ）かりました。

2　それはいいですね。

3　大丈夫（だいじょうぶ）ですか。

【譯】

M：明天請於 9 點在車站集合。

F：1. 好的，明白了。

2. 那真好呀。

3. 您還好嗎？

- メモ -

解題關鍵と訣竅

答案：1

【關鍵句】…してください。

對話情境と出題傾向

這一題從「てください」來看，可以推測「9點在車站集合」是一種請求或是命令。面對這樣的情況，可以怎麼說呢？

解題技巧

- 正確答案是1。對於請求、命令，如果表示同意、服從，可以說「分かりました」。
- 此外，如果對方是上位者，還可以回答「はい、承知しました」（好的，我明白了）。如果對方是寄e-mail等文件，也可以回答「了解しました」（我了解了）。不過這一句聽起來有點生硬，所以幾乎不用在口說方面。
- 選項2是錯的。這是對於對方的提議表示贊同的說法。不過這一題男士並沒有提出意見，而是在請求或是命令，所以不適合。
- 選項3是在針對某個情況詢問、關心有沒有問題。答非所問。

說法百百種

▶當對方建議採取某個行動，或是提出邀約時，表示贊同的說法：

A：「明日は、10時に出発ということでどうですか。」
／「明天10點出發你覺得怎麼樣？」
B：「ええ、そうしましょう。」／「嗯，就這麼辦吧！」

A：「明日は、お弁当持っていきましょうか。」／「明天我帶便當去吧？」
B：「それはいいアイディアですね。」／「這真是個好點子啊！」

もんだい 5　第 3 題 答案跟解說

5-4

F：最近遅刻が多いですよ。明日は遅れないように。

M：1　はい、これから気をつけます。

2　はい、これから気にします。

3　はい、これから気を使います。

【譯】

F：你最近常常遲到喔。明天可別再遲到了。

M：1. 好的，以後我會注意的。

2. 好的，以後我會在意的。

3. 好的，以後我會用意的。

- メモ -

答案：1

【關鍵句】遅（おく）れないように。

對話情境と出題傾向

這一題的情境是對方在告誡自己明天別遲到了。「ように」經常用在要求別人注意一些事情的時候，原本後面還有「してください」，不過長輩對晚輩、上對下的情況就可以省略不說。另外，「ように」聽起來有高高在上的感覺，也可以改說「ようにね」緩和語氣。至於三個選項都是和「気」相關的慣用句，要選出一個被訓話時最適切的回應方式。

解題技巧

- 正確答案是１。「気をつける」意思是「注意する」（注意、小心）。
- 除了選項１的回答，你也可以這麼說「はい、すみません。明日は絶対遅れないようにします」（是，不好意思。明天我絕對不會遲到）。
- 選項２「気にする」意思是「心配する」（擔心）、「不安に思う」（感到不安）。答非所問。
- 選項３「気を使う」意思是「關心、顧慮到自己以外的許多事項，為他人貼心著想」。不過經常遲到的人是自己，所以不適用。

小知識

☞ **在此也附上一些「気を」、「気に」開頭的常見慣用句做為補充：**

気⇨ 気を配る（關心、注意）

気⇨ 気を引く（吸引注意）

気⇨ 気にかける（放在心上）

気⇨ 気になる（在意、掛念）

F：雨(あめ)が降(ふ)りそうですよ。

M：1　傘(かさ)を持(も)っていくわけにはいきませんね。
　　2　傘(かさ)を持(も)ってくればよかったですね。
　　3　傘(かさ)を持(も)っていかないこともありませんね。

【譯】

F：好像快要下雨了喔。

M：1. 可也總不能帶傘去吧。
　　2. 早知道就帶傘出來了。
　　3. 有可能會帶傘去。

- メモ -

解題關鍵と訣竅

答案：2

【關鍵句】雨(あめ)が降(ふ)りそうだ。

對話情境と出題傾向

「動詞ます形＋そうだ」是樣態用法，意思是「看起來…」、「好像…」。這一題女士表示快要下雨了，三個選項都是「傘を持って」開頭，很明顯是要混淆考生，要在這當中選出一個最符合常理的回應。

解題技巧

- 正確答案是２。「ばよかった」用來表示說話者後悔、惋惜的心情。這句話表示眼看著就要下雨了，很可惜說話者卻沒帶傘。
- 這一題除了選項２，也有比較輕鬆隨便一點的說法「ああーっ、傘持ってくればよかったー！」（啊～早知道就帶傘了～！）。
- 選項１是錯的。「わけにはいかない」表示雖然想採取某種行動（想帶傘出門），但受限於一般常識或道德上的規範卻不可以這麼做。很顯然地答非所問。
- 選項３也是錯的。這句話用雙重否定，表示有可能帶傘出門。這也是答非所問。

單字と文法

□ ～ばよかった …就好了

說法百百種

▶ 一些在日常生活中和傘有關的實用會話：

電車に傘を忘れてきたかもしれない。／我可能把傘忘在電車裡了。

どうぞ傘にお入りください。／請進來我的傘下吧。

傘を持っていったほうがよさそうだ。／最好是帶把傘出門吧。

第 5 題 答案跟解說

5-6

M：ここ、座(すわ)ってもよろしいですか。

F：1　さあ、座(すわ)りましょうか。

2　ええ、どうぞ。

3　おかげさまで。

【譯】

M：請問我可以坐在這裡嗎？
F：1. 來，我們坐下來吧。
2. 可以呀，請坐。
3. 託您的福。

- メモ -

解題關鍵と訣竅

答案：2

【關鍵句】…てよろしいですか。

對話情境と出題傾向

這一題的情境是男士在詢問女士是否可以坐這個空位。「てもよろしいですか」的句型用於徵詢對方同意。如果想答應可以怎麼說呢？

解題技巧

- 正確答案是２。這是固定的說法。「どうぞ」在此表示同意對方。意思是「可以坐下來沒關係」、「請坐」。
- 不過如果這個位子其實是有人坐的，那麼女士就可以回說「すみません。そこ、います」（不好意思，這裡有人坐了）。
- 選項１是錯的。「ましょうか」用來邀請、呼籲其他人一起做某件事。不過這題的情形是女士已經坐下來了，而男士想坐她旁邊的空位。既然沒有要「一起」坐下，這一句當然也不適用。
- 選項３也是錯的。這句話用來感謝對方的幫助或關心，是感謝的固定說法。不過從題目來看，男士並沒有幫女士什麼忙，女士也就沒必要感謝他。

說法百百種

- **這一題的情況，男士除了可以說「ここ、座ってもよろしいですか」，還有其他講法。例如：**

ここ、いいですか。／我可以坐這裡嗎？

ここ、よろしいでしょうか。／請問方便我坐這裡嗎？

もんだい５　第６題 答案跟解說

5-7

F：お客様(きゃくさま)、もう少(すこ)し大(おお)きいのをお持(も)ちしましょうか。

M：1　はい、お願(ねが)いします。

　　2　いいえ、自分(じぶん)で持(も)てます。

　　3　持(も)ってくださいますか。

【譯】

F：這位客人，要不要我為您拿尺寸大一點的過來呢？

M：1. 好的，麻煩妳。

　　2. 不用，我自己有帶。

　　3. 可以幫我拿過來嗎？

- メモ -

答案：1

【關鍵句】…お持ちしましょうか。

對話情境と出題傾向

這一題有點難度。首先要注意到女士說的「お客樣」，就要能連想場景應該是在店家，而女士應該是店員。後面的「お持ちする」基本上是「持つ」的謙讓語，在這邊意思不是「提」，而是「持ってくる」（拿過來）。雖然「お持ちする」也有「幫您提拿」的意思，但可別漏聽「もう少し大きいの」這部分。這表示店員是在詢問要不要拿尺碼比較大的商品來給客人看。如果漏聽了這部分，很有可能會選選項2或3。

解題技巧

- 正確答案是１。「お願いします」表示希望對方去拿大一點的商品給自己看。
- 除了選項１之外，這一題也有其他的回答方式。如果希望店員這麼做，有的男士會回答「うん、頼むよ」（嗯，拜託了），而有的女士會回答「そうね、お願いしようかしら」（說得也是，那就麻煩您囉）。不過男士的部分，相較之下還是選項１比較適合。此外，如果要婉拒店員，可以說「いいえ、結構です」（不，不用了）。
- 選項２用來拒絕對方的幫忙，表示自己已經有帶來了。選項３則是再次確認對方是否真的願意幫自己提拿。

說法百百種

- **在商店當中客人經常會用到的會話：**

すみません。スプーンって置いてますか。／不好意思，請問有賣湯匙嗎？

この中で一番売れてるのはどれですか。／這裡面賣最好的是哪一款呢？

そうですね。ちょっと考えさせてください。／嗯，請讓我考慮一下。

5-8 7ばん　【答案跟解說：464 頁】　答え：① ② ③

- メモ -

5-9 8ばん　【答案跟解說：467 頁】　答え：① ② ③

- メモ -

5-10 9ばん　【答案跟解說：469 頁】　答え：① ② ③

- メモ -

5-11 10 ばん 【答案跟解說：472 頁】 答え：① ② ③

- メモ -

5-12 11 ばん 【答案跟解說：474 頁】 答え：① ② ③

- メモ -

5-13 12 ばん 【答案跟解說：477 頁】 答え：① ② ③

- メモ -

F：平日（へいじつ）にしては道（みち）が混（こ）んでますね。全然進（ぜんぜんすす）みませんよ。

M：1　日曜日（にちようび）ですからね。

　　2　車（くるま）にしてよかったですね。

　　3　事故（じこ）でもあったんでしょうか。

【譯】

F：今天是上班日，路上怎麼這麼塞呀？車子根本動彈不得嘛。

M：1. 星期天嘛，難免塞車。

　　2. 還好我們開車來呀。

　　3. 會不會是前面發生事故了？

- メモ -

解題關鍵と訣竅

答案：3

【關鍵句】平日（へいじつ）にしては…。

對話情境と出題傾向

這一題的情境是塞車，兩人在車陣中動彈不得。「にしては」表示某人事物按照常理來看應該是如何，不過實際上卻有超出常理的狀況發生。也就是說，一般而言「平日」應該不會塞車，現在卻出乎意料塞得很嚴重。

解題技巧

- 正確答案是3。照理說平日不會塞車，很有可能是發生了什麼突發事件，例如出車禍。「でも」在這邊是舉例用法，除了車禍，也有可能是「工事」（施工）、「車線減少」（車道減少）、「検問」（臨檢）…等原因引起塞車，而男士只是舉出一個例子而已。
- 這一題除了選項3，還有其他的回答方式。例如「そうですね。どうしたんでしょう」（真的耶…發生了什麼事呢？）。
- 選項1是錯的。「日曜日」是假日，不是平日。如果漏聽了女士說的「平日」，也許就會選這個答案。
- 選項2也是錯的。從「道が混んでますね」可以知道兩個人在塞車，所以男士回說「還好有開車」不合邏輯。

單字と文法

□ **道（みち）が混（こ）む** 塞車、交通壅塞

□ **～にしては** 就…而言算是…

小知識

塞車除了「道が混む」，也可以說「渋滞」。要特別注意的是，如果是「塞車中」，通常都是以「道が混んでいる」的形式使用。

最後，值得注意的是選項3「でも」的用法，通常前面會接一個例子，但不會刻意將所有可能都說出來，而是交給聽者自由聯想。除了「～でも」之外，「～とか」也是出現於日常會話當中的相似用法。接著就一起來看看幾個例句吧！

1. 「～でも」

⇨ 今度、ご一緒にお食事でもいかがですか。（下次要不要一起去吃個飯呢？）

⇨ マイホームがほしいなあ。宝くじでも当たらないかなあ。（好想要有間屬於自己的房子喔！能不能中個樂透之類的啊～）

2. 「～とか」

⇨ ねえ、お前、恋人とかいるの？（喂，你有女朋友什麼的嗎？）

⇨ 君、やせたんじゃない？失恋したとか？（你是不是瘦了啊？是因為失戀之類的嗎？）

もんだい 5　第 8 題 答案跟解說

5-9

F：この前お借りした本、お返ししに来ました。

M：1　え、もう読み終わったんですか。

2　すみません、まだ読んでないんです。

3　明日、お貸ししましょう。

【譯】

F：之前向您借的書，帶來還給您了。

M：1. 咦，妳已經看完了喔？

2. 不好意思，我還沒看。

3. 我明天借給妳吧！

- メモ -

答案：1

【關鍵句】お借（か）りした本（ほん）、お返（かえ）ししに。

對話情境と出題傾向

這一題從女士說的「お借りした」和「お返し」來看，可以推斷她之前向男士借書，而現在要來歸還。所以借東西的人是女士才對。

解題技巧

- 正確答案是1。一般而言，來還書通常表示書已經看完了。而男士這句話帶有驚訝的感覺，意含「妳還書的時間比我想像中還快」，所以才向對方確認。
- 如果對於對方還書的速度沒什麼特別的感覺，那麼這一題也有其他的說法。像是「お役に立ちましたか」（有幫上什麼忙嗎？）、「いかがでしたか」（如何呢？）。而當對方在還書時向自己說「ありがとうございました」（謝謝）時，也可以回覆「いいえ」（不會）、「どういたしまして」（不客氣）等等。
- 選項2是錯的。男士這番發言，暗示了向別人借書的是自己。而當書的主人向自己要回時，男士才道歉並表明還沒有看書。不過，可別忘了這一題借書的人是女士才對！
- 選項3也是錯的。女士的發言用的是過去式（お借りした），因此可以知道「借書」是已經發生的事情。選項3用「明日」、「ましょう」表示男士明天才要借書給女士，所以不合題意。

小知識

☞**「～ましょう」接在動詞ます形詞幹的後面，也可表示邀請對方和自己一起進行某行為或動作。**

⇨11時半に会いましょう。（就約11點半見吧。）

⇨一緒に帰りましょう。（一起回家吧。）

⇨結婚しましょう。（我們結婚吧。）

☞**另外，「借りる」和「貸す」雖然都是「借」的意思，但兩者的用法也經常被搞混。「借りる」指的是從對方那裡「借進」東西，使自己在某一段時間內得以使用，例如：**

⇨その消しゴム、借りてもいいですか。（那個橡皮擦可以借我嗎？）

而「貸す」則是指「出借」東西給他人，例如：

⇨友人にお金を貸す。（借朋友錢。）

もんだい 5　第 9 題 答案跟解說

M：すみません。これ、会議(かいぎ)が始(はじ)まるまでに 10 枚(まい)ずつコピーしておいてもらえますか。

F：1　はい、あとでやってみせます。

2　はい、あとでやっておきます。

3　じゃあ、あとでやってごらん。

【譯】

M：不好意思，可以麻煩妳在開會前把這個各影印 10 張嗎？

F：1. 好的，我等下做給你看。

2. 好的，我等下就做。

3. 那麼，你等一下試試看吧。

- メモ -

答案：2

【關鍵句】コピーしておいてもらえますか。

對話情境と出題傾向

這一題的情境是男士拜託女士先影印資料。要特別注意「ておく」的句型。「ておく」有兩種用法：①表示為了還沒發生的事情先做準備工作，②表示讓狀態持續下去。在這邊是第一種意思，也就是在會議開始前就先把資料影印好。

解題技巧

- 正確答案是２。這句話也用到了「ておく」的句型。表示「作為會議的準備工作，等等就先來影印」。
- 要特別注意的是，「あとでやっておきます」是指在某個時間點之前先做好某件事情，強調的是結果。不過「あとでやります」是指等一下就做某件事情，強調的是動作本身，沒有強調在某個時間點前先做好。如果是馬上就做的情況，通常會回答「はい、分かりました」（是，我明白了），或是「はい、では今すぐに」（是，我現在就做）。
- 選項１是錯的。「てみせる」有兩種用法：①實際做出某種動作給對方看，②表示強烈的決心。在這邊不管是哪一種用法都不適合用來回覆男士的請託。
- 選項３也是錯的。「てごらん」是催促對方採取某種行動的句型。不過既然是男士拜託女士做事情，那麼女士身為要採取行動的人，用「てごらん」就不適合了。

單字と文法

□ **てみせる** 一定要…

□ **てごらん** 試著…吧

說法百百種

▶請託說法

拜託他人為自己做事的說法常在日常生活中出現。而因對方身分的不同，會影響動詞後面句型的使用，必須特別小心。現在，就讓我們來複習一下對話中可能會用到的請託說法吧！

ちょっとその消しゴム使わせてくれない？／可以借我用一下橡皮擦嗎？

すみません、写真を撮っていただけませんか。
／不好意思，可以幫我們拍張照嗎？

ティッシュを取ってもらえませんか。／可以幫我拿一下面紙嗎？

ちょっと手伝ってくれる？／可以幫我一下嗎？

ちょっと手伝ってもらえないかな。／能不能幫我個忙呢？

ちょっと使わせてほしいんだけど…。／我想要用一下…。

もんだい 5　第 10 題 答案跟解說

5-11

M：新幹線(しんかんせん)が出(で)るまで、まだあと 10 分(ぷん)もあるよ。

F：1　じゃあ、もう間(ま)に合(あ)わないね。

2　もう少(すこ)しで乗(の)り遅(おく)れるところだったね。

3　じゃあ、今(いま)のうちに飲(の)み物(もの)買(か)いに行(い)こうか。

【譯】

M：離新幹線發車還有 10 分鐘呢。

F：1. 那麼，已經來不及了吧。

2. 差一點就趕不上了呢。

3. 那麼，趁現在去買飲料吧。

- メモ -

答案：3

【關鍵句】あと 10 分（ぷん）もある。

對話情境と出題傾向

這一題從「まだ」（仍然）、「あと」（還）可以看出距離發車還有 10 分鐘。而表示數量很多的「も」也暗示了男士覺得時間還很充足。

解題技巧

- 正確答案是 3。這句話是用「（よ）うか」的句型來提議如何利用這 10 分鐘。「じゃあ」在此表示說話者從對方的發言知道了某件事，進而做出判斷、採取某個行動。
- 這一題除了選項 3，還有其他的回答方式，非常自由。像是「じゃあ、私トイレ行ってくる」（那我去一下廁所）、「じゃあ、ちょっと一服してこようかな」（那我去抽根菸好了）…等等皆可。
- 選項 1 是錯的。這個「じゃあ」帶出了「從對方的發言來看當然會如此」的推斷心情。接著又說「間に合わない」表示來不及、時間不夠，這和男士的發言明顯不合。
- 選項 2 也是錯的。「ところだった」表示「差一點就…」的心情。不過從男士的游刃有餘來看，兩人抵達車站時應該是很從容的。這句話比較適合用在當對方說「よかった、なんとか間に合った」（太好了，總算趕上了）時的回覆。

單字と文法

□ **乗（の）り遅（おく）れる** 錯過班次、趕不上搭交通工具

□ **ところだった** 差一點…、就要…了

小知識

「乗り遅れる」指錯過車次的出發時間，例如用「終電に乗り遅れる」就表示「到達車站時，末班車早已離開而沒能搭上車」的意思。

除了錯過班車，也有可能遇到「坐過站」的情況，這時候就可以用「乗り越す」這個單字。例如日文「居眠りをして乗り越した」，中文意思「因為打瞌睡而坐過了站」。

M：もしもし、課長の石田さんはいらっしゃいますか。

F：1　石田は今、出かけておりますが、どちら様ですか。

2　石田さんは今、いらっしゃいませんが、どちら様ですか。

3　はい、いらっしゃいます。少々お待ちください。

【譯】

M：喂，請問石田課長在嗎？

F：1. 石田現在外出，請問是哪一位？

2. 石田先生現在不在，請問是哪一位？

3. 是的，他在這裡。請稍待一下。

- メモ -

答案：1

【關鍵句】もしもし、…さんはいらっしゃいますか。

對話情境と出題傾向

敬語問題常出現的就是尊敬語和謙讓語問題。尤其是「いらっしゃる」和「おる」，雖然都可以翻譯成「在」，但是用法卻有很大的不同。「いらっしゃる」是尊敬語，用在尊稱對方的場合。不過謙讓語「おる」只用在自己或自己人身上。

題目常常會用這兩個單字來混淆考生，這時就要掌握句子當中提到的人物到底是己方還是外人。

解題技巧

- 正確答案是１。也許有些人會覺得奇怪，既然是「課長の石田さん」，那就很有可能是自己的上司，為什麼對於上司不用「いらっしゃる」呢？這是因為現在說話的對象是外部者，這時自己和上司屬於同一陣線，要把外面的人當上位者，而把自己和上司當成下位者。所以這一題不能用「いらっしゃる」，要用「おる」。「出かけております」的「おる」，並不是針對石田課長，而是對外部者所用。不僅如此，這時「石田さん」表示尊稱的「さん」也要拿掉。
- 這一題也可以回答「石田は今、席をはずしておりますが、どちら様ですか」（石田現在不在位子上，請問您哪裡找呢？）。
- 選項２、３的錯誤理由都是一樣的。「いらっしゃる」不用在自己人身上，所以應該要各自改成「おりません」、「おります」才對。此外，選項２的「石田さん」也不應該加上尊稱的「さん」。

單字と文法

□ どちら様（さま） 請問是哪位

說法百百種

在電話中，當想要尋問對方姓名時，可使用「どちら様ですか」或更能表達敬意的「どちら様でしょうか」。另外，跟對方面對面欲詢問姓名時，較有禮貌的說法為「お名前をお伺いしてもよろしいでしょうか」等等。

▶ 當對方找的人不方便接電話時，還有這些回應說法，例如：

申し訳ございません。石田はあいにく他の電話に出ております。
／非常抱歉，石田正巧忙線中。

申し訳ございません。石田は、ただいま、外出しております。
／非常抱歉，石田目前外出中。

申し訳ございません。石田は、ただいま、会議中です。
／非常抱歉，石田現在正在會議中。

申し訳ございません。石田は、本日、休みを取っております。
／非常抱歉，石田今天休息沒上班。

申し訳ございません。石田は、本日、出張中です。
／非常抱歉，石田今天出差。

もんだい 5　第⑫題 答案跟解說

5-13

M：明日（あした）、映画（えいが）に行（い）きませんか。

F：1　すみません。明日（あした）はちょっと。

2　いかがでしたか。

3　楽（たの）しんできてください。

【譯】

M：明天要不要去看電影？

F：1. 不好意思，我明天有點事。

2. 您覺得如何呢？

3. 祝您玩得開心。

- メモ -

答案：1

【關鍵句】映画に行きませんか。

對話情境と出題傾向

這一題男士用了「ませんか」來邀請對方明天一起去看電影。面對別人的邀約，該怎麼答應或拒絕呢？

解題技巧

- 正確答案是１。「ちょっと」原意是「一點點」，但在會話當中經常當成婉拒的說法。依據場景的不同，它可以代表「都合が悪いです」（沒空）、「できません」（辦不到）…等等。也就是說，女士雖然話沒有說得很清楚，但她用了「ちょっと」來表示「明天我不能和你一起去看電影」。
- 如果沒有要拒絕對方，那就可以回答「それはいいですね」（聽起來很不錯呢）、「何の映画ですか」（是什麼電影呢？）…等等。
- 選項２是錯的。這句話用過去式「でしたか」來詢問對方對於已經做了、已經發生的事情有什麼感想或看法。不過男士是在提出邀約，所以答非所問。
- 選項３也是錯的。當對方準備要去找樂子，而自己不參加時，就可以這麼說。但這沒有回應到男士的邀約。

說法百百種

- **「～ませんか」除了邀請對方一同做某事外，也可用來建議對方做某種行為、動作喔！例如：**

このパン、食べてみませんか。／要不要吃吃看這個麵包？

この仕事をやってみませんか。／要不要試試看這份工作？

▶ 此外，一個國家的民族性往往表達於語言中，日本人通常會以婉轉的說話方式來拒絕他人邀約，例如：

今週はずっと忙しくて…。／這禮拜一直很忙…。

ごめん、これからバイトなんだ。また今度ね。
／抱歉，等等要去打工，改天再約吧！

日曜日はもう予定が入っちゃってるんです。また誘ってください。
／星期天已有計畫了，下次請再邀我喔！

すみません。今、ちょっと時間がないもので。
／不好意思，現在剛好沒時間。

5-14 13 ばん 【答案跟解說：482 頁】 答え：① ② ③

- メモ -

5-15 14 ばん 【答案跟解說：484 頁】 答え：① ② ③

- メモ -

5-16 15 ばん 【答案跟解說：487 頁】 答え：① ② ③

- メモ -

(5-17) 16 ばん

【答案跟解説：490 頁】

答え：① ② ③

- メモ -

(5-18) 17 ばん

【答案跟解説：492 頁】

答え：① ② ③

- メモ -

(5-19) 18 ばん

【答案跟解説：494 頁】

答え：① ② ③

- メモ -

もんだい 5　第 ⑬ 題 答案跟解說

5-14

M：これ、冷蔵庫にしまっといたほうがいいかな。

F：1　そうね。腐るといけないから。

　　2　そうね。腐るわけがないから。

　　3　そうね。腐ってもいいから。

【譯】

M：這個是不是要放到冰箱比較好啊？
F：1. 說得也是，萬一壞掉就糟糕了。
　　2. 說得也是，不可能壞掉的。
　　3. 說得也是，反正壞掉也無所謂。

- メモ -

解題關鍵と訣竅

答案：1

【關鍵句】…ほうがいいかな。

對話情境と出題傾向

「しまっといた」是「しまっておいた」的口語縮約形。這一題男士詢問要不要先把東西冰起來。三個選項的開頭都是「そうね。腐る」，解題關鍵就在後面的句型。

解題技巧

▶ 正確答案是１。這句話表示女士擔心東西會腐壞。「いけない」意思是「…不行」、「…不好了」。

▶ 這一題除了選項１，還有以下的説法也能成立「そうね。悪くならないように」（説得也是，可別壞掉了）、「ううん、それは常温でいいの」（不用了，常溫存放就行了）。

▶ 選項２是錯的。「そうね」雖然可以表示同意將東西放到冰箱去，可是接下來的「腐るわけがない」又表示東西不可能會腐壞。如果東西不會腐壞就沒有必要冰到冰箱去了，前後句子自相矛盾。「わけがない」表示從道理而言，強烈地主張沒有該可能性。

▶ 選項３也是錯的。「そうね」同樣表示同意將東西放到冰箱去，可是接下來的「腐ってもいい」表示東西腐壞也無所謂，這也是自相矛盾。「てもいい」表示許可或允許某種行為或事態的發生。

單字と文法

□ 腐る（くさる） 腐壞

說法百百種

▶「腐る」通常用來形容食物等東西腐爛、腐壞，讓我們來一起熟悉它的說法吧！

夏は食べ物が腐りやすい。／夏天時食物很容易腐壞。

腐った牛乳を飲んではいけません。／酸臭掉的牛奶不能喝。

もんだい 5　第⑭題 答案跟解說

5-15

M：おじゃましました。

F：1　いらっしゃい。さあ、どうぞ。

　　2　また、来(き)てくださいね。

　　3　おかげさまで。

【譯】

M：不好意思，打擾您了。

F：1. 歡迎，來，請進。

　　2. 下次再來喔。

　　3. 託您的福。

- メモ -

解題關鍵と訣竅

（答案：2

【關鍵句】おじゃましました。

對話情境と出題傾向

「おじゃましました」用在去別人家拜訪，或是進入辦公室，準備要離開的時候。而「おじゃまします」則剛好相反，用在要進到別人家或辦公室時，打聲招呼。過去式是這題的解題關鍵！

解題技巧

- 正確答案是２。當別人要離去，送客時就可以這麼說。
- 這一題除了選項２，也可以回答「どうぞお気をつけて」（路上小心）。而年長者或是比較重視禮儀的人可能會回答「大したお構いもしませんで」（疏忽招待了）。
- 選項１是錯的。這是當客人上門時迎客的用語。這時客人説的可能是「おじゃまします」，而不是「おじゃましました」。
- 選項３也是錯的。這句話用來感謝對方的幫忙或是關心，在此答非所問。

小知識

除了「おじゃましました」之外，一般禮貌性的道別也可以使用「失礼しました」。另外，若道別的對象為熟識友人，可以説「じゃ、また」或「じゃね」。如果對認識但並非那麼親密的對象，可使用「では、また」表示再見。至於大家最熟悉的「さようなら」，則是不管對誰都可以使用的道別説法。

而選項１的「さあ、どうぞ」，後面省略了「お入りください」（請進），是日文固定用法常見的省略現象。接下來一起看幾個例句，為體貼對方的説話方式，也常用於和長輩、上司或不熟朋友説話的時候。如果能善用這些表達方式，對人際關係一定會有幫助的喔！

1. 「どうぞ～」
   ⇨ どうぞお大事になさってください。→どうぞお大事に。（請保重。）

2.「どうぞ～なく」

⇨ どうぞかまわないでください→どうぞおかまいなく。（請不要費心。）

雖然「どうぞおかまいなく」是從「どうぞかまわないでください」來的，不過沒有人在說「どうぞかまわないでください」。

3.「どうも」

⇨ どうもありがとう。→どうも。（謝謝。）

最後一項的「どうも」跟其他的例子不同，對上位者或不是很親近的人要用「どうもありがとうございます」。

もんだい 5　第 15 題 答案跟解說

5-16

M：この宿題（しゅくだい）はいつまでだっけ？

F：1　明日（あした）までのはずだけど。

　　2　明日（あした）までがいいんじゃない？

　　3　明日（あした）までにしようか。

【譯】

M：這份習題是什麼時候要交啊？

F：1. 應該是明天之前要交吧。

　　2. 明天之前交就行了吧？

　　3. 我們明天之前交吧。

- メモ -

答案：1

【關鍵句】いつまでだっけ？

對話情境と出題傾向

這一題的情境是男方在詢問作業的繳交期限。從兩人都沒用敬語這點可以推論男方和女方應該都是學生。「いつまで」用來詢問結束的時間。「っけ」放在句尾，表示說話者想不起來、記不清楚，或是用於自問自答。

解題技巧

- 正確答案是 1。「はず」表示說話者根據自己知道的事情來進行推測，主觀意識較強。這句話也就表示「就我所知，是到明天為止」。
- 這句話除了選項 1，也有其他回答方式。例如「明日までだよ」（到明天喔），這是比選項 1 更為肯定的說法。或是「確か明日までだと思うけど」（我記得好像是到明天吧），這是比選項 1 還更不確定的說法。
- 選項 2 是錯的。「いいんじゃない？」用來提議，意思是「…不錯吧」。不過作業的繳交期限可不是自己說了算，所以這個說法不對。
- 選項 3 也是錯的。「にしようか」表示提議要這麼做，不過作業的繳交期限不是學生能決定的，所以也不正確。

小知識

此外，表示期限的說法有「～まで」跟「～までに」兩種，由於它們外貌相似，常常會讓人傻傻分不清楚喔！

當「～まで」接在時間性名詞的後面時，表示在某個時間點前保持不變的動作或狀態。例如：

⇨「10 時まで寝る。」（10 點前睡覺。）

而如果「～までに」接在時間性名詞之後，則表示在某個時間點以前發生或完成某行為。例如：

⇨「10 時までに寝る。」（睡到 10 點。）

最後，來看一下選項１語尾的「～けど」，後面通常不先把話説完，是等待對方反應再接話的説話方式。其他還有「～が」、「～まして」等，例如：

⇨ 今日は休ませていただきたいのですが…。（希望今天能讓我請個假…。）

⇨ 課長、来週の会議のことですけど…。（課長，關於下禮拜的會議…。）

⇨ 子供が昨日から風邪気味なので、病院に連れて行こうと思いまして…。（小孩從昨天起好像有點感冒，所以我想帶他去醫院…。）

もんだい 5　第 16 題 答案跟解說

5-17

M：あれっ、足（あし）、どうしたんですか。

F：1　ちょっと転（ころ）んでみたんです。

2　ちょっと転（ころ）んだみたいです。

3　ちょっと転（ころ）んじゃったんです。

【譯】

M：咦？妳的腳怎麼了？

F：1. 試著摔了一跤。

2. 好像摔了一跤。

3. 不小心摔了一跤。

- メモ -

（答案：3

【關鍵句】どうしたんですか。

對話情境と出題傾向

這一題的情境是男士看到女士的腳好像受傷了，因此關心她發生了什麼事。三個選項乍聽之下都很像，一定要仔細聽出每一個音。

解題技巧

▶ 正確答案是３。「転んじゃった」是「転んでしまった」的口語縮約形。「てしまう」在此表示因意外、不小心做了某件事。

▶ 除了選項３之外，以下的說法也行得通「ちょっとひねっちゃったんです」（不小心扭傷了腳）、「ちょっとくじいちゃって」（不小心挫傷了）。

▶ 選項１是錯的。「てみる」表示嘗試性地去做某個動作，動作者是有意識地去採取這個行為的。所以這句話的意思是說話者試著去跌倒，用常識來看非常不合常理。

▶ 選項２也是錯的。「みたい」表示情報的可信度不高。這句話也就表示「我雖然不是很清楚，但恐怕是跌倒了吧」。不過受傷的是自己，卻連自己有沒有跌倒都不曉得，這聽起來也很奇怪。

小知識

要注意的是，題目及選項３都以「んです」結尾，各別表示要求對方說明，以及針對某狀況或理由進行說明。其普通形為「のだ」，口語用法為「んだ」。例如：

⇨ きっと、泥棒に入られたんだ。（一定是遭小偷了！）

⇨ ちょっと風邪をひいちゃったもんだから、昨日は会社を休んだんだ。（昨天有點感冒了，所以我向公司請了假。）

第 17 題 答案跟解說

5-18

F：どうぞ、おかけください。

M：1　それでは、失礼（しつれい）します。

　　2　それでは、ご遠慮（えんりょ）します。

　　3　それでは、いただきます。

【譯】

F：請坐。

M：1. 那麼，不客氣了。

　　2. 那麼，容我婉拒。

　　3. 那麼，容我享用。

- メモ -

解題關鍵と訣竅

答案：1

【關鍵句】おかけください。

對話情境と出題傾向

這一題的情境是女士請男士坐下。當別人邀請自己坐下時，可以怎麼回應呢？

解題技巧

- 正確答案是 1 。像這種時候回答「失礼します」是最保險、最不會出錯的。
- 這一題除了選項 1 ，也可以說「はい、では」（好，那我就坐了），只是感覺比較隨便。
- 選項 2 是錯的。「遠慮する」意思是「客氣」、「謝絕」。不過前面加上表示敬意的「ご」很奇怪。此外，如果說話者想表達自己站著就行了，那前面表示照辦的「それでは」就顯得矛盾了。
- 選項 3 也是錯的。這是當對方請自己吃喝東西時，開動前的寒暄語。

小知識

順道一提，「遠慮」有迴避、謝絕之意。在日本像是書店等場所規定禁止飲食的時候，就會張貼著「店内でのご飲食はご遠慮ください」（店內請勿飲食）的標語。如果是禁止吸菸的地方，則會有「おタバコはご遠慮ください」（請勿吸菸）的公告，或是直接寫著「禁煙」（禁菸）的標誌。所以去日本玩的時候，一定要注意這些小細節，否則等到別人來警告可就丟臉啦！

もんだい 5　第 18 題 答案跟解說

5-19

F：この荷物、隣の部屋に運んでもらえる？

M：1　はい、運んであげましょう。

　　2　はい、分かりました。

　　3　じゃ、運びましょう。

【譯】

F：可以幫我把這個行李搬到隔壁的房間嗎？

M：1. 好的，我幫妳搬吧。

　　2. 好的，我明白了。

　　3. 那麼，我們來搬吧。

- メモ -

解題關鍵と訣竅

答案：2

【關鍵句】運(はこ)んでもらえる？

對話情境と出題傾向

這一題的情境是女士用「てもらえる？」的句型來拜託男性幫她搬東西。

解題技巧

- 正確答案是２。「分かりました」經常用在表示答應做某件事情。「分かりました」用在對方是上位者或長輩。如果兩人的關係是朋友，則可以用常體回答「うん、分かった」（嗯，我知道了）。此外，「すみません、先に〇〇をしてからでもいいですか」（不好意思，我可以先處理〇〇再來幫您的忙嗎？）這樣的說法也可以。
- 選項１是錯的。「てあげる」表示站在對方的立場特地做某件事情，所以帶有強加於人的語氣，不太合適。
- 選項３也是錯的。問題就出在前面的「じゃ」。「じゃ」是「では」的口語說法，表示基於對方發言來進行判斷或意見的陳述。但這題的情境是對方有事拜託自己，應該用「了解」、「接受」的用法才對。

說法百百種

▶ 其他拜託的說法

このペン、ちょっと借りるよ。／這支筆借一下喔！

このペン、ちょっと借りるけどいい？／這支筆可以借一下嗎？

今日早退したいのですが…。／希望今天能早退…

▶ 如果同意的話，可以這樣說：

うん、いいよ。／嗯，好呦。

ええ、いいですよ。／嗯，好的。

精修版

新制日檢 絕對合格 N3 N4 N5 必背聽力大全

【日檢大全26】 [25K＋MP3]

■ 發行人／林德勝

■ 著者／吉松由美・西村惠子

■ 出版發行／山田社文化事業有限公司
地址 臺北市大安區安和路一段112巷17號7樓
電話 02-2755-7622 02-2755-7628
傳真 02-2700-1887

■ 郵政劃撥／19867160號 大原文化事業有限公司

■ 總經銷／聯合發行股份有限公司
地址 新北市新店區寶橋路235巷6弄6號2樓
電話 02-2917-8022
傳真 02-2915-6275

■ 印刷／上鎰數位科技印刷有限公司

■ 法律顧問／林長振法律事務所 林長振律師

■ 書＋MP3／定價 新台幣449元

■ 初版／2018年2月

© ISBN：978-986-6812-59-0